HEYNE

Das Buch
»Auf dem Bild sehen Sie so aus, als würden Sie gleich eine der Flaschen nehmen und an die Wand werfen«, hatte Evelyn gesagt, als sie Abzüge ihrer Fotos präsentierte, die sie am Tag zuvor im PINK MOON gemacht hatte: Felix alleine, Felix zusammen mit Walter, seinem Schulfreund und Geschäftsführer, die Bar, die grobkörnigen Fotos von Nick Drake, Tim Buckley und Gram Parsons im Hintergrund, das PINK MOON in der Totalen. Im Übrigen fand Felix nicht, dass er aggressiv wirkte. Oder unglücklich. Probleme hatten doch nur die anderen. Wie sein ebenso geheimnisvoller wie zutraulicher Nachbar Renz. Oder sein Tennispartner Wöhler. Und vor allem seine Mutter, die Zeit ihres Lebens ihrer großen Liebe nachgetrauert hatte, seinem Vater, dem Helden und großartigen Tänzer, der kurz nach seiner Geburt für immer verschwand. Die ihre große Sehnsucht mit unglücklichen Affären stillte. Und die ihm ein Restaurant geschenkt hatte, das ihn nicht brauchte. So genießt Felix ein Leben als stiller Teilhaber – bis er eines Tages an einer Straßenecke einem Mann gegenübersteht, von dem er weiß, dass es sein vor Jahren verstorbener, unbekannter Vater ist ...
Lakonisch und mit großer Souveränität erzählt Frank Goosen die Geschichte von Menschen, die auf der Suche nach den kleinen und großen Geheimnissen ihrer Vergangenheit sind. Und die finden, was sie nie verloren glaubten.

Der Autor
Frank Goosen, geboren 1966, hat sich Ruhm und Ehre als eine Hälfte des Kabarett-Duos Tresenlesen erworben. Sein Durchbruch war *Liegen lernen*, der lange auf der Spiegel-Bestsellerliste war und erfolgreich verfilmt wurde. *Pokorny lacht* war sein zweiter Roman. 2003 erhielt Frank Goosen den Literaturpreis Ruhrgebiet. Im Heyne Verlag erschien auch seine Erzählsammlung *Mein Ich und sein Leben* sowie die von ihm herausgegebene Fußball-Anthologie *Fritz Walter, Kaiser Franz und Wir*.

Lieferbare Titel
Fritz Walter, Kaiser Franz und wir – Unsere Weltmeisterschaften – Mein Ich und sein Leben – Pokorny lacht – Liegen lernen

FRANK GOOSEN
Pink Moon

Roman

WILHELM HEYNE VERLAG
MÜNCHEN

Für Ludwig

Verlagsgruppe Random House
FSC-DEU-0100
Das für dieses Buch verwendete
FSC-zertifizierte Papier *München Super*
liefert Mochenwangen Papier.

Vollständige Taschenbuchausgabe 04/2007
Copyright © 2005 by Eichborn AG, Frankfurt
Copyright © 2007 dieser Ausgabe
by Wilhelm Heyne Verlag, München,
in der Verlagsgruppe Random House GmbH
Printed in Germany 2007
Umschlagfotografie: © Moni Port
Umschlaggestaltung: Nele Schütz Design unter Übernahme des
Originalumschlags nach einer Idee von Moni Port
Satz: KompetenzCenter, Mönchengladbach
Druck und Bindung: GGP Media GmbH, Pößneck
ISBN: 978-3-453-40474-8

www.heyne.de

Pink Moon
(2:00)
Nick Drake, piano

I saw it written and I saw it say
Pink Moon is on its way
And none of you stand so tall
Pink moon gonna get you all
It's a pink moon
It's a pink, pink, pink, pink, pink moon.

Nick Drake, Pink Moon

1

Ich sah meinen Vater erstmals neunzehn Jahre nach seinem Tod. Ich erkannte ihn gleich wieder, auch wenn er mehr als dreißig Jahre älter war als auf dem einzigen Foto, das meine Mutter von ihm aufbewahrt hatte: ein gutaussehender, glatt rasierter Mittzwanziger mit Fassonschnitt in einer Prager Seitenstraße, während hinter ihm der Frühling durch die Straßen floh.

Auch jetzt noch sah er gut aus mit seinem kurzen, grauen Haar, der hellen Hose, dem dunklen Jackett und dem gestreiften Hemd, an dem die obersten drei Knöpfe offen standen. Seine Brust war glatt und unbehaart, die Haut hatte den attraktiven Teint natürlicher Bräune, und seine Augen waren von jenem klaren Blau, das meine Mutter um den Verstand gebracht hatte. Sie hat mir nicht viel über ihn erzählt, aber wenn sie es doch tat, endete sie so: »Seine blauen Augen haben mich um den Verstand gebracht. Er war ein Held und toller Tänzer!« Keiner von den Vätern, die sie zwischendurch an mir ausprobierte, erfüllte diese Kriterien.

Mein Vater stand an einer Straßenecke und stritt sich mit einer Frau. Ich drückte mich in einen Hauseingang und sah zu den beiden hinüber. Die Frau rauchte und kaute an den Fingernägeln. Mein Vater redete auf sie ein und machte beruhigende Handbewegungen: so, als wolle er etwas zu Boden drücken. Die Frau schüttelte den Kopf.

Bestimmt eine Viertelstunde betrachtete ich die beiden und fragte mich, wie lange sie da schon standen. Als die Frau sich mit dem Handballen durch die Augen fuhr, wusste ich, dass sie weinte. Mein Vater berührte sie an der Schulter, aber sie schüttelte ihn ab. Er machte einen Schritt zur Seite und wollte an ihr vorbeigehen, sie stellte sich ihm in den Weg. Das ging ein paar Mal hin und her. Dann sagte mein Vater etwas und ließ sie stehen.

Er kam auf mich zu. Ohne nachzudenken, drückte ich auf die zweite Klingel von oben. Der Summer ertönte, und ich trat in den Hausflur. Durch die Rauglasscheibe sah ich einen Schatten vorbeigehen. Ich zählte bis zehn und folgte ihm.

Mein Vater ging Richtung Innenstadt. Ich wechselte ein paar Mal die Straßenseite, ließ mich zurückfallen und holte wieder auf, wenn er um eine Ecke bog. In der Fußgängerzone war es etwas schwieriger, ihm zu folgen. Samstagmittag, die Stadt war voll. Ich zog meine Jacke aus und hielt sie in der Hand. Es war Anfang September, noch immer mehr als zwanzig Grad und blauer Himmel. Bevor in ein oder zwei Wochen unwiderruflich der Herbst kam, wollten die Leute noch ein paar Mal ihre kurzen Röcke, die knappen T-Shirts und die offenen Schuhe und Sandalen ausführen. Sie saßen vor den Eisdielen und den Szene-Cafés, löffelten bunte Becher und betrachteten glücklich kühle Getränke in beschlagenen Gläsern, an denen Wassertropfen herabperlten. Kinder pusteten durch ihre Strohhalme Luft in Apfelschorlen, und ihre Eltern hatten die Welt im Griff, weil sie Sonnenbrillen trugen und niemand ihnen in die Augen sehen konnte.

Mein Vater blieb vor einem chinesischen Restaurant stehen und warf einen Blick auf die Speisekarte, die in einem roten, von einem kleinen Pagodendach gekrönten Schaukasten hing. Er sah durch eines der Fenster und ging weiter.

Als wir zum Bahnhof kamen, fürchtete ich, er würde einen Zug nehmen, aber er ging durch die Halle hindurch, nahm den Südausgang und wandte sich nach rechts. An der Ausfallstraße, die zur Universität hinausführte, lag das *Kelo*, eine auf drei versetzten Ebenen angeordnete Mischung aus Café, Restaurant und Bar mit Backsteinwänden und Tischen aus Tropenholz, benannt nach einer Nummer von Miles Davis. Ich mochte keinen Jazz. Mein Vater ging hinein, und ich wartete ein paar Minuten, bevor ich ihm folgte.

Caroline saß auf der Empore, zu der links vom Tresen eine kleine Treppe hinaufführte. Mein Vater hatte auf der rechten Seite am Fenster Platz genommen. Ich nickte Caroline zu und setzte mich auf einen Barhocker. Im Spiegel hinter dem Tresen konnte ich trotz der davor aufgereihten Spirituosen meinen Vater beobachten. Ein junger Mann ganz in Schwarz, mit knöchellanger weißer Schürze und dunklen Haaren voller Gel, sah mich fragend an, und ich bestellte einen Kaffee. Es dauerte nur ein paar Minuten, bis Caroline von der Empore kam und sich neben mich setzte. Ihr Haar und ihre cremefarbene Bluse rochen nach kaltem Rauch, ihre Augen waren gerötet und ihr Gesicht ein wenig aufgeschwemmt. Es schien eine lange Nacht gewesen zu sein. Als ich sie darauf ansprach, schüttelte sie den Kopf. Ich fragte sie, ob das eine neue Bluse sei, was sie noch mehr verärgerte.

»Das ist keine nette Frage«, sagte sie. Ihrer Stimme war die letzte Nacht noch anzuhören. »Es ist die gleiche Bluse wie gestern. Ich hatte noch keine Gelegenheit, die Sachen zu wechseln. Sie ist zerknittert und riecht nach mir anstatt wie üblich nach teurem Parfüm und Reinigung. Deine Bemerkung war also nicht besonders charmant.«

Ungefähr so war seinerzeit der Irrtum unserer Annäherung verlaufen. Äußere Reize, gemeinsame berufliche Interessen und funktionierender Small Talk hatten eine Dynamik in

Gang gesetzt, die ein gemeinsames Essen und einen Kuss vor ihrer Haustür nach sich gezogen hatte. Doch schon beim zweiten Treffen waren viele Scherze ins Leere gegangen, und wir hatten beide nur gelacht, um nicht unhöflich zu sein.

Mein Vater studierte die Speisekarte. Ein anderer junger Mann, der genauso aussah wie der hinter dem Tresen, baute sich breitbeinig neben ihm auf und ließ einen Bleistift zwischen Zeige- und Ringfinger der rechten Hand in schneller Folge auf und ab wippen, so dass er immer wieder gegen einen Block in seiner Linken stieß. Mein Vater ließ sich Zeit, bestellte dann, ohne den Kellner anzusehen, und gab ihm die Karte zurück.

Caroline zupfte sich die Bluse zurecht. Der Mann hinter dem Tresen stellte ihr einen Milchkaffee hin, in dem ein langstieliger Löffel und ein Strohhalm steckten. Ich umfasste meine Kaffeetasse am oberen Rand, weil meine Finger nicht durch den Henkel passten. Caroline lachte, aber ich wusste nicht worüber. Sie legte mir eine Hand auf den Unterarm, und ich lächelte sie an.

Nur drei oder vier Tische waren besetzt. An einem saß eine Familie mit drei Kindern. Der Vater hatte etwas mit Fleisch und gerösteten Kartoffelecken vor sich stehen, die Mutter einen Salat und die Kinder Nudeln oder Pommes frites. Der Vater schob sich große Stücke Fleisch in den Mund, die Mutter richtete den Kindern die Servietten, hob Essen auf, das auf den Boden gefallen war, und wischte mit einem mitgebrachten Waschlappen Speisereste aus Mundwinkeln.

Mein Vater stand auf, ging zu dem Kleiderständer bei den Toiletten, nahm sich eine Tageszeitung, die dort in einem Holzhalter hing, und ging zurück zu seinem Tisch. Er holte ein schwarzes Etui aus der Innentasche seines Jacketts, setzte eine Lesebrille auf und nahm sich die Zeitung vor.

Caroline erzählte, wie sie die letzte Nacht verbracht hatte. Ich lächelte und bestellte noch einen Kaffee, obwohl die erste Tasse noch nicht ganz leer war.

Vier Männer in Anzügen kamen herein und gingen zu den beiden geknöpften Chesterfield-Sofas auf der rechten Empore, ließen sich nieder, legten ihre Arme auf die Lehnen und holten fast gleichzeitig die Spitzen ihrer Krawatten zwischen Bauch und Gürtelschnalle hervor. Einer winkte dem Kellner zu, der schon meinen Vater bediente. Der junge Mann nahm die Bestellungen entgegen, kam an den Tresen und schob dem Dunkelhaarigen dahinter einen Zettel zu. Der fing an, Bier zu zapfen.

Der Laden füllte sich langsam. Lauter Menschen mit Einkaufstüten kamen herein, suchten sich Plätze, redeten und lachten. Aus einem Hinterzimmer kamen zwei weitere Kellner, die genauso aussahen wie die anderen.

Mein Vater bekam sein Essen. Fisch. Er sagte etwas zu dem Kellner und bekam gleich darauf ein Glas Weißwein. Beim Essen führte er die Gabel zum Mund, ohne ihr entgegenzukommen.

Caroline legte mir wieder die Hand auf den Arm und erzählte etwas von einem Brauerei-Jubiläum. Ich erinnerte mich an eine Einladung, die kürzlich in meinem Briefkasten gelegen hatte, und sagte, ich würde es mir überlegen. Caroline ging in die Küche, kam kurz darauf mit einer kleinen Vorspeisenplatte zurück und bot mir an mitzuessen. Ich sagte, ich hätte noch nicht einmal gefrühstückt. Sie hob kurz die Schultern und aß allein.

Die vier Männer in Anzügen tranken Bier und lachten lauter als alle anderen. Die übrigen Gespräche bildeten einen durchgehenden Geräuschteppich.

Mein Vater war mit dem Essen fertig, schob den Teller

von sich weg, griff wieder nach der Zeitung und setzte die Brille, die während des Essens über seiner Stirn gehockt hatte, wieder auf die Nase. Er stieß leicht auf. Der Kellner räumte den Teller ab und sagte etwas. Mein Vater nickte und tätschelte sich den Bauch.

Draußen war es hell und sonnig. Das *Kelo* hatte keinen Freisitz. Der wäre auch nicht sonderlich attraktiv gewesen, so dicht an der Straße. Die Leute, die vorbeigingen, schauten hinein und trugen ihre Einkaufstaschen weiter.

Caroline tupfte mit einem Stück Brot das restliche Öl auf, das von all den eingelegten Sachen übrig geblieben war, schob es sich in den Mund wischte sich die Hände an ihrem Rock ab. Sie brachte den leeren Teller in die Küche zurück. Ich wünschte mir, sie würde da bleiben, aber ich hatte Pech. Sie stützte ihren Ellenbogen auf den Tresen, legte ihren Kopf in die Handfläche und sah mich an, sagte aber nichts. Ich bemühte mich wieder um ein Lächeln, und sie knuffte mich mit der Faust in die Seite. Wir hätten gut befreundet sein können, wenn wir uns nicht eingebildet hätten, da könnte mehr sein. Jetzt gelang es uns nicht, ungezwungen miteinander umzugehen, wobei ich den Eindruck hatte, dass es ihr schwerer fiel als mir. Ich mochte sie, und ein bisschen bewunderte ich sie auch. Sie hatte diesen Laden hier aus dem Nichts nach oben gebracht, mit vollem Risiko, bis über beide Ohren verschuldet. Sie hatte keinen Geschäftsführer, der sie entlastete. Anfangs hatte sie nicht das Geld gehabt, um einen zu bezahlen, und inzwischen hatte sie sich daran gewöhnt, alles selbst zu erledigen. Wahrscheinlich hatte es deshalb zwischen uns nicht funktioniert: Als Geschäftsmann musste ich ihr oberflächlich vorkommen.

Der Kellner brachte meinem Vater einen Espresso und hielt ihm eine geöffnete Kiste hin. Mein Vater nahm eine

Zigarre heraus, drehte sie in der Hand, zog sie sich unter der Nase durch, nickte und ließ sich Feuer geben. Wahrscheinlich war er kein regelmäßiger Raucher, sonst hätte er ein eigenes Feuerzeug gehabt. Er sah aus, als hätte er etwas zu feiern. Vielleicht hatte es mit der Frau zu tun, mit der er sich vorhin gestritten hatte.

Der Vater der Familie mit den drei Kindern hielt eine Hand in die Höhe. Der Kellner kam gleich zu ihm und legte die Rechnung auf den Tisch. Der Vater holte sein Portemonnaie aus der Gesäßtasche seiner hellen Baumwolljeans, während er versuchte, bei geschlossenem Mund mit der Zunge Essensreste aus den Zahnzwischenräumen zu entfernen. Die Mutter zog den Kindern gegen deren deutlichen Widerstand Jacken an, obwohl es draußen dafür viel zu warm war. Schließlich verließen sie das Lokal dicht hintereinander hergehend.

Caroline fragte mich, ob ich müde sei. Ich nickte, mit den Gedanken woanders.

Auch mein Vater verlangte nun nach der Rechnung. Ich fragte Caroline, was sie für den Kaffee bekomme, sie aber sagte nur, Ich bitte dich. Ich bedankte mich und rutschte von meinem Barhocker. Kurz sah es so aus, als wolle sie mich auf die Wange küssen, aber da hatte ich mich wohl getäuscht.

Ich war als Erster draußen und wartete auf der anderen Straßenseite. Er ging den gleichen Weg zurück und machte beim Gehen kleine gymnastische Übungen, drehte die Schultern nach hinten, warf den Kopf hin und her und streckte sich.

Ich malte mir aus, was passieren würde, wenn ich ihn ansprach, und fragte mich, wann der Zeitpunkt günstig wäre. Im *Kelo* hatte ich mich bemüht, meine Erwartungen zu dämpfen, ihn nicht mit den Augen meiner Mutter als verliebte Fünfundzwanzigjährige zu sehen. Was ihn anging, war sie nie älter geworden, auch wenn sie ab der Zeit mit Bludau nie wieder über Otto Simanek, den Helden und großartigen Tänzer, geredet hatte, bis sie mir dann erzählte, er sei gestorben. Früher, als Kind, wenn ich unter dem Küchentisch hockte, an dem meine Mutter mit meinen diversen Ersatzvätern redete und lachte und trank, stellte ich mir meinen richtigen Vater vor: wie er eines Tages in der Tür stehen und die anderen Kerle aus der Wohnung werfen und meiner Mutter beibringen würde, wie eine ordentliche Familie auszusehen hatte, so wie es bei anderen Kindern auch war. Da stand der Vater jeden Abend in der Tür und machte klar, dass er der Vater war, er allein und niemand anders, denn ihr sollt keinen anderen Vater haben neben mir.

Ich rechnete nicht damit, ihn während meiner Beschattung zu verlieren. Als er das Parkhaus betrat, war ich zu sehr damit beschäftigt, was ich ihm sagen wollte, wenn wir uns gegenüberstanden. Ich beobachtete ihn von weitem, wie er am Kassenautomaten bezahlte, und dachte mir nichts dabei. Als er einen Fahrstuhl betrat und die Türen sich schlossen, hastete ich zur Treppe und lief, immer zwei Stufen gleichzeitig, nach oben, aber wo würde der Aufzug anhalten? Das Parkhaus hatte fünf oder sechs Stockwerke. Ich dachte, wenn sein Auto im ersten oder zweiten stand, hätte er nicht den Fahrstuhl genommen. Also rannte ich bis zum dritten, stürmte durch die graue, von Filzstift-Graffiti übersäte Brandschutztür und blickte keuchend zur Leuchtanzeige über dem Fahrstuhl. Das Ding war schon im vierten Stock. Ich zögerte einen Moment, und schon leuchtete die Fünf auf. Ich dachte nach. Dann rannte ich wieder nach unten. Die Ausfahrt lag in einer kleinen Seitenstraße. Ich sah mich nach einem Taxi um, fand aber keins.

Er fuhr einen dunklen Opel. Ich erkannte ihn, als er die Scheibe herunterließ, um die Karte in den Automaten zu schieben. Er blinkte links und fuhr langsam Richtung Hauptstraße. Ich folgte dem Wagen bis zur Ecke und sah mich wieder nach einem Taxi um, hatte aber kein Glück. Ich blickte dem Wagen meines Vaters nach, wie er erst nach rechts und an der nächsten großen Kreuzung nach links abbog und verschwand.

Ich stützte meine Hände auf die Knie und atmete tief durch. Ich hatte meinen Vater zum zweiten Mal verloren.

Ich betrat das nächste McDonald's, schloss mich dort auf der Toilette ein und legte meine Stirn gegen die Kacheln, bis ich mich beruhigt hatte. Dann ordnete ich meine Kleidung und verließ die Kabine wieder, hängte meine Jacke an die Tür, wusch mir am Waschbecken Gesicht und Hände und fuhr mir mit den Fingern durchs Haar. Ich erkannte seine Gesichtszüge in meinen. Die kräftige, leicht gebogene, etwas zu breite Nase, die dunklen Augen, den niedrigen Ansatz der Haare (seine schon edel ergraut, meine noch dunkel wie nasse Baumrinde), und vor allem die geschwungenen Linien, die von der Nase um den Mundwinkel herumliefen und dann im Kinnbereich verschwanden.

Ich kaufte noch ein paar Sachen ein und ging zu meinem Wagen. Ich machte einen kleinen Umweg und fuhr durch die Straße, in der ich meinen Vater und die Frau gesehen hatte. Ich stieg sogar aus und suchte nach Spuren. Hätte er geraucht und eine Kippe weggeworfen, hätte ich sie aufsammeln und mitnehmen können. An dem Filterstück wäre sein Speichel gewesen, und ich hätte damit seine DNA sichern können.

Als ich in meine Straße einbog, sah ich Renz, meinen wahnsinnigen Nachbarn, vor der Haustür stehen. Er hielt ein Tau, in das in unregelmäßigen Abständen Knoten geknüpft waren, in seiner rechten Faust.

Ich wunderte mich bei Renz über nichts mehr. Vor ein paar Wochen, als ich aus dem *Moon* gekommen war, zufrieden, aber mit schmerzenden Füßen und vor Müdigkeit brennenden Augen, hatte er zitternd, mit angezogenen Knien und kaltschweißiger Stirn auf dem Treppenabsatz zwischen dem ersten und zweiten Stock gesessen. Seine Augen waren aufgerissen, und von seiner hängenden Unterlippe hangelte sich ein Speichelfaden auf seine verwaschene, ausgebeulte Jeans. Ich sprach ihn an, fasste ihn an der Schulter, aber er reagierte nicht. Eine halbe Stunde versuchte ich erfolglos, zu ihm durchzudringen, dann wählte ich den Notruf. Kurz bevor die Polizei und der Notarzt erschienen, löste Renz sich aus seiner Starre, stand auf, sah mich kurz an und stieg die Treppe nach oben zu seiner Wohnung. Ich rief ihm nach, ob alles in Ordnung sei, hörte aber nur noch das Zuschlagen der Tür. Zehn Minuten später erklärte ich den Polizeibeamten und den Sanitätern, wie ich Renz auf der Treppe vorgefunden hatte, und sie gingen nach oben, um mit ihm zu reden, meinten aber hinterher, da sei nichts zu machen, der Mann habe klar und deutlich gesagt, dass es ihm gut gehe und ich die Situation missverstanden hätte.

Ein paar Tage später kam er in den Keller, als ich gerade Wäsche in meine Maschine stopfte, und überreichte mir ein Päckchen, das er für mich angenommen hatte. Seine Stimme war leise, fast ein Flüstern. Er verneigte sich wie ein Japaner und verschwand. Auf dem Päckchen stand nur mein Name, keine Adresse und kein Absender. Als ich es öffnete, fand ich darin ein paar verwelkte Blätter.

Dann bemerkte ich ihn eines Tages, wie er im Regen vor dem Haus stand und zu meinem Fenster hochsah. Er hob die Hand wie zum Gruß und ging davon. Von da an fühlte ich mich beobachtet, machte mir aber keine Sorgen. Ich mochte ihn. Er war so deplatziert, überall. Ich konnte mir keinen Ort vorstellen, an den er wirklich gepasst hätte, an dem man hätte sagen können: Das ist Renz-Land, hier gehört er hin.

Heute hing ihm das Hemd aus dem Hosenbund und er trug Sandalen ohne Socken. Seine Zehennägel hatten schon länger keine Schere gespürt. Sein schwarzes Haar hatte er zu einem Pferdeschwanz gebunden.

»Ich halte ein Tau in der Hand!«, verkündete er.

»Jeder braucht ein Hobby«, sagte ich.

»Darf ich einen Augenblick mit zu Ihnen hinaufkommen?«, fragte er.

Ich zuckte mit den Schultern. Er machte mir Platz, ich schloss die Tür auf, hob sie an, um sie über den Buckel am Boden zu schieben, und ging die Treppe hoch. Renz ließ das Tau fallen und folgte mir.

In meiner Wohnung ging er direkt ins Wohnzimmer, als kenne er sich hier aus, und ließ sich auf das Sofa fallen. Ich setzte mich in den Sessel. Ein paar Sekunden war es still zwischen uns, dann sagte Renz, ich sei ein netter Mensch. Ich sagte, das wisse ich. Er lachte, als hätte ich einen wirklich guten Witz gemacht. Dann meinte er, er habe sich noch gar nicht bedankt. Ich fragte ihn, wofür. Er dachte nach und meinte, wegen der Nacht, als er auf der Treppe gesessen habe. Ich sagte, das sei schon in Ordnung, wir hätten alle manchmal solche Tage.

»Nächte«, verbesserte er mich.

»Nächte«, sagte ich. »Entschuldigung.«

»Schon gut. Die Nächte sind schlimmer als die Tage.«

Ich hatte den Eindruck, er wollte, dass ich nachhakte, dass ich fragte, was an den Nächten schlimmer sei. Ich tat ihm den Gefallen, und er sah mich an, als könne er nicht begreifen, wie man so etwas fragen kann.

»Na, weil die Nächte dunkel sind. *Dunkel*, verstehen Sie? Tun Sie doch nicht so, als wüssten Sie das nicht. Tagsüber ist es hell, und nachts ist es dunkel, Herrgott, das weiß doch jedes Kind.« Er grinste, als müsse ich schon wissen, wie er das gemeint habe. Das Grinsen verebbte langsam, und Renz sah auf seine Füße. Er krallte die Zehen nach innen und fuhr sie wieder aus. Das machte er ungefähr zehnmal. Dann sagte er, es sei allerdings nicht nötig gewesen, gleich die Polizei zu rufen. Ich versicherte ihm, beim nächsten Mal würde ich mich anders verhalten.

»Eine Frau hat nach Ihnen gefragt«, sagte er. »Sie war jung. Etwa in Ihrem Alter. Gut aussehend. Sehr ... energisch.«

Ich hatte keine Ahnung, wer das sein sollte.

»Dunkelhaarig«, fügte er hinzu. »Hat geraucht. Mir fällt so was auf. Also nicht nur wegen der Zigarette. Sie roch ein wenig danach. Sprach mit leichtem Akzent. Osteuropäisch, würde ich sagen. Hat mir ihren Namen nicht genannt. Stand vor Ihrer Tür, als ich die Treppe herunterkam. Meinte, sie sei eine alte Bekannte von Ihnen. Aus Berlin. Ich habe ihr gesagt, dass Sie nicht zu Hause sind.«

»Wann war das?«

»Heute Morgen. Als Sie in der Stadt waren.«

»Woher wissen Sie, dass ich in der Stadt war?«

»Ich habe gesehen, wie Sie mit Ihren Einkäufen wieder nach Hause gekommen sind. Ich bin nicht blöd.«

Jetzt war es wieder still. Renz sah auf seine Füße. Wieder krümmte er ein paarmal die Zehen nach innen.

»Ich habe vergessen, einkaufen zu gehen. Bin einfach nicht dazu gekommen. Jetzt habe ich nichts zu essen im Haus.«

»Was brauchen Sie?«, fragte ich und stand auf.

»Ich bin kein Schnorrer.«

»Jeder kann mal was vergessen. Dann geht man zum Nachbarn und borgt sich was.«

»Waren Sie als Kind schon so groß?«

»Ich bin nicht besonders groß. Ich weiß nicht, was Sie meinen.«

»Größer als ich sind Sie auf jeden Fall.«

»Einszweiundachtzig.«

»Einsachtundsiebzig.«

»Das ist kein großer Unterschied.«

»Ich könnte etwas Brot gebrauchen. Und, wenn es Ihnen nichts ausmacht, Käse. Käse ist gut.«

Ich ging in die Küche, holte das Brot aus dem Steingut-Topf, schnitt es in der Mitte durch und reichte es Renz, der mir aus dem Wohnzimmer nachgekommen war.

»So kann ich es nicht essen«, sagte er, »ich brauche es in Scheiben.«

»Haben Sie kein Messer?«

»Bitte.«

Ich schnitt ihm das Brot in Scheiben und gab ihm ein Stück Käse.

Nachdem Renz weg war, ging ich ins Bad und warf mir kaltes Wasser ins Gesicht. Dunkelhaarig, energisch, mit einem leichten, osteuropäischen Akzent, Berlin. Das konnte nur Maxima sein.

Es war noch früh am Abend, trotzdem waren schon fast alle Tische besetzt. Der weitläufige Raum lag im Halbdunkel. An den Wänden sorgten verkleidete Röhren für angenehm indirekte Beleuchtung. Von der Tür aus sah ich dem Personal beim Bedienen zu, bis Walter kam, mich am Ellenbogen berührte und mich fragte, was ich hier mache.

»Das Übliche«, sagte ich, »ich sehe mir an, wie alles so läuft.«

»Wir wären nicht überrascht gewesen, dich hier ein paar Tage nicht zu sehen.«

Walter hatte sehr dichte Augenbrauen. Schräg stehend. Das war mir schon häufiger aufgefallen. Jetzt aber waren sie zusammengefahren wie zwei sinkende Schiffe.

Ich sagte, es sei schon in Ordnung.

»Hast du nicht einen ganzen Haufen Angelegenheiten zu regeln?«

»Ist alles schon erledigt«, sagte ich.

Ich nickte ein paar Leuten zu. Walter meinte, es werde heute noch hoch hergehen, er erwarte eine Gesellschaft mit zwölf Personen und hoffe, dass der große Tisch im hinteren Bereich rechtzeitig frei werde.

»Ist doch schön, wenn es läuft«, sagte ich.

Ich ging hinter den Tresen und machte mich an der Kaffeemaschine zu schaffen, um nicht völlig nutzlos in der Gegend herumzustehen. Elena kam und legte mir eine Hand auf die Schulter. »Willst du nicht ein paar Tage Pause machen?«

»Nicht nötig«, sagte ich und versuchte, ein freundliches Gesicht zu machen. »Es geht mir gut.«

»Wenn ich irgendetwas für dich tun kann...«

»Danke.«

Ich ging ins Büro, schaltete den Computer ein, beantwortete ein paar Mails, plauderte mit Karol, dem Koch, während der irgendwas in einer Pfanne in Brand setzte, dass die

Flammen bis zum Dunstabzug hoch schossen, ließ mir dann etwas zu essen zubereiten, ging ins Kühlhaus, holte frischen Fisch und stach ein neues Fass Bier an, als es nötig war. Ich hatte das alles schon hunderte Male gemacht, und jedes Mal hätte es auch jemand anderes machen können.

Es war kurz nach elf, ich stand an einem der Tische und plauderte mit Gästen, die mir vage bekannt vorkamen, als Walter an mir vorbeiging und leise sagte, ich hätte Besuch.

Sie sah gut aus. Sie saß am Ende des Tresens, ein Glas Champagner vor sich, eine extra lange Zigarette zwischen Zeige- und Mittelfinger ihrer rechten Hand. Sie trug schwarze Jeans und ein rotes Tanktop unter einem weißen Jackett. An den Füßen offene Schuhe. Ihre Zehennägel waren lackiert. Sie hatte die Beine übereinander geschlagen. Als ich näher kam, musste ich mich korrigieren. Sie sah nicht wirklich gut aus, sondern wirkte müde und nervös. Ihre Kleidung war abgetragen.

Als sie mich sah, drückte sie ihre Zigarette im Aschenbecher aus und musterte mich von oben bis unten. Ihre Finger zitterten, als sie sich eine neue Zigarette ansteckte. Ich setzte mich auf den Hocker neben sie.

»Läuft gut, der Laden!«, sagte sie.

»Ich kann mich nicht beklagen.«

Sie nickte. »Du hast dich noch nie beklagt. Das ist dein Problem.«

»Was kann ich für dich tun?«

Sie sah sich um. »Sehr geschmackvoll. Viel Holz. War alles nicht billig.«

Ich gab Elena ein Zeichen, mir einen Espresso zu machen.

»Ich hätte dich angerufen«, sagte Maxima, ohne mich anzusehen, »aber du stehst nicht im Telefonbuch, und dein Adjutant« – sie machte eine Kopfbewegung in Richtung von

Walter, der uns quer durch den Raum beobachtete – »wollte sie mir nicht geben.«

Lächelnd stellte Elena den Espresso vor mich hin. Ich sah ihr nach. Seit ein paar Tagen trug sie ihr Haar zu kurzen, wie Stachel vom Kopf abstehenden Zöpfchen geflochten, die eine Hälfte blond, die andere blau. Walter meinte, Kellnerinnen dürften ein wenig exotisch aussehen, solange sie gepflegt wirkten.

»Ich bin bei dir zu Hause gewesen und habe diesen Irren vor deiner Tür getroffen.«

»Renz«, sagte ich.

»Der ist wahnsinnig, ich hoffe, das weißt du. Er hat sich an deiner Tür zu schaffen gemacht, als ich die Treppe raufkam.«

»Wie meinst du das?«

»Er hat davor gekniet und etwas an dem Schloss gemacht.«

»Er ist harmlos.«

»Das werden sie dir in den Grabstein meißeln, wenn er dir nachts die Kehle durchgeschnitten hat.«

»Warum wolltest du zu mir?«

Maxima bemühte sich um ein höhnisches Auflachen, kriegte aber nur eine Karikatur hin. »Ich freue mich auch, dich zu sehen.«

»Das letzte Mal, als ich dich gesehen habe«, sagte ich, »ist es mir nicht gut ergangen.«

Wieder drückte sie die halb gerauchte Zigarette im Aschenbecher aus und zündete sich gleich eine neue an. Ihre Hände zitterten nicht mehr so stark. »Was kann ich dafür, dass du dich auf offener Straße fast abstechen lässt, nachdem du stundenlang durch mein Fenster gespannt hast.«

»Er hat mich nur am Arm verletzt.«

Sie atmete Rauch aus. »Ist ja auch egal.«

»Warum sagst du mir nicht ...«

Sie unterbrach mich, indem sie ihre Hand auf meine legte. Das speichelfeuchte Endstück der Zigarette berührte meinen Handrücken. »Ich muss mit dir reden«, sagte sie.

»Nur zu.«

»Nicht hier. In Ruhe. Allein.«

»Ich fände es besser, du kämest gleich zur Sache.«

»›Fände‹ und ›kämest‹! Hast du irgendwo einen Sack Konjunktive gefunden?«

Ich trank meinen Espresso und schob die Tasse von mir weg, zum Zeichen, dass dieses Gespräch für mich beendet war.

»Du hast den Zucker vergessen«, sagte Maxima.

»Wie?«

»Du hast den Espresso ohne Zucker getrunken.«

»Ja und?«

»Also gut«, stöhnte sie, »wenn du darauf bestehst ... Obwohl ich lieber später, wenn der Laden zu ist, mit dir gesprochen hätte. Oder morgen. Wie du willst.«

»Später habe ich noch etwas vor«, sagte ich, und ohne es geplant zu haben, blickte ich dabei Elena an, die gerade eine Flasche Ginger Ale aus der Kühlung nahm und meinen Blick auffing.

»Sag nicht, du machst dich an deine Kellnerinnen ran!«

»Komm zur Sache oder lass mich in Ruhe!«

»Ich kann auch woanders meinen Champagner trinken!«

Ich sah sie an. »Wenn du es könntest, wärst du nicht hier.«

Sie hielt meinem Blick nicht lange stand. Als hätte sie gerade erst gemerkt, dass sie sich das enge Top, das sie trug, längst nicht mehr leisten konnte, zog sie die Revers ihres verbeulten weißen Jacketts am Hals zusammen.

»Ich brauche deine Hilfe«, sagte sie leise.

»Die Zeiten ändern sich.«

Elena brachte den Espresso und warf einen kurzen, ernsten Blick auf die etwas aufgedunsene Frau neben mir.

»Es ist nicht viel. Für dich jedenfalls«, sagte sie.

»Woher willst du wissen, was für mich viel ist?«

»Ich muss mich hier nur umsehen.«

»Wie viel?«

»Ich muss neu anfangen. Ich habe da einen an der Angel. Ganz junger Bursche. Echter Rohdiamant. Total ausgeflippt, kann aber singen. Nicht wie dieser andere. Bei *Superstar* und *Star Search* ist er durchgefallen, aber ich hab ihn live gesehen und ich weiß, der Junge ist die Granate. Ich muss ihn mir sichern, bevor es ein anderer tut. Aber da muss ich in Vorleistung gehen. So ist das heute. Früher war das anders, da waren sie froh, wenn sie eine Dumme hatten, die sich für sie das Ohr abtelefonierte. Ich zahl es dir zurück, in ein paar Monaten, mit Zinsen, klare Sache!«

»Wie viel?«

Sie holte einen vorbereiteten Zettel aus der Innenseite ihres Jacketts und reichte ihn mir. Die Summe war unverschämt. »Komm am Montag wieder her. Früher Abend.«

»Oh Mann, danke, Felix. Ich wusste, auf dich kann man sich verlassen.«

Sie widerte mich an. Das beruhigte mich.

Sie trank den Champagner, den sie bisher nicht angerührt und der sämtliche Kohlensäure verloren hatte, in einem Zug aus. Dann legte sie wieder ihre Hand auf meine und sagte, sie könne gern warten, bis ich frei hätte, damit wir noch etwas zusammen unternähmen. Ich schüttelte den Kopf.

»Komm am Montag um sechs wieder her.«

Ohne mich zu verabschieden, ging ich Richtung Herrenklo, um mir die Hände zu waschen.

Am Sonntag stand ich früh auf, nachdem ich fast die ganze Nacht wach gelegen hatte, frühstückte und las die Zeitung vom Samstag. Vor dem Amtsgericht war es nach einem Scheidungsverfahren zu einer Messerstecherei gekommen, bei der drei Männer verletzt worden waren. Einem anderen Mann hatte man Kinderpornos auf das Mobiltelefon geschickt, nachdem er im SMS-Chat eines Fernsehsenders mit jemandem in Kontakt getreten war. An einer Eisenbahnbrücke hatte man sich gestern zwischen 11 und 13 Uhr mit roten Rosen fotografieren lassen können. Drei Männer zwischen achtzehn und zwanzig hatten den Einbruch in einen Drogeriemarkt gestanden. An der Universität hatte ein Aktionstag für studierende Mütter und Väter stattgefunden. An einem Krankenhaus war ein Zentrum zur besseren Betreuung von Multiple-Sklerose-Kranken eröffnet worden. Ein Schriftsteller, dessen Roman ein genaues Psychogramm unserer Gesellschaft entwarf, würde in der nächsten Woche bei einer Veranstaltung im Theater auf einen Philosophieprofessor treffen.

Danach setzte ich mich mit einer Tasse Kaffee ans Fenster, sah nach draußen und dachte an meinen Vater. Als ich damit fertig war, machte ich mich auf den Weg.

Vor dem Haus traf ich die junge Frau, die sich mit ihrem Mann oder Lebensgefährten eine Wohnung im zweiten Stock teilte. Man konnte sehen, dass sie geweint hatte. Sie grüßte stumm und hastete an mir vorbei. Ich konnte mich weder an ihren noch an den Namen des Mannes erinnern. Beide waren klein und hatten Übergewicht. Während die Frau sich Mühe gab, ihre Figur durch dunkle, weite Kleidung zu kaschieren, sah der Mann in den letzten Wochen zunehmend schlecht aus. Er ließ sich die Haare wachsen, wechselte seine Hemden viel zu selten und rasierte sich nicht mehr.

Ich ging in den Stadtpark und sah den alten Männern beim Schachspielen zu. Es war noch früh, aber sie waren schon mittendrin. Dem lauen, sonnigen Septembersonntag angemessen, waren sie alle leicht bekleidet, trugen Hemden mit kurzen Ärmeln, aber lange Hosen, und die meisten von ihnen helle Schuhe aus Kunstleder mit geflochtener Oberseite. Die beiden, die gerade gegeneinander spielten, trugen karierte Hemden, der eine in der Grundfarbe Rot, der andere in Blau. Der Rote hatte die schwarzen Figuren, der Blaue die Weißen. Zwischen den Zügen dachten sie lange nach, das Kinn auf der Brust, schweigend. An den Rändern standen die anderen, allesamt über fünfzig. Überraschend viele trugen Kopfbedeckungen, alte Schieber-, Prinz-Heinrich- und sogar Baskenmützen. Zwei hatten Basecaps, der eine mit einem eingekreisten G an der Vorderseite, das für die Green Bay Packers stand, wobei ich mir ziemlich sicher war, dass keiner der Anwesenden jemals von diesem Football-Team gehört hatte. Der andere hatte die traditionelle Mütze der New York Yankees auf seinem kahlen Schädel. »Alte Männer tragen Hüte«, hatte meine Mutter mir mal gesagt, als ich drei oder vier Jahre alt war, »damit ihnen der liebe Gott nicht in den Kopf gucken kann.« Dieser Satz hatte für mich damals viele Fragen aufgeworfen, die mir bis heute noch niemand beantworten konnte: Was sucht der liebe Gott in den Köpfen der alten Männer? Wieso wollen sie nicht, dass er da reinguckt? Verstecken sie etwas, das er nicht sehen darf? Und wie ist das mit den jungen Männern? Will der liebe Gott denen nicht in die Köpfe schauen? Wenn ja, warum nicht? Wenn er ihnen doch hineinschaut, wieso tragen die jungen Männer dann keine Hüte? Haben sie nichts zu verbergen? Oder wissen sie gar nicht, dass der liebe Gott ihnen in die Köpfe gucken will? Warum gaben die Alten den Jungen nicht einen Tipp? Und was ist mit den Frauen, egal ob jung oder alt? Ich fragte meine Mutter, ob die alten Frauen auch Hüte trugen, damit ihnen der liebe Gott nicht in den Kopf schaute, aber meine Mutter sagte, da müsse er nicht reingucken, weil er genau wisse, was drin sei.

»Woher?«, wollte ich wissen.

»Weil die Frauen sich ihr ganzes Leben lang beklagen. Deshalb weiß er Bescheid.«

»Wieso beklagen sich die Frauen ihr ganzes Leben?«

Meine Mutter machte eine lange Pause, und ich dachte schon, sie wolle gar nicht mehr antworten. Schließlich aber sagte sie: »Ich schätze mal, so sind sie einfach, die Weiber.«

Der Rote ließ sich für seinen nächsten Zug immer noch ein wenig mehr Zeit als der Blaue, der sich zwischendurch ständig Zigaretten ansteckte. Der Green-Bay-Packers-Fan rauchte eine billige Zigarre, deren Geruch sich über unsere Köpfe legte. Der Blaue bewegte eine Figur von hier nach da, und danach dauerte die Pause besonders lang. Plötzlich legte der Rote eine seiner Figuren flach auf den Boden, ging zu dem Blauen und gab ihm die Hand, die der Blaue mit beiden behaarten Pranken umschloss, als wollte er sich dafür entschuldigen, dass er gewonnen hatte. Die beiden traten zur Seite und diskutierten gedämpft die zurückliegende Partie, während zwei andere die Figuren wieder in ihre Ausgangspositionen brachten. Ich kam mir vor wie beim Treffen einer Geheimloge.

Als Nächstes spielten die New York Yankees gegen ein weißes Hemd, das sich über einem kompakten Altersbauch spannte. Dieses Match ging schneller vonstatten und war nach nur wenig mehr als zwanzig Minuten beendet, was ein plötzliches, anscheinend grundloses Gelächter der Umstehenden zur Folge hatte.

Es erschien ein kleines Männchen mit schütterem Haar, ging in die Knie und fegte mit einem Handfeger Zigaretten- und Zigarrenstummel auf ein Kehrblech, trug das zu einem der am Weg stehenden Papierkörbe und entsorgte den Müll. Das machte das Männchen jeden Sonntag, für diesen Job war es fest eingeteilt, und es machte diesen Job gut.

Ich stand auf und ging in diese kleine, leicht heruntergekommene Eisdiele in der Nähe des Parkausgangs. Ich war der einzige Gast. Ein gelangweilter Italiener Mitte vierzig lehnte sich, nachdem er mir einen Kaffee gebracht hatte, gegen die Eistheke und nagte sehr konzentriert an seinen Fingernägeln. Zwischendurch betrachtete er sie und schob sie wieder zwischen die Zähne. An einem Tisch in der Ecke war eine etwa gleich alte Frau in einem weißen Kittel, mit geschwollenen Füßen in ausgelatschten Sandalen über die Lokalzeitung gebeugt, und kommentierte, was sie las, mit Kopfschütteln.

Der Kaffee war sehr bitter. Bevor ich einen zweiten bestellen konnte, stieß ein junger Mann in einer rot-gelben Sportjacke, die Hände in den Taschen einer Jeans vergraben, deren Gesäßtaschen etwa in Kniehöhe hingen, die Tür mit seinem Hinterteil auf und kam herein. Die Jacke hing ihm so weit hinten, dass sie fast von den Schultern rutschte. Er ging hinter den Tresen und machte sich einen Espresso. Die Maschine machte Lärm. Der Junge stürzte den Espresso in einem Zug hinunter, tippte auf eine Taste der Registrierkasse, nahm etwas Geld aus der Schublade und verschwand wieder.

Ich sah auf die Uhr, zahlte und machte mich auf den Weg ins Kino, wo ich während der Werbung einschlief und erst wieder wach wurde, als eine Frau die Reihen nach leeren Flaschen absuchte und die Reste des Popcorns zusammenfegte.

Kurz nach halb sechs stand ich bei Ernesto vor der Tür. Ich wartete ein paar Sekunden, bis ich wieder bei Atem war, und klingelte. Annemarie öffnete, legte mir eine Hand an den Oberarm, beugte sich vor, hob fast ein wenig ab und küsste mich auf die Wange. Sie roch nach Parfüm und Wein.
»Du musst entschuldigen«, sagte sie, »als ich die Flasche geöffnet hatte, konnte ich nicht widerstehen.«
Sie trank nicht oft, und schon das erste Glas zeigte bei ihr Wirkung.
»Ich habe ihr gesagt, sie soll es lassen, der Abend ist lang, aber sie hört ja nicht auf mich.« Ernesto stand in der Küchentür, mit einem Stück Käse in der Hand. Wir umarmten uns, und er hob mich ein Stückchen vom Boden hoch, wie er es immer machte, seitdem wir Kinder gewesen waren.
Annemarie hakte sich bei mir ein. »Wie machst du das?«, fragte sie mich. »Das sind vier Stockwerke, aber du bist überhaupt nicht außer Atem!«
Sie führte mich in die Küche, wo der Tisch gedeckt war. Sie hielten sich fast ausschließlich in der Küche auf. Das Wohnzimmer war zum Rauchen und zum Lesen da. Fern sahen sie so gut wie nie, obwohl sie einen kleinen Farbfernseher besaßen, den sie von Annemaries Vater geerbt hatten. Das Wohnzimmer, eine Abstellkammer am Ende der Diele sowie ein ganzer Kellerraum waren vollgestopft mit den Büchern, die mal Jürgen, Ernestos Vater, gehört hatten. Viel politisches Zeug, vergilbte Taschenbücher, Marx und Engels,

amerikanischer Imperialismus, deutscher Faschismus, internationaler Alles-Ismus und Krimis, zentnerweise Krimis, Chandler, Hammett, Highsmith, aber auch Sjöwall und Wahlöö, was ich als Kind eigenartig fand: schwedische Krimis, Menschen mit zwei ö im Namen. Wenn ich an den Regalen entlangging, musste ich an meine Mutter als junge Frau denken, obwohl sie damals älter war als die wirklich jungen Frauen. Ich musste an einsame Abende unter dem Küchentisch denken, umringt von Füßen, eingehüllt in Gelächter über Witze, die ich nicht verstand.

Auf dem Tisch standen Wein, Käse und Brot. Ich setzte mich, während Ernesto sich bückte, um eine lose Kachel wieder am Boden zu befestigen. Er sagte, der Boden sei in die Jahre gekommen, immer mehr Kacheln seien locker. Eigentlich müsste er alles neu verlegen. Annemarie meinte, er solle nicht übertreiben.

»Wo ist der Kleber?«, fragte Ernesto.

»In der Kammer.«

Ernesto öffnete die schmale Tür neben dem Herd, ging in die Hocke und wühlte in einer Kiste herum. In dem Regal darüber standen Lebensmittel. Mit einer Tube in der Hand ging Ernesto zu der losen Kachel, nahm sie auf und trug eine milchige Paste an der Unterseite auf.

»Muss das jetzt sein?«, fragte Annemarie.

»Ich vergesse es sonst.«

»Dieses Zeug stinkt«, sagte Annemarie in meiner Richtung.

Ich hob die Hand und schüttelte den Kopf. Mir machte das nichts aus.

»Es ist nur eine einzige Kachel«, sagte Ernesto. »Da ist es nicht so viel Kleber.«

Annemarie nahm meine Hand. »Das hättest du auch

morgen machen können.« Ihre Hände waren sehr schön, mit langen Fingern, deren Nägel perfekte kleine Monde hatten.

»Dieses Ding«, sagte Ernesto, trat die Kachel mit dem Fuß fest und blieb noch ein paar Sekunden darauf stehen, »stand so ein bisschen hoch. Da kann man drüber stolpern. Oder man haut sie ständig wieder raus. Das ist doch nervig.«

»Können wir jetzt essen?«

»Hast du dir wieder die alten Männer angesehen?«, wollte Ernesto wissen, als er sich an den Tisch setzte und mir Wein einschenkte.

Ich erzählte ihm, wie es gewesen war. Er hatte mich schon ein paar Mal begleitet, aber meistens ging ich allein hin, und das war mir auch lieber so.

»Schön, dass du gekommen bist«, sagte Annemarie, und sie meinte es so. Sie berührte meine Hand. Sie fasste gern Menschen an, jedenfalls wenn sie sie mochte. Seit über zehn Jahren war sie mit Ernesto zusammen.

»Es ist gut«, fuhr sie fort, »dass du rausgehst und nicht zu Hause sitzt und dich bedauerst.«

»Du brauchst ihn nicht zu therapieren«, unterbrach Ernesto. »Er ist keiner deiner Patienten.«

Annemarie lachte. Ihre Augen glänzten alkoholisch unter ihren kleinen, roten Locken, die sie immer bis auf die Nasenwurzel wachsen ließ, weil sie meinte, ihre Stirn wölbe sich zu weit vor. Ich konnte das nicht beurteilen, ich hatte ihre Stirn noch nie gesehen. Annemarie war klein, aber wenn sie im Raum war, bemerkte man sie. Sie trug ein ärmelloses schwarzes Oberteil mit einem hohen Bördchen, das ihren schmalen, langen Hals umschloss. Als Kind hatten ihr ihre Sommersprossen und die roten Haare Probleme gemacht, und noch heute tendierten Menschen, die sie nicht kannten, dazu, sie nicht ernst zu nehmen, weil sie so mädchenhaft wirkte.

Wir tranken Wein. Ich hielt mich mit dem Essen zurück. Ernesto erzählte von den Kindern, mit denen er arbeitete. Er glaubte noch immer daran, da etwas bewegen zu können. Ich beneidete ihn um seinen Optimismus, auch um seine Energie und seinen Willen, sich nicht entmutigen zu lassen. Ich fragte mich, ob Annemarie Renz helfen könnte, obwohl mir nicht einmal klar war, was er für Probleme hatte. Vielleicht war er nur ein wenig merkwürdig, stand vor der Tür und hielt ein Tau umklammert, einfach, weil es ihm Spaß machte, und solange er niemandem wehtat, war es seine Angelegenheit. Ich war neugierig. Am liebsten wäre ich in seine Wohnung geschlichen, um mich dort umzusehen und mehr über ihn zu erfahren. Er erinnerte mich an jemanden, den ich früher gekannt hatte. Er erinnerte mich an mehrere Jungs und Männer, auch Mädchen und Frauen, die ein wenig anders waren, anders als andere, anders als ich. Das hatte mich immer interessiert.

Annemarie stützte ihren Kopf in eine Hand und fasste mich wieder an. »Gut siehst du aus«, sagte sie. Ihre Zunge war schon etwas schwerer geworden, ihr Gesicht war gerötet und sie kicherte. Sie hatte eine gewisse Wirkung auf Männer. Manche verstanden ihre Zutraulichkeiten als Annäherung, was grundfalsch war. Anderen ging sie auf die Nerven, weil man immer den Eindruck hatte, als sehe sie etwas in einem, von dem man selbst nichts wusste.

»Du hast wieder etwas Farbe bekommen«, sagte sie.

»Das macht der Wein«, antwortete ich.

»Erzähl uns ein paar Geschichten aus deinem Laden. Was geht da vor sich?«

Ich musste zugeben, dass ich es selbst nicht so genau wusste, aber das war nichts Neues.

»Diese Neue«, sagte Ernesto, »die mit den komischen Haaren ...«

»Mein Mann ist ein bisschen verliebt.«

»Sie ist interessant«, fuhr Ernesto fort. »Wie macht sie sich?«

»Sie ist nicht mehr neu«, sagte ich. »Sie hat alles sehr gut im Griff, und sie versteht sich mit Walter, was ja das Wichtigste ist. Ich weiß nur nicht, wie lange sie bleiben will, schließlich studiert sie noch.«

»Und du?«, fragte Annemarie. »Was willst du jetzt machen?«

»Nichts Besonderes.«

»Lass ihn doch in Ruhe«, meinte Ernesto.

Es machte mir nichts aus, dass Annemarie wissen wollte, wie es mir ging. Ich überlegte, wie viel ich den beiden sagen wollte. Dann ging der Moment vorbei. Ernesto erzählte einen Witz, über den ich sehr lachen musste, aber vielleicht lag das an dem Wein, denn kurz darauf hatte ich ihn schon wieder vergessen.

Um neun war ich im *Moon*. Walter schüttelte den Kopf und fragte, warum ich mich nicht ein wenig schonte. Ich sagte, ich wolle nicht allein sein, und da nickte er.

»Hast du getrunken?«

»Nur ein bisschen Wein.«

Ich half hinter dem Tresen. Gegen halb zehn wurde ich an einen der großen, runden Tische im hinteren Teil gerufen, unter den extrem vergrößerten, grobkörnigen Schwarzweißfotografien von Nick Drake, Tim Buckley und Gram Parsons. Acht Leute konnten an diesen Tischen Platz finden.

In diesem Fall waren alle Stühle besetzt, und man hatte noch die beiden Kinderstühle dazwischengequetscht. Es war gleich zu sehen, um wen es hier ging: einen beleibten, halslosen Mann von Mitte sechzig. Sein Gesicht war gerötet und sein kahler Schädel glänzte. Um ihn herum saß seine Familie. Töchter oder Söhne mit ihren Männern oder Frauen, dazu zwei Enkel.

»Kommen Sie her!«, rief der Mann mir zu. »Nehmen Sie sich einen Stuhl!«

Alle rückten ein wenig zusammen, um mir Platz zu machen. Der Glatzkopf griff mir unter die Sitzfläche und zog mich noch näher zu sich heran. Er griff nach der Flasche Champagner in dem mit Eiswürfeln gefüllten Kühler in der Mitte des von leer gegessenen Tellern gerahmten Tisches. Ich winkte einem der Kellner, damit er abräumte. Der Glatzkopf goss Champagner in ein unbenutztes Glas, stellte es vor mich hin und stieß mit seinem eigenen so heftig dagegen, dass es fast umgekippt wäre. Ein hochgewachsener Junge mit blonder Tolle, der, glaube ich, Rolf hieß, und die schmale, dunkle Carola nahmen sich der Teller an. Der Glatzkopf sagte, hier werde sein Geburtstag gefeiert, und dass es die Idee seines Sohnes gewesen sei, hierher zu kommen. Mit seinem Glas zeigte er auf einen untersetzten Mann, mit teigigen Gesichtszügen, der mir zunickte, dann aber gleich wieder wegsah. Neben ihm saß eine Frau in einem hellen Kleid, mit einer weißen Perlenkette um den Hals. Sie hatte Ränder unter den Augen und eine große Nase, lächelte mir zu und fasste an ihre Kette. Zuerst, meinte der Glatzkopf, sei er von der Idee nicht begeistert gewesen, schon wegen des Namens, er sei kein Freund des Englischen. Außerdem habe er das Lokal, das früher hier gewesen sei, noch in schlechter Erinnerung, aber sein Sohn habe nicht lockergelassen, und jetzt müsse er sagen, er sei kolossal dankbar. Kolossal gutes Essen, kolossal guter Wein und kolossal schöne Bedienungen. Er sagte nicht schön, sondern etwas anderes. Und fragte, ob ich ihm »die Kleine« nicht zum Mitnehmen fertig machen könnte. Er meinte Carola. Ich versuchte ein Lachen und trank von dem Champagner.

»War nicht billig«, sagte der Glatzkopf und machte eine Armbewegung, die das ganze Lokal einschloss. Das war immer das Einzige, was allen einfiel: Läuft gut, war nicht billig.

Ich lachte wieder, wiegte den Kopf hin und her und fragte, ob ich die Herrschaften zu einem Digestif einladen dürfe, was mir eine Gelegenheit bot, hier wegzukommen. Der Glatzkopf schlug mir auf die Schulter, und ich stand auf, um mich darum zu kümmern.

Am Montagvormittag rief Elena an und sagte, es gebe ein Problem. Ich machte mich gleich auf den Weg. Im Hausflur traf ich Renz. Er trug ein rotes, kurzärmeliges T-Shirt, auf dem in abblätternden Buchstaben *1st Brigade* zu lesen war. Er hob die Hand, ich nickte ihm zu und nahm meine Wagenschlüssel aus der Jackentasche, um Eile anzudeuten.

Renz sagte: »Ich habe Sie gehört.«

Ich war schon ein paar Stufen tiefer als er, blieb stehen und sah zu ihm hoch. »Was meinen Sie damit?«

»Träumen Sie schlecht?«

»Ich schlafe ja nicht mal.«

»Nicht heute Nacht«, sagte Renz. »Ganz allgemein.« Er fuhr sich mit der Hand über die Wange. »Ich höre Sie, wenn ich vor Ihrer Tür stehe. Sie träumen schlecht.«

»Vielleicht träume ich, dass jemand vor meiner Tür steht und mich belauscht.«

Renz lächelte. »Belauschen ist ein schönes, altmodisches Wort.«

Vor dem *Pink Moon* stand der Lieferwagen der Brauerei.

Auf dem Beifahrersitz saß ein junger Mann und rauchte, den rechten Fuß gegen das Armaturenbrett gestemmt. Drinnen war Elena mit einem zweiten Bierlieferanten in etwas vertieft, das von weitem wie ein Streit aussah. Als sie mich sah, entspannten sich ihre Züge, sie sagte etwas zu dem Mann in der grünen Arbeitskleidung mit dem Logo der Brauerei auf der Brusttasche, der Mann drehte sich um und kam auf mich zu. Er war etwa so groß wie ich, aber viel kräftiger. Um seinen geröteten Schädel zog sich ein dunkler Haarkranz, der hinten ein wenig zu lang war. Das Auffälligste in seinem Gesicht war eine grotesk geschwollene Nase. Er streckte mir ein Klemmbrett entgegen und holte hinter dem rechten Ohr einen billigen Kugelschreiber aus schwarzem Plastik hervor. Die wöchentliche Bierlieferung. Meine Befürchtung, der Mann rieche nach Schweiß und Alkohol, bestätigte sich nicht. Seine Arbeitskleidung verströmte einen undeutlichen Waschmittelduft. Ich nahm den Lieferschein. Der Mann grinste. Er hatte einen guten Oberkiefer. Er machte eine Kopfbewegung in Richtung Elena, verbreiterte sein Grinsen und bewegte die geballte Faust seiner freien Hand vor seinem Oberkörper waagerecht rhythmisch hin und her. Ich unterschrieb. Der Mann tippte sich an die Stirn und ging nach draußen zu dem Lieferwagen.

»Ekelhafter Typ«, sagte Elena.

»Was war los?«

»Die haben das Bier gebracht. Wie ich den Keller aufkriege, wusste ich ja, aber als er sagte, ich soll unterschreiben, wusste ich nicht, ob das in Ordnung ist. Da hat er sich gleich aufgeregt.«

»Wo ist Walter?«

»Ich habe ihn heute noch nicht gesehen.«

Zwei ältere Damen kamen herein, setzten sich ans Fenster und winkten Elena herbei. Ich ging nach hinten ins Büro und rief bei Walter an, aber es meldete sich nur der Anrufbeantworter. Ich ging wieder nach vorn. Elena stand an der Kaffeemaschine und fragte mich, ob wir schon Kuchen hätten. Es war kurz nach halb zwölf.

»Ich weiß nicht, wie Walter das handhabt.«

»Ist er krank?«

Ich hatte keine Ahnung. »Er kommt später«, sagte ich.

Karol, der Koch, kam pünktlich. Als die ersten Gäste für das Mittagessen erschienen, war Walter noch immer nicht aufgetaucht. Elena und die zweite Kellnerin (eine Neue, deren Namen ich nicht kannte) bedienten an den Tischen, während ich versuchte, den Tresen zu versorgen. Ich war ziemlich aus der Übung, und es war einiges los.

Als sich alles wieder beruhigt hatte, sah ich Walter vor dem Fenster stehen. Er war unrasiert und machte den Eindruck, als habe er in seinem Anzug übernachtet. Da er nicht hereinkam, ging ich raus zu ihm und fragte, ob alles in Ordnung sei. Als er mich sah, drückte er die Schultern zurück und straffte mit einer schnellen Bewegung sein Jackett. »Ich bin etwas spät dran«, sagte er und schob sich an mir vorbei. Ohne Elena und die neue Kellnerin zu begrüßen, ging er nach hinten ins Büro. Ich folgte ihm und nahm mir vor, ihm keine Vorwürfe zu machen. Es war noch nie vorgekommen, dass Walter zu spät kam. Ich wollte nicht kleinlich erscheinen.

Als ich ins Büro kam, hatte er sich schon bis auf die

Unterwäsche ausgezogen. Er nahm ein frisches Hemd aus einem der Aktenschränke. Ich wusste, dass er Kleidung zum Wechseln hier aufbewahrte, falls ihm oder jemand anderem beim Bedienen ein Missgeschick passierte. Er ging ins kleine Bad, das ich vor einigen Jahren auf seine Anregung hin hatte einbauen lassen, und stellte die Dusche an. Ich fragte ihn, ob ich ihm helfen könne, und er sagte, er könne sich allein einseifen.

Später saß ich mit Elena an einem der Tische, und wir tranken Kaffee. Die andere Kellnerin stand hinter dem Tresen und rauchte. Ich fragte mich, ob der Anblick einer gelangweilt an einer Zigarette ziehenden jungen Frau ein gutes Aushängeschild war, aber da der Laden gerade leer war, sagte ich nichts.

Geduscht und rasiert, in frischen Sachen und freundlich lächelnd setzte sich Walter zu uns und ließ sich berichten, wie das Mittagsgeschäft gelaufen war. Er machte eine scherzhafte Bemerkung darüber, dass es mir doch sicher gut getan habe, mal wieder richtig zu arbeiten, sagte aber nichts zu den Gründen für seine Verspätung. Elena warf mir einen Blick zu, den ich nicht deuten konnte. Dann kamen Gäste.

Ich fragte Walter nach der neuen Kellnerin, und er sagte mir ihren Namen, den ich gleich darauf wieder vergaß. Sie sei nur auf Probe, und er glaube nicht, dass er sie übernehmen werde. Sie sei langsam und begriffsstutzig und könne ihren breiten Dialekt offenbar nicht ablegen. Ich sagte, der sei mir nicht aufgefallen, und auch sonst habe sie sich im Mittagsgeschäft ganz gut gehalten.

»Wenn sie dir so gut gefällt, dann behalten wir sie natürlich«, sagte Walter. »Soll ich sie nach dem Dienst zu dir nach Hause schicken? Nackt, mit einem Schleifchen um den Kopf?«

Ich sah ihn an und vermutete, dass es keinen Sinn hatte, sich heute mit ihm zu streiten. »Ich muss los«, sagte ich und winkte Elena und der Neuen zu.

Ich war zu früh im Clubhaus, obwohl ich noch bei der Bank gewesen war, um das Geld für Maxima zu besorgen. Ich wartete im Café auf Wöhler, trank etwas Mineralwasser ohne Kohlensäure, nickte ein paar Leuten zu, die ich vom Sehen kannte, und blickte durch die Glasscheibe in die Halle hinunter, wo auf allen vier Plätzen gespielt wurde. Hinter dem Tresen stand ein junger Mann, den ich hier noch nie gesehen hatte, der mich aber beim Hereinkommen begrüßt hatte wie einen alten Bekannten. Zwischen seinen Schneidezähnen hatte dabei etwas aufgeblitzt, das aussah wie ein kleiner Diamant.

Wöhler war der Einzige von meinen Gästen, mit denen ich mich je angefreundet hatte. Fünf Jahre war das jetzt her. Damals blieb ich noch selbst bis zum Schluss im *Moon*, machte die Abrechnung und schloss die Türen ab. Wöhler, den ich bis dahin nur in Begleitung seiner Frau gesehen hatte, hockte allein in der Ecke mit einer ganzen Flasche Malzwhiskey neben sich. Ich setzte mich zu ihm und hörte mir an, was er zu sagen hatte. Eheprobleme, nichts Außergewöhnliches. Ich ließ ihn auf meinem Sofa übernachten. Die Sache mit seiner Frau, Julia, renkte sich wieder ein, und sie kamen noch häufiger ins *Moon* als vorher ohnehin schon. Wir fingen an, uns auch privat zu treffen, die beiden boten mir das Du an und stellten mir Frauen vor, von denen sie glaubten, dass sie mir gefielen. Wöhler hatte einiges von dem, was ich nicht hatte. Er konnte laut werden und sich beschweren. Im *Moon* hatte er keinen Grund dazu, aber ich war schon mit ihm und Julia in anderen Restaurants und

Cafés gewesen, wo er sich über den Service oder das Essen beklagt hatte. Er hatte Recht gehabt, aber ich wäre nie auf die Idee gekommen, so aufzutrumpfen. Julia sagte mir einmal, dass sie diese Seite an ihm besonders interessiere, dieses Herrische, sich Vorreckende. Gleichzeitig sei es ein Problem zwischen ihnen, weil er dieses Verhalten auch ihr gegenüber zeigte. Es war nicht so, dass ich so sein wollte wie er, aber bisweilen war es nicht uninteressant, ihm zuzusehen.

Ein paar Minuten später kam Wöhler herein und sagte, eine eigentlich für heute Morgen angesetzte Besprechung sei kurzfristig verschoben worden und habe dann länger gedauert als geplant. Aber nun sei er ja hier und werde mich vom Platz fegen wie einen Anfänger. Wöhler war achtunddreißig, einen Kopf kleiner als ich (und einen halben kleiner als Julia), aber sehr kräftig, ohne fett zu sein, der seltene Fall eines Naturwissenschaftlers mit Muskeln. Sein Haar hatte schon länger begonnen, sich zu lichten, also rasierte er es regelmäßig auf eine Länge von fünf Millimetern herunter. Sein fleischiges Gesicht strahlte ganzjährig, und seine Augen waren von Lachfältchen umgeben.

Wir zogen uns schweigend um, verstauten unsere Sachen in den länglichen Spinden mit den gelben Kunststofftüren, wickelten die Schlüsselbänder um unsere Handgelenke wie Teenager im Freibad und warteten am Eingang zu unserem Court, bis die beiden gemischten Doppel fertig waren. Wir schlugen uns zehn Minuten ein, dann warfen wir eine Münze. Wöhler wählte Aufschlag. Er hielt den Ball an den gesenkten Schläger, wippte ein paarmal vor und zurück, ging beim Ballwurf in die Knie, erwischte die Filzkugel am höchsten Punkt und hob ein paar Zentimeter vom Boden ab. Sein Aufschlag war hart, hatte aber keinen Effet. Ich spielte einen brauchbaren Rückhand-Return. Wöhler trieb mich mit einer Vorhand weit aus dem Feld. Ich erwischte den Ball nur knapp, und Wöhler machte den Punkt mit einem Volley.

Gegen Wöhler musste man abwarten. Er begann stark, spielte aber sehr kraftraubend und verlor nach einer halben Stunde ein wenig die Konzentration. Er brachte seine ersten Aufschlagspiele zu null oder zu fünfzehn durch, wogegen ich einige Male über Einstand musste und dann beim Stande von 4:4 das Service abgab. Im zweiten Satz machte ich ihm das Leben schwerer, verlor aber trotzdem 5:7.

»Nicht schlecht«, rief Wöhler, als wir fertig waren.

Später saßen wir im Café und tranken Bier. Der Mann hinter dem Tresen zeigte uns mehrmals seinen kleinen Diamanten. Wöhler sagte, es sei kein Wunder, dass ich es im zweiten Satz leichter gehabt hätte. Seit er Institutsleiter geworden sei, raubten ihm die ganzen Sitzungen noch den letzten Nerv. Na ja, und außerdem habe er da noch ein paar andere Sachen im Kopf. Dankbar atmete er durch, als ich ihn aufforderte, mehr zu erzählen.

»Eine Frau«, sagte er und bestellte noch zwei Bier. »Getroffen auf dem Siebzigsten meines Vaters. Du kennst doch meinen Vater?«

Vor zwei Jahren etwa waren die beiden zusammen im *Moon* gewesen, und ich hatte mich zu ihnen gesetzt. Sein Vater war etwas ruppig, aber nicht unsympathisch. Er sah gut aus mit seinen grauen Schläfen. Vater und Sohn schienen sich gut zu verstehen.

»Wie geht es ihm?«

»Ausgezeichnet. Ganz großer Bahnhof zu seinem Geburtstag. Erst hat er so getan, als würde es ihm nicht passen, aber schließlich konnte er nicht genug kriegen von diesen ganzen Ehrbezeugungen, den Gedichten der Enkel und den Reden seiner Freunde. Sogar meine Mutter war da, mit ihrem dritten Mann. Und beide haben die Party lebend verlassen. Aber zur Sache. Eine Frau, die Tochter eines Geschäftsfreundes meines alten Herrn. Julia ist früher gegangen, weil ihr schlecht war, wirklich, es war wie im Film, und ich habe mit dieser Frau getanzt, ganz unschuldig, langsamer Walzer, Cha-Cha-Cha oder so was, keinen Tango oder Lambada. Sie hat gelacht und gesagt, ich könne gut tanzen, und dann hat sie sich verabschiedet, aber als ich schließlich mit dem Wagen nach Hause gefahren bin ... Ich hätte natürlich ein Taxi nehmen sollen, ich hatte ein bisschen was getrunken. Nicht, dass das eine Entschuldigung sein soll, nur: Ein Taxi hätte ich doch nicht anhalten lassen, als ich sie da allein durch den Regen gehen sah! Aber allein im Auto und so leicht angetrunken, hab ich gedacht, ich bin ein guter Mensch, und habe angehalten, und sie ist zu mir ins Auto gestiegen, mit ihren nassen, gelockten Haaren. Und wenn sie nur ein paar Straßen weiter gewohnt hätte, wäre auch alles in Ordnung gewesen, aber sie wohnte am anderen Ende der Stadt, und bis wir da ankamen, haben wir uns großartig unterhalten, sie ist witzig, weißt du, intelligent, das alles, und vor ihrem Haus haben wir noch eine Stunde weitergeredet. Als sie dann aussteigen wollte, hat sie mich auf die Wange geküsst, ganz harmlos, einfach nur, um Danke zu sagen. Dann ist sie sitzen geblieben und hat nichts gesagt und nichts getan, nicht mal die Tür hat sie aufgemacht, und dann hat sie mich wieder auf die Wange geküsst, als wollte sie jetzt wirklich aussteigen, und da habe ich meine Hand in ihren Nacken gelegt« – Wöhlers Stimme war zu einem Flüstern herabgesunken, er hatte sich weit über den Tisch gebeugt und ich war ihm aus Höflichkeit ein wenig entgegengekommen – »und habe sie auf den Mund geküsst, und verdammte Scheiße, Felix, so bin ich nicht mehr geküsst worden, seit ich sechzehn war. Ich konnte gar nicht mehr aufhören, und bevor ich wusste, was los war, hat sie ihre Hand in meiner Hose, und dann hat sie mir da, in meinem Wagen, einfach so, einen geblasen, dass mir fast das Hirn gekocht hat, und als sie endlich ausgestiegen ist, wusste ich gar nicht, ob das wirklich passiert war. Mein Gott, sie ist Mitte zwanzig, schön wie die Sünde und absolut verrückt nach mir. Was soll ich nur machen?«

»Ich weiß nicht. Was ist mit Julia?«

»Ich weiß, ich weiß, ich weiß. Ich bin so unglaublich glücklich mit Julia. Seit zehn, nein seit zwölf Jahren, aber Dita …«

»Dita? Sie heißt Dita?«

Mit Daumen und Zeigefinger wischte sich Wöhler den Speichel ab, der sich in seinen Mundwinkeln angesammelt hatte. »Dita ist unglaublich, ich habe so etwas noch nie … Hast du so was schon mal … Ich will nicht, also du weißt schon, Julia verlassen oder so, aber ich kann mich einfach nicht zusammenreißen. Bis an mein Lebensende nur noch diese eine Frau, also nicht dass du mich falsch verstehst, diese eine, ganz spezielle Frau ist mehr als genug für ein ganzes Leben, aber wenn einem so eine Gelegenheit … Vielleicht habe ich zu früh geheiratet. Aber ich musste mir Julia sichern, das wusste ich. Sie war das große Los, aber trotzdem, verdammt noch mal, was soll ich tun?«

Wöhler leerte sein Glas und bestellte zwei neue. Ich lauschte seinen Schluckgeräuschen und dem unregelmäßigen Pock-Pock der Ballwechsel hinter der Scheibe.

»Ich weiß«, machte Wöhler weiter, »man kann nie sagen, wo es hinführt, wenn man einmal angefangen hat, aber es wäre doch nichts für die Ewigkeit, ein wenig Spaß unter Erwachsenen. Herrgott, du müsstest sie sehen. Sie ist was ganz Besonderes. Da ist etwas ... Ich weiß noch nicht genau, was. Ich habe noch nie eine Frau, mit der ich zusammen war, betrogen, noch nie! Ich bin betrogen *worden*, das ja, und nicht zu knapp, und vielleicht muss man das einfach mal gemacht haben, um es ablegen zu können, unter Erfahrung, ich würde Julia nie wehtun, sie soll es natürlich niemals erfahren. Ich will es auch nicht wissen, wenn sie so etwas tut. Keine Ahnung, ob es mir was ausmachen würde. Ich könnte damit leben, es nicht zu wissen. Herrgott, was sage ich denn da! Wenn ich es nicht wüsste, wüsste ich es nicht, und wenn sie mir keine Hinweise liefert, werde ich auch nicht misstrauisch, und alles wäre in Ordnung, und irgendwann würden wir uns gegenseitig unseren kleinen Fehltritt beichten und darüber lachen, und dann lehnen wir uns alt und weise in unseren Sesseln zurück oder sterben eng umschlungen und glücklich und alles ...«

Ich wartete, ob es weiterging. Dann fragte ich, was er von mir erwarte.

»Soll ich ehrlich sein? Ich will, dass du mir sagst, es ist in Ordnung. Es ist keine Sünde. Ich darf es tun.«

Als ich wieder ins *Moon* kam, war Maxima schon da. Sie saß auf dem gleichen Platz wie am Samstag und trug das gleiche Jackett, dazu eine enge schwarze Lederhose und eine schwarze Bluse. Ihre Augen waren von einer großen Sonnenbrille verdeckt. Sie sah mich nicht an, als ich sie begrüßte.

»Du hast noch nichts zu trinken?«

»Lass uns nach draußen gehen.«

Das Wetter war den ganzen Tag über gut gewesen, jetzt zogen Wolken auf, doch es war noch immer warm genug, dass die Tische vor den Lokalen der Fußgängerzone gut besetzt waren. Die Leute versuchten, dem Spätsommer die letzten guten Abende abzuringen.

Maxima sagte nichts, sondern starrte beim Gehen nur auf den Boden.

»Wie ist es dir am liebsten?«, fragte ich. »Soll ich dir einfach das Geld geben?« Sie hatte Bargeld gewollt, ich trug einen Umschlag bei mir. Große, gewichtslose Scheine.

»Sei doch nicht so«, sagte sie.

»Wie bin ich denn?«

»Können wir uns ein wenig unterhalten?«

»Du bist es, die keinen Ton sagt.«

Ich sah sie von der Seite her an. Sie wandte den Kopf ab, so dass ich unter ihre Brille sehen konnte. Ihr Jochbein war geschwollen und blau angelaufen. Ich fragte, ob es ihr gut gehe. Die Wolken hatten sich jetzt zu einer geschlossenen grauen Decke vereint.

»Sieh mal, da hinten, die beiden«, sagte sie plötzlich und deutete auf ein junges Pärchen auf der anderen Seite des Platzes, den wir gerade überquerten. Das Mädchen saß auf einer halbhohen Mauer, die den Freisitz eines Cafés begrenzte, und der Junge stand zwischen ihren gespreizten Beinen, die Hände auf ihren Oberschenkeln auf und ab bewegend. Gerade als ich hinsah, schob das Mädchen ihre Hände in die Gesäßtaschen der Jeans des Jungen, zog ihn noch näher an sich heran und legte den Kopf schräg, um den Jungen zu küssen.

»Was fällt dir zu denen ein?«, fragte Maxima.

»Nichts«, sagte ich,

»Komm schon! Wo kommt er her, was macht er? Wie haben sie sich kennen gelernt, was haben sie für Probleme? Wie treiben sie es miteinander? Würdest du nicht sagen, dass sie eindeutig das Heft in der Hand hat? Komm, stell dir vor, wie sie es machen und worüber sie reden und wie ihre Wohnung aussieht. Meinst du, sie wohnen schon zusammen? Sie sehen nicht aus, als hätten sie viel Geld, wahrscheinlich liegt da einfach nur eine alte Matratze in der Ecke, und im Winter frieren sie, weil es durch die Fensterritzen zieht, also müssen sie sich in der Nacht noch enger aneinanderschmiegen, damit ...«

»Vielleicht ziehen sie sich auch einfach nur warm an.«

»Vielleicht, ja, du hast Recht, los, stell es dir vor! Schlafen sie mit dicken Socken an den Füßen? In Rollkragenpullovern? Los, mach mit!«

Ich holte den Umschlag aus der Jackentasche und hielt ihn ihr hin. Sie zögerte kurz und riss ihn mir dann aus der Hand. Sie sagte, sie werde mir das Geld so schnell wie möglich zurückzahlen, mit Zinsen, und ob ich einen Vertrag mit ihr machen wolle. Ich sagte, das sei nicht nötig, und sie nickte. Die ersten Tropfen fielen, aber wir gingen weiter. Sie griff blind nach meiner Hand, verfehlte sie und gab auf.

Zurück im *Moon*, durchnässt vom mittlerweile heftig fallenden Regen, nutzte ich zum ersten Mal selbst die Bürodusche. Walter hatte das Bad mit kleinen, sechs mal sechs Zentimeter großen, blutroten Kacheln fliesen lassen. In den Sechzigern war so etwas schick gewesen. Die Brille auf der weißen Toilettenschüssel war schwarz, was mich an die Toilette von Oma und Opa Nowak erinnerte, den Großeltern, die ich als Kind mit meiner Mutter einige Male hatte besuchen müssen. Ich hatte mich bei ihnen nie wohl gefühlt, genau wie meine Mutter, die eine fast körperliche Abneigung gegen ihre Eltern zu haben schien. Auf dem Weg dorthin war sie meist nervös und fahrig geworden, hatte plötzlich gehustet und geschwitzt, und wenn wir wieder zu Hause waren, wirkte sie sehr müde.

Es regnete noch immer, als ich den Wagen um kurz nach elf vor dem Haus abstellte und bei den Mülltonnen jemanden stehen sah. Ich blieb noch ein paar Minuten im Auto sitzen, weil ich dachte, es sei Renz. Dann aber stieg ich aus und lief durch den Regen zur Haustür. Im Näherkommen stellte ich fest, dass es sich bei der Gestalt um den übergewichtigen Mann aus dem zweiten Stock handelte, der, dessen Name mir nicht mehr einfallen wollte und dessen Frau oder Freundin ich gestern Morgen getroffen hatte. Er trug ein ausgeleiertes Sweat-Shirt, starrte den Boden zu seinen Füßen an und atmete schwer. Der Regen schlug lärmend nieder und verwandelte das Rasenstück neben dem Weg in eine Schlammgrube. Ich blieb stehen und fragte, was er da mache, er sei ja ganz nass, und ob er nicht ins Haus kommen wolle. Als er nicht reagierte, fasste ich ihn am Arm. Er ließ sich von mir ins Haus führen, wo er sich schüttelte wie ein Hund und mich aus geröteten Augen ansah. Er fragte mich, wie lange er da draußen gestanden habe, und ich sagte, das wisse ich nicht, ich sei selbst gerade erst nach Hause gekommen. Er nickte, holte einen Schlüssel aus der Tasche und stieg die Treppe nach oben.

In meiner Wohnung legte ich die nassen Sachen in die Badewanne und trocknete mich ab. Der Anrufbeantworter blinkte, doch als ich ihn abhörte, bestand die einzige Nachricht aus schwachem Rauschen und undeutlichen Nebengeräuschen.

2

Als ich am nächsten Morgen um neun ins *Moon* kam, war Walter schon da. Er hatte alle Lampen eingeschaltet und trug einen dunklen Anzug, ein weißes Hemd und eine pinkfarbene Krawatte, zu einem großen Knoten gebunden.

»Sie wird viel Licht brauchen, oder?«, sagte er. »Was meinst du? Licht ist dabei doch immer sehr wichtig.«

»Keine Ahnung. Vielleicht bringt sie ihr Licht auch mit.«

»Mach du doch die Kaffeemaschine an. Ich schließe die Toiletten auf. Soll ich Musik auflegen?«

»Ich denke, das wäre übertrieben. Sie kommt ja nicht als Gast.«

Walter rieb sich die Hände, leckte sich die Lippen und ging nach unten. Ich brachte die Kaffeemaschine in Gang. Walter kam wieder nach oben und wischte mit einem Lappen noch mal alle Tische ab, außer denen im hinteren Teil, die schon mit frischer Tischwäsche bedeckt waren. Er warf einen Blick auf die Fenster, die er wegen des gestrigen Regens heute Morgen noch hatte putzen lassen.

Um halb zehn hielt ein alter, roter Volvo auf dem Bürgersteig vor der Tür. Eine Frau und ein Mann stiegen aus. Die Frau kam ans Fenster, legte eine Hand waagerecht an die Stirn und sah herein. Walter sprang auf und lief zur Tür. Der Mann öffnete die Heckklappe des Volvo und fing an, Ausrüstung zu entladen. Die Frau kam herein, Walter hielt ihr die Tür auf. Sie hatte dichte, schwarze Locken, dunkle Augen, war etwa eins fünfundsechzig groß und trug einen grauen Overall mit vielen aufgenähten Taschen. In ihren Locken steckte eine Brille, deren schwarzer Rahmen an den

Seiten tropfenförmig auslief. Bevor sie mir die Hand reichte, schob sie die Brille auf ihre Nase.

»Evelyn«, sagte sie.

»Felix«, antwortete ich und gab ihr noch einmal die Hand. Wir mussten lachen.

Der Mann schleppte eine große Alu-Kiste herein, auf der er ein Stativ balancierte. Evelyn zeigte mit dem Daumen auf ihn und sagte: »Benjamin. Also Ben.«

Walter bot seine Hilfe an, und Ben nickte. Die beiden gingen hinaus, um die restlichen Sachen aus dem Wagen zu holen. Evelyn sah sich um.

»Kaffee?«

»Gern.«

»Milch, Zucker? Als Cappuccino, Macchiato?«

»Verschonen Sie mich. Einfach nur Kaffee.«

Ich stellte ihr die Tasse auf den Tresen, sie setzte sich auf einen Hocker. Walter und Ben kamen mit den Sachen herein.

»Schön haben Sie es hier«, sagte Evelyn. »Bezahlt?«

»So gut wie.«

»Nicht schlecht.«

Walter kam hinter den Tresen und machte einen Milchkaffee für Ben. Evelyn sah mich an. »Junge Leute«, sagte sie. Ich schätzte sie auf Mitte dreißig. Ben war vielleicht Anfang zwanzig. Seine blondierten, an den Wurzeln dunklen Haare wirkten strohig und trocken. Er nahm eine Packung *West* aus der Brusttasche seiner olivfarbenen Armeejacke und steckte sich eine an.

»Ein schöner, großer Raum«, sagte Evelyn. »Da kann man eine Menge machen.«

Wir gingen herum. Die großen Fotos an der hinteren Wand gefielen ihr. »Nick Drake«, sagte sie zu mir. »Sie mögen traurige Musik?«

»Gibt es andere?«

»Dieser Mann, der den Artikel schreibt«, sagte Walter, »wie heißt er noch ...«

»Keine Ahnung. Ich fotografiere nur.«

»Er mochte die Bilder nicht.«

Evelyn zuckte mit den Schultern. Ich wusste, dass Walter die Bilder auch nicht mochte. Ben war mit der ersten Zigarette fertig und zündete sich gleich die nächste an. Er benutzte ein silbernes Sturmfeuerzeug und hielt zusätzlich die freie Hand über die Flamme. Darüber wunderte ich mich. Evelyn sagte ihm, wo er die Stative für das Kunstlicht aufbauen sollte, und fing an, ihre Kameras auszupacken. Sie platzierte Walter und mich an unterschiedlichen Stellen im Raum und versuchte zunächst, so viel von dem Lokal aufs Bild zu bekommen wie möglich. Dann wählte sie unterschiedliche Teilbereiche, wie etwa die Mittelkonsole, die sich durch den gesamten vorderen Bereich zog und an der rechts und links die mit grünem Leder bespannten Bänke angebracht waren. Auf einigen Fotos sollte nur Walter zu sehen sein, auf anderen nur ich. Die Redaktion würde sich dann welche aussuchen.

Elena kam, in einem dünnen, geblümten Rock, weißen Turnschuhen und einer roten Lederjacke. Sie ging nach hinten, zog die schwarze Hose an und die weiße Bluse mit dem Schriftzug *Pink Moon* auf der linken Brusttasche. Um elf erschienen zwei andere Kellner, und um halb zwölf wurde offiziell geöffnet.

Evelyn machte noch ein paar Außenaufnahmen. Ben rauchte eine nach der anderen und gehorchte ihren Anweisungen wortlos.

Sie sah sich noch das Aquarium im Vorraum zu den Toiletten an, dachte nach und ließ Ben die Ausrüstung nach unten schleppen. Sie fotografierte Walter und mich durch das Wasser, die Pflanzen, die Fische und das gesunkene Modell eines Dreimasters aus dem achtzehnten Jahrhundert hindurch, sah auf die Uhr und meinte, jetzt sei es genug.

Ben brachte mit Walters Hilfe die Sachen in den Volvo, während sich Evelyn von mir noch zu einem Kaffee einladen ließ. Ben kam herein und wischte sich Schweiß von der Stirn. Walter verschwand im Büro. Evelyn gab Ben einen Schlüssel und sagte, er solle die Sachen wieder ins Atelier bringen. Er kratzte sich am Kopf und nickte. Evelyn gab ihm Geld. »Schick mir die Rechnung. Diese Woche noch!« Ben gab mir die Hand und ging.

»Wann kriegt man die Bilder zu sehen?«, fragte ich.

»Das Heft soll übernächsten Monat erscheinen, aber ich kann Ihnen in den nächsten Tagen die Kontaktabzüge zeigen, wenn Sie möchten.« Sie griff nach dem Keks auf ihrer Untertasse.

»Soll ich Ihnen die Karte bringen?«

»Nicht nötig. Ich hatte nur Lust auf diesen Keks.«

So wie sie auf dem Hocker saß und die Beine herunterbaumeln ließ, sah man zwischen ihren Adidas und den Beinen des Overalls ein Stück Wade mit schwarzen Härchen. Beim Fotografieren hatte sie aus den Taschen des Overall immer wieder Filter und Objektive hervorgeholt, auch Filme, deren Packung sie aufriss und auf den Boden warf. Ben hatte alles wieder eingesammelt.

»Fotografieren Sie nur für ... für diese eine Zeitschrift?«

»Nein, ich arbeite frei. Ich knipse alles Mögliche. Obst und Gemüse, Hamburger und Kartoffelchips, Dosenbier und Haushaltsgeräte, Industrieanlagen und manchmal auch Menschen. Das macht mich schon fast zur Exotin.«

Ich verstand nicht, was sie meinte.

»Na ja, die meisten Fotografen sind spezialisiert. Es gibt die Still-Lifer und die, die Menschen fotografieren. Still-Lifer sind sehr merkwürdige Leute, die nicht viel reden.«

»Sie machen beides?«

»Und ich rede sehr viel.«

Als sie nach ihrem Kaffee griff, umfasste sie die Tasse am oberen Rand, nicht am Henkel. Das gab dieser Aktion etwas bewusst Beiläufiges, Geschäftsmäßiges. Ich mochte diese Geste.

»Wie lange machen Sie diesen Job schon?«

»Selbstständig? Seit zehn Jahren. Davor habe ich alles Mögliche gemacht. Eigentlich wollte ich zum Film. Also hinter die Kamera.«

»Ich könnte Sie mir auch davor vorstellen.«

»Das ist Unsinn, aber sehr nett von Ihnen. Na ja, es hat nicht geklappt.«

»Wieso nicht?«

Sie hob ihre dichten, dunklen Augenbrauen. »Wir kennen uns doch gar nicht. Warum sollte ich Ihnen das erzählen?«

»Entschuldigen Sie.«

»Nun kriegen Sie nicht gleich Angst. Fragen darf man ja.«

Sie fuhr sich mit der Hand durchs Haar, fasste es am Hinterkopf zusammen, nahm ein Gummi aus einer ihrer vielen Taschen und machte einen Pferdeschwanz. »Sie wirken so entspannt«, sagte sie.

»Tatsächlich?«

»Sie sehen nicht so aus, als würden Sie hier wirklich, nun ja, arbeiten.«

»Ich bin hier einigermaßen überflüssig. Walter ist der Geschäftsführer.«

»Ich habe gedacht, Sie wären ein Paar.«

»Walter und ich? Nein. Wie kommen Sie darauf?«
»Erzählt man sich so.«
»Interessant.«
Ich sah mich nach Walter um. Er war nirgends zu sehen.
Evelyn trank den Kaffee aus und glitt von dem Hocker herunter. »Ich habe noch etwas zu erledigen. Hier ist meine Karte. Ich melde mich wegen der Kontaktabzüge.« Sie lächelte, gab mir die Hand und ging zur Tür. Auf halbem Weg kehrte sie um und kam noch mal zurück.
»Danke«, sagte sie. »Für den Kaffee.«

Am nächsten Morgen hielt ich mit dem Wagen vor einem Haus, das mich ein wenig an Bludaus erinnerte. Es war nicht ganz so groß, sah aber auch so aus, als wäre es durch den Anbau zweier Türme erweitert worden, die ursprünglich nicht dazugehört hatten. Rechts und links davon kauerten Flachdach-Bungalows wie Wachhunde. Im Innenspiegel richtete ich meine Krawatte, nahm die Mappe vom Beifahrersitz und stieg aus.
Über der Tür stützten zwei Säulen ein klassizistisches Vordach. Die Fassade war grau, und die Fenster wirkten in allen drei Stockwerken selbst im Sonnenschein dunkel. Da und dort zeigten sich etwas willkürlich Jugendstilelemente, die mit dem Vordach im Streit lagen. Bevor ich klingeln konnte, ging die Tür auf und Tornow reichte mir die Hand. Er bat mich in die hohe, kühle, mit weißem Marmor ausgelegte Halle, in die so gut wie kein Licht fiel. Rechts und links führte je eine Treppe in einem Bogen auf eine Galerie, von der zu beiden Seiten Gänge ins Innere des Hauses führten. Als die Tür hinter mir ins Schloss fiel, war alles still. Unter der linken Treppe war eine Tür, die wahrscheinlich in den Keller führte. Das Haus erinnerte mich immer mehr an die

Burg Bludau, das Heim des betrunkenen, speichelnden Drachen, der einst die Prinzessin und ihr Kind der Liebe entführt hatte.

Tornow fragte, ob ich gut hergefunden hätte und ob es auch wirklich nicht zu viel Mühe bereite. Ich beruhigte ihn. Ich müsse das verstehen, seine Mutter sei nicht mehr gut zu Fuß, und, wie er zugeben müsse, auch etwas schwierig. Seine Stimme hallte von den nackten Wänden und dem kalten Boden wider. Das alles hatte er mir schon erklärt, als er vor zwei Wochen im *Moon* gewesen war, und auch im Laufe der drei Telefongespräche, in denen wir einen Termin zuerst vereinbart und dann, wegen der Mutter, zweimal verschoben hatten. Er zeigte auf eine zweiflügelige Spiegeltür unterhalb der Galerie. Ich ging vor, wartete aber, bis er mir öffnete. Dahinter lag ein nicht besonders tiefer, aber sehr breiter Raum mit dem gleichen Marmor am Boden. In der rechten Hälfte standen zwei hellbraune Leder-Sofas und dazwischen ein kleiner Servierwagen mit Spirituosen und einem ledernen Gefäß mit Deckel, in dem sich wahrscheinlich Eiswürfel befanden. Daneben lag eine entsprechende Zange. Ansonsten war der Raum leer. Gegenüber führten drei Flügeltüren auf die Terrasse, wo eine alte Frau in einem Rollstuhl saß. Daneben auf Gartenstühlen eine Frau in einem leichten, geblümten Kleid, auf der Stirn ein Sonnenschutz, wie man ihn sonst bei Golf- oder Tennisspielerinnen sah, sowie ein Mann in hellen Hosen und einem weißen T-Shirt, das wie ein Unterhemd wirkte. Er trug keine Schuhe und keine Socken.

Wir traten auf die Terrasse hinaus, und Tornow stellte mir die Frau als seine Gattin vor und den Mann als seinen jüngeren Bruder Alexander. Die alte Frau im Rollstuhl stellte er nicht vor. Tornows Gattin stand auf und lächelte. Ihre Augen wirkten auch im Schatten des Mützenschirms ein wenig geschwollen. Alexander blieb sitzen, als er mir die Hand gab, die Beine weit gespreizt von sich gestreckt. Im Schritt zeichnete sich deutlich sein Geschlecht ab.

Die Alte im Rollstuhl fragte, ob ich der Mann von der Gaststätte sei. Ich gab ihr die Hand, verneigte mich und stellte mich vor. Sie nickte. Tornow holte einen Stuhl für mich.

Ich zeigte ihnen die Bilder, die Walter vor zwei Wochen gemacht hatte, und ließ unsere Speisekarte herumgehen. Die Alte gab sie an ihren jüngeren Sohn weiter, ohne einen Blick darauf geworfen zu haben. Frau Tornow hob den Schirm ein wenig, um besser lesen zu können.

Schließlich erläuterte ich die Konditionen für die geplante Feier. Zweihundert Gäste. Menü mit vier Gängen. Ich empfahl ein paar Weine zur Auswahl und hoffte, sie fragten nicht nach.

Alexander bestand darauf, dass ich Ihnen beim Pro-Kopf-Preis für das Menü entgegenkam. Ich ließ mich nicht ganz bis zu der Summe herunterhandeln, auf die ich mich mit Walter als das absolute Minimum geeinigt hatte.

»Sagen Sie«, fragte Tornow, »können Sie das, was Sie hier anbieten, auch selbst kochen?«

»Nein.«

»Ist das so üblich in diesem Bereich?«

»Das kann ich Ihnen nicht sagen.«

»Na ja, jeder hat seine Talente, nicht wahr? Einer muss kochen und einer macht den ganzen Rest.«

»So sehe ich das auch.«

Ich musste mich räuspern.

Wir besprachen Details: Discjockey, Alleinunterhalter oder Tanzband. Alexander, sein älterer Bruder und dessen Frau wogen ab. Man einigte sich auf einen Discjockey, forderte mich aber auf, jemanden auszuwählen, der die nötige Bandbreite an Musik mitbringe. Ich machte mir eine entsprechende Notiz. Bis Mitte November war noch genügend Zeit.

Das Ganze dauerte zwei Stunden. Ich fragte nach der Toilette. Tornow sprang auf und führte mich in die Eingangshalle. Die Tür unter der Treppe führte nicht in den Keller, sondern in einen winzigen Waschraum mit weißen Kacheln. Ich schloss hinter mir ab, setzte mich auf den Klodeckel und lockerte meine Krawatte. Ich griff nach dem Papier, wischte mir den Schweiß von der Stirn und bemühte mich, flach zu atmen. Ob sie bemerkt hatten, dass mir in ihrer Gegenwart übel wurde? Eine ganze Zeit lang hatten mir solche Termine nichts ausgemacht. Ich konnte nicht mehr sagen, wann sich das geändert hatte. Ich wartete ein paar Minuten, stand auf, betätigte die Spülung, wusch mir die Hände und das Gesicht. Das Wasser war angenehm kalt. Ich trocknete mich mit einem kleinen, weißen Gästehandtuch ab und warf es in den leeren Bastkorb unter dem Spülstein.

Als ich wieder herauskam, stand Tornow immer noch da, sah auf die Uhr. Wir gingen zurück auf die Terrasse, man dankte mir für mein Kommen und bat darum, die Fotos, die Speisekarte und die Kalkulation behalten zu dürfen. Zum Abschied packte Alexander meinen Handballen und Daumen und nickte mir zu. Frau Tornow stand wieder auf, nahm sogar den Sonnenschutz ab. Ihre Augen waren klein und dunkel. Die Alte im Rollstuhl hielt mir ihre dünne, schmale Hand hin und sagte nichts. Tornow brachte mich zur Tür. Er dankte mir noch einmal, man würde in den nächsten Tagen von sich hören lassen.

Ich fuhr nicht ins *Moon*, sondern nach Hause, machte aber einen Umweg am Gelände des alten Stahlwerks entlang, durch die tiefe Stelle, die nach heftigen Regenfällen stets unter Wasser stand, und bog oben an der Ampel links ab und gleich wieder rechts. Die Straßen zwischen den alten Stahlarbeiterhäusern waren schmal, und vor jedem Haus war eine kleine Rasenfläche mit Gänseblümchen. Ich hielt schräg gegenüber der Parterrewohnung meiner Mutter. Rechts neben der Haustür das schmale Badezimmerfenster mit dem geriffelten Glas, eins weiter das Küchenfenster mit den auf halber Höhe angebrachten Caféhaus-Gardinen. Darunter führte eine Treppe mit grauem Geländer in den Keller hinab. Schlaf- und Wohnzimmer gingen nach hinten raus, wo korrodierende Teppichstangen den Kindern der Nachbarschaft als Fußballtore dienten. Zwischen den Häusern lungerten junge Türken herum, in Trainingsanzügen oder weißen Hosen und Unterhemden, die über der Brust spannten. Unter dem dünnen, dunklen Oberlippenflaum steckten Zigaretten, die sie nur aus dem Mund nahmen, um auf den Boden zu spucken.

Dort drüben hatte ich vom Tod meines Vaters erfahren.

Es war kurz nach meinem achtzehnten Geburtstag – ein grauer, diesiger Tag im November. Seit dem frühen Morgen hing Nebel über der Gegend, trotzdem spielten Kinder zwischen den Teppichstangen hinter dem Haus Fußball. Drei kleine Türken gegen drei kleine Deutsche, Länderspiel.

Ich saß im Wohnzimmer neben der Heizung und las ein Buch. Durch die dünne Auslegeware drang die Kälte des Kellers. Rechts das Jugendstil-Vertiko, links das Ledersofa und dahinter der Bücherschrank mit den gläsernen Klappen, die einzigen Stücke, die wir aus der Burg Bludau erbeutet hatten. Neben der Tür der Schrank, aus dem meine Mutter jeden Abend ihr Bett klappte. Die Tür zur Diele stand offen, in meinem Zimmer funktionierte die Heizung nicht, seit drei Wochen warteten wir auf den Monteur. Die Wohnungsbaugesellschaft beteuerte, man habe sich darum gekümmert, allerdings weise die zuständige Firma derzeit jahreszeitlich bedingt einen sehr hohen Krankenstand auf, weshalb es zu diesen bedauerlichen Verzögerungen komme. Meine Mutter sagte, es sei ärgerlich, dass diese Leute auch noch täten, als hätten sie Mitleid mit uns, tatsächlich sei es ihnen doch egal, nachmittags gingen sie nach Hause und dächten nicht mehr an uns. Aber das sei nichts Besonderes, an uns dächte ohnehin nie jemand. Es gab Tage, da gestattete sie sich solche Ausfälle, meistens aber nahm sie alles nur still hin, da es ja ohnehin nicht zu ändern sei. Früher hatte sie gern gelacht, heute machte sie nicht gern viele Worte. Ich war in dem Alter, wo mir das ganz recht war.

Ich hörte den Schlüssel im Schloss der Wohnungstür. Meine Mutter kam herein und brachte die Einkäufe in die Küche. Sie seufzte, das Plastik der Supermarkttüten knisterte, die Tür des Kühlschranks schwang auf, Dinge wurden hineingestellt. Dann klappten Schranktüren. Erst danach hängte meine Mutter ihren Mantel an die Garderobe in der Diele. Sie ging ins Bad und schloss hinter sich ab. Etwas später hörte ich die Spülung der Toilette und das Anspringen des Durchlauferhitzers, weil sie sich die Hände mit heißem Wasser wusch. Kurz darauf stand sie in der Wohnzimmertür. Sie legte den Kopf schräg und betrachtete mich.

»Was ist los?«

Sie sagte, sie müsse mit mir reden, ich solle bitte in die Küche kommen.

Wir hatten Mühe gehabt, einen Tisch zu finden, der klein genug war, dass er in unsere Küche passte. Ich setzte mich auf den Stuhl am Fenster, seitlich, einen Arm auf der Lehne und den Rücken an der Wand. Meine Mutter setzte sich mir gegenüber, strich mit der Hand über die geblümte Plastiktischdecke und verschränkte dann die Finger, als wollte sie beten. Ein paar Minuten blieben wir so sitzen. Ich kannte das. Ich sollte mir der Bedeutung des Augenblicks bewusst werden.

Sie habe mir etwas zu sagen.

Ich wartete ab, bis sie ein paarmal den Kopf hin- und herbewegt und zweimal geseufzt hatte. Auch das kannte ich. Ich betrachtete die blitzsaubere Spüle, auf der nur die Tasse störte, aus der ich vorhin meinen Kaffee getrunken hatte.

Es gehe um meinen Vater. Ich hätte sie doch in den letzten Jahren immer wieder nach ihm gefragt, und ihre Antworten hätten mich nicht zufrieden gestellt.

Auf dem Kühlschrank stand ein Toaster von Rowenta, daneben eine weiße Brottrommel, auf die Brote und Brötchen gemalt waren.

Sie habe eine traurige Nachricht. Wie man ihr soeben erst mitgeteilt habe, sei mein Vater letzte Woche gestorben.

Ich fragte nicht, wer ihr das wann und wie mitgeteilt hatte. Sie kam gerade aus dem Plus.

»Woran ist er gestorben. Und wo?«

Sie sagte, über die genauen Umstände wisse sie nichts, aber in Hamburg sei es gewesen. Die Beerdigung habe gestern stattgefunden.

Ich wartete, bis sie noch ein paarmal geseufzt hatte, dann ging ich ins Bad, den einzigen Raum der Wohnung, den man abschließen konnte.

Kurz vor Weihnachten machte ich mich auf den Weg. Ich fuhr mit dem Zug nach Hamburg und suchte im Telefonbuch nach Simanek, überprüfte auch alle alternativen Schreibweisen, wie Simaneck, Simmaneck, Simannek,

Simmanneck oder Schimanek, rief jede einzelne Nummer an und fragte nach Otto. Bei einigen, denen ich am Telefon nicht getraut hatte, fuhr ich vorbei, klingelte und setzte ihnen zu, drohte oder versuchte die Mitleidsmasche, doch ohne Erfolg.

Meine Mutter hatte mich belogen.

Ich blieb ein paar Wochen in Hamburg, aber als meine Mutter mich dort aufgespürt hatte, ging ich nach Berlin und blieb dort elf Jahre. Ich fuhr Taxi, arbeitete in Kneipen, traf Maxima, brach zusammen, kam wieder zurück, kriegte Besuch von Walter und machte mit seiner Hilfe das *Pink Moon* auf. Das Geld hatte ich von meiner Mutter. Aus dem Pflichtteil, den Bludau ihr nicht hatte vorenthalten können, als er abgetreten war.

Die Haustür ging auf, und zwei Männer trugen einen Schrank an den Straßenrand.

Aus dem Haus gegenüber kam ein Mann, den ich kannte, nur hatte ich seinen Namen vergessen. Er sah sich meinen Wagen genau an und kam näher. Als er neben der Fahrertür stand, ließ ich das Fenster runter. Er erkannte mich gleich und lachte, schlug sich mit der dicken, behaarten Hand auf den Bauch unter seinem karierten Hemd. Er legte die Ellenbogen in das offene Fenster, und ich roch sein Rasierwasser. Er fragte, ob es mir gut gehe. Klar, sagte ich, und er machte ein ernstes Gesicht. In dieser Großbäckerei hätten sie ihn rausgeworfen, aber nicht nur ihn, jetzt fahre er wieder Taxi. Außerdem trainiere er die D-Jugend vom DJK, sein Deutsch werde schließlich immer besser, obwohl er das da kaum brauchen könne, weil eh nur noch zwei oder drei deutsche Jungs in der Mannschaft spielten. Er fragte mich, was ich hier mache, und ich meinte, ich wolle mich nur ein wenig umsehen. Er nickte. Dann gab er mir eine Kopfnuss, zu der er das Recht hatte, weil er zwanzig Jahre älter war. Wir verabschiedeten uns. Ich ließ den Motor an und rollte langsam mit offenem Fenster die Straße hinunter. Die Jungs in den Trainingshosen und Unterhemden sahen mir nach und merkten sich mein Nummernschild.

Am Donnerstagmorgen las ich Zeitung. Ein Schaufelradbagger zur Braunkohlegewinnung war mit 0,6 km pro Stunde über eine Autobahn transportiert worden. Ein Unschuldiger hatte zwei Jahre wegen Vergewaltigung im Gefängnis gesessen. Ein zweiundfünfzigjähriger Mann hatte seine neunundsiebzigjährige Mutter mit dreiundzwanzig Messerstichen getötet und dann eine Woche mit der Leiche in ihrer Wohnung verbracht. Eine Textilkette hatte den Ladenschluss missachtet. In dem Gespräch zwischen dem Schriftsteller und dem Philosophieprofessor hatte der Schriftsteller gesagt, es gebe keine Lösung, zurück auf die Bäume, damit sie unten abgesägt werden könnten. Das verstand ich nicht und vermutete einen Druckfehler. Der Philosophieprofessor war für eine relativierte Sicht aktueller Probleme eingetreten. Die Stadt hatte eine erst- und einmalige Sammlung von Sozialdaten vorgelegt, um eine gezielte Entwicklung und Förderung von Bürgern und eine Optimierung der Hilfeleistungen der Wohlfahrtsverbände zu ermöglichen.

Ich hörte Lärm im Treppenhaus. Zwei Menschen stritten sich, aber es war nicht zu hören, worüber. Ich ging zur Tür und blickte durch den Spion, sah aber nichts außer der stark gewölbten Treppe nach oben sowie der Wohnungstür gegenüber. Leise öffnete ich die Tür einen Spalt und hörte, wie die Haustür zuschlug. Ich ging zum Küchenfenster und sah die übergewichtige Frau in schnellen Schritten Richtung

Straße laufen. Aus dem Hausflur kam nun ein Schrei, die Haustür ging auf und der Mann kam heraus. Er lief seiner Frau nach, erreichte sie, als sie neben meinem Wagen war, packte sie am Arm und riss sie herum. Er griff sich auch ihren anderen Arm und schüttelte sie. Sie sagte etwas, er ließ sie los. Sie schlug ihm mit der flachen Hand ins Gesicht und lief weg. Der Mann hielt sich die Wange und fluchte. Ich konnte es nicht hören, aber was sollte es anderes sein als Flüche. Dann kam er zurück zum Haus. Ich ging vom Fenster weg.

Das Telefon klingelte. Evelyn. Die Kontaktabzüge seien fertig, ob ich Interesse hätte, sie zu sehen. Ich sagte ja. Sie fragte, ob sie ins *Moon* kommen solle, aber ich meinte, da sei ich ohnehin jeden Tag, ich könnte etwas Abwechslung brauchen.

»Wollen Sie nicht mit mir gesehen werden?«

»Oh doch. Deshalb möchte ich möglichst vielen Menschen die Gelegenheit geben.«

Wir verabredeten uns für den späten Nachmittag an einer Straßenecke in der Innenstadt, um dann zu entscheiden, was wir tun wollten.

Ich setzte mich aufs Sofa und fing ein Buch an, das ich mir neulich gekauft hatte. Gleich auf der ersten Seite stieß ich auf einen Satz, über den ich nachdenken musste: »Wieder tritt die Frage an mich heran, ob ich mich für das, was um mich herum geschieht, interessieren soll oder nicht.« Ich dachte an den Schaufelradbagger und an den Mann, der unschuldig im Gefängnis gesessen hatte, den Muttermörder, der von der Leiche nicht losgekommen war, den Schriftsteller und den Philosophieprofessor, die relativierte Sicht aktueller Probleme und die Sammlung der Sozialdaten. Wie konnte man sich für all das nicht interessieren?

Ich wartete, bis das Mittagsgeschäft vorbei war, und fuhr dann ins *Moon*. Walter und Elena hatten die Kellner, die über Mittag da gewesen waren, nach Hause geschickt. Wir waren allein, die hohen Klapptüren zum Bürgersteig hin standen offen, wir setzten uns an einen der Tische, hielten unsere Gesichter in die flache Spätsommersonne und tranken Kaffee. Ich hatte Übung im Kaffeetrinken, schließlich tat ich hier kaum etwas anderes.

Walter sah sehr müde aus und roch verschwitzt. Nach einer halben Stunde stand er auf und sagte, er habe noch Arbeit im Büro zu erledigen. Eine Familie mit zwei Kindern kam herein, Elena nahm die Bestellung auf, brachte Kaffee, Apfelschorle und Eiscreme an den Tisch und setzte sich wieder zu mir.

»Weißt du, was mit Walter los ist?«, fragte sie.

»Ist was mit ihm los?«

»Er war heute so unkonzentriert. Er hat Bestellungen falsch weitergegeben und irgendwann nur noch hinterm Tresen gestanden. Sein Atem hat nach Pfefferminz gerochen, aber die Fahne ist durchgekommen.«

»Jeder hat mal einen schlechten Tag«, sagte ich. Um das Thema zu wechseln, fragte ich Elena, wie es ihr ging. Sie steckte sich eine Zigarette an. Durch ihre etwas zu großen Nasenlöcher atmete sie den Rauch aus, der sich an ihrer gewölbten Stirn nach oben kräuselte. Mit dem Daumen schnippte sie gegen den Ringfinger ihrer Zigarettenhand.

»Wie lange arbeite ich jetzt hier?«, fragte sie zurück.

»Sag du es mir.«

»Zwei Jahre. Und noch nie hast du mich gefragt, wie es mir geht.«

»Du kannst dich nur nicht daran erinnern.«

Sie schüttelte den Kopf und nahm einen tiefen Zug. »Ich

glaube, ich bin die Einzige in diesem Laden, der es wirklich gut geht.«

»Meinst du?«

»Sieh dir Walter an. Mit dem stimmt was nicht. Hassan hat Probleme mit seiner kranken Mutter, weil sein Vater sie nicht pflegen will. Er arbeitet wie ein Blöder, um die Krankenschwester zu bezahlen. Nina wird von ihrem Ex verfolgt, der belästigt sie mit obszönen Anrufen, Polina will sich die Brust machen lassen, weil ihr Freund sie dazu drängt, und Wolfgang hat sich den Arm ausgekugelt.«

Nichts davon hatte ich mitbekommen.

»Und ich?«, sagte Elena. »Ich bin frisch verlobt und ziehe gerade mit einem Mann zusammen, der sechzehn Jahre älter ist. Manchmal kann ich es nicht ertragen, euch alle zu sehen.«

»Mir geht es gut.«

Sie drückte ihre Zigarette im Aschenbecher aus. »Ja sicher.« Sie nickte. »Kundschaft.« Sie stand auf. Ich drehte mich um. Vier Männer in Anzügen, die denen ähnelten, die ich am Samstag im *Kelo* gesehen hatte, kamen herein, setzten sich in den hinteren Teil und holten Mappen aus Aktenkoffern. Einer stellte einen Laptop auf den Tisch und klappte ihn auf. Elena nahm die Bestellung entgegen, und als sie zum Tresen zurückging, sahen ihr alle vier Männer nach.

Evelyn trug ein orangefarbenes Oberteil ohne Ärmel, eine schwarze Hose und offene Schuhe. Ihre Zehennägel waren durchsichtig lackiert und perfekt geschnitten. Sie löffelte Eis aus einem Pappbecher, und ihre Locken fielen ihr immer wieder in die Stirn. Über der rechten Schulter hing ihr eine Tasche aus roter LKW-Plane. Sie sagte, sie habe nicht widerstehen können, und meinte das Eis. Sie wollte mich probieren lassen, aber ich lehnte ab. Ich wollte es ihr nicht sagen, aber die Vorstellung, mit jemandem den Löffel zu teilen, war mir unangenehm. Das war dumm, denn wenn man sich beispielsweise küsste, bekam man sicher sehr viel mehr Bakterien vom anderen ab als von so einem Löffel. Ich war mir aber auch nicht sicher, ob es mir um die Bakterien ging.

Wir gingen die Fußgängerzone hinunter und kamen in die Gegend, in der ich letzten Samstag meinen Vater gesehen hatte. Evelyn hatte ihr Eis aufgegessen und warf den Becher in einen Papierkorb. Gegenüber der Einfahrt zu einem großen Parkhaus hatte zwischen einem Haushaltswarengeschäft und einer Annahmestelle für Pferdewetten ein neues Café aufgemacht, mit Sesseln und Sofas und einem alten Kronleuchter unter der Decke. Bevor wir hineingingen, blieben wir vor dem Wettbüro stehen und sahen durch die Gardine. Auf einem Bord in etwas mehr als zwei Metern Höhe standen zehn kleine Fernseher, die alle Bilder von unterschiedlichen Pferderennbahnen übertrugen. Auf einigen passierte gar nichts, auf anderen wurden Pferde und Jockeys dem Publikum vorgeführt, auf manchen sah man nichts als die Totale des leeren Geläufs. Nur auf einem lief ein Rennen. Im Raum verteilten sich gut zwei Dutzend Männer, einige davon saßen an zwei großen Resopaltischen. Die älteren waren ausnahmslos Deutsche, einige trugen Hüte oder Mützen und erinnerten mich an die Schachspieler im Park. Die jüngeren waren Türken oder Jugoslawen oder Albaner, zwei oder drei trugen Trainingsanzüge, andere ließen kleine Kettchen um ihre Hände wirbeln oder auch ihre Schlüsselbünde. Alle rauchten. Zigaretten, Zigarillos, Zigarren, nur einer Pfeife.

»Die Alten haben alle Hüte oder Mützen auf«, sagte Evelyn.

»Damit der liebe Gott ihnen nicht in die Köpfe schaut.«
Sie sah mich an.

»Hat meine Mutter immer gesagt.«

»Meinen Sie, die Männer wollen nicht, dass Gott rauskriegt, auf welches Pferd sie im nächsten Rennen setzen?«

»Warum sollte er das wissen wollen?«

»Vielleicht braucht Gott Geld.«

Evelyn entdeckte die einzige Frau im Raum. Sie war vielleicht Anfang vierzig, trug Jeans, Turnschuhe und Strickjacke. Ihr Haar war kurz und blond mit dunklen Strähnen. Plötzlich standen ein paar der Männer, die eben noch gesessen hatten, auf und starrten auf den Fernseher, auf dem das Rennen lief. Ebenso plötzlich entspannten sich alle wieder, setzten sich hin oder wechselten das Standbein.

In dem neuen Café bestellten wir bei dem jungen Mädchen mit der gestreiften Schürze und der Basecap mit dem Emblem der Kette, zu welcher der Laden gehörte, je einen Kaffee. Das Mädchen leierte die ganze Auswahl an Größen, Geschmäckern und Zubereitungsarten herunter. Wir bestellten einfach nur Kaffee.

»Also American«, sagte das Mädchen.

Ich wollte für uns beide bezahlen, aber Evelyn bestand darauf, mich einzuladen, fand dann aber ihr Portemonnaie nicht. Das war ihr peinlich.

»Was müssen Sie jetzt denken?«

»Dass Sie Ihr Portemonnaie nicht finden.«

Sie lächelte und wechselte das Thema. »Können Sie sich vorstellen, dass manche Menschen Sirup in ihren Kaffee gießen, damit er nach Nuss schmeckt?«

»Ich kann es mir vorstellen«, sagte ich. »Aber ich möchte es nicht.«

Sie lächelte wieder.

Wir setzten uns in zwei große Sessel direkt am Fenster. Evelyn nahm die Kontaktbögen aus ihrer Tasche und reichte sie mir zusammen mit einem viereckigen, schwarzen Kasten, einer Lupe, die man auf die kleinen Bilder setzen konnte, um sie besser betrachten zu können. Das *Moon* sah größer aus als in Wirklichkeit. Walter und ich wirkten etwas verloren zwischen den Tischen und unter den riesigen Fotos an der hinteren Wand. Einige Bilder waren in ein goldenes Licht getaucht, andere beinahe schwarz-weiß. Als ich Evelyn ansah, hatte sie ihre Unterlippe unter ihre Schneidezähne geklemmt, und über ihrer Nasenwurzel stand eine tiefe Falte.

»Wie finden Sie die Bilder?«

»Sehr gut«, sagte ich.

Sie schien mir nicht zu glauben.

»Wirklich.«

»Bei Ihnen ist man sich nie sicher.«

Auf zweien der vielleicht fünfzehn Bögen war nur ich zu sehen. Bei einigen Bildern konnte ich mich nicht daran erinnern, dass sie sie gemacht hatte. Ich stand hinter der Kasse und sah mir offenbar die Flaschen mit den Spirituosen an.

»Da sahen Sie aus, als würden Sie gleich eine der Flaschen nehmen und an die Wand werfen.«

Ich fand nicht, dass mein Ausdruck etwas Aggressives hatte.

»Trauen Sie mir das zu?«

Sie sah mich an. Ich zuckte fast ein wenig zurück.

»Ich traue Ihnen eine Menge zu«, sagte sie. »Sie sich auch?«

Walter hinterließ keinen guten Eindruck. Er bemühte sich, gut auszusehen, aber es gelang ihm nicht. Er stützte eine Hand auf das Pult, auf dem unser dickes Empfangsbuch lag, wie ein Kammersänger im neunzehnten Jahrhundert.

Evelyn wirkte immer noch etwas angespannt.

»Ich weiß nicht, wie ich es ausdrücken soll«, sagte ich. »Ich selbst wirke auf den Bildern, na ja ... Ich bin sehr vorteilhaft abgebildet.«

Ihre Gesichtszüge lösten sich, sie lachte, lehnte sich zurück, zog ein Knie an und stellte ihre noch halb volle Tasse darauf. »Sie meinen, Sie finden selbst, dass Sie gut aussehen auf den Bildern?«

»Ich würde es so nicht sagen wollen. Fotos können täuschen.«

»Ich musste da nicht viel nachhelfen.«

Plötzlich wurde sie ernst und sagte, sie verstehe nicht, wo ihr Geld sein könne, schließlich habe sie das Eis vorhin noch bezahlt. Sie müsse es verloren haben.

Wir leerten unsere Tassen und gingen durch die Stadt. Evelyns Handy meldete sich. Während sie redete, fing sie an zu lächeln, legte eine Hand auf ihr Brustbein, bedankte sich bei wem auch immer und sagte, sie sei sehr erleichtert. Es war die Polizei, man hatte ihre Geldbörse gefunden. Sie sei vor allem froh, mir gegenüber nicht als Zechprellerin dazustehen. Alle Papiere und das ganze Geld seien noch drin.

Das Polizeipräsidium war nicht weit, wir machten uns auf den Weg. Eigentlich sei sie nicht schlampig, sagte sie. Sie wisse immer genau, wo sich ihre Sachen befänden, sie sei keine von denen, die stundenlang den Wohnungsschlüssel suchten. »Na gut, mein Auto könnte ordentlicher aussehen, aber das kriege ich einfach nicht in den Griff.«

»Ich stecke meinen Schlüssel immer von innen ins Türschloss.«, sagte ich. »Wenn einem so etwas in Fleisch und Blut übergeht, hat man keine Probleme.«

»So sehe ich das auch.«

Sie lachte. Ich fragte sie, worüber.

»Über den Kaffee. Mein Gott, es ist schon nicht mehr möglich, einen ganz normalen Kaffee zu bestellen. Man kommt sich vor, als hätte man drei Beine.«

»Walter hat bei uns die Sache mit den unterschiedlichen Geschmacksrichtungen eingeführt.«

Wir bekräftigten noch einmal, dass Haselnuss-, Vanille- oder Blaubeer-Sirup im Kaffee nichts zu suchen hatten, obwohl wir uns da vorhin schon einig gewesen waren.

Plötzlich verdunkelte sich ihr Blick wieder.

»Was ist?«

»Ich habe ein schlechtes Gewissen.«

»Warum?«

»Na ja, wer immer meine Geldbörse gefunden hat, hat nichts angerührt und sie einfach bei der Polizei abgegeben. Ich habe mal eine Brieftasche mit vierhundert Mark gefunden. Ist bestimmt zehn Jahre her. Ich habe das Geld rausgenommen und die Brieftasche anonym an den Mann geschickt, dessen Ausweis darin war. Gott, ich war so pleite damals, und die Brieftasche sah so teuer aus, ich dachte, dem tun vierhundert nicht weh und mir helfen sie über den Monat. Ich wusste buchstäblich nicht, wie ich mir die Butter auf dem Brot leisten sollte. Aber ich hatte eine solche Angst, dass ich die Brieftasche abgewischt habe, damit man keine Fingerabdrücke von mir findet. «

»Ist verjährt.«

»Und jetzt das. Hoffentlich hat der Finder wenigstens seine Adresse hinterlassen.«

Das Polizeipräsidium: ein Bau aus den Zwanzigern. Die alte Eingangshalle war ein hoher Lichthof mit grünen Kachelsäulen und Galerie-Stockwerken. Der Pförtner sagte uns, wir müssten wieder hinaus, einmal halb um das Gebäude herum in die neue Wache. Wir überquerten einen

Vorplatz, auf dem Polizeiwagen herumstanden, mussten uns ein paar Sekunden orientieren, bis wir einen schmalen Eingang fanden, der leicht zu übersehen war. Wir kamen in einen sehr kleinen Vorraum, mehr einen Windfang, und gingen durch eine weitere Tür, weiß, mit einem großen Fenster. Schließlich standen wir vor einem ebenfalls weißen Tresen, hinter dem zwei Polizisten in kurzärmeligen, hellbraunen Hemden saßen. Der eine tippte etwas in einen Computer ein, der andere stand auf, als wir hereinkamen, legte seine Hände auf den Tresen und fragte, was er für uns tun könne. Es hörte sich an, als könnten wir bei ihm etwas bestellen oder kaufen. Er war fast zwei Meter groß und sehr breit. Das Hemd spannte über Bauch und Brust, sein Schädel war rechteckig, Koteletten zogen sich von den Schläfen auf die Wangen. Die Hände waren behaart, er lächelte. Der Raum war schmucklos. An den Wänden hingen nur zwei Poster, eines von der Polizeigewerkschaft und eines, das für Sicherheit im Straßenverkehr warb. Obwohl es draußen noch sehr hell war, hatte man hier schon die Neonbeleuchtung eingeschaltet, da nur zwei schmale, waagerechte Fenster an der Stirnseite überhaupt Tageslicht einließen.

Evelyn sagte, sie sei angerufen worden, weil man ihr Portemonnaie gefunden habe. Der Polizist mit den behaarten Händen nickte. Sie gab ihren vollständigen Namen an, beschrieb die Börse, und der Polizist ging an einen Schrank und nahm einen Schuhkarton heraus. Der andere Polizist hatte aufgehört zu tippen und sah Evelyn an, verzog aber keine Miene. Wie groß er war, konnte man nicht erkennen, aber er war schmal und sein Kopf war länglich, und seine Nase etwas zu groß. Der erste wühlte in dem Karton herum und entnahm ihm ein schwarzes, ledernes Portemonnaie.

»Das ging aber alles sehr schnell«, sagte Evelyn. »Ist erst ein paar Stunden her, dass ich das Ding verloren habe.«

»Der Finder hat es persönlich hier abgegeben«, sagte der Polizist am Computer. »Der kennt sich aus. Findet öfter was.«

Aus einem der durchsichtigen Plastikfächer zog der andere einen Ausweis, verglich das Bild mit der Frau, die vor ihm stand.

»Das sieht Ihnen nicht besonders ähnlich.«

»Das Leben ist nicht spurlos an mir vorübergegangen.«

Evelyn gab ihr Geburtsdatum an und ihre Adresse. Dann nahm der Beamte eine Visitenkarte aus der Börse, ging zum Telefon und gab eine Nummer ein. Als es in Evelyns Tasche klingelte, war er zufrieden. Evelyn musste noch etwas unterschreiben, dann konnten wir gehen. Der andere Beamte fing wieder an zu tippen.

Als wir schon an der Tür waren, hielt uns der Polizist mit den Koteletten zurück. Er ging zum Schreibtisch, notierte etwas auf einen kleinen Zettel und legte ihn auf den Tresen. Name und Adresse des Finders, falls Evelyn sich erkenntlich zeigen wolle. Der tippende Beamte lachte einmal kurz auf.

»Er hat gespürt, dass ich damals das Geld behalten habe«, sagte Evelyn, als wir wieder draußen waren. »Haben Sie nicht auch immer ein komisches Gefühl, wenn Sie mit der Polizei zu tun haben? Selbst wenn man gar nichts ausgefressen hat, wird einem komisch, wenn sie plötzlich auftauchen. Oder übertreibe ich da?«

»Geht mir immer so, wenn ich im Auto sitze und hinter mir ein Polizeiwagen auftaucht«, sagte ich. »Ich bemühe mich dann immer, genau in der Spur zu bleiben, bremse bei Gelb an der Ampel, obwohl ich noch rüberkommen könnte, und suche beim Abbiegen mit dem Fernglas nach Radfahrern, Kindern und alten Leuten, um nur ja keinen umzufahren.«

»Ich bin mal besoffen Auto gefahren, und da haben sie mich angehalten. Ich war mit meiner Schwester unterwegs. Zwei angetrunkene Weiber Anfang zwanzig, die nicht aufhören können zu kichern. Aber sie haben uns weiterfahren lassen.«

»Glück gehabt.«

»Das hatte mit Glück nichts zu tun. Es war Sommer, wir hatten nur leichte Sachen an. Da drücken die schon mal ein Auge zu.«

»Kann ich mir vorstellen.«

»Na gut, wir waren jetzt auch nicht so blau, dass wir Schlangenlinien gefahren wären. Die haben wohl gedacht, wir kichern so dämlich, weil wir verlegen sind. Wegen der schönen, starken Männer in Uniform, die sich da so imposant neben unserem Wagen aufgebaut hatten.«

Sie zählte das Geld nach. Etwas mehr als einhundertzwanzig Euro. Tatsächlich alles noch da.

»Haben Sie ein gutes Verhältnis zu Ihrer Schwester?«

»Oh ja. Wenn wir Freundinnen wären, könnte man sagen, wir seien wie Schwestern.«

Wir mussten lachen.

»Ist albern. Meine Schwester und ich, wir haben viel Spaß, wenn wir zusammen sind und uns niemand reinredet, ihr Mann zum Beispiel. Ihr geht es zurzeit nicht so gut.«

»Das tut mir leid.«

»Sie kennen sie doch gar nicht.«

»Was soll ich denn sonst sagen?«

»Sie hat den falschen Mann geheiratet. Und das schon vor langer Zeit. Sie haben drei Kinder. Ich bin dreifache Tante. Das macht alt. Haben Sie Geschwister?«

»Nein.«

»Das tut mir leid. Wirklich. Man braucht jemanden, mit dem man über die Eltern herziehen kann.«

»Leben Ihre Eltern noch?«

Sie sah mich entgeistert an. »Natürlich. Herrgott, so alt bin ich ja nun wirklich nicht.«

»So war das nicht gemeint.«

»Nur tote Eltern sind gute Eltern, was?«

Ich hielt meinen Mund und sah nach vorn.

»Entschuldigung«, sagte Evelyn. »Ich habe mein Mundwerk nicht immer unter Kontrolle. Was ist mit Ihren Eltern?«

»Komplizierte Geschichte.«

Sie sah auf den Zettel mit der Adresse.

»Macht es Ihnen was aus, mich schnell dorthin zu begleiten?«

»Ich habe heute nichts mehr vor.«

Da mein Wagen in der Nähe des *Moon* in einer Tiefgarage stand und Evelyn ihren erst gar nicht mitgenommen hatte, nahmen wir den Bus.

»Wie falsch ist der Mann, den Ihre Schwester geheiratet hat?«, fragte ich, nachdem wir beide einige Minuten aus dem Fenster gestarrt hatten.

Evelyn sah mir in die Augen.

»Ich weiß nicht, ob Sie das schon etwas angeht.«

»Schon? Was kommt denn noch?«

Sie wandte ihren Blick ab, damit ich nicht sah, dass sie lächelte.

»Der Mann meiner Schwester ist so falsch, dass ich mir wünschte, sie hätte endlich den Mut und die Kraft, ihn zu verlassen. Trotz der Kinder.« Sie machte eine Pause. »Nein, gerade deswegen.«

Ich hakte nicht weiter nach. Der Tag nahm eine eigenartige Wendung. Wir wollten nur zusammen Kaffee trinken, dann aber waren wir bei der Polizei, und jetzt fuhr ich zum ersten Mal seit Jahren Bus. Ich war erstaunt, wie viele alte Frauen um mich herumsaßen. Ich fragte mich, was der Tag noch bringen würde.

Der Mann, der Evelyns Börse gefunden hatte, wohnte unweit des alten Zechengeländes Constantin, in einem Haus, in dem unten ein griechisches Restaurant untergebracht war und an dem ab dem ersten Stockwerk aufwärts die Farbe abblätterte. Wir gingen auf einen Hof, auf dem ein alter Kadett stand, mit dem großen roten Aufkleber der Stadt auf der Windschutzscheibe, der anzeigte, dass dieser Wagen zwangsweise stillgelegt worden war.

An der Haustür waren drei Klingeln, von denen ein fleckiges, graues Kabel nach oben führte und in einem Loch neben der Türfüllung verschwand. Der Name auf der obersten stimmte mit dem auf dem Zettel überein. Kaum hatte Evelyn geklingelt, hörten wir den Summer.

Der Boden des Treppenhauses war mit hellbraunem Linoleum belegt, die Treppenstufen wurden durch dunkelbraune, aufgeklebte Trittleisten begrenzt. Die Wände waren bis auf halbe Höhe mit einer Ziegelsteinimitat-Tapete beklebt und darüber mit Raufaser, die mal weiß gewesen war, jetzt aber zahllose Flecken aufwies. Auch waren hier Namen und Zeichnungen zu sehen, meistens von Geschlechtsteilen. Einige Zahlen, wahrscheinlich Telefonnummern.

Der Mann wohnte im zweiten Stock. Darüber war nur noch der Dachboden. Er stand in der Tür, trug ein gelbes T-Shirt mit einem großen Smiley, eine blaue, eng anliegende Röhrenjeans und dicke, wollene Socken. Er war vielleicht Mitte zwanzig und aß einen Apfel. Aus der Wohnung hinter ihm kam Musik, sparsam instrumentiert, nur Gitarre, Gesang, ein wenig Bass und Klavier.

Evelyn stellte sich vor und sagte, sie wolle sich bedanken, er hätte ihr einen Haufen Ärger erspart, mal abgesehen vom Geld, also ihr Ausweis und ihre Kreditkarte und der Führerschein. Wenn sie das alles neu hätte besorgen müssen ... Der junge Mann nickte und nagte an dem Apfel herum, von dem nur noch ein Rest übrig war. Evelyn bot ihm zwanzig Euro als Finderlohn an, die er zuerst nicht annehmen wollte, dann aber doch in seine Hosentasche steckte. Vielleicht dachte er darüber nach, uns hereinzubitten, tat es aber nicht. Hinter ihm ging jetzt eine junge Frau im Bademantel durch den Flur.

Etwas, das der Polizist gesagt hatte, fiel mir ein. »Sie finden öfter Sachen, die andere verloren haben?«, fragte ich den jungen Mann.

»Ich halte meine Augen offen«, antwortete er und sah auf das abgenagte Kerngehäuse in seiner Hand.

Evelyn sagte, wir wollten nicht weiter stören. Sie bedankte sich noch einmal und reichte dem jungen Mann die Hand. Er fragte Evelyn, ob sie vielleicht den Apfelrest unten in die Mülltonne werfen könne. Sie nahm den Stängel zwischen Daumen und Zeigefinger.

Auf dem Hof war keine Mülltonne zu sehen. Evelyn hielt die Apfelkippe am Stängel auf Armeslänge von sich weg.

»Erinnert mich an dieses Kinderlied«, sagte ich.

»Es gibt Kinderlieder über angesabberte Apfelkippen?«

»Meine Mutter hat es manchmal für mich gesungen, als ich klein war. Sie kannte nicht viele Lieder, deshalb habe ich die wenigen noch immer nicht vergessen. *In meinem kleinen Apfel, da sieht es lustig aus: Es sind darin fünf Stübchen, grad wie in einem Haus.*«

»In jedem Stübchen wohnen zwei Kernchen schwarz und fein, die liegen drin und träumen vom lieben Sonnenschein«, ergänzte Evelyn. »Ich erinnere mich.«

»Sie träumen auch noch weiter gar einen schönen Traum«, machte ich weiter, *»wie sie einst werden hängen am lieben Weihnachtsbaum.«*

»Nicht schlecht. Sie haben ein phänomenales Gedächtnis.«

»Für manche Sachen schon. Andere fallen sofort durch den Rost. Ich kann mir nicht mal die Namen der Leute merken, die für mich arbeiten. Manche sind aber auch nach zwei Wochen schon wieder weg.«

»Man muss sich nicht alles merken«, sagte Evelyn und betrachtete den Apfelrest in ihrer Hand.

»Ich hätte nur gern etwas mehr Kontrolle darüber, was ich mir merke und was ich vergesse«, sagte ich. »Was sollen wir mit dem Ding machen?«

»Kennen Sie das offizielle Wort dafür?« Evelyn wies mit dem Kinn auf das Ding in ihrer Hand.

»Hab ich vergessen.«

»Mein Vater hat es immer Kitsche genannt. Apfelkitsche. Manchmal auch Apfelkippe.«

Wir standen noch immer auf dem Hof mit dem stillgelegten Auto. Ich drehte mich um und sah den jungen Mann am Fenster stehen. Er winkte.

»Ich will das Ding nicht einfach auf den Boden werfen.«

Ein paar Meter die Straße hinunter fanden wir einen Papierkorb.

Stumm suchten wir beide nach einem neuen Gesprächsthema.

»Lloyd Cole«, sagte ich.

Sie verstand nicht.

»Die Musik, die da in der Wohnung lief. Das war Lloyd Cole.«

Sie nickte. »Kenne ich von früher.«

»Ist eine relativ neue Platte.«

»Ich wusste gar nicht, dass der noch lebt.« Sie grinste. »Wenn er tot wäre, könnten Sie ein Bild von ihm in Ihrem Restaurant aufhängen.«

Als wir wieder in der Stadt waren, kamen wir an einem Billardsalon vorbei. Evelyn meinte, Billard habe sie schon ewig nicht gespielt, und ob ich Lust dazu hätte.

Der Salon war im oberen Stockwerk und bot wirklich nur Tische für Pool, Carambolage und Snooker, keine Flipper, Spiel- oder Dart-Automaten. Verglichen mit anderen Spielsalons war es sehr ruhig. Dann und wann hörte man das Klacken von Kugeln oder halblaute Gespräche. Tiefe, grüne Auslegeware dämpfte die Geräusche zusätzlich. Über den Tischen hingen Lampen mit Fransen und gaben ein gleichmäßiges, weiches Licht, das keine Schatten warf. Der einzige freie Tisch war für Pool. Ich holte die Kugeln und die Triangel und hinterlegte fünfzig Euro als Pfand. Evelyn untersuchte die Queues, suchte sich eines aus und ließ es auf dem Tisch ein paarmal hin und her rollen, um zu prüfen, ob es auch nicht verbogen war. Sie bearbeitete die Pomeranze mit Kreide, reichte das Queue an mich weiter und wiederholte das Ganze mit einem anderen, das ihr aber nicht gleichmäßig genug über den Tisch rollte. Das dritte stellte sie zufrieden. Ich hatte inzwischen die Kugeln aufgebaut, die Acht in der Mitte, die Halben und die Ganzen immer abwechselnd drum herum. Ich bot an, Evelyn den Anstoß zu überlassen, sie aber bestand darauf, eine Münze zu werfen. Sie gewann.

Evelyn beugte sich breitbeinig über den Tisch, legte die

linke Hand gespreizt auf den Filz. Sie legte das Queue diagonal über den Daumenballen und das zweite Glied ihres Mittelfingers. Der über dem Holz abgeknickte Zeigefinger gab zusätzliche Führung. Sie bewegte das Queue ein paarmal hin und her, wobei die Pomeranze dem Spielball schon sehr nahe kam. Dann holte sie aus und stieß zu. Die Formation löste sich auf, nur die Acht blieb annähernd an ihrem Ausgangspunkt liegen. Eine Halbe rollte ins hintere rechte Loch. Bis ich drankam, hatte sie vier ihrer Kugeln abgeräumt. Wir hatten uns darauf geeinigt, dass die Acht in das Loch zu schießen war, das dem, in welchem man seine letzte Kugel versenkt hatte, genau gegenüberlag. Als Evelyn beim ersten Mal die Schwarze nicht einlochte, konnte ich noch zwei von meinen loswerden, aber dann zitterte die Gelbe zwischen Gummiecken wie eine Flipperkugel und blieb an der Kante liegen. Beim nächsten Versuch hatte Evelyn keine Mühe mehr mit der Acht.

Wir spielten etwa bis elf und tranken dazu Bier. Ich gewann nicht ein einziges Mal. Evelyn lachte. Obwohl es langweilig sein musste, gegen mich zu spielen, wollte sie nicht aufhören. Nach jedem Sieg streckte sie ihre Hand in der Höhe ihres Oberschenkels aus, mit der Handfläche nach oben, und ich musste einschlagen wie ein amerikanisches Ghetto-Kid.

Nach der dritten oder vierten Runde Bier (sie bestand darauf, zu bezahlen) fragte sie mich, wann ich geboren sei. Warum sie das frage, wollte ich wissen. Einfach so, sagte sie, irgendwo müsse man doch anfangen, also warum nicht ganz vorne.

Ich sagte es ihr.

Das sei interessant, meinte Evelyn.

»Wieso?«

»Nun, das ist genau fünfundzwanzig Jahre nach dem Attentat auf Hitler und nur einen Tag bevor die Amerikaner auf dem Mond landeten.«

»Kann sein.«

»Hat das *Pink Moon* daher seinen Namen? Vom amerikanischen Mond?«

»Nein. Du weißt doch, wo der Name herkommt.«

»Ich kenne die Platte. Aber ich weiß nicht, warum dein Laden so heißt.«

Ich fragte sie, wann sie geboren sei. Sie war ein Jahr älter als ich.

»Das magische Jahr«, sagte ich und baute wieder die Kugeln auf.

Beim übernächsten Bier fragte sie mich, wie ich das gemeint hätte, das mit dem magischen Jahr. Ich erzählte ihr, was meine Mutter über meinen Vater gesagt hatte, in einem der wenigen Momente, in denen sie über ihn gesprochen hat, jedenfalls mit mir. Dass sie ihn in Prag kennen gelernt habe, kurz bevor die Panzer kamen. Danach hatte er das Land verlassen, im Herbst war ich gezeugt worden, und als ich im nächsten Sommer zur Welt kam, war er schon wieder weg.

»Du hast deinen Vater nie kennen gelernt.«

»Kommt vielleicht noch.«

»Meinst du?«

»Weiß nicht. Ich hatte ein paar andere Väter.«

»Hatte deine Mutter viele Freunde?«

»Eine Zeit lang.«

»Und dann?«

»Hat sie geheiratet.«

»Du hast also einen Stiefvater?«

»Nicht mehr.«

»Verstehe.«

Kurz nach elf gingen wir wieder nach draußen. Es war noch immer sehr mild. Der Herbst ließ auf sich warten. Evelyn hakte sich bei mir ein und sagte, sie hätte noch keine Lust, nach Hause zu gehen. Wir ließen die Innenstadt hinter uns und kamen, ohne dass ich es beabsichtigt hätte, in die Gegend, in der die Wohnung meiner Mutter lag. Die Selterbude in dem alten, in schreienden Farben angemalten Hochbunker hatte schon längst geschlossen. Die Straßenlaternen warfen genug Licht, dass man die Einschusslöcher aus dem Zweiten Weltkrieg sehen konnte. Bis in etwa zweieinhalb Meter Höhe zogen sich Tags und Graffiti um den massigen Bau. Früher war das ein inoffizielles Jugendzentrum gewesen, in dem Bands geprobt und Mitarbeiter des Jugendamtes versucht hatten, das Schlimmste zu verhindern.

»Was machen wir hier?«, fragte Evelyn.

»Wir gehen spazieren«, antwortete ich.

»Warum sind wir ausgerechnet hier gelandet?«

»Zufällig. Und ich habe hier in der Gegend mal gewohnt.«

»Aha. Ich verstehe. Das Opfer auf vertrautes Terrain locken, um es dann in aller Ruhe zu erledigen!«

Sie lief vor mir weg, rannte zweimal um den Bunker herum, und ich folgte ihr. Als ich sie einholte, blieb sie stehen, bevor ich mich entscheiden konnte, sie zu berühren. Sie legte eine Hand an die geschundene Wand des Bunkers.

»Ich frage mich«, sagte sie, »wie das gewesen ist. Da drin zu hocken, während die Bomben einschlugen. Bei den dicken Wänden muss doch eine unglaublich schlechte Luft da drin gewesen sein.«

Das Stahlwerk der Waffenschmiede des Deutsches Reiches war nur hundert Meter Luftlinie von hier entfernt, die Gegend hatte einiges abbekommen.

»Was ist mit deiner Mutter?«, wollte Evelyn wissen. »Hat die den Krieg noch mitbekommen?«

»Nein.«

»Mein Vater hat mir manchmal davon erzählt. Er war Flakhelfer in Düsseldorf, als Vierzehnjähriger. Noch heute wird ihm übel, wenn er sieht, wie irgendwo riesige Scheinwerfer in den Himmel strahlen. Als Werbung für Discos oder so.«

»Deine Eltern wohnen in Düsseldorf?«

»Nicht mehr. Als mein Vater in der Kanzlei aufgehört hat, sind sie in die Nähe von Freiburg gezogen. Meine Mutter kommt daher. Sie haben meiner Schwester angeboten, dort zu wohnen. Mit den Kindern. Wenn sie ihren Mann verlässt. Ach, meine Schwester. Schlechtes Thema.«

Die kleinen Rasenstücke zwischen den Häusern waren plattgetrampelt von den Kindern, die hier den ganzen Sommer über Fußball gespielt hatten. Nicht überall standen noch alte Teppichstangen, aber man konnte erkennen, wo in den letzten Monaten die Tore gewesen waren, weil dort gar kein Gras mehr zu sehen war.

Dragan.

Plötzlich fiel mir der Name wieder ein. Dragan, der jetzt die D-Jugend des DJK trainierte und Taxi fuhr. Als ich damals aus Berlin zurückgekommen war, bereit, wieder zu meiner Mutter ins Schloss Bludau zu ziehen, und schließlich hier gelandet war, hatte ich mit Dragan Fußball gespielt, mit ihm und den Jungs aus der Nachbarschaft, die alle nach und nach weggingen oder in den Knast kamen oder plötzlich nicht mehr zu sehen waren, obwohl sie nur zwei Straßen weiter wohnten, und die immer wieder von neuen Jungs aus der Nachbarschaft ersetzt wurden, die alle so ähnlich aussahen und redeten, rauchten und auf den Boden spuckten und einem nur in die Augen sahen, wenn sie auf Streit aus waren.

Wir kamen zu dem alten Spielplatz mit dem verrosteten Klettergerüst und dem Schaukelgestell ohne Schaukeln. Neben dem Sandkasten hatte irgendwer ein Feuer gemacht, Asche und verbranntes Zeitungspapier lagen herum, daneben eine umgekippte Parkbank. Evelyn sagte, ich solle mit anpacken, und gemeinsam drehten wir die Bank um und setzten uns. Evelyn legte den Kopf in den Nacken und zeigte nach oben. Sternenklarer Himmel. Jedenfalls so klar, wie die Luftverschmutzung und die Lichter der Stadt es zuließen.

Manchmal war meine Mutter früher mit mir hiergegangen und hatte versucht, mich zum Spielen zu animieren. Ich buddelte etwas lustlos im Sand herum, kletterte das Gerüst hoch und wieder herunter, um ihr eine Freude zu machen. Damals gab es noch Schaukeln. Meine Mutter schubste mich an und setzte sich dann auf die Bank und sah mir zu. Wenn andere Kinder kamen, wurde sie nervös, und ich auch. Die kleinen Türken in meinem Alter wollten sein wie ihre großen Brüder, übten das Ausspucken und pinkelten da hinten an die Hauswand, weil sie sich dann erwachsen vorkamen. Sie bemerkten mich nicht, was ich ziemlich komisch fand. Meine Mutter bemerkten sie und schlichen um die Bank herum und sahen sie sich an. Sie tat, als merkte sie es nicht, nahm mich an die Hand und brachte mich nach Hause.

»Wir müssen jetzt über Wichtiges reden«, sagte Evelyn.

»Über Wichtiges?«

»Das Protokoll der Annäherung unter Erwachsenen verlangt es. Dagegen kann man nichts machen.«

»Ich fühle mich nicht erwachsen.«

»Was hast du dir gewünscht, als du ein Kind warst? Wolltest du immer schon Restaurantchef werden, so wie andere Kinder Astronaut oder Lokführer? Hast du nachts wachgelegen und von pochierten Pfifferlingen geträumt?«

»Pfifferlinge werden nicht pochiert. Glaube ich.«

»Glaubst du? Soll das heißen, du kannst das, was du in deinem Laden anbietest, nicht mal selbst zubereiten?«

»Das werde ich oft gefragt.«

Soweit ich mich erinnern konnte, hatte ich nie einen bestimmten Berufswunsch gehabt. Eigentlich hatte ich mir immer nur gewünscht, dass mein Vater auftauchte. Als ich etwas älter wurde, hatte ich angefangen, mich zu fragen, warum ich mir das wünschte. Trotz langen Nachdenkens war mir keine Antwort eingefallen.

Wir sahen einen Mann die Straße entlanggehen. Er drehte sich zu uns um, wollte erst weitergehen, blieb schließlich jedoch stehen und sah uns an. Langsam kam er auf uns zu. Er war vielleicht Mitte sechzig, höchstens eins siebzig groß und untersetzt. Er trug eine helle Windjacke und beigefarbene Hosen. Er erinnerte mich an die alten Männer im Stadtpark, nur trug er keine Mütze.

»Dem kann der liebe Gott aber prima in den Kopf schauen«, sagte Evelyn. »Der hat ja nicht mal Haare.«

Als der Mann vor uns stand, verneigte er sich und fragte, ob er Platz nehmen dürfe. Ohne zu antworten, rutschten wir ein wenig zur Seite. Beim Hinsetzen seufzte er leicht auf. Er roch ein wenig nach Schweiß. Evelyn nahm meine Hand.

»Ein schöner Abend«, sagte der Mann. Er machte Bemerkungen über die Sterne und über den Spielplatz. Dass sich die Stadtverwaltung hier nicht mehr drum kümmere. Der Sandkasten sei voller Hundekot und das Gerüst nicht mehr zu gebrauchen. Schaukeln gebe es seit fast fünf Jahren nicht mehr.

»Wohnen Sie hier in der Nähe?«

Wir verneinten stumm. Der Mann meinte, er lebe hier seit zwanzig Jahren, und ich wunderte mich, dass er mir nicht bekannt vorkam.

Es sei schlimm, wie das ganze Viertel heruntergekommen sei. Natürlich sei es nie eine besonders edle Gegend gewesen, aber seitdem das Stahlwerk dichtgemacht hätte, sei es nur noch bergab gegangen. Immerhin habe man die Wohnungen in den Achtzigern noch saniert, was ich bestätigen konnte, da ich die Wohnung meiner Mutter kannte.

Nach einer kurzen Pause erzählte der Mann, er sei Studienrat. Englisch und Geschichte habe er unterrichtet.

»Geben Sie es zu«, sagte er, »Geschichte hat Ihnen in der Schule keinen Spaß gemacht.«

»Oh doch«, sagte ich. »Eines meiner Lieblingsfächer.«

»Mit Geschichte konnte man mich jagen!«, sagte Evelyn. »Dafür war ich in Englisch immer gut.«

»Ich bin vor einigen Jahren pensioniert worden«, sagte der alte Studienrat. »Ich hätte ja noch weitergemacht. Ich bin bei den Schülern sehr beliebt gewesen. Es ist so einfach, sich beliebt zu machen. Aber man muss aufpassen, dass sie nicht zu viel über einen wissen. Wenn sie zu viel über dich wissen, machen sie dich fertig. Sie dürfen vor allem nicht wissen, wo du wohnst, sonst starren sie dir in die Wohnung, um rauszubekommen, was du treibst. Wie du deine Freizeit verbringst und was du liebst und was nicht. Man sollte nie in der gleichen Stadt leben, in der man unterrichtet. Sonst kommen sie vorbei und machen einem das Leben zur Hölle. Anfangs habe ich zu nah dran gewohnt. Dann sind wir hierher gezogen, da wurde es besser. Ich hätte noch weitergemacht, ich war sehr beliebt. Aber das hat nicht gezählt. Überhaupt hat man sich für meine Ansichten nie wirklich interessiert. Sie passten nicht in die Zeit. Die Koedukation zum Beispiel halte ich für einen Fehler. Es tut den Mädchen nicht gut. Vor allem, wenn die Jungs in einem speziellen Alter sind. Man sollte sie getrennt unterrichten. Was meinen Sie?«

Evelyn beugte sich vor und gab ihm Recht.

»Fünfunddreißig Jahre. If you know what I mean. Sprechen Sie Englisch?«

Wir bejahten beide.

»Mein Sohn. Sprachengenie. Englisch, Französisch, Spanisch, Italienisch und Russisch. Fließend. Na ja, Russisch vielleicht nicht ganz fließend. Arbeitet in Neuseeland. Als Arzt. Keine Ahnung wieso. Ich meine, Arzt in Neuseeland. Wozu braucht er da die ganzen Sprachen? Haben Sie Kinder? Die Leute wollen alle keine Kinder mehr. Ist ihnen zu mühsam.«

»Nun ja«, sagte Evelyn, »wir kennen uns erst seit ein paar Tagen.«

»Oh, I beg your pardon, ich wollte Sie nicht in Verlegenheit bringen. Sie sahen aus, als würden Sie sich schon länger kennen.«

Als er uns ein paar Minuten später fragte, ob er uns noch zu einem Cognac einladen dürfe, sagte Evelyn: »Gern.«

Als wir losgingen, nahm Evelyn wieder meine Hand. Der alte Lehrer erzählte Geschichten von seinen ehemaligen Schülern. Wir kamen ziemlich nah an der Wohnung meiner Mutter vorbei.

Der ehemalige Studienrat bewohnte die gesamte obere Etage eines der dreistöckigen, ehemaligen Stahlarbeiterhäuser. In jeder Etage waren die beiden Wohnungen zu einer zusammengefasst und in Eigentum umgewandelt worden. Die beiden Familien im Parterre und ersten Stock, erzählte uns der Mann, hätten sich hoch verschuldet, um hier wohnen bleiben zu können. An der Fassade waren zwei riesige Parabolantennen zum Satellitenempfang von Fernsehprogrammen angebracht worden.

»Das ist richtiges Parkett«, sagte der Studienrat, als er die Wohnung aufschloss. »Kein Laminat. Laminat hört sich nicht schön an, wenn man darüber läuft. So hohl. Nicht so satt wie echtes Parkett.«

Das Wohnzimmer war voller Bücher. Englische Literatur und Geschichte. Deutsche Literatur und Bildbände. Aus einem kleinen Holzschränkchen nahm der Studienrat eine Flasche und drei Schwenker. Er goss uns großzügig ein und stieß mit uns an. Mein Blick fiel auf das gerahmte Bild einer älteren Dame im Bücherregal.

»Nach dem Tod meiner Frau«, sagte der Studienrat, »habe ich darüber nachgedacht, noch einmal zu studieren, Philosophie vielleicht, aber mein Sohn riet mir am Telefon davon ab. Ich reise viel. Setzen Sie sich doch. Machen Sie es sich bequem. Legen Sie ab.«

Evelyn zog ihre leichte Sommerjacke aus. Der Studienrat betrachtete ein paar Sekunden lang ihre nackten Arme.

»Entschuldigen Sie mich bitte einen Moment. Fühlen Sie sich wie zu Hause. Bedienen Sie sich!« Er stellte die Cognacflasche auf das Holzschränkchen und verließ den Raum, schloss hinter sich die Tür. Evelyn und ich sahen uns das Bücherregal näher an. Schließlich setzten wir uns auf das braune Ledersofa mit den sehr hohen Rück- und Seitenlehnen.

»Was machen wir hier?«, fragte ich sie.

Wir mussten beide lachen. Wir kamen uns vor, als würden wir etwas Gefährliches oder Verbotenes tun.

»Er erinnert mich tatsächlich an einen meiner Lehrer«, sagte Evelyn. »Allerdings hat der Deutsch unterrichtet. Ich habe ihn nicht sonderlich gemocht, weil er immer Witze über einen gemacht hat. Ich habe als Kind ziemlich viel aus dem Fenster gestarrt und war ständig abwesend.«

»Wie vorhin im Bus«, sagte ich.

Evelyn lächelte. »Schlimmer. Und dieser Pauker hatte eine fiese Art, einen wieder in die Wirklichkeit zu holen. Alle haben sich über mich kaputtgelacht. Kennst du das?«

»Mich haben sie in der Schule kaum wahrgenommen.«

Wir warteten etwa eine Viertelstunde, tranken aus, gossen uns aber nicht nach. Dann hörten wir ein Geräusch auf der Diele. Die Tür ging auf und der Studienrat stand vor uns. Er trug einen alten, braunen Bademantel, mit glänzenden Ellenbogen, an den Füßen zerschlissene, schwarze Lederpantoffeln.

»Alles kann. Nichts muss!«, sagte er und öffnete den Bademantel. Sein Geschlecht steckte in einem engen, schwarzen Lackhöschen, von dem aus sich zwei lederne, mit Nieten besetzte Träger kreuzweise über seine grau behaarte Brust zogen. Aus der Seitentasche des Bademantels brachte er eine schwarze Ledermaske zum Vorschein, die er sich über den Kopf stülpte, nachdem er den Bademantel abgeworfen hatte. Über dem Mund hatte die Maske einen offen stehenden Reißverschluss, die Augen schauten durch zwei schmale Schlitze.

Wir rührten uns nicht.

Der Studienrat schloss den Reißverschluss. Seine Augen wanderten in den Schlitzen hin und her. Er kam zwei Schritte auf uns zu.

Ich zog solche Leute magisch an.

Ich stellte mein Glas auf dem Boden ab und stand auf.

Evelyn tat es mir nach. Wir verließen die Wohnung und liefen in die Stadt zurück. Evelyn hielt meine Hand. Mit meinem Wagen fuhr ich sie nach Hause, obwohl ich zu viel getrunken hatte. Bevor sie ausstieg, küsste ich sie auf die Wange.

3 Am nächsten Morgen wachte ich spät auf und wusste, dass ich etwas geträumt hatte, konnte mich aber nicht daran erinnern. Schon als Kind bin ich eher mit einem diffusen Gefühl als einer konkreten Erinnerung an einen Traum aufgewacht, weshalb ich mir auch nie meine Träume habe deuten lassen können. Was bedeutet eine Katze, eine Schlange, ein Hund, der tote Vater, die nackte Mutter, phallische Objekte, die eigene Anwesenheit in einer peinlichen Situation? Ich kann mich nicht daran erinnern, jemals unbekleidet in einer Menschenmenge gestanden zu haben oder Ähnliches. Ich wache auf und weiß, der Traum war erotisch, habe aber keine Einzelheiten parat.

An diesem Morgen fragte ich mich, ob der alte Studienrat vorgekommen war oder Evelyn oder beide. Vielleicht auch Walter. Das konnte man nie wissen. Dass ich mit einem Gefühl der Verwirrung erwachte, mochte ein Hinweis darauf sein, dass Maxima eine Rolle gespielt hatte.

Vielleicht konnte ich mich nicht an meine Träume erinnern, weil ich ein so sorgloses Leben führte. Das war möglich. Ich musste in der Nacht nichts abarbeiten, was mir am Tage zu schaffen machte. Mein Leben war völlig frei von Sachzwängen aller Art, was mich vor allem von den Menschen unterschied, die für mich arbeiteten. Hassan, der so viel arbeiten musste, um die Pflege seiner Mutter zu bezahlen. Nina, die von ihrem ehemaligen Liebhaber drangsaliert wurde. Polina, die sich von ihrem Freund zu einer Brustoperation drängen ließ. Das alles kam in meinem Leben nicht vor, und ich war dankbar dafür.

Ich frühstückte und fuhr ins *Moon*, wo nach einer halben

Stunde Ernesto auftauchte. Er sagte, er habe in der Nähe zu tun gehabt. Ich machte ihm einen Kaffee, er sah sich im leeren Raum um.

»Sie ist nicht da«, sagte ich.

Er sah mich an und hob die Brauen. »Du glaubst doch nicht, was Annemarie behauptet hat?«

»Du weißt jedenfalls gleich, was ich meine.«

»Ich bin da nicht gefährdet. Ich würde nichts aufs Spiel setzen. Das habe ich alles hinter mir.«

»Ich erinnere mich.«

»Aber ich bin nicht blind, das ist alles. Und ich hatte wirklich in der Nähe zu tun.«

Wir umarmten uns, Ernesto hob mich wieder ein paar Zentimeter vom Boden hoch und verabschiedete sich.

Ich sah mich um und fragte mich, was ich tun könnte, aber mir fiel nichts ein. Ich setzte mich ins Büro und wartete auf Walter, nachdem ich schon zwei Nachrichten auf seiner Mailbox hinterlassen hatte. Am Tresen arbeitete ein Neuer, den ich nicht kannte und der alle paar Minuten zu mir kam und mich Dinge fragte, die ich nicht wusste. Elena hatte frei. Ich fühlte mich zu dumm für das, was ich hier tat beziehungsweise nicht tat. Ich hielt mich gern hier auf und mochte es, zuzusehen, wenn alles gut lief, wenn bei vollem Betrieb eins ins andere griff und am Ende alle zufrieden waren, aber mir war auch klar, dass ich dafür nicht gebraucht wurde.

Um kurz vor zwölf klingelte das Telefon.

»Tornow. Sie erinnern sich?«

»Natürlich«, sagte ich. Es war erst vorgestern gewesen.

»Sie haben einen guten Eindruck bei meiner Mutter gemacht. Wir würden sehr gern mit Ihnen ins Geschäft kommen.«

»Das freut mich«, sagte ich ohne Begeisterung. »Anfang der Woche haben Sie unser verbindliches Angebot.«

»Großartig. Ich hatte gehofft, dass es so läuft. Mein Bruder hatte zwar einige Bedenken, aber letztlich hören wir alle auf unsere Frau Mutter, wenn Sie verstehen, was ich meine.«

Ich verstand es nicht, sagte aber nichts. Auch hätte mich interessiert, welche Bedenken der Bruder gehabt hatte, doch auch in dieser Hinsicht hielt ich meinen Mund.

»Also, ich erwarte dann Ihr Angebot«, sagte Tornow. »Meine Empfehlung an Ihre Frau Gemahlin.«

Kurz danach tauchte Walter auf. Er war völlig verändert. Auf seinen Wangen zeigte sich ein dunkler Bartschatten, die Haare glänzten von den Resten eines Gels. Er trug einen schwarzen Jeans-Anzug mit einer sehr eng anliegenden Hose, mit einer sehr großen Gürtelschnalle in der Form des US-Bundesstaates Texas. An den Füßen hatte er spitze, schwarze Stiefel.

Er sagte nichts, sondern verschwand gleich im Bad.

Drei Wochen nachdem ich aus Berlin zurückgekommen und bei meiner Mutter eingezogen war, klingelte es, und als ich zur Tür ging, sah ich durch die schmale, hohe Rauchglasscheibe eine groß gewachsene Silhouette. Als ich öffnete, stand da ein Mann etwa in meinem Alter. Er trug eine weiße, weit geschnittene Hose wie ein Tennisspieler aus den dreißiger Jahren sowie ein mit geblümten Ornamenten verziertes, im Grundton cremefarbenes Hemd mit kurzen Ärmeln. Er sagte, er wolle zu mir, und ich bat ihn ins Wohnzimmer. Er kam mir bekannt vor, aber ich wusste nicht, woher.

Meine Mutter schaute herein und fragte, ob sie uns etwas anbieten könnte. Der Besucher winkte zunächst ab, doch als ich meinte, ich könne einen Kaffee vertragen, nickte er und sagte, dann nehme er auch einen. Meine Mutter schloss die Tür und verschwand in der Küche. Ich bot ihm den Platz auf dem Sofa an und nahm selbst den Sessel. Er sah gut aus. Die dichten dunklen Haare waren vorne etwas länger und im Nacken ausrasiert. Um seine dunklen Augen zogen sich kleine Fältchen. Er hatte einen breiten Mund und ein leicht vorspringendes Kinn. Er sagte, ich mache nicht den Eindruck, als könne ich mich an ihn erinnern.

»Sollte ich das?«

»Wir sind zusammen zur Schule gegangen.«

Jetzt erinnerte ich mich. Er hatte zwei Reihen vor mir gesessen. Ich kam nur nicht auf seinen Namen. Wusste aber noch, dass er ein sehr guter Schüler gewesen war. Ich war erst nachträglich in die Klasse gekommen, nachdem Bludau gestorben und meine Mutter und ich umgezogen waren. Mit meinen Mitschülern hatte ich nicht viel zu tun.

»Du...«, begann der Besucher, »darf ich überhaupt du sagen?«

»Natürlich.«

»Du hast dich immer aus allem rausgehalten.«

Meine Mutter kam herein und stellte ein Tablett mit einer Thermoskanne voll Kaffee, zwei Tassen, zwei Löffeln, einem Zuckerstreuer, einem kleinen Milchkännchen und einer Schale mit Gebäck auf den Beistelltisch neben das Sofa. Ein paar Sekunden blieb sie stehen. Ich sagte nichts, und sie ging wieder hinaus.

Der engste Kontakt zu meinen Mitschülern war eine Geburtstagsparty gewesen, die sie für mich ausgerichtet hatten, als ich achtzehn wurde. Ich war sehr überrascht. Sie führten mich in den Keller eines Jugendzentrums, in dem zwanzig oder dreißig Leute auf mich warteten. Es gab Essen, Alkohol und Musik. Ich blieb fast bis zum Schluss. Alle sahen mich an. Ich unterhielt mich mit ihnen. Danach war alles wie vorher. Ein Jahr und ein paar Wochen später erfuhr ich vom Tod meines Vaters und ging weg, ein halbes Jahr vor dem Abitur.

Ich erinnerte mich jetzt, dass der Besucher die Party organisiert hatte. Ich sagte, es sei mir peinlich, aber sein Name falle mir nicht ein. Gleichzeitig hatte ich das Gefühl, dass er sich nicht vorgestellt hatte, um mich zu testen.

»Walter«, sagte er.
»Klar. Ich erinnere mich. Was treibst du so, Walter?«
»Nichts.«
»Gar nichts?«
»Jobs.«
»Du warst so gut in der Schule.«
»Darüber hast du dir Gedanken gemacht?«
»Ich dachte, du würdest studieren.«
»Um zu studieren, braucht man Abitur.«
»Du hast keins?«
»Ich habe kurz vorher hingeschmissen und bin weggegangen.«
»So wie ich?«
»Du bist einfach verschwunden.«
»Lange Geschichte.«

Walter blieb bis zum frühen Abend, lehnte aber die Einladung meiner Mutter, mit uns zu essen, höflich ab, bedankte sich für den Kaffee und sagte, wir blieben in Kontakt.

Ein paar Tage später rief er an, und wir trafen uns in einem Café in der Innenstadt. Wir saßen am Fenster. Walter konnte sich sehr gut an die Schulzeit erinnern, wusste noch, wer befreundet und wer verfeindet, wer in wen verliebt gewesen und wer von wem enttäuscht worden war. Während er redete, sah ich abwechselnd ihn an, die zwei Kaffeekännchen zwischen uns und die dicke Bedienung mit der weißen Schürze über dem schwarzen Rock. Manchmal blickte ich auch nach draußen, auf ein leerstehendes Lokal auf der anderen Straßenseite. Über dem Eingang waren noch die Umrisse von Buchstaben zu erkennen, die früher einmal den Namen »Zum deutschen Haus« gebildet hatten. Die ockerfarbene Fassade blätterte ab, und die Rollläden waren heruntergelassen.

»Du machst den Eindruck, als könntest du dich an gar nichts erinnern.«

»Doch, doch«, sagte ich. »Jetzt, wo du es erwähnst, fällt mir alles wieder ein. Ich habe Gesichter vor Augen. Nur konnte ich bis heute keine Namen zuordnen.«

Später gingen wir ins Kino. Anschließend tranken wir ein paar Biere. Schließlich fragte Walter mich, wieso ich damals verschwunden sei und was ich gemacht hätte. Wir tranken noch zwei Bier, dann erzählte ich ihm alles.

In den nächsten Wochen verbrachten wir viel Zeit miteinander. Wenn er bei uns zu Hause war, setzte sich meine Mutter zu uns und fragte Walter aus. Er gab bereitwillig Auskunft.

Walter war nach dem Abgang von der Schule nach New York gegangen und hatte dort in allen möglichen Jobs gearbeitet. Dann war er einige Jahre lang mit einem Mann zusammen gewesen, der ein Restaurant besaß. Von ihm lernte Walter, wie man so etwas führte. Nachdem er sich von dem Mann getrennt hatte, kehrte er zurück nach Europa und verbrachte einige Zeit in Frankreich, wo er in Toulouse für kurze Zeit zum Geschäftsführer eines Restaurants aufstieg, das im Guide Michelin zwei Sterne hatte. Jetzt war er wieder hier und lebte von dem, was er in Frankreich gespart hatte.

Eines Nachmittags fragte Walter mich, was ich gelernt hätte. Nichts, sagte ich. Er wusste, dass ich in Berlin gekellnert hatte.

»Wir haben also beide in der gleichen Branche gearbeitet.«

»Das kann man wohl kaum vergleichen.«

»Ich muss dir was zeigen. Lass uns in die Stadt fahren!«

Wir nahmen den Bus. Während der Fahrt sagte Walter nichts, spielte aber mit dem Kleingeld in seiner Hosentasche. Wir stiegen am Bahnhof aus, und er führte mich durch die Stadt, bis wir vor dem kleinen Café standen, in dem wir uns vor einigen Wochen getroffen hatten. Die alte Kneipe auf der anderen Straßenseite hatte noch immer keinen neuen Pächter gefunden. Wir gingen darauf zu, und Walter führte mich in die schmale Einfahrt neben dem Eingang. Wir gelangten auf einen Hof, in dem große Mülltonnen auf Rädern herumstanden. Walter nahm einen Schlüssel aus der Tasche und öffnete eine Tür rechts von uns. Wir traten in einen muffigen Hausflur, in dem die Tapete in Fetzen von der Wand hing. Durch eine weitere Tür gelangten wir in den Gastraum. Es roch nach Abfall. Überall war Staub. Die Wände waren schmutzig und hatten zahllose Löcher. Die Einrichtung war herausgerissen worden. Am Boden konnte man erkennen, wo mal der Tresen gestanden hatte. Von der Decke baumelten schmiedeeiserne Ketten, an denen früher die Lampen befestigt gewesen waren. Der Raum war viel größer, als ich von außen vermutet hatte. Durch die Ritzen der Rollläden fiel etwas Licht. Walter sagte, er habe ein paar Ideen, ihm fehle nur das Geld.

Etwa die Hälfte der nötigen Summe konnte meine Mutter aufbringen, der größte Teil dessen, was ihr nach Bludaus Tod geblieben war. Für den Rest gingen wir zu mehreren

Banken. Gastronomen waren bei denen nicht besonders gut angesehen. Walters Erfahrungen in Amerika und Frankreich zählten nicht. Was für uns sprach, war unser hoher Eigenkapitalanteil.

Während ich die Verträge unterzeichnete, beriet Walter sich mit Architekten und holte Kostenvoranschläge für den Umbau ein. Gemeinsam gingen wir zu den Brauereien, die uns durchweg schlechte Konditionen anboten. Wir wählten die, von der wir hofften, dass sie uns am wenigsten betrügen wollte. Walter suchte nach einem Koch, nahm Kontakt zu alten Freunden in den USA und Frankreich auf und fand schließlich Karol. Walter bestimmte auch über den größten Teil der Einrichtung. Die großen Fotos an der hinteren Wand waren meine Idee. Und der Name.

Im Gegensatz zu mir hatte Walter keine Probleme damit, Handwerker zur Eile anzutreiben und sich mit ihnen anzulegen, wenn sie nicht gut oder schnell genug arbeiteten.

Einmal, gegen Ende der Arbeiten, erschien meine Mutter auf der Baustelle, schüttelte ihren Regenschirm aus und nahm die Plastikhaube ab, die zusätzlich ihr frisch frisiertes, inzwischen blaustichiges Haar schützte. Sie ging an den Wänden entlang, fuhr mit den Fingern über das Holz des Tresens und der Tische, sah sich die Küche und die Toiletten an, kam zu mir, legte mir die Hand an die Wange und verschwand wieder.

Nachdem wir einen Termin für die Eröffnung festgesetzt hatten, sorgte Walter für die Werbung. Er ließ Handzettel drucken und in der ganzen Stadt verteilen. In den Monatsmagazinen erschienen hochwertige Anzeigen. Wer in der Stadt wichtig war oder sich auch nur dafür hielt, bekam eine persönliche Einladung für die Eröffnung.

Einen Tag vorher bestellte Walter mich abends ins *Moon*,

ohne zu sagen, worum es ging. Als ich ankam, war die Tür offen. Im Windfang standen bunte, exotische Blumen in einer hohen Vase. Ich schloss die Tür hinter mir ab, schob den schweren, dunkelroten Vorhang auseinander, der oben an Messingringen über eine halbkreisförmige, hölzerne Stange glitt und dessen unteres, durch eine Lederbordüre begrenztes Ende leicht über das Parkett schabte. Die hinter Blenden versteckten Leuchtstoffröhren tauchten den Raum in ein angenehmes, indirektes Licht. Die Milchglastüren, die den hinteren, bei Bedarf für Feiern und geschlossene Gesellschaften zu nutzenden Bereich vom vorderen abtrennten, waren geschlossen, doch dahinter brannte Licht. Ich schob eine der Türen auf und stand vor einem gedeckten Tisch. Im Raum waren Kerzen verteilt. Walter kam aus der Küche. Er sagte, ich solle mich setzen, es sei alles vorbereitet. Ich trank von dem Wein, den er mir einschenkte.

Das Menü bestand aus fünf Gängen. Walter lief zwischen dem Tisch und der Küche hin und her. Zu jedem Gang gab es einen anderen Wein. Das Dessert bestand aus einem warmen Vanillepudding, überzogen mit einer Schicht aus karamellisiertem Braunzucker. Danach gab es Espresso und Grappa. Walter lockerte seine Krawatte. Er trug ein weißes Hemd und einen dunklen Anzug. Wir stießen an und wünschten uns gegenseitig Erfolg. Beim zweiten Grappa lag Walters Hand auf meiner. Er rutschte mit seinem Stuhl näher an mich heran. Er küsste mich auf den Mund. Noch einmal. Er schob seine Zunge zwischen meine Lippen, hörte auf, sah mich an, tat es noch mal. Er legte seine Hand in meinen Nacken. Er fragte, ob ich noch Wein wolle. Ich nickte. Die Flasche war leer. Walter ging hinter den Tresen, um eine neue zu holen. Ich verließ das Haus durch den Hintereingang, suchte mir ein Taxi und fuhr nach Hause.

Als Walter aus dem Bad kam, sah er aus wie immer. Er ging nach vorn, und ich dachte ein wenig über ihn nach. Kurz darauf klingelte das Telefon. Evelyn. Es sei ein schöner Abend gewesen, für den sie sich noch einmal bedanken wolle. Wir redeten über die Männer (und die eine Frau) im Wettbüro, die Polizei und den jungen Mann mit dem Smiley auf dem T-Shirt. Als wir auf den Studienrat kamen, sagten wir erst mal nichts. Dann fing Evelyn an zu lachen.

»Die Geschichte können wir unseren Enkeln erzählen. Jedenfalls, wenn sie alt genug sind.«

»Bist du gut nach Hause gekommen?«

»Ich bin ein großes Mädchen.«

Wir plauderten ein wenig, wobei ich im Büro hin und her ging, obwohl es sehr klein war. Ich hatte das Gefühl, dass Evelyn etwas sagen wollte, das sie noch zurückhielt, ich wusste aber nicht, ob, und wenn ja, wie ich sie danach fragen sollte. Vielleicht war es etwas Persönliches. Vielleicht dachte sie darüber nach, ob es in Ordnung war, mich damit zu behelligen. Der Gedanke, dass sie mir etwas anvertrauen wollte, gefiel mir. Ebenso ihre Unsicherheit, wie sie es sagen sollte.

Plötzlich entstand eine kurze Stille, und danach fragte sie mich, ob ich bereit sei, mich von ihr fotografieren zu lassen. Sie arbeite da an einem Projekt, aus dem sie vielleicht ein Buch machen wolle. Ich sagte, kein Problem, solange ich angezogen bleiben könne. Evelyn machte eine kurze Pause, meinte dann ernst, das könne sie nicht versprechen. Dann lachte sie wieder. Ob es mir morgen, am Samstag, passen würde? Ich sagte zu.

»Hast du einen dunklen Anzug?«

»Ja, wieso?«

»Zieh den bitte an.«

Als ich am Abend nach Hause kam, hörte ich Geräusche im Hausflur. Oben schien jemand auf der Treppe zu sitzen und zu weinen. Ich hörte Schuhsohlen über den Boden schaben. Dann schlug wohl jemand mit der flachen Hand auf den Boden. Dies hier war ein sehr lebendiges Haus. Ich ging früh zu Bett.

Evelyns Atelier lag mitten in einem Gewerbegebiet, im hinteren Teil eines hohen, flachen Gebäudes, in dem vorn ein Squash Center untergebracht war. Ich fuhr über den Parkplatz, auf dem Männer und Frauen große Sporttaschen aus den Kofferräumen ihrer Autos nahmen, rollte langsam die nackte, graue Betonwand entlang und parkte meinen Wagen neben Evelyns. Als ich ausstieg, warf ich einen Blick in das Innere des Volvo. Die Rückbank war umgeklappt, auf der Ladefläche lag einiges an Kleinteilen herum: Stücke von farbigen Folien, leere Filmhüllen, das Bein eines Stativs, ein kleiner Scheinwerfer, eine Aluminiumkiste in der Größe eines Schuhkartons. Auf dem Beifahrersitz eine aufgeklappte, leere Big-Mac-Schachtel, in der noch ein paar Salatfetzen zu sehen waren, an den Rändern gebräunt. Im Fußraum eine Cola- und eine Bierdose.

An der Hinterseite des Gebäudes war eine Stahltür, und die stand einen Spalt offen. Ich trug einen dunklen Anzug und ein helles Hemd. Von einer Krawatte hatte Evelyn nichts gesagt, aber ich hatte vorsichtshalber eine eingesteckt.

Ich ging hinein und fand mich in einem hohen, weiten Raum wieder, in dem Stative und Lampen herumstanden, verschiedene Sitzgelegenheiten, ein Kühlschrank und mehrere große, silberne Kisten. Auf dem Boden lagen Hintergrundrollen und farbige Folien herum. Von weiter hinten hörte ich Geräusche, und als ich näher kam, sah ich zwei Türen, von denen die eine halb offen stand. Von dort kamen die Geräusche. Es wurde mit Geschirr hantiert und mit Besteck. Ich klopfte, und Evelyn rief: »Einen Moment«, ich blieb stehen. Dann tauchte sie auf, öffnete die Tür ganz und wischte sich die Hände an einem dunklen Overall ab, jenem nicht unähnlich, den sie im *Moon* getragen hatte, nur war dieser hier nicht so verwaschen.

»Ich habe schnell etwas zu essen vorbereitet. Nach den Fotos wirst du Hunger haben. Aber erwarte nicht zu viel.«

Mir ging durch den Kopf, dass ich wohl etwas hätte mitbringen sollen, eine Flasche Wein vielleicht, ein paar Blumen oder etwas in der Art, aber sie machte nicht den Eindruck, als vermisse sie etwas.

»Du siehst gut aus«, sagte sie. »Der Anzug ist perfekt. Hast du gut hergefunden?«

»Kein Problem.«

»Kaffee?«

»Gern. American.«

Wir lachten. Sie ging durch die Tür, und ich folgte ihr in einen großen, kahlen Flur mit hellgelben Wänden. Nach rechts ging es in die Küche. Das sei sicher kein Kaffee, wie ich ihn gewohnt sei, sagte Evelyn, als ich im Türrahmen stehen blieb, sie habe keine von diesen Maschinen, aus denen auf Knopfdruck Kaffee zum Niederknien komme, ich aber zuckte nur mit den Schultern und sagte, ich hätte schon lange keinen altmodischen Filterkaffee mehr getrunken und gerade angefangen, ihn wirklich zu vermissen. Sie schaufelte Kaffeepulver in eine braune Filtertüte, die in einem weißen Porzellanfilter stand, und meinte, sie hasse diese braunen Filtertüten. Kein Mensch benutze mehr weiße, wahrscheinlich weil das braune ökologischer aussehe, irgendwie ein besseres Gewissen mache. Wir schwiegen, während sie einen geblümten Kessel voll Wasser auf die rechte der beiden vorderen Platten des alten Bauknecht-Herdes stellte. Ein paar Sekunden später sagte sie etwas wie Hups oder Ups, weil sie vergessen hatte, die Platte auch einzuschalten, also konnten wir wieder lachen und uns darüber verbreiten, dass wir uns beide im Haushalt sehr ungeschickt anstellten.

»Ich habe nicht mal eine Brotmaschine«, sagte Evelyn.

»Ich auch nicht. Erst gestern habe ich ein halbes Brot für meinen Nachbarn mit meinem alten Messer aufgeschnitten.«

»Du schneidest Brot für deinen Nachbarn?«

»Er hatte mich darum gebeten.«

»Ein ganzes halbes Brot? Ziemlich großzügig.«

»Ein ganzes halbes Brot«, wiederholte ich. »Dabei habe ich festgestellt, dass ich das Messer mal wieder schleifen müsste. Oder gleich ein neues kaufen. Mit dem alten reißt man das Brot mehr, als dass man es schneidet. Die Scheiben sehen entsprechend aus. Kein schöner Anblick.«

Der Kessel pfiff, Evelyn goss das Wasser in den Filter, beobachtete genau, was passierte, wie Inseln von Kaffeepulver an der dunklen Oberfläche trieben und sich der Satz an den Seiten sammelte, als der Pegel sank. Sie goss noch zweimal nach, ließ den Kessel über dem Filter kreisen, um eben jenen Satz an den Seiten zu erwischen. Ich hätte ihr stundenlang dabei zusehen können. Sie wartete, bis alles durchgelaufen war, und nahm dann zwei Bechertassen aus dem Hängeschrank gegenüber dem Herd. Der Schrank war ungefähr so alt wie der Kessel und hatte eine hellgelbe und eine hellblaue Schiebetür mit eingelassenen Griffen aus cremefarbenem Plastik. Evelyn gab mir eine Tasse und drückte sich an mir vorbei.

Wir durchquerten den Flur, sie öffnete eine Tür, hinter der sich ein großer Raum öffnete, bestimmt fünfzig, sechzig Quadratmeter. Im Hintergrund war ein breites, randloses Bett zu erkennen, mit nur einer Garnitur in unterschiedlichen Rottönen gemusterter Bettwäsche und einem schwarzen Spannbetttuch. Die Existenz einer zweiten Bettdecke hätte mich zu allerlei Gedanken verführt, guten wie schlechten.

Im Vordergrund stand ein langer, schwerer Holztisch, mit der linken Kopfseite ganz an die Wand gerückt. Auf jeder Seite standen drei Stühle mit verchromten Gestellen, bunten Sitzpolstern und Rückenlehnen, Stühle, wie man sie in amerikanischen Diners vermutete oder in italienischen Eisdielen der fünfziger Jahre. Es gab keine echten Fenster, sondern nur drei lange, schmale Oberlichte an der Stirnseite, durch die kaum Licht hereinkam und die mich an das Polizeirevier erinnerten.

Wir setzten uns und tranken Kaffee. Dann gingen wir hinüber in die große Halle, wo ich Evelyn half, eine dunkle Hintergrundrolle an zwei Stangen zu befestigen. Ich sah ihr zu, wie sie eine Lampe aufbaute, die Licht in einen weißen Schirm abstrahlte, sowie eine große, aber offensichtlich leichte Vorrichtung mit einer quadratischen Fläche, über die ein großmaschiges Netz aus schwarzen Stoffstreifen gelegt war und die sich später als Blitz herausstellte. Sie sagte mir, wie ich mich hinstellen sollte, ging mit einer Rolleiflex herum und machte Bilder. Zwischendurch wechselte sie Filme, bot mir einen Stuhl an, damit ich mich ausruhen konnte, machte weiter und animierte mich zu unterschiedlichen Gesichtsausdrücken. Dann gab sie mir wieder den Stuhl, nicht aber zum Ausruhen, sondern damit ich posieren konnte, normal und rittlings. Schließlich sollte ich mein Jackett ausziehen, und dann machten wir eine Pause. Wir tranken stilles Wasser aus einer großen Plastikflasche, und Evelyn meinte, das seien Fotos gewesen, die ich vielleicht privat oder beruflich verwenden könnte, jetzt aber wolle sie mich bitten, noch für etwas anderes zur Verfügung zu stehen. Ich nickte, sie verschwand in der Wohnung, und als sie zurückkam, gab sie mir einen weißen Anzug und ein weißes T-Shirt mit Rundhalsausschnitt. Ich ging in die Wohnung, in das große Zimmer mit dem Tisch, den Stühlen und dem Bett, legte meine Sachen auf einen der Stühle und zog den Anzug und das T-Shirt an. Als ich wieder herauskam, grinste Evelyn, und ich half ihr, die Hintergrundrolle zu wechseln, diesmal befestigten wir ein grelles Rot.

Sie brauchte für die nächsten Fotos sehr viel länger, sie lief vor mir auf und ab, ging in die Hocke, stellte sich auf eine Trittleiter, legte immer wieder neue Filme ein, warf die Hüllen auf den Boden, wechselte mehrmals die Kamera, sagte kein Wort und fing an zu schwitzen. Ich dachte: Sie sieht ganz anders aus, wenn ihr etwas wichtig ist. Wahrscheinlich wurde es draußen dunkel, aber davon kriegte man hier nichts mit, denn die Halle hatte nicht einmal Oberlichte. Ich hatte meine Armbanduhr ablegen müssen, also wusste ich nicht, wie spät es war.

Evelyn sagte genau, was ich zu tun hatte, wie ich schauen und wie ich mich bewegen sollte. Anfangs sagte sie »bitte« und »würdest du vielleicht«, aber dann wurden ihre Anweisungen immer knapper, manchmal genügten ihr kurze Handbewegungen. Ich musste stehen, gehen, liegen und knien. Irgendwann wischte sich Evelyn mit einem Tuch aus ihrem Overall den Schweiß von der Stirn und sagte, das müsse reichen, ich hätte sicherlich Hunger, sie jedenfalls habe seit dem Morgen nichts gegessen. Sie wolle nur schnell duschen und sich etwas anderes anziehen.

»Möchtest du auch duschen?«

Ich schüttelte den Kopf.

Wir gingen nach hinten in die Wohnung. Sie sagte, ich solle es mir bequem machen, und verschwand durch eine Tür, hinter der ich das Bad vermutete. Ich zog wieder meine eigenen Sachen an, und als ich in Unterhosen dastand, rief Evelyn von draußen, wenn ich etwas trinken wolle, sei in der Küche Bier und Wein. Sie selber bevorzuge Bier, aber wenn ich lieber Wein wolle, na ja, jedenfalls sei alles da. Ich zog Hose und Hemd an, ließ das Jackett liegen und ging in die Küche. Neben dem Herd stand ein niedriger Kühlschrank, ich öffnete ihn und sah eine große Platte, abgedeckt mit Alufolie, wahrscheinlich das Essen, das sie vorbereitet hatte. Ich hob die Folie an und erkannte belegte Brote, und dazu konnte man wohl keinen Wein trinken. Ich nahm eine Flasche Bier, öffnete sie, dachte daran, mir aus dem Hängeschrank ein Glas zu nehmen, ließ es dann aber, trank direkt aus der Flasche und ging wieder hinüber in das große Wohn-, Ess- und Schlafzimmer.

Ich setzte mich an den Tisch und hörte von draußen das Rauschen der Dusche. Ich schloss kurz die Augen, dann stellte ich die Flasche ab und ging Richtung Badezimmer. Tatsächlich stand die Tür einen Spalt offen. Ich erkannte eine Toilettenschüssel mit einem weißen, hoch geklappten Deckel sowie ein weißes Waschbecken, über dem eine Ablage und ein Spiegel angebracht waren. Auf der Ablage stand ein roter Plastikbecher mit Zahnbürste und Zahncreme, daneben ein Nivea-Deo-Roller, ein Eau de Toilette mit Zerstäuber ohne Verschlusskappe und eine kleine Dose Rasierschaum. In dem Spiegel konnte ich den Duschvorhang sehen. Er war einfarbig rot, ohne Muster, und vor allem nicht durchsichtig. Leise ging ich zurück zu meinem Bier.

Links an der Wand sah ich ein Bücherregal, auf dessen unteren drei Brettern hochformatige Fotobände standen, darüber andere Bücher, nicht erkennbar geordnet. Ich nahm eine Sammlung erotischer Geschichten aus Österreich heraus und blätterte darin herum. Sacher-Masoch und Josefine Mutzenbacher. Ich fing an, die Titel und Autoren der Bücher daneben zu lesen. Erica Jong: Angst vorm Fliegen, Joachim C. Fest: Hitler, Alex Comfort: Joy of Sex, Mein heimliches Auge IV, Mein heimliches Auge VI, Christian Zentner: Illustrierte Geschichte des Ersten Weltkriegs, Anaïs Nin: Das Delta der Venus, Rudolf Augstein (Herausgeber): Die Welt im Wandel, Reportagen 1980–1995, Rudolf Augstein (Herausgeber): Ein deutsches Jahrzehnt, Reportagen 1985–1995, Günter Grass: Die Blechtrommel, Hermann Hesse: Der Steppenwolf, Heinrich Böll: Ansichten eines Clowns (alles alte, abgegriffene, mehrfach gelesene Ausgaben), Elfriede Jelinek: Lust, Catherine Milet: Das sexuelle Leben der Catherine M., Philip Roth: Portnoys Beschwerden, John Updike: Hasenherz, John Updike: Unter dem Astronautenmond, John Updike: Bessere Verhältnisse, John Updike: Rabbit in Ruhe, Gustave Flaubert: Madame Bovary, zwischendurch hörte ich im Bad einen Föhn, Elzbieta Ettinger: Rosa Luxemburg, Roy Stuart: Volume 1, Roy Stuart: The Fourth Body, Jonathan Lethem: Motherless Brooklyn, Woody Allen: Manhattan, Henri Charrière: Papillon, Henry Miller: Wendekreis des Krebses, Henry Miller: Wendekreis des Steinbocks, Henry Miller: Opus Pistorum, Matt Ruff: Fool on the Hill, und weiter kam ich nicht, weil ich auf dem Flur ein Geräusch hörte.

Als sie hereinkam, saß ich am Tisch. Sie trug ein dunkelblaues Samtkleid, schwarze Strümpfe und hohe Schuhe mit Fesselriemchen. Ihr Dekolleté war glatt und dunkel. Sie stellte die Platte mit den belegten Broten vor mich hin, nahm die Folie ab und holte zwei Teller aus der Küche. Sie legte eine CD ein, die ich gut kannte. Wir aßen und tranken Bier. Sie duftete nach Eau de Toilette. Ihr frisch gewaschenes und geföhntes Haar war dicht und voluminös.

»Findest du es nicht merkwürdig«, fragte sie, »dass ich in einem Raum ohne Fenster wohne?«

»Es gibt Schlimmeres.«

»Ursprünglich habe ich nicht hier gewohnt. Aber vor ein paar Jahren wurde mal ein sehr plötzlicher Wohnungswechsel fällig, da bin ich provisorisch in mein Atelier gezogen und schließlich hier geblieben. Willst du nicht wissen, wieso ich so plötzlich umziehen musste?«

»Doch, aber ich dachte, es sei unhöflich, danach zu fragen.«

»Ich frage mich, wie du wohnst.«

»Unspektakulär.«

»Das glaube ich. Du wirkst nicht wie jemand, der mit dem Geld um sich wirft.«

»Oh, ich habe mal sehr spektakulär gewohnt. Bei einem Mann, den meine Mutter geheiratet hatte.«

»Was für eine umständliche Formulierung. Warum sagst du nicht Stiefvater?«

»Bloß nicht! Er war ein großer, böser Drache und meine Mutter eine kleine, zarte Prinzessin.«

»Und was warst du?«

»Das illegitime Balg. Ein Kaspar Hauser, der sprechen, lesen und schreiben konnte.«

»Erzähl mir von deiner Mutter. Was macht sie?«

»Erzähl mir von deiner.«

Evelyn hatte Kerzen aufgestellt, aber die waren vorher schon zu mindestens zwei Dritteln heruntergebrannt gewesen. Jetzt brannte nur noch eine. Ich sagte ihr, woher ich die Musik kannte, und sie nickte. Ich schaffte es, nicht wegzusehen, als sie mir in die Augen blickte. In ihren Pupillen spiegelte sich das Licht der Kerze. Da war ihr Mund und ihre Nase, ihr Haar und ihr Hals.

Dann nahm sie meine Hand und küsste meine Finger. Wir hielten uns fest. Sie dachte nach. Langsam erhob sie sich, blieb aber vornübergebeugt, raffte in einer schnellen Bewegung ihr Kleid ein wenig und schob ihr Knie auf die Tischplatte, zog das andere Bein nach und kam auf allen vieren auf mich zu. Sie umfasste die Kante, streckte sich mir entgegen, ihren Kopf, ihr Gesicht, küsste mich auf den Mund, schwang ihre Beine nach vorn, legte ihre Hände an meine Schläfen und küsste mich wieder. Ich legte meine Hände auf ihre Unterarme. Ich hörte sie atmen und küsste sie auf den Hals, sie mich auf die Stirn und hinter die Ohren. Ich tastete mich nach oben und griff endlich in ihr Haar. Ich presste es an ihre Wangen, sie schloss die Augen und öffnete ihren Mund. Wir küssten uns. Das ging eine Weile so weiter.

Mein Handy hörte ich erst, als sie sagte: »Geh nicht ran!«

Es hörte auf zu klingeln. Dann fing es wieder an. Nach zwanzig Sekunden hörte es auf. Dann fing es wieder an. Es schien wichtig zu sein. Ich spürte Evelyns Atem in meinem Mund.

Die Nummer im Display sagte mir nichts. Es war kurz vor Mitternacht. Ich nahm das Gespräch an, meldete mich mit Namen und brauchte ein paar Sekunden, bis ich wusste, wer am anderen Ende war. Der Mann, der in meinem Haus wohnte, der mit dem Trainingsanzug. Vielleicht hatte er seinen Namen gesagt, aber ich hatte ihn nicht verstanden. Es ging um Renz.

Ich hatte immer eine Schwäche für Idioten. Wie gesagt: Renz erinnerte mich an den Flieger. Ich lernte den Flieger während der Lorenz-Entführung kennen, 1975. Ich war sechs Jahre alt und erkältet. Ein Presslufthammer hatte mich krank gemacht, jedenfalls dachte ich das. Ich hatte an einer Baustelle gestanden und mir angesehen, wie ein Mann mit einem gelben Helm die Asphaltdecke einer Nebenstraße mit einem Presslufthammer aufriss. Ich stand so dicht daneben, dass sich die Vibrationen durch die Füße in meinen Körper fortsetzten. Mein Kopf dröhnte, und irgendwann fing er an zu kribbeln. Der Mann beachtete mich nicht. Er trug nur ein Unterhemd, und seine Muskeln an den Oberarmen zitterten. Auch seine blaue Hose flatterte im schnellen Rhythmus des Hammers. Als ich nach Hause ging, dröhnte es in meinem Kopf weiter, und noch als ich einschlief, meinte ich, die Vibrationen zu spüren.

Am nächsten Morgen ging es mir schlecht. Ich hatte Kopfschmerzen und fühlte mich unglaublich schwer und müde. Meine Mutter legte mir eine Hand auf die Stirn und sagte, ich hätte Fieber und könne nicht in die Schule gehen. Ich blieb im Bett liegen und schlief bis mittags. Als ich aufwachte, kochte meine Mutter mir Kamillentee und Hühnerbrühe. Danach schlief ich noch mal ein paar Stunden und wurde wieder wach, weil ich den Fernseher hörte. Meine Mutter sah sich die Nachrichten an, obwohl sie sonst kaum fernsah, und tagsüber schon gar nicht. Hinter dem Nachrichtensprecher sah man ein Bild von einem Mann, der aussah wie der Großvater eines Jungen in meiner Klasse. Den Großvater kannte ich, weil er den Jungen manchmal von der Schule abholte. Der Mann auf dem Bild im Fernsehen hatte die gleiche große Brille. Meine Mutter kaute an ihren Fingernägeln, schüttelte den Kopf und sagte immer wieder:

»Der Idiot! So ein Idiot.« Ich war mir nicht sicher, wen sie meinte, aber wahrscheinlich nicht den Großvater im Fernsehen. Bis vor ein paar Wochen hatte meine Mutter einen Freund gehabt, mit dem ich sehr gut ausgekommen war: Jürgen. Vielleicht meinte sie den. Wenn sie über ihn redete, sagte sie oft, er sei ein Idiot. Ich wusste, dass er das nicht war.

Ich holte mir meine Bettdecke und setzte mich neben sie. Zuerst bemerkte sie mich nicht, dann aber lehnte ich mich bei ihr an, und kurz darauf legte sie einen Arm um mich. Ich musste an Jürgen denken, und an seinen Sohn, Ernesto. Beide hatten bei uns gewohnt. Es war die beste Zeit gewesen in den letzten Jahren. Keiner der Vaterkandidaten, die meine Mutter mit nach Hause gebracht hatte, hatte sich so viel mit mir beschäftigt. Und keiner hatte mir auch gleich noch einen Freund mitgebracht.

Nach den Nachrichten kam noch etwas Kinderfernsehen. Meine Mutter legte mir wieder die Hand auf die Stirn. Ich hatte immer noch Fieber. Abends bekam ich wieder Kamillentee und Hühnerbrühe. Obwohl ich den ganzen Tag über im Bett gelegen hatte, fielen mir um acht Uhr schon wieder die Augen zu und ich schlief zwölf Stunden durch.

Am nächsten Morgen ging es mir besser, aber ich war immer noch sehr müde. Meine Mutter meinte, ich hätte kein Fieber mehr, aber immer noch »erhöhte Temperatur«, und deshalb musste ich wieder nicht in die Schule. Meine Mutter ging zu ihrer Arbeit im Supermarkt. Ihre erste Arbeit seit langer Zeit. Ich blätterte ein paar Bilderbücher durch, für die ich eigentlich schon zu alt war. Ich machte den Fernseher an, aber da gab es nur Schulfunk oder Testbild. Also sah ich aus dem Fenster und erblickte den Flieger.

Für mich sah er aus wie ein Erwachsener. Tatsächlich aber

kann er höchstens siebzehn oder achtzehn gewesen sein. Mit ausgebreiteten Armen und gespitzten Lippen lief er die Straße rauf und runter. Ich machte das Fenster auf und hörte, dass er mit dem Mund Motorengeräusche machte.

Plötzlich blieb er stehen und sah zu mir hoch. Ich erschrak, zuckte zurück und wollte das Fenster wieder schließen, aber der Flieger lachte und hob die Hand. Ich grüßte zurück.

»Was machst du denn da?«, rief er zu mir hoch.

Ich zuckte mit den Schultern.

»Ganz alleine, wa? Und noch den Schlafanzug an. Biste krank, oder was?«

Ich nickte.

»Und den Mund hamse dir auch zugenäht, na super! Warte, ich komm mal rauf!«

Er lief auf unser Haus zu und verschwand aus meinem Blickfeld. Kurz darauf klingelte es an unserer Wohnungstür. Natürlich hatte meine Mutter mir eingeschärft, niemanden hereinzulassen, wenn sie nicht da war. Trotzdem schlich ich zur Tür und horchte. Es klingelte noch mal. Dann hörte ich ein Klopfen.

»Na komm schon, ich bin's, der Flieger, du kennst mich doch! Ich bin blöd, aber harmlos!«

Ich machte die Tür auf und ließ ihn rein.

»Na, das war ja nicht schwer!«, sagte er. »Kannst von Glück sagen, dass ich kein Perverser bin. Weißte, was 'n Perverser ist? Nicht? Na, ich hoffe, du erfährst es auch nie. Zeig mal, wie ihr wohnt.«

Er sah sich die Wohnung an, und ich ging hinter ihm her.

»Ist nicht der Buckingham-Palast, aber okay. Hab schon Schlimmeres gesehen. Und du? Was haste dir denn eingefangen?«

»Grippe«, sagte ich. »Von einem Presslufthammer.«

Der Flieger verengte kurz die Augen und nickte. »Verstehe. Ich kann die Scheißdinger auch nicht ausstehen. Wo ist denn deine Mutter?«

»Arbeiten.«

»Nette Frau.«

Ich sagte nichts.

»Findste nicht?«

»Doch.«

»Hast keinen Vater, was?«

Ich nickte.

»Mann, lass dich nicht so hängen. Ich hab nicht mal 'ne Mutter. Glaubste nicht? Stimmt aber. Hatte nie eine. Bin aus'm Ei gekrochen. Künstlich befruchtet. Nicht mal 'nen Vater hab ich. Aber wer braucht den schon, was? Du kommst ja auch ohne aus, oder?«

»Manchmal wär ein Vater schon ganz gut«, sagte ich.

»Wieso?«

»Der könnte einen Drachen für mich basteln, sagt meine Mutter.«

»Drachen? Blödsinn. Drachen sind doof. Fliegen 'n bisschen durch die Gegend und bleiben in 'nem Baum hängen oder so, und dann gehen sie kaputt. Glaub mir, Drachen kannste vergessen. Haste nicht was zu trinken für den Flieger?«

Wir gingen in die Küche, und ich gab ihm ein Glas Saft. Der Flieger trank im Stehen, und ich sah ihn mir etwas genauer an. Er war sehr dünn. Seine ausgewaschene Jeans hatte Mühe, oben zu bleiben. Auf seinem roten Sweatshirt prangte ein großes Adidas-Zeichen.

»Wohnt ihr schon lange hier?«, fragte er.

»Weiß nicht. Wir hatten erst einmal Weihnachten hier.«

»Das ist nicht lange. Ich hab dich noch nie gesehen. Deine Mutter schon, aber dich nicht. Deine Mutter ist nicht zu übersehen, aber das weißt du bestimmt.«

Ich wusste nicht, was er meinte, fragte jedoch nicht nach.

»Ich wohn ein paar Straßen weiter. Mit so einer Art Tante. Die sagt mir, was ich machen darf und was nicht. Die gibt mir auch Geld, wenn ich mal ins Kino will oder in den Puff. Nee, war nur Spaß, im Puff war ich noch nicht. Hab mal davon gehört. Aber ist wohl ziemlich teuer. Du weißt gar nicht, wovon ich rede, oder? Na, muss auch nicht. Das kommt alles noch früh genug. Wann kommt denn deine Mutter wieder?«

»Um zwei.«

»Tja, ich würde sagen, dann mach ich mich mal aus dem Staub. Sonst kriegen wir noch Ärger. Bis nächstes Mal.« Der Flieger tippte mir an die Stirn. »Na, Fieber haste jedenfalls keines, das ist doch schon mal gut.«

Vom Fenster aus sah ich ihn mit ausgebreiteten Armen nach Hause rennen, oder wohin auch immer. Ich spülte das Glas, aus dem er getrunken hatte, damit meine Mutter nichts merkte.

Am nächsten Morgen ging es mir wieder so gut, dass ich zur Schule gehen konnte. Mittags sah ich den Flieger auf einem Blumenkübel am Straßenrand hocken. Als er mich sah, sprang er auf.

»Guck mal!«, sagte er und reckte mir sein Kinn entgegen. »Haare. Ich krieg einen Bart. Wird auch Zeit. Bin ein paar Jahre überfällig. Vielleicht gehe ich doch mal in den Puff.«

Ich wusste nicht, was ein Puff war und was er mit Barthaaren zu tun haben sollte, aber das war dem Flieger egal.

»Sach mal, hast du eigentlich keine Freunde? Du läufst hier immer ganz alleine rum, und die anderen Kinder haben alle irgendwelche Freunde dabei. Wieso bist du bloß so alleine, hä?«

»Keine Ahnung«, sagte ich.

»Keinen Vater, keine Freunde. Denkst du da nicht manchmal drüber nach?«

»Nee.«

»Soll ich dir mal was sagen?«, fragte der Flieger und ging vor mir in die Hocke, um mir in die Augen sehen zu können. »Du hast vollkommen Recht. Über so eine Scheiße sollte man gar nicht nachdenken. Echt nicht. Ich kann dir auch sagen, wieso du keine Freunde hast. Weil du clever bist. Du bist zu klug für Freunde, das sieht man dir an der Nasenspitze an. Womit ich nicht gesagt haben will, dass du eine schöne Nase hast. Hast du nämlich nicht!«

In den nächsten Tagen saß meine Mutter jeden Abend vor dem Fernseher und sah sich die Nachrichten über die Lorenz-Entführung an. Ein paar Leute wurden aus dem Gefängnis entlassen und stiegen in ein Flugzeug. Über Jürgen sagte meine Mutter nichts mehr.

Ich verbrachte viel Zeit mit dem Flieger, und meine Mutter bekam nichts davon mit. Wenn ich mittags aus der Schule kam und meine Mutter im Supermarkt war, machte ich mir schnell das Essen warm, das sie für mich vorbereitet hatte, erledigte noch schneller die Hausaufgaben und traf mich irgendwo mit dem Flieger, achtete aber darauf, noch vor meiner Mutter wieder zu Hause zu sein. Meistens wollte sie gar nicht wissen, was ich die ganze Zeit über gemacht hatte, und wenn sie doch mal fragte, hörte sie meiner Antwort gar nicht richtig zu.

Der Flieger kletterte gern auf Bäume. Wir suchten uns welche, die man von der Straße aus nicht sehen konnte, weil der Flieger meinte, die meisten Leute fänden es nicht gut, wenn man einfach irgendwo hochkletterte. Wir halfen uns gegenseitig beim Klettern und hockten uns dann in die Astgabeln. Manchmal warf der Flieger Dinge, die er in seinen Taschen hatte, auf den Boden. Ich fand das ziemlich langweilig, zumal er hinterher alles wieder aufsammelte, weil es Verschwendung sei, es liegen zu lassen. Außerdem müsse man dann ständig nach neuen Sachen suchen, die man runterwerfen könne. Ich fragte mich, wo da der Witz war. Obwohl ich niemandem wehtun wollte, hätte es mir schon eher eingeleuchtet, wenn er mit den Sachen nach vorbei gehenden Passanten geworfen hätte. Aber das ging ja gar nicht, weil wir ja nur Bäume aussuchten, an denen niemand vorbeigehen konnte. Obwohl ich ihn nicht verstand, war ich gern mit dem Flieger zusammen. Man konnte ihm zusehen und denken: Mensch, ist der komisch!

»Ist schon ein Ding!«, sagte der Flieger eines Nachmittags, als wir uns eine Birke hochgemüht hatten, die neben einem Zaun stand, den wir als Steigehilfe benutzt hatten.

»Was denn?«

»Dass deine Mutter dich in deinem Alter einfach alleine draußen rumlaufen lässt.«

»Sie weiß es ja nicht«, sagte ich.

»Stell dir mal vor, ich wäre ein Perverser. Weißt du, was ein Perverser ist?«

»Hast du mich schon mal gefragt.«

»Und was hast du gesagt?«

»Nichts.«

»Musst aufpassen bei den Perversen. Man erkennt sie nicht immer. Darfst nicht mit ihnen in den Keller gehen. Oder auf den Dachboden. Sind immer Männer. Nie Frauen. Komisch, was? Oder? Sag doch mal!«

»Keine Ahnung.«

»Mann, du bist echt 'ne Marke! Keine Meinung zu nix, was? Meinst du, deine Mutter würde mich nett finden?«

»Keine Ahnung.«

»Manchmal denke ich, ich sollte mich ihr mal vorstellen. Vielleicht findet sie mich ja nett.«

Plötzlich stand er auf, breitete die Arme aus und machte seine Motorengeräusche. Ich hatte schon Angst, er würde herunterfallen, und tatsächlich hatte er Mühe, die Balance zu halten, ruderte mit den Armen und setzte sich schließlich wieder hin.

Eines Tages lehnte meine Mutter in der Küchentür, schnippte mit dem Daumennagel gegen den Filter einer Zigarette und fragte mich, was mit mir in letzter Zeit los sei.

Ich wusste nicht, was sie meinte. Es war früh am Morgen, ich saß am Küchentisch, trank meinen warmen Kakao und aß das Marmeladenbrot, das sie mir geschmiert hatte. Sie ging zur Spüle, drehte das Wasser auf und hielt die nur halb gerauchte Zigarette darunter. Dann setzte sie sich zu mir und legte ihre Hände übereinander.

»Es scheint dir gut zu gehen in letzter Zeit«, sagte sie.

Ich nahm noch einen Schluck Kakao und fragte mich, was sie von mir hören wollte.

»Versteh mich nicht falsch«, sagte sie, »ich freue mich, wenn es dir gut geht. Ich frage mich nur, ob da nicht irgendwas ist, irgendein Grund. Du weißt schon.«

Ich wusste nicht.

Meine Mutter atmete tief durch. »Also, du musst mir schon ein bisschen helfen. Was ist mit dir los?«

»Nichts«, sagte ich.

»Blödsinn. Das sehe ich dir doch an. Du hast so viel gelacht in letzter Zeit. Und mir so wenig widersprochen. Ich will wissen, wieso.«

Gut, dachte ich, also weniger lachen, jedenfalls zu Hause, und mehr widersprechen. »Es war schönes Wetter«, sagte ich.

Meine Mutter schürzte die Lippen. »Gut, du willst es nicht anders. Dann werden hier eben andere Saiten aufgezogen.« Sie stand auf, ging ins Schlafzimmer und schlug die Tür hinter sich zu.

Ich verstand nicht, was sie meinte. Weder was mein Verhalten anging, noch welche Saiten jetzt aufgezogen werden sollten. Und was das überhaupt hieß.

Manchmal war es schwierig, dem Flieger zu folgen, weil er so schnell lief mit seinen ausgebreiteten Armen. Dann wieder ging es nur ganz langsam voran, weil er auf dem Weg in den Hangar war oder zu einer weit entfernten Startposition auf dem Rollfeld. Die Leute sahen ihn an und schüttelten den Kopf oder riefen ihm hinterher, er sei ein Idiot und gehöre eingesperrt. Ständig redete er davon, dass er in den Puff gehen wollte, tat es aber nicht und erklärte mir auch nicht, was das überhaupt war. Nur dass man dafür Geld brauchte. Ich hatte ein paar Mark gespart, aber die wollte er nicht haben.

Ab und zu hatte meine Mutter besonders schlechte Laune. Wenn sie sich im Supermarkt über irgendwas geärgert hatte zum Beispiel. Manchmal lag sie auch auf dem Bett und weinte, und wenn ich dann zu ihr hinging, um sie zu trösten, gab es zwei Möglichkeiten, wie sie reagieren konnte. Entweder sagte sie, ich solle sie in Ruhe lassen, oder sie zog mich an sich. Ich musste mich zu ihr ins Bett legen, sie umklammerte mich und weinte weiter. Ihre Tränen fielen auf meine Haare. Ich hatte mich immer gefragt, wieso sie so viel weinte, aber seit ich den Flieger kannte, kriegte ich auf viele meiner Fragen Antworten.

»Sie ist verliebt«, sagte der Flieger. »Klare Sache. Frauen heulen immer, wenn sie verliebt sind. Ist aber ein gutes Zeichen. Erst wenn sie nicht mehr heulen, wird es wirklich schlimm, glaub mir.«

Ich war erleichtert. Ich hatte schon gedacht, meiner Mutter gehe es wirklich schlecht. Na ja, richtig gut ging es ihr auch nicht, aber sie war verliebt, und ich hatte schon gehört, dass man dann manchmal einen »süßen Schmerz« hatte. Unterm Strich schien Verliebtsein aber etwas Gutes zu sein. Meine Erleichterung machte es mir jedoch schwerer, zu Hause nicht so gute Laune zu haben und mehr zu widersprechen.

Eines Nachmittags war ich mit dem Flieger in der Innenstadt. Ein paar Jungs pöbelten ihn an, doch er beachtete sie nicht. Dachte ich zuerst. Dann saßen wir auf einer Bank am Rathaus, und plötzlich fing er an zu weinen. Er legte das Gesicht in die Hände und schluchzte so laut, dass die Fußgänger uns ansahen.

»Bist du verliebt?«, fragte ich.

Er sah mich an und streckte mir die Zunge heraus.

Ein paar Minuten später beruhigte er sich wieder. Plötzlich aber stand meine Mutter vor uns. Ich wusste nicht, wo sie herkam und was sie hier machte, denn eigentlich hätte sie arbeiten müssen. Sie packte mich am Arm und zerrte mich nach Hause. Sie drückte mich auf den Stuhl am Küchentisch, setzte sich mir gegenüber und legte wieder ihre Hände übereinander.

»Damit ist es jetzt Schluss«, sagte sie. »Das ist ein Irrer. Der macht sonst was mit dir. Hat er vielleicht schon.«

Ich wollte etwas sagen, aber sie hob die Hand.

»Ich will nichts hören«, sagte sie. »Das ist jetzt vorbei. Dafür habe ich gesorgt. Der muss doch weggeschlossen werden. Macht sich an kleine Jungs ran. Wenn du irgendwelche Fragen oder Probleme hast, kannst du jederzeit zu mir kommen. Ich bin deine Mutter. Vergiss das nicht.«

Im Supermarkt war sie vor ein paar Tagen gefeuert worden. Das hatte ich nicht gewusst. Sie war jeden Morgen aus dem Haus gegangen, als müsse sie zur Arbeit.

Den Flieger habe ich nie wiedergesehen.

Draußen war es kühl. Die Warnleuchte der Tankanzeige teilte mir mit, dass ich kaum noch Benzin hatte. Als ich vor dem Haus vorfuhr, stand der Trainingsanzug im schwachen Licht der Eingangsbeleuchtung und rauchte, den Reißverschluss bis zur Brust geöffnet, darunter ein weißes Rippenunterhemd. Mit Daumen und Zeigefinger nahm er die Zigarette aus dem Mund, warf sie auf den Boden und trat sie mit seinem schweren, dick besohlten, in grellem Violett und leuchtendem Rot gemusterten Turnschuh aus. Warm und weich gab er mir die Hand und sagte: »Jetzt ist er komplett durchgedreht. Wieso hat der überhaupt einen Schlüssel zu Ihrer Wohnung?«

Auf dem Weg nach oben nahm ich immer zwei Stufen gleichzeitig, während der Trainingsanzug mir langsam folgte. Schon auf dem Treppenabsatz hörte ich das Geschrei. Besser gesagt das Heulen oder Weinen. Über dem Geländer in den oberen Etagen die Köpfe der anderen Nachbarn, sogar einige Kinder. Dann stand ich vor meiner Wohnung, versuchte aufzuschließen, stellte aber fest, dass ein anderer Schlüssel von innen steckte. Ich klopfte gegen die Tür, und als Renz nicht antwortete, schrie ich, was er da drin treibe, und einige der Nachbarn kamen ein paar Stufen herunter, um mehr zu sehen. Ich sollte einen Schlüsseldienst rufen, dachte ich, spürte aber auch das Bedürfnis, Gewalt anzuwenden, machte einen Schritt zurück und trat gegen die Tür. Ein stechender Schmerz schoss mir durch den Oberschenkel. Der Tür war nichts passiert. Ich drehte mich um.

Der Trainingsanzug schüttelte den Kopf und sagte: »So geht das nicht.«

»Haben Sie einen besseren Vorschlag?«

»Sie sollten genau auf die Stelle unter dem Schloss treten.«

»Wieso wissen Sie so was?««

»Das weiß jeder.«

Ich massierte kurz meinen rechten Oberschenkel, schüttelte das Bein aus und trat noch einmal zu, diesmal genau unterhalb des Schließblechs. Tatsächlich gab die Tür nach, der Rahmen splitterte. Ich blickte in den Flur, als sei ich hier fremd. Das Heulen hatte aufgehört.

Ich fand Renz im Wohnzimmer, auf dem Boden kniend, die Stirn am Boden, das Gesicht in den Händen vergraben. Er heulte nicht mehr laut, sondern tonlos. Ich ging neben ihm in die Hocke.

»Darf ich Sie fragen, wie Sie hier hereingekommen sind?«

Der Trainingsanzug stand in der Wohnzimmertür und schüttelte den Kopf. Hinter ihm standen ein paar Leute, die die Hälse reckten, um zu sehen, was hier los war.

Ich stand auf und bedankte mich bei meinem so wachsamen Nachbarn. Er nickte mir zu, starrte Renz an und ließ sich nur widerwillig (meine Hand an seinem ballonseidenen Ellenbogen) aus dem Zimmer und aus der Wohnung schieben. Ich sagte den anderen, dass es hier nichts zu sehen gebe, schloss die Wohnungstür notdürftig und zog den einzelnen Schlüssel ab, der von innen steckte. Ich wartete, bis die Geräusche von draußen mir verrieten, dass die Menge sich zerstreute, und ging zurück ins Wohnzimmer. Renz hockte immer noch auf dem Boden und atmete schwer durch den Mund. Ich setzte mich auf das Sofa.

»Die anderen sind jetzt weg«, sagte ich.

Es dauerte noch ein paar Minuten, bis Renz aus seiner unbequemen Position hochkam und mich ansah. Seine Augen waren rotgeheult, blassgelber Rotz lief ihm in dicken Streifen aus der Nase, hatte sich in seinem Bart verfangen, klebte an seinen Händen und auf meinem Teppich. Er stand etwas unsicher, hatte anscheinend Probleme mit der Durchblutung in den Beinen, nachdem er so lange am Boden gekauert hatte.

Ich hielt den Schlüssel hoch. »Was soll das?«

Renz schüttelte den Kopf. »Ich muss mich sauber machen«, sagte er leise. In kleinen, unsicheren Schritten trippelte er ins Bad. Er kannte sich aus. Ich ging ihm nach, sah ihm zu, wie er Toilettenpapier abrollte und sich die Nase putzte. Danach wusch er sich die Hände, klatschte sich kaltes Wasser ins Gesicht, säuberte seinen Bart und tastete mit geschlossenen Augen so lange nach einem Handtuch, bis ich an den Schrank ging und ihm eines gab. Er öffnete den Spiegelschrank über dem Waschbecken und nahm den alten Blechkamm heraus, den ich schon lange nicht mehr benutzte und nur noch aufbewahrte, weil er mal dem Flieger gehört hatte. Renz brachte sein Haar in Ordnung. Ich riss ihm den Kamm aus der Hand und legte ihn zurück in den Schrank.

»Ich kann verstehen, dass du sauer bist«, sagte Renz.

»Und ich kann mich nicht erinnern, Ihnen das Du angeboten zu haben.«

Ohne mich anzusehen, ging Renz an mir vorbei ins Wohnzimmer und setzte sich auf das Sofa, genau dorthin, wo ich vorhin gesessen hatte. Er lächelte. »Schön, dass Sie gekommen sind.«

»Schön, dass Sie sich bereit erklären zu gehen!«

»Das tue ich nicht.« Er kratzte sich den langhaarigen, die Wangen und Kieferbögen gleichwohl nur unvollständig bedeckenden Bart. »Sie müssen mir einen Gefallen tun.«

»Das mit der Tür wird nicht billig«, sagte ich.

»Ich habe sie nicht eingetreten.«

»Wie hätte ich sonst hier hereinkommen sollen?«

»Irgendwann hätte ich schon aufgemacht.«

»Ich will, dass Sie gehen.«

»Das kann ich nicht machen.«

»Verschwinde endlich!«

Ich wusste nicht, wie man jemanden rausschmiss. Am liebsten hätte ich Walter angerufen.

»Du hast doch ein Auto«, sagte Renz. Als ich nicht antwortete, senkte er den Blick. »Es tut mir leid, dass ich Ihnen Unannehmlichkeiten bereite, aber wie Sie vielleicht schon bemerkt haben, geht es mir manchmal nicht gut. Sie sind der Einzige, an den ich mich wenden kann, der Einzige, der mir bisher zugehört hat.«

»Daran kann ich mich nicht erinnern.«

»Ich bitte Sie nur, mich wo hinzufahren, mehr nicht. Eine kurze Autofahrt, vielleicht eine halbe Stunde, das ist alles.«

»Haben Sie diesen Schwachsinn hier nur veranstaltet, damit ich komme?«

»Ich wusste nicht, wo Sie waren. Ich hatte geklingelt, aber Sie haben nicht aufgemacht.«

»Sie haben sich einen Schlüssel zu meiner Wohnung beschafft, waren aber zu blöd, meine Handynummer rauszukriegen?«

»Nein. Ich weiß nicht. Kann sein. Als ich hier drin war, überkam es mich einfach.«

Ich atmete durch. »Wo müssen Sie denn hin? Und was wollen Sie da, mitten in der Nacht?«

»Kann ich Ihnen nicht erklären.« Er erhob sich langsam. »Meine Füße sind eingeschlafen.« Er ging ein wenig hin und her, stampfte auf dem Boden auf und ging dann Richtung Wohnungstür. »Kommen Sie«, sagte er.

Ich folgte ihm, fragte mich, was ich mit der Tür machen sollte, und zog sie dann einfach zu, so gut es ging. Als wir die Treppe hinuntergingen, hatte ich das Gefühl, da sei noch jemand im Hausflur, der Trainingsanzug vielleicht, aber als ich nach oben schaute, war niemand zu sehen. Unten hielt Renz mir die Haustür auf und lächelte mich an. Ich senkte den Blick und bemerkte erst jetzt, dass er teuer wirkende, braune Lederschuhe trug.

Wir gingen über den gepflasterten Weg zwischen den von der Wohnungsbaugesellschaft sauber gestutzten Rasenstücken. Bei den Mülltonnen drehte Renz sich um und sah zum Haus zurück, als erwarte er, dass jemand uns beobachtete, seine Miene verriet jedoch nicht, ob er an einem der Fenster jemanden erkannte, und ich selbst wollte mich nicht umdrehen.

Am Wagen angekommen, sah es zunächst so aus, als wolle Renz auf der Fahrerseite einsteigen. Er ging aber dann doch um die Motorhaube herum, wartete, bis ich die Zentralverriegelung mit dem Funkschlüssel geöffnet hatte, ließ sich auf den Beifahrersitz fallen und seufzte. Wieder kratzte er sich den Bart und lächelte mich an.

Ich startete den Motor und setzte aus der Parklücke. Im Neunzig-Grad-Winkel zum Bordstein mitten auf der Straße stehend, fragte ich Renz, in welche Richtung ich fahren sollte, er zeigte nach rechts, und ich gehorchte. Die Warnleuchte der Tankanzeige stach mir wieder ins Auge. Ein Knopfdruck auf die Bedienelemente im Lenkrad, und das Display unter dem Tacho wechselte die Einstellung: Noch acht Liter waren im Tank, was einer Reichweite von etwa neunzig Kilometern entsprach. Renz lotste mich zur Autobahn, und als ich ihn fragte, wo genau es hingehen sollte, dachte er nach und sagte dann: »Ich glaube, es gehört noch zu Duisburg.«

Mindestens vierzig, fünfundvierzig Kilometer, dachte ich, wir werden tanken müssen. Kurz hinter der Ausfahrt Stahlhausen setzte ich den Blinker und bog auf die Tankstelle ein. Renz runzelte zuerst die Stirn, dann nickte er. »Stimmt«, sagte er, »wir haben ja kein Benzin mehr.«

Ich fuhr den Wagen neben die Zapfsäule mit der Nummer 1. Ich tankte, während Renz neben dem Wagen auf und ab ging, sich streckte und die Muskeln lockerte, als seien wir schon stundenlang unterwegs. Nachdem ich die eingefüllte Menge nach dem automatischen Abschalten so weit erhöht hatte, dass der zu zahlende Betrag eine runde Summe ergab, und ich die Tankpistole in die Säule zurückgesteckt hatte, rief Renz mir zu, ich solle doch einen Kaffee mitbringen, falls es da drin welchen gebe.

In der Tankstelle gab es eine ganze Wand voller Zeitschriften, gut ausgeleuchtete Lebensmittel, eine Kühltheke mit einer großen Auswahl an Eiscreme und ein Stehcafé. Als die automatischen Glastüren vor mir auseinander glitten, hob ein verschlafener junger Mann hinter der Kasse seinen Kopf von einem Comic. Ich fragte nach Kaffee, er schlurfte wortlos zu einer großen Maschine, stellte einen Becher auf ein Gitterblech, drückte einen Knopf und sah dem Kaffee beim Fließen zu. Ich bestellte noch einen, und er wiederholte den Vorgang.

Während ich wartete, dachte ich an den Flieger. Ich hatte mich nach seinem Verschwinden immer wieder gefragt, was aus ihm geworden war. Noch nach Jahren meinte ich ihn von weitem auf der Straße zu sehen. Aber ich bildete mir auch manchmal ein, Bludau gesehen zu haben, obwohl der definitiv tot war. Jürgen, Ernestos Vater, glaubte ich in Berlin erkannt zu haben, aber auch das war unwahrscheinlich. Jürgen hätte ich gern wiedergesehen, nachdem er und meine Mutter auseinander gegangen waren. Immerhin hatte ich Ernesto wiedergetroffen.

Der verschlafene junge Mann stellte die beiden Becher vor mich hin auf einen Stapel mit einer Kordel zusammengebundener Zeitungen von gestern, die darauf warteten, abgeholt zu werden. Der Junge hatte dünne blonde Locken. Ich fragte mich, ob sie gefärbt waren. Er drückte Plastikdeckel auf die Becher, und ich nannte ihm die Nummer meiner Zapfsäule. Seine Augen waren schmal, und das Weiße darin schien mir eine ungesunde Gelbfärbung zu haben. Er schlurfte zur Kasse zurück, tippte die Beträge ein und ließ sich von mir das Geld geben. Als ich mich, die beiden Becher in der Hand, noch einmal umdrehte, saß er genauso da wie vorher, als wäre ich gar nicht da gewesen.

Renz war weg. Er saß nicht im Auto, stand nicht daneben, war nirgends zu sehen. Auf der Autobahn dröhnte der Verkehr, der hier auch nachts kaum abnahm. Ich stellte die heißen Becher aufs Autodach. Zum Glück hatte ich den Schlüssel nicht stecken lassen. Ich machte mich auf die Suche, verließ den grell erleuchteten Bereich und fand Renz schließlich an der im Dunkeln liegenden Servicestation, wo er mit dem Gerät für den Reifendruck herumspielte. Es war eines dieser modernen Geräte, bei denen man den gewünschten Druck mittels Knöpfen unter einem Digital-Display eingeben musste, bevor man das Ventil am Ende der Schlauchspirale auf das Gegenstück am Reifen aufsetzte.

»Ich fand die alten Dinger schöner«, sagte Renz, kniff ein Auge zu und starrte in das Ventil. »Du weißt schon, diese Teile, die man herumtragen konnte und die immer so gezischt haben, wenn man sie wieder auf den Stutzen setzte.«

»Sollen wir jetzt weiterfahren, oder wollen Sie lieber nach Hause? Vielleicht möchten Sie ja auch hier bleiben?«

Renz grinste mich an, als hätte ich einen guten Witz gemacht, und ging an mir vorbei zum Wagen. Ein alter, roter Golf mit Bielefelder Kennzeichen rollte auf die Tankstelle, zwei junge Frauen in Jeans stiegen aus, die eine trug ein graues Sweatshirt und hatte die Ärmel bis zu den Oberarmen hochgeschoben, die andere nur ein rotes T-Shirt, das ihren Bauchnabel freiließ. Die mit dem grauen Sweatshirt tankte, die andere lächelte Renz an. Ich konnte nicht sehen, ob er das Lächeln erwiderte. Er griff sich einen der beiden Becher vom Dach, nahm den Deckel ab und sah hinein.

»Milch? Zucker?«, fragte ich und griff in die Tasche meines Jacketts, in die ich mir vorhin entsprechende Döschen und Tütchen gestopft hatte.

»Zucker, danke.«

Ich drückte ihm zwei Tüten in die Hand. Er riss sie mit dem Mund auf, schüttete den Zucker in seinen Kaffee und bat mich um eine dritte Tüte. Dann ging er zu der Frau in dem roten T-Shirt. Als sie ihn kommen sah, schob sie ihre Hände in die Taschen ihrer Jeans und legte die Arme eng an den Körper, so dass man ihre Brüste deutlich wahrnahm. Sie lächelte immer noch, und Renz fing an, mit ihr zu reden. Ich konnte nicht hören, was er sagte, aber die Frau lachte und nickte. Sie sagte etwas zu der Frau im Sweatshirt, und die lachte auch, während auf der Autobahn mit einem Höllenlärm drei schwere Sattelschlepper hintereinander vorbeifuhren. Die Frau im Sweatshirt achtete nicht darauf, ob die

Zapfsäule einen runden Betrag anzeigte. Als der Tankvorgang automatisch beendet wurde, schüttelte sie die Pistole ein wenig in der Tankmündung hin und her, ging ganz leicht in die Knie, nahm sie vorsichtig heraus, damit nichts auf den Boden tropfte, und hängte das Ding ein. Die ganze Zeit über lachte die Frau im roten T-Shirt und bewegte ihren Oberkörper hin und her für Renz. Ihre Brüste schwangen. Die andere ging hinein, um zu bezahlen, und kam mit zwei Schokoriegeln wieder heraus. Schließlich saßen wir alle wieder in unseren jeweiligen Autos und fuhren los, der Bielefelder Golf vorneweg. Ich hatte meinen Kaffee zwischen meinen Beinen, weil ich Renz nicht darum bitten wollte, ihn festzuhalten.

»Das Schönste am Reisen sind doch die Pausen«, sagte Renz, während wir den Golf überholten und die Frauen uns zuwinkten.

An Gewerbegebieten mit Bau- und Supermärkten sowie an viel zu dicht an der Autobahn stehenden Häusern vorbei fuhren wir auf die halbherzige Skyline von Essen zu, verschwanden im Tunnel, nahmen Mülheim und Oberhausen kaum wahr und näherten uns Duisburg, wo wir auf eine andere Autobahn wechselten, die wir aber bald schon wieder verließen. Renz lotste mich durch ein Wohngebiet. Die Fenster der Fünfziger-Jahre-Mietskasernen waren alle dunkel, es war halb drei durch. An einer Ecke war noch eine Kneipe geöffnet, und genau vor der Tür musste ich halten.

»Warten Sie hier, ich bin gleich wieder da«, sagte Renz und stieg aus. Die Kneipentür öffnete sich mit einem deutlich hörbaren Quietschen und fiel dann schwer wieder zu. Ich saß herum, wunderte mich über die perfekte Stille, hörte meinen eigenen Atem und betrachtete die Armaturen. Das Display zeigte noch ein paar Sekunden den Kilometerstand und wurde dann schwarz. Ich richtete meinen Blick nach draußen auf die Häuser, vor denen Laternen mit weißem Glas standen und einem kleinen Dach obendrauf. Die Fenster in den Häusern waren noch aus Holz. Die weiße Farbe blätterte ab. Ich hatte lange genug in solchen Häusern gelebt, zusammen mit meiner Mutter, bevor Bludau uns in sein Schloss entführte, und dann wieder, als wir nach dem Tod des Königs daraus vertrieben worden waren. Die Fassaden sahen immer schmutzig aus, egal ob sie neu waren oder nicht. Die Handläufe der Geländer in den Hausfluren waren aus stumpfem rotem oder aus glänzendem schwarzem Kunststoff, wenn nicht das ganze Treppenhaus noch in Holz gearbeitet war, mit Linoleum auf dem Boden, die Stufenkanten mit grauen Trittleisten aus Gummi abgeschlossen, die sich ständig lösten und dann im Flur herumlagen, bis sich irgendjemand bereit fand, sie wieder notdürftig zu befestigen. Aus den Wohnungen roch es immer nach Essen, man hörte eingeschaltete Radios, das Geheule der Kinder und das Geschrei der Erwachsenen, wenn sie sich stritten. Nur bei uns war es immer still. Meine Mutter stritt sich nicht mit den Ersatzvaterkandidaten, die sie mitbrachte, jedenfalls nicht, wenn ich dabei war.

Als Renz nach einer Viertelstunde noch nicht zurück war, schaltete ich das Radio ein, hörte zehn Minuten lang dem Nachtprogramm von WDR 2 zu und schaltete das Radio wieder aus. Ich nahm mein Telefon aus dem Jackett und spielte mit dem Gedanken, Evelyn anzurufen, aber wahrscheinlich schlief sie jetzt.

Ich stieg aus, ging die drei Stufen hoch und öffnete die schwere Tür, die das gleiche Geräusch von sich gab wie vorhin. Anstatt des Innenraums sah ich zunächst mal nur den schweren, zweiteiligen, an der Unterkante mit Kunstleder abgesetzten Vorhang, der hier die Funktion des Windfangs erfüllte, ähnlich wie der Vorhang an der Tür des *Moon*. Der dicke, dunkelrote Stoff war filzig und fühlte sich verkrustet an, als ich die beiden Teile auseinander schob. Der Raum dahinter war voller Nikotinschwaden, roch nach Zigaretten, verschüttetem Alkohol und Schweiß. Niemand sagte ein Wort, und im Hintergrund lief auch keine Musik. Hinter dem Tresen stand ein schmaler Grauhaariger mit grauem Bart und umschatteten Augen, eine Hand auf die Zapfanlage gestützt. Davor zwei Männer, wie Zwillinge, ihre Stirnen über halb vollen Biergläsern traurig gerunzelt. Beide waren so fett, dass ihre Hintern über die viel zu kleinen Hocker quollen.

Im hinteren Teil, wo zwei schäbige Holztüren zu den Toiletten führten, saß Renz mit einer Frau an einem quadratischen Holztisch ohne Decke. Vor ihnen standen zwei leere Schnapsgläser. Als ich näher kam, hob Renz zwei Finger in Richtung des Grauen. Die Frau machte leichte Wippbewegungen, vor und zurück, schien an Angenehmes zu denken, scheiterte aber bei dem Versuch zu lächeln. Ihr Haar war dünn, ihre Haut fleckig und ihre Kleidung überholt. Ihr Alter war schwer zu schätzen, aber sie schien mehr Jahre hinter sich zu haben, als noch auf sie warteten. Renz erhob sich, kam um den Tisch herum und stellte sich mir in den Weg. »Ich bin hier fertig«, sagte er. »Wir können weiterfahren.«

Der Graue brachte zwei klare Schnäpse auf einem runden Tablett, Renz nahm sie an sich, reichte einen weiter an die Frau, stieß mit ihr an und kippte seinen in einem Zug. Die Frau bedankte sich mit einem stummen Nicken, umklammerte das Glas mit beiden Händen, bugsierte es zum Mund, nippte einmal und stellte es unter großen Anstrengungen wieder auf den Tisch. Von den Toiletten her roch es unangenehm. Renz knallte sein Glas etwas zu heftig auf den Tisch, die Frau zuckte zusammen und sah zu ihm auf. Er reichte ihr die Hand, beugte sich hinunter, flüsterte ihr etwas zu und verschwand durch die linke der beiden Türen. Ich stand mitten im Raum und fühlte mich beobachtet. Ich nickte dem Grauen zu, der aber nicht reagierte, dafür lachte einer der beiden fetten Zwillinge leise vor sich hin. Als ich mich wieder den Toiletten zuwandte, stand die Frau vor mir. Sie war noch kleiner, als sie im Sitzen ohnehin schon gewirkt hatte, reichte mir gerade bis zum Solarplexus. Unvermittelt griff sie nach meiner Hand, strich mir über den Ballen und hielt sie sich dann an die Wange, die Augen geschlossen. Ihre Hände waren klein und hölzern, ihre Gesichtshaut wie Schleifpapier. Nach ein paar Sekunden ließ sie mich los, nickte und setzte sich wieder auf ihren Platz. Renz kam von der Toilette zurück, im Hintergrund rauschte die Spülung. Er ging an mir vorbei und grüßte im Rausgehen den Grauen, der wieder nicht reagierte. An der Tür, den filzigen Vorhang in der Hand, drehte ich mich noch einmal um. Die Frau umklammerte das Glas, hob es langsam an und nippte wieder an dem Schnaps.

Draußen war die frische Luft fast schmerzhaft. Renz trommelte auf dem vorderen Kotflügel herum.

»Und jetzt?«, fragte ich. »Nach Hause?«

»Hat meine Mutter Sie angefasst?«

»Das war Ihre Mutter?«

»Sie macht das ständig. Leute anfassen. Ist mir immer ein bisschen peinlich. Nein, nicht nach Hause.«

Wir stiegen ein, und er dirigierte mich durch ein paar Nebenstraßen, alle gesäumt von den gleichen schwarzgrauen Häusern, vorbei an einem noch von Schusswunden des Zweiten Weltkriegs übersäten Hochbunker, baugleich mit dem in der Nähe der Wohnung meiner Mutter.

Renz ließ mich in eine schmale Straße abbiegen, in der es nicht einmal Laternen gab. Die Häuser erweckten den Anschein, als seien sie nicht deshalb dunkel, weil alle Bewohner schliefen, sondern weil diese schon vor Jahren ausgezogen oder verstorben waren.

Plötzlich hörte die Straße einfach auf. Die Scheinwerfer des Wagens beleuchteten hohes Gras und Maschendraht. Ich stellte den Motor ab, Renz stieg aus und bedeutete mir, ihm zu folgen. »Vielleicht brauche ich Ihre Hilfe«, sagte er.

Wir tasteten uns an dem Maschendraht entlang. Renz schien sich auszukennen, ich hatte Mühe, ihn in der Dunkelheit nicht zu verlieren. Nach vielleicht hundert Metern blieb er stehen, zeigte auf eine Öffnung im Zaun und kletterte hindurch. Auf der anderen Seite schlitterten wir eine Böschung hinab und gelangten auf einen befestigten, aber nicht gepflasterten oder asphaltierten Weg. Eine in regelmäßigen Abständen von niedrigen Toren unterbrochene Hecke schälte sich aus der Dunkelheit. Ich trat ein wenig näher, um zu sehen, was dahinter lag, und erkannte undeutlich flache Hütten und Verschläge, mehr oder weniger sauber gepflanzte Beete, kleine gläserne Gewächshäuser und Sitzgruppen aus weißen Plastik-Stapelstühlen auf gekachelten Terrassen.

Renz blieb stehen und flüsterte: »Hier ist es!«

Er legte seine Hand auf ein schmiedeeisernes Tor, in dessen Gitterstäbe rosenförmige Applikationen eingearbeitet waren. Darüber wölbte sich ein hölzernes Rundgestell, als Kletterhilfe für echte Rosen gedacht, die jedoch nach der Hälfte aufgegeben hatten und vertrocknet waren. Renz drückte die Klinke hinunter. Das Tor ließ sich geräuschlos öffnen, wir gingen über einen lehmigen Pfad auf eine dunkle Laube zu und kamen zu einer zusätzlichen Hecke, welche die dahinter liegende Terrasse abschirmte. Aus der Terrasse waren bereits zahlreiche Terrakotta-Imitat-Kacheln herausgebrochen, und aus den Lücken sprossen Gras und Löwenzahn. Die Fassade der Flachdachlaube war mit schwarzen Kunststoffschindeln verkleidet, die wie Schiefer aussehen sollten und ebenfalls unvollständig waren. Ein viel zu kleines, viel zu weit oben angebrachtes Fenster (wie ein Oberlicht, was mich an Evelyns Wohnung denken ließ) sollte durch ein rostiges Gitter gesichert werden, das jedoch schon nicht mehr sonderlich fest in der Wand verankert war.

Ich fragte Renz, was wir hier taten, aber er legte schnell einen Finger auf seine Lippen. Er horchte in die Nacht hinaus, beugte sich dann vor und flüsterte mir zu, ich solle hier warten. Vorsichtig näherte er sich dem Eingang, einer weißen Tür mit Drehknauf und schmalen Lüftungsschlitzen an der Unterseite, und verschwand im Inneren. Ein paar Minuten hörte ich nichts, dann wurde drinnen Licht eingeschaltet und fingerte schmutzig-golden zwischen den Gitterstäben hervor. Kurz darauf vernahm ich gedämpfte Stimmen, ein nachhaltiges Wispern, in dem ich Renz wiederzuerkennen glaubte, sowie ein tiefes, ungesundes Grunzen, das in ein Würgen und schließlich in ein Ausspucken überging. Dann legten sich tief tönende Worte über Renz' Wispern. Ich konnte nicht verstehen, was da gesagt wurde, und ging den Weg ein paar Meter zurück. Vollmond. Rechts und links sah ich knöchelhohes Gras, durchsetzt mit Löwenzahn und Zeug, das ich nicht identifizieren konnte. Ich begann zu frieren, schlug den Kragen meines Jacketts hoch und stampfte ein paarmal auf, um die Kälte aus meinen Füßen zu vertreiben.

Ich sah auf die Uhr und fragte mich, wann die Sonne aufgehen würde, als ich etwas splittern hörte. Gleich darauf wurde etwas umgeworfen, aus dem Wispern und Grunzen war ein Schreien geworden, die tiefe Stimme war der anderen deutlich überlegen. »DU KLEINE DRECKSAU! WAS WILLST DU VON MIR? DIE FOTZE SOLL VERRECKEN, DIESES DÄMLICHE STÜCK SCHEISSE!«

Ich lief zur Laube zurück, blieb aber draußen stehen. Es flogen wieder Sachen durch die Gegend. Die tiefe Stimme formte nur noch lang gezogene Vokale, während die andere um Hilfe schrie. Vielleicht brauche ich Ihre Hilfe, hatte Renz gesagt. Vermutlich meinte er einen Moment wie diesen.

Ich stieß die Tür auf und bemühte mich, die Szenerie mit einem Blick zu erfassen. Das Erste, was ich sah, war ein offen stehender, stockfleckiger Kühlschrank, in dem Flaschen lagerten, obendrauf zwei elektrische Kochplatten, von denen ein Kabel ohne Stecker herunterbaumelte. Nach rechts öffnete sich der Raum in eine Art Wohnzimmer: ein durchgesessenes Sofa mit Armlehnen aus poliertem Holz, ein runder Tisch mit Zeitschriftenablage unter der eigentlichen Platte, die wiederum von zahllosen Flaschen bevölkert war, die jetzt als Wurfgeschosse dienten. Dazwischen zwei überquellende Aschenbecher. An den Wänden nikotingelbe, sich an einigen Stellen ablösende Tapeten mit zartblauen floralen Ornamenten. Der Boden war notdürftig mit Teppichresten in unterschiedlichen Farben bedeckt. Neben dem Tisch stand breitbeinig ein mindestens zwei Meter großer Mann, dessen bis auf die Schulter fallendes graues Haar mich an den Wirt der Kneipe erinnerte, in der wir vorhin gewesen waren. Der Mann trug einen grünen Overall, auf Brusttasche und Rücken der Schriftzug der Brauerei, die auch das *Moon* belieferte, und seine hoch erhobene Hand umklammerte eine leere Bierflasche. Renz lag in der Ecke, das Gesicht weggedreht und in den Händen vergraben, die Knie an die Brust gezogen, den Rücken gerundet, um möglichst wenig Angriffsfläche zu bieten. Der Zwei-Meter-Mann fuhr herum und zeigte mir zwei hervorquellende, in rötlich durchzogener Flüssigkeit schwimmende Augen mitten in einem aufgedunsenen Gesicht voller Aknenarben.

»WAS BIST DU DENN FÜR EIN ARSCH?«, brüllte er, und als ich nicht antwortete, ließ er seinen Arm sinken, starrte mich an und sackte dann auf dem Sofa in sich zusammen. Renz entspannte sich, lehnte sich gegen die Wand und streckte die Beine aus. Er blutete aus der Nase sowie aus einer Wunde über der linken Braue. Ich ging zu ihm und half ihm auf die Beine, behielt dabei aber den Mann auf dem Sofa im Auge, dessen kurze, dicke Finger eine halb zerquetschte Schachtel Marlboro aus der Brusttasche fischten und mit einem Zippo anzündeten. Leichter Benzingeruch drang zu mir durch. Renz legte den Kopf in den Nacken und hielt sich den Zeigefinger unter die Nase. Ich brachte ihn zur Tür, drehte mich aber noch mal um. Der Mann hatte seine Ellenbogen auf die Oberschenkel gestützt, den Schädel vom aufsteigenden Rauch der Zigarette umweht, und weinte.

Draußen atmete ich durch. Renz blieb stehen und blickte zu der Laube zurück. »Papa«, sagte er. Und: »Wir können ihn da nicht alleine lassen, der tut sich was an!«

»Besser sich selbst als Ihnen, würde ich sagen.«

»Du hast doch keine Ahnung!«, schrie er, ließ sich aber von mir den Weg entlang, aus dem Garten hinaus und zurück zum Auto führen.

Er wollte nicht in Duisburg ins Krankenhaus. Eigentlich wollte er gar nicht ins Krankenhaus, aber ich bestand darauf. Er hatte schon drei Papiertaschentücher, die er in meinem Handschuhfach gefunden hatte, voll geblutet, und auch die Wunde über dem Auge sah schlimm aus. Er wollte mir nicht sagen, ob das von einer Flasche kam oder ob er auf die Tischkante gefallen war, und ich machte ihm klar, wenn da Scherben in der Wunde seien, könne das ziemlich schlimm werden. Schließlich fuhren wir in ein Krankenhaus bei uns in der Nähe. Fast eine Dreiviertelstunde saßen wir im Warteraum der Notaufnahme, auf Schalensitzen aus dunkelgrünem Plastik, unter einer flackernden, unruhig sirrenden Leuchtstoffröhre. Zwischendurch kam eine junge Schwester, vielleicht Anfang zwanzig, mit einem puppenhaften Gesicht und großen Augen. Sie beugte sich über Renz.

»Oh, das sieht aber schlimm aus.«

Renz lächelte. »Halb so wild. Sie sollten erst den anderen sehen.«

Die Schwester erwiderte sein Lächeln. »Ich nehme mal an, er hatte es verdient.«

»Davon dürfen Sie ausgehen.«

Die Schwester brachte ihm eine Kompresse, die er auf die Wunde drückte. Die beiden lachten sich noch ein bisschen an, und als die Schwester wieder wegging, zwinkerte mir Renz zu.

Bald darauf tauchte ein müder, dicklicher Arzt mit Glatze auf, nahm Renz mit in ein Zimmer hinter einer großen Schiebetür, und ich blieb allein unter der defekten Röhre zurück. Ich ging ein wenig herum, versuchte, mit der Schwester ein Gespräch anzufangen, aber sie hatte zu tun.

Lachend kamen Renz und der Arzt schließlich wieder aus dem Behandlungszimmer. Mit sechs Stichen hatte die Wunde am Auge genäht werden müssen, und in seiner Nase hatte Renz zwei Wattestopfen. Der Arzt schlug ihm noch auf die Schulter und erinnerte ihn daran, die Chip-Karte in den nächsten Tagen vorzulegen. Renz nickte, beugte sich über den Anmeldetresen zu der Schwester, nahm ihre Hand und verabschiedete sich. Sie lächelte und wünschte ihm gute Besserung.

Als wir zu Hause ankamen, ging die Sonne auf. Renz ging, ohne sich zu verabschieden oder zu bedanken, nach oben in seine Wohnung. Ich schob meine kaputte Tür auf und beschloss, mich nicht mehr hinzulegen, sondern einen Kaffee zu kochen. Mit der Tasse in der Hand öffnete ich ein Fenster im Wohnzimmer, setzte mich auf das Sofa und las Zeitung.

Beim Spielen auf einer Kohlenhalde war ein Zwölfjähriger ohne Fremdverschulden zwanzig Meter einen steilen Hang hinuntergestürzt, hatte sich aber nur eine Platzwunde und einen Armbruch zugezogen. Ein LKW war von einer Autobahnbrücke gefallen. In Israel war eine Vierundsechzigjährige Mutter geworden. Auf einem alten Zechengelände sollte ein Golfplatz gebaut werden. Der Braunbär, der jahrelang im Tierpark vor sich hingedämmert hatte, war nach seinem Tod ausgestopft worden. In Luxemburg war ein Deutscher wegen Mordes an seiner Frau und seinen drei Kindern zu lebenslanger Haft verurteilt worden. Nach einem heftigen Streit hatte ein deutscher Urlauber seine Frau an einer dänischen Tankstelle zurückgelassen, und die Frau musste auf einer Polizeiwache übernachten, bevor sie am nächsten Tag mit dem Zug nach Hause reiste. Ein Nichtschwimmer war im tiefen Teil eines Schwimmbades ertrunken. Eine Mutter hatte ihr sechs Monate altes Kind im Auto sitzen lassen und war einkaufen gegangen; die Polizei schlug die Scheibe ein und holte das Kind heraus, die Frau erstattete Anzeige gegen die Polizisten.

Nach dem Frühstück rief ich einen Schreiner an, der mir einen Termin in der nächsten Woche anbot. Ich deutete an, dass ich bereit war, etwas mehr zu bezahlen, und er sagte, in einer Stunde könne er da sein.

Ich saß herum und dachte über die letzte Nacht nach. Vater, Mutter, Kind. Nach ein paar Minuten stand ich auf und ging in den Keller.

Die Holztür schleifte über den Boden, und als ich dagegendrückte, stieß sie an eine der Kisten, die hier aufgestapelt herumstanden. Die Tür ließ sich nur einen Spalt breit öffnen, ich schob mich hinein und machte Licht. Unter der Decke hing eine vergitterte Leuchte. Ich öffnete eine der Kisten, die hier neu hinzugekommen waren, und griff hinein.

4 Ich hatte an die Vorstellung, einen Vater zu haben, geglaubt, wie andere an den Kommunismus glauben, an einen Gott, die Vorhersagbarkeit des Wetters oder die Wallstreet. Mein Vater war groß, mein Vater war mächtig, er kam mir besser und größer vor als Gott, an den sie alle glauben oder es wenigstens vorgeben, Milliarden gehören seiner Kirche an, alle auf der gleichen Suche. Ich hatte meinen Gott für mich ganz allein, ich hatte eine eigene Priesterin, die dafür sorgte, dass ich nicht wankend wurde, immer eingedenk der Tatsache, dass man stärker ist im Glauben als im Wissen.

Groß und dunkel war mein Vater, immer mit einem Lächeln in den Mundwinkeln. Er wusste alles, jedenfalls mehr als meine Mutter und ich und all die anderen Männer, die sie anschleppte, zusammen. Er konnte nicht zu mir kommen, aber er wartete auf mich, und eines Tages würde ich ihn treffen. Vielleicht würde er eines Tages einfach vor der Tür stehen, nachdem er jahrelang nach mir gesucht hatte, vielleicht aber würde ich ihm ganz zufällig über den Weg laufen, ihn auf der Straße sehen, erst für einen Fremden halten, dann aber erkennen und zu ihm gehen und sagen: Da bin ich.

Als ich geboren wurde, war meine Mutter nicht mehr taufrisch, verglichen mit den jungen, glatthäutigen, schönbrüstigen, schmollmündigen Hippiemädchen, die – glaubt man den Erzählungen derer, die dabei waren – auf den Bäumen wuchsen und nur gepflückt werden mussten.

Ich habe Fotos gesehen. Bilder, die meine Mutter in ihrem Zimmer herumliegen ließ, damit ich sie sah. Sie wollte mir nichts erzählen, aber sie wollte, dass ich bestimmte Dinge wusste. Dass sie auch einmal klein gewesen war, ein fröhliches Mädchen mit blonden Zöpfen, nackten, schmutzigen Füßen, einem offenen Lächeln und einem schon mit sechs Jahren koketten Blick, Zoll für Zoll die Prinzessin der schmutzigsten Straße von Essen-Katernberg. Dass sie ein schmollmündiger, neunzehnjähriger Backfisch in Steghose und ärmellosem Top gewesen war und dass sie sich Blumen ins Haar geflochten hatte, fragile Kränze aus Gänseblümchen oder Butterblumen oder Weidekätzchen oder was weiß ich. Ich war zwölf, als ich die Bilder sah. Meine Mutter in knappen Kleidchen und Röckchen und engen Oberteilen, im Arm von Männern mit Bärten und langen Haaren und Zigaretten in den Mundwinkeln. Sie saß an Tischen voller Flaschen, über denen nur eine Glühbirne baumelte. Auch andere Frauen waren dabei. Alle lachten.

Diese Bilder passten zu einigen undeutlichen, verstreuten, nicht zusammenhängenden Erinnerungen, die ich hatte. Erinnerungen von kleinen Wohnungen voller Leute, nackten Männern im Badezimmer, auf dem Klo, gähnend, mit roten Augen, während meine Mutter in der winzigen Küche stand und Kaffee kochte oder Tee, je nachdem, was die Herren wünschten, und immer trug sie deren Hemden und nichts darunter. Schuhe waren ohnehin verboten damals. Wenn ich unter dem Tisch herumkroch, unter dem Lachen der Männer und dem Kichern meiner Mutter, dann sah ich dort nur Zehen und Nägel und Fußsohlen, schwarz vom Schmutz des Küchen-PVC oder der Straße.

»Das ist dein Vater!«, sagte sie eines Tages. Sie saß auf dem Bett, um sich herum Dutzende von Schwarzweißfotos. Ich hatte sie ein paar Mal gefragt, nach Kinderart (Wieso habe ich keinen Papa, so wie die anderen Kinder?), und sie hatte ausweichende oder sehr merkwürdige Antworten gegeben: Er ist weg. Wir haben keinen Papa, weil du vom Himmel gefallen bist. Die anderen haben auch keinen Papa, sie wissen es nur nicht. Warum willst du das wissen? Es ist doch immer Essen auf dem Tisch, und die Toilette ist sauber. Ihr schwarzes Haar türmte sich auf ihrem Kopf in die Höhe, rollte sich vom Kinn weg oder hing einfach herunter, nur sah es nie ordentlich aus. Ich hatte keinen Papa, und sie sah nicht aus wie eine Mama.

Ich sah mir das Bild an. Ein schmales Gesicht, dunkle Augen, ein dunkler Pullover, darunter ein weißes Hemd. Mein Vater steht mitten auf einer Straße und blickt in die Kamera. Am Straßenrand stehen Autos. Im Hintergrund sieht man Menschen im Laufschritt. Was immer sie aufregt, wo immer sie hinrennen oder wovor sie auch fliehen, meinen Vater erreicht das nicht. Er lächelt. Auf seinen Wangen sind Grübchen. Ich fragte sie, wer das Bild gemacht habe, sie strich mir über den Kopf, küsste mich auf die Stirn und sagte, sie selbst habe das gemacht, in Prag, etwas mehr als ein Jahr, bevor ich geboren wurde, und ich fragte sie, was ist das, Prag, und sie erklärte es mir.

Es war nicht so, dass sie sich nicht bemüht hätte, mir einen neuen Vater zu backen. Einige der bärtigen Propheten, die ihre nackten Füße unter unseren Küchentisch stellten, blieben länger als nur ein paar Nächte, zwei von ihnen sogar mehrere Monate, aber keiner hielt es lange genug mit uns aus. Dabei waren wir nicht schwierig. Ich war ein ruhiges Kind, das keine Probleme machte. Das sich gehorsam die Finger in die Ohren steckte, wenn Mutter und Mann im Nebenzimmer schwer atmeten. Sie hat sich nie vögeln lassen, wenn ich im selben Zimmer war. Sie bediente die Männer im Bad, in der Wanne oder der Dusche, oder auch, wenn es gar nicht anders ging, auf dem Küchentisch. Anfangs, als ich noch klein und dumm war, habe ich sie gefragt, was sie da mache, und sie meinte tatsächlich: »Ich backe uns einen neuen Papa, aber der Teig will nicht richtig aufgehen.« Mutterwitz.

Keine Ahnung, wovon sie uns in dieser Zeit ernährte. Es gab oft Ravioli und Spaghetti mit Fertigsauce. Die schmutzigen Teller und Tassen türmten sich in der Spüle, bis es selbst meine Mutter nicht mehr aushielt. Aufgeräumt wurde nur, wenn sie einen neuen Mann kennen lernte. War der ein paar Mal bei uns gewesen, sah alles aus wie vorher.

Manchmal, wenn unsere Küche voll war, wenn mehrere Männer und Frauen herumsaßen und redeten, lachten und tranken, stellte ich mir vor, einer von denen sei es, und das sei auch der Grund für das Fest. Alle freuten sich mit meiner Mutter, weil sie meinen Vater wiedergefunden hatte. Später am Abend würde man ihn mir vorstellen, und bis dahin wollte man es noch ein wenig spannend machen.

Vielleicht war es der da, mit dem roten Hemd und der Zigarette hinter dem Ohr. Er wolle sich das Rauchen abgewöhnen, deshalb stecke er sich die Zigarette nicht in den Mund. Er hatte hellblaue Augen, und seine Ohren standen ein wenig ab, und ich fragte mich, wieso er sich die Haare nicht länger wachsen ließ und sie einfach darüberkämmte.

Vielleicht war es auch der da, der sich darüber beklagte, dass ihm die Haare so früh grau wurden. Er hielt eine Weinflasche in der Hand und brachte meine Mutter zum Lachen, was doch schon mal ganz gut war. Vielleicht würde er noch bleiben, wenn die anderen gingen. Manchmal blieben mehrere, legten sich einfach irgendwo hin und schliefen ein.

Vielleicht war es auch der da, mit dem Bauch unter dem T-Shirt. Die anderen zogen ihn auf, weil er dick war, aber er lachte nur, schlug sich mit der flachen Hand auf den Bauch und sprach über etwas anderes.

Ich konnte mich an solchen Abenden nicht entscheiden.

Hoffentlich war es nicht der da, dessen Haare so glänzten und der meine Mutter immer wieder anfasste und ihr ins Ohr flüsterte. Er legte seine Hand auf ihre Hüfte, und sie lehnte sich an ihn. Er trank Bier aus der Flasche und musste nach jedem Schluck aufstoßen.

Ich hoffte auch, dass es nicht der da war, mit den vorstehenden Zähnen, der den ganzen Abend in der Ecke saß und manchmal anfing zu singen. Die anderen lachten über ihn, wie über den mit dem Bauch, aber manchmal sangen sie auch mit. Nein, der konnte es nicht sein, zum Glück, denn seine Haare waren viel zu hell.

Der, der es wirklich war, mein echter Vater, der würde irgendwann in die Hände klatschen und alle nach Hause schicken, weil er mit seinem Sohn allein sein wollte.

Es blieben am Ende zwar nicht immer die Falschen, manchmal waren es die, von denen ich gehofft hatte, dass sie bleiben würden, aber keiner von ihnen sagte, komm mal her, wir müssen was besprechen.

Oft waren meine Mutter und ich hinterher allein. Sie räumte die Küche auf, stellte die Flaschen in die Diele und das Geschirr und die Gläser in den Spülstein. Ab und zu machten wir den Abwasch zusammen, das heißt, meine Mutter spülte, und ich trocknete ab. Dann gingen wir ins Bett, und sie legte sich noch ein wenig zu mir.

Sie legte sich gern neben mich und nahm mich in die Arme, küsste mich auf den Hals und die Ohren, strich mir über den Kopf und die Brust und fing an zu weinen und sagte, ich erinnere sie an meinen Vater. Ein Held sei er gewesen, ein echter Held, später würde sie mir noch erklären, was das ist, und tanzen konnte er, ein großer Tänzer sei er gewesen, den Tango habe er beherrscht wie ein echter Argentinier.

»Er hat mich um den Verstand gebracht«, flüsterte sie eines Nachts. »Ich fühlte mich plötzlich ganz dumm, und das war wunderbar. Du weißt noch nicht, wie das ist, du hast ja noch gar keinen Verstand, den du verlieren könntest. Aber irgendwann wird es bei dir genauso sein, und dann wirst du mich verstehen.«

Sie drückte mir fast die Luft ab und roch aus dem Mund und unter den Armen. Ihre Haare kitzelten in meinen Ohren. Manche verirrten sich sogar in meine Nase, aber ich hielt still. Ich wusste, es würde nicht lange dauern, bis sie einschlief. Wenn ich am nächsten Morgen aufwachte, lag sie wieder auf ihrer Seite des Bettes.

Eine Zeit lang sah es so aus, als sei meine Mutter dabei, sich zu steigern, was Männer anging. Da war zum Beispiel Uwe, ein ruhiger, ordentlicher Mann, der seinen Vollbart mit einer kleinen Schere stutzte und die Haare nicht im Waschbecken liegen ließ. Er kaufte ein und machte die Küche sauber, aber er war auch unglaublich langweilig. Stundenlang konnte er im Schneidersitz auf dem Bett hocken und vor sich hin starren. Außerdem schien er nicht sehr viel Lust zu haben, mit meiner Mutter schwer zu atmen, wie es die anderen so gern getan hatten.

Wenn meine Mutter ihn bat, sich um mich zu kümmern, ging Uwe mit mir in den Park oder in den Zoo, aber dann liefen wir nur herum und sagten so gut wie nichts. Er fragte mich vielleicht, ob ich ein Eis wollte oder etwas zu trinken, aber sonst blieb er stumm. Ständig rauchte er seine Selbstgedrehten, auch im Wohnzimmer oder in der Küche, aber immerhin machte er das Fenster dabei auf. Als er weg war, habe ich es tagelang nicht bemerkt, und auch meine Mutter schien es nicht besonders mitzunehmen. Eine Zeit lang blieben wir unter uns.

Dann gingen wir eines Nachmittags in den Stadtpark. Es war im Sommer. Der Himmel war blau, die Sonne stand hoch am Himmel, auf den Wiesen lagen Leute herum und lasen, sonnten oder küssten sich, tranken und aßen, spielten Feder- oder Fußball. Wir machten am Teich beim Eingang halt und warfen den Enten ein paar Brotstücke zu. Die Tiere pflügten eilig durch das Wasser und schnappten hastig nach den Bröckchen. Leider erhob sich keine, um mal eine Runde in der Luft zu drehen, denn am liebsten sah ich, wie sie auf dem Wasser landeten, die Füße voraus, eine Bugwelle vor sich her schiebend.

Als das Brot verfüttert war, gingen wir weiter zu der großen, abfallenden Wiese unterhalb des Parkrestaurants, wo in einer kleinen Konzertmuschel manchmal Musikkapellen zum Sonntagskaffee spielten. Meine Mutter stützte sich auf meine Schulter und zog sich die Schuhe aus, um barfuß über den Rasen zu gehen. Sie sagte, ich solle das doch auch tun, es sei ein herrliches Gefühl. Ich ließ es aber lieber sein, weil ich einiges an Tieren zwischen den Grashalmen vermutete.

Mitten auf der Wiese breitete meine Mutter eine Decke aus. Sie trug eine Sonnenbrille und ein geblümtes Kleid. Ihre Zehennägel waren rot lackiert. Aus einem Beutel holte sie eine Flasche Eistee, die noch ganz kalt war, weil sie zu Hause im Tiefkühlfach gelegen hatte. Meine Mutter nahm einen tiefen Schluck und reichte die Flasche an mich weiter. Ich wartete ein paar Sekunden, und als meine Mutter nicht hinsah, wischte ich die Flaschenöffnung mit der Hand ab, bevor ich trank.

Ich blätterte ein Bilderbuch durch, und meine Mutter las

eine Zeitschrift. Nach einer ganzen Weile sagte sie: »Ich gehe mir ein wenig die Beine vertreten. Willst du mitkommen?«

Ich schüttelte den Kopf, und sie stand auf. Sie bleibe in Sichtweite, meinte sie, und ich nickte. Ich legte mich auf den Rücken, das Buch auf der Brust. Ich schloss die Augen und sah mir die Innenseiten meiner Lider an. Alles war rot, die Sonne schien mir ins Gesicht. Als ich die Augen wieder öffnete und mich umsah, konnte ich meine Mutter nirgendwo entdecken. Ich machte die Augen wieder zu und wäre beinahe eingeschlafen, plötzlich aber fiel ein Schatten auf mich. Ich blinzelte gegen die Sonne und erkannte die Silhouette eines Jungen in meinem Alter. Er hatte einen Ball in den Händen und sah mich an. Ich stand auf und betrachtete ihn. Sein Haar war schwarz und kraus.

»Mein Vater ist da hinten mit deiner Mutter«, sagte er und zeigte auf zwei Gestalten unter einem Baum, die sich etwas erzählten und darüber lachten. »Ich bin Ernesto. Los, wir spielen Fußball!«

Wir stellten uns mit ein paar Metern Abstand einander gegenüber und fingen an, den Ball hin- und herzuschießen. Ernesto war sehr viel geschickter als ich.

Irgendwann kamen meine Mutter und Ernestos Vater zu uns herüber.

»Ich sehe, ihr habt euch schon angefreundet«, sagte der Mann und ging vor mir in die Hocke. »Ich bin der Jürgen. Und du?«

Jahre später wollte meine Mutter mir nicht glauben, dass ich mich so genau an den Nachmittag erinnern könne, aber ich kann es, noch immer.

Wir verbrachten den Rest des Nachmittags mit Ernesto und Jürgen im Park, abends kamen sie mit zu uns, und wir aßen belegte Brote, aber als es dunkel wurde, gingen sie nach Hause.

Jürgen war ein Fan von mir, und das sagte er mir auch: »Ich bin ein Fan von dir, Felix, wirklich!« Er spielte Fußball mit mir und Ernesto, ließ uns mehr Eis essen, als gut für uns war, und als ich ihm sagte, sein Bart gefalle mir nicht, rasierte er ihn ab. Er war ein paar Jahre jünger als meine Mutter und wollte Lehrer werden. Dafür musste er studieren. Ernesto blieb bei mir und meiner Mutter, wenn Jürgen das machte. Meine Mutter musste jetzt für zwei Kinder Essen zubereiten, aber das machte ihr nichts aus. Sie ließ uns helfen, wir durften Möhren schaben und den Tisch decken.

Ein paar Mal übernachteten die beiden bei uns, und schließlich zogen sie ein. Ernesto und ich bekamen das Schlafzimmer, Jürgen und meine Mutter schliefen auf der ausziehbaren Couch im Wohnzimmer. Meine Mutter bekam den Job im Supermarkt, und wir hatten etwas mehr Geld. Meine Mutter hat nie wieder so viel gelacht wie in der Zeit mit Jürgen und Ernesto.

Jürgen benahm sich anders als die anderen Männer, die sich bisher in unserer Wohnung aufgehalten hatten. Er pinkelte im Sitzen, schnitt sich nicht am Küchentisch die Fußnägel und griff meiner Mutter nicht einfach an die Brust. Meistens trug er eine hellbraune, glänzende Lederjacke mit großen aufgesetzten Taschen, in denen er ständig hochinteressante Sachen mit sich herumtrug. Feuerzeuge (obwohl er nicht rauchte), Jojos (mit denen er nicht spielte) oder auch kleine, flach zusammengerollte, durchsichtige Ballons, in Plastik eingeschweißt und mit einem kleinen Nippel vorne dran, die man prima mit Wasser füllen und aus dem dritten Stock werfen konnte, damit sie auf dem Bürgersteig zerplatzten, aber die Dinger hielten einiges aus.

Nachmittags waren Ernesto und ich draußen unterwegs. Ernesto war handwerklich sehr geschickt. Er brach Zweige von den Bäumen und schnitzte sie mit einem Taschenmesser zu Indianerspeeren zurecht, mit denen wir Büffel und Cowboys erledigten.

Wir bekamen immer noch Besuch, wenn auch nicht mehr ganz so oft. Die Männer und Frauen waren dieselben wie früher, oder sie sahen genauso aus. Es wurde viel geredet und manchmal auch gestritten. Ernesto und ich saßen in unserem Zimmer und lachten, weil die Erwachsenen so dumm waren. Manchmal ging es uns aber auch auf die Nerven, weil wir nicht schlafen konnten. Früher hatte ich an solchen Abenden unter dem Tisch gesessen oder in irgendeiner Ecke, aber Jürgen war der Meinung, es sei nicht gut, wenn Kinder in unserem Alter so lange aufblieben.

Einmal wurde ich nachts wach, weil in der Küche wieder geschrien wurde. Ernesto schlief weiter. Ich kletterte aus dem Bett und öffnete die Tür einen Spalt. In der Küche waren nur noch meine Mutter und Jürgen. Sie hatten sich noch nie gestritten. Ich fragte mich, wie lange es noch dauern würde, bis Jürgen und Ernesto wieder weg wären. Ich begriff nicht, worum es ging. Nur, dass meine Mutter vor irgendetwas Angst hatte und es um Leute ging, die Jürgen kannte. »Mach das nicht kaputt!«, sagte sie mehrmals zu Jürgen. Dann fing sie an zu weinen, und beide wurden still.

An einem unserer Nachmittage (es war noch Sommer, aber nicht mehr lange) fragte Ernesto, wo mein Vater sei. Ich wusste zuerst nicht, was ich sagen sollte. Ich wollte aber wissen, was mit Ernestos Mutter war, über die er noch nie etwas erzählt hatte, also sagte ich, mein Vater sei ein Held und ein großartiger Tänzer und habe meine Mutter um den Verstand gebracht, und zwar in Prag.

»Und da ist er immer noch? In Prag?«

Ich nickte und war ein wenig enttäuscht, dass »Prag« Ernesto nicht beeindruckte. Ich fragte ihn, wo seine Mutter sei.

»In Indien«, sagte er. »Das ist ein Land ganz weit weg. Da wollte mein Vater nicht hin. Wegen mir, hat er gesagt. Weil das nicht gut wäre für ein kleines Kind.«

»Gibt es in Indien keine kleinen Kinder?«

»Doch, aber ich bin ja von hier. Meine Mutter ist dann allein dahin gegangen.«

Irgendwann kam Weihnachten, und zum ersten Mal war ich dabei mit meiner Mutter nicht allein.

Nach Weihnachten wühlten wir in Jürgens Taschen nach Süßigkeiten. Er hatte uns das erlaubt, und normalerweise fanden wir immer welche. Als Ernesto aber diesmal in die Jackentasche griff, brachte er eine täuschend echt aussehende Pistole zum Vorschein. Wir gingen damit in die Küche, und meine Mutter machte ein Riesengeschrei, aber Jürgen sagte, die sei doch nicht echt, die habe er auf der Straße gefunden und dann vergessen wegzuwerfen, und dabei zwinkerte er uns zu, als wüssten wir schon, wie er das meinte. Ich hatte schon Spielzeugpistolen gesehen, aber die waren alle nicht so schwer und so kalt gewesen. Als meine Mutter sich beruhigt hatte, erklärte Jürgen Ernesto und mir, das sei eine ganz spezielle Spielzeugpistole, mit der könne man im Wald herumballern, als wäre es eine echte, aber als wir wissen wollten, wann wir das zusammen machen könnten, schrie meine Mutter, er solle »die Kinder aus diesen Geschichten« heraushalten.

Abends ging meine Mutter weg. Jürgen schickte Ernesto und mich ins Bett, aber wir konnten nicht schlafen. Dann hörten wir Jürgen in der Küche weinen. Ich schluckte. Ernesto sagte, sein Vater weine öfter, das sei nicht schlimm, auch Männer dürften weinen.

Am nächsten Morgen erklärte uns Jürgen, dass er und Ernesto sich wieder eine eigene Wohnung nehmen würden, allerdings in einer anderen Stadt, wo Jürgen im neuen Jahr eine Arbeit als Lehrer finden würde. Ich kann mich nicht genau an diesen Morgen erinnern, aber ich weiß, dass Ernesto Tränen über die Wangen liefen und meine Mutter an der Spüle lehnte und rauchte.

Jürgen und Ernesto gingen weg. Erst Jahre später habe ich sie wiedergesehen.

Wir kriegten keinen Besuch mehr. Der Flieger kam und verschwand wieder. Ich fragte meine Mutter nach Jürgen. Sie nahm mich auf den Schoß und sagte: »Der Jürgen war ein sehr netter Mann. Aber leider konnte er überhaupt nicht tanzen.«

»Hat er dich nicht um den Verstand gebracht?«

»Doch, manchmal.«

Sie brachte keine Männer mehr mit nach Hause, blieb aber abends manchmal lange weg. Einmal kam sie erst am frühen Morgen nach Hause. Ich saß am Küchentisch und trank einen kalten Kakao, weil ich mich nicht getraut hatte, die Milch auf dem Herd heiß zu machen.

Sie arbeitete nicht mehr im Supermarkt. Um sich mehr um mich kümmern zu können, sagte sie. Morgens brachte sie mich in den Kindergarten und mittags holte sie mich wieder ab. Was sie dazwischen machte, wusste ich nicht.

Die Tage und Wochen gingen dahin, viel langsamer als vor der Sache mit Jürgen und Ernesto, fand ich. Ich kam in die Schule und lernte lesen und schreiben. Ich musste allein dahin, und wenn ich mittags nach Hause kam, lag meine Mutter manchmal noch im Bett. Sie weinte wieder etwas mehr, schien aber nicht verliebt zu sein. Ich gewöhnte mich daran, und da war es gar nicht so schlimm.

Und dann, eines Tages, hatte sich etwas verändert. Ich kam aus der Schule, und in der Küche türmte sich kein schmutziges Geschirr. Der Fußboden klebte nicht, die Betten waren gemacht, die Fenster geputzt und der Boden gesaugt. Ich konnte es nicht glauben und ging ins Bad. Die Wanne hatte keinen dunklen Rand mehr, die Fläschchen und die Tiegel und der Toupierstab und diese merkwürdige Klammer, mit der meine Mutter sich die Wimpern bearbeitete, die Zahnbürsten, die Zahnpasta, die Becher, alles, was vorher herumgelegen hatte, war in dem dreitürigen Alibert über dem Waschbecken verstaut. Ich setzte mich in die Küche auf einen der beiden Stühle, die uns geblieben waren (die zwei anderen hatte ein paar Monate zuvor ein langhaariger Mann aus dem Fenster geworfen, lachend), und versuchte zu verstehen, was hier passiert war.

Ein neuer Mann konnte es nicht sein, viele waren hier und in den anderen Wohnungen ein und aus gegangen, hatten sich mit mir mehr oder weniger beschäftigt, versucht, sich bei mir einzuschmeicheln oder auch nicht, waren freundlich zu meiner Mutter gewesen oder hatten über sie gelacht, waren über Nacht geblieben oder noch am späten Abend gegangen, hatten uns Geld gegeben oder nur Wein mitgebracht, aber aufgeräumt und geputzt hatte meine Mutter für keinen von ihnen. (Nur in der Jürgen-Zeit war es bei uns ordentlich gewesen, aber dafür hatte Jürgen selbst gesorgt.)

Als sie zur Tür hereinkam, hielt ich sie für eine Fremde, eine, die sich hier eingeschlichen hatte, um mich ihr wegzunehmen. Die Frau hatte kürzere, ordentlich frisierte Haare, trug ein dunkles Kostüm mit weißen Knöpfen und hochhackige, spitze Schuhe, von denen ich heute weiß, dass sie damals schon aus der Mode waren. Als die Frau näher kam, erkannte ich meine Mutter, ihre tiefen, kleinen Augen, die feinen geplatzten Äderchen in ihren Wangen, die schlaffe Haut an ihrem Hals, ihre von schweren Ohrringen abwärts gezogenen Ohrläppchen, ihre großen, dunklen Nasenlöcher.

Meine Mutter hatte keinen neuen Freund, sie hatte Arbeit. Und diesmal eine richtige.

Von nun an ging sie frühmorgens mit mir zusammen aus dem Haus, lieferte mich an der Schule ab und winkte, bevor sie in die Straßenbahn einstieg. Sie lächelte, als meinte sie es ernst, und fuhr, wohin auch immer, um als etwas zu arbeiten, das sich »Sekretärin« nannte. So eine Stelle hatte sie schon einmal gehabt, nämlich bevor sie sich Blumen in die Haare gemacht hatte.

Mittags war ich jetzt allein zu Hause. Dafür standen geschmierte Brote im Kühlschrank, die mir das Mittagessen ersetzten, bis meine Mutter gegen fünf nach Hause kam und kochte. Zwischendurch erledigte ich meine Hausaufgaben, aber das war nichts Neues, die hatte ich sowieso immer allein gemacht.

Plötzlich hatten wir Küchengardinen. Ich bekam ein eigenes Bett und einen Schreibtisch, damit ich die Hausaufgaben nicht mehr am Küchentisch machen musste. Sekretärin. Was Tolleres gab es nicht.

Dachte ich zuerst. Aber es sollte noch viel toller kommen. Wie im Märchen kam ein Prinz daher, nicht auf einem weißen Pferd, aber immerhin in einem goldenen Mercedes.

Als er in der Tür stand, war er knallrot und außer Atem. Wir wohnten im dritten Stock. Der Prinz keuchte, seine Schultern hoben und senkten sich, seine dicken Finger rissen ungeduldig am Krawattenknoten und am obersten Knopf seines blütenweißen Hemdes. Kurz darauf flog der braune Mantel auf das alte Sofa, das meine Mutter mit Hilfe eines Nachbarn aus dem Sperrmüll gerettet hatte, und unter dem Mantel kam ein grauer Anzug zum Vorschein, dessen Hosenbeine ein kleines bisschen zu kurz waren und dessen Weste und Jackett über der üppigen Brust des Prinzen spannten. Er öffnete das Jackett und ging in die Hocke (seine Knochen knackten), um mit mir auf gleicher Höhe zu sein, aber er hatte sich verschätzt und musste nun zu mir hochschauen, während ich die Schweißperlen in dem dünnen Haarfilm auf seiner feuchten Glatze sah. Er hatte die Augen weit aufgerissen und die Nasenlöcher gebläht, die Mundwinkel nach oben gezerrt und mich an den Oberarmen gepackt, damit ich nicht weglaufen konnte. Seine Hände konnten sich, wenn sie wollten, zweimal um meine Arme wickeln, da war ich mir sicher. Seine Zähne waren groß und gelb und bewachten eine dicke rote Zunge.

»Du bist also der Felix«, sagte er.

Da das keine Frage war, gab ich auch keine Antwort.

»Er ist etwas schüchtern«, sagte meine Mutter, die hinter mir stand, die Arme vor der Brust verschränkt.

Später hockte der Prinz breitbeinig auf dem viel zu kleinen Küchenstuhl und sah aus, als wolle er gleich wieder verschwinden, als sei er nur vorbeigekommen, um etwas abzuholen, und das stimmte ja auch: Er war gekommen, um uns abzuholen, uns mitzunehmen auf sein Schloss.

Am gleichen Abend bat meine Mutter mich zu einem Gespräch am Küchentisch. Sie sorgte dafür, dass ich mich wohlfühlte, indem sie Kekse, Schokolade und Milch servierte. Dann legte sie die Hände übereinander und sagte: »Dir gefällt es doch hier auch nicht, oder?«

Ich aß ein paar Kekse und antwortete nicht. Sie würde schon sagen, was sie loswerden wollte.

»Dir hat es in dieser Wohnung doch auch nie gefallen, oder? Ich meine, sie ist sehr klein, oder?«

Ich zuckte mit den Schultern.

»Könntest du dir vorstellen, woanders zu wohnen?«

»Klar«, sagte ich und nahm einen Schluck Milch.

»Der Mann von heute Nachmittag, das ist mein Chef. Er findet mich sehr nett. Wir haben uns ein paar Mal getroffen.«

Ich erinnerte mich, dass sie ein paar Mal abends weggegangen war, gleich nachdem sie mich ins Bett gebracht hatte.

»Er hat gefragt, ob ich ihn heiraten will.«

War sie verliebt? Sie hatte doch gar nicht geweint. Ich sagte nichts, also nahm sie meine Hände und sah mir in die Augen, was mir so fremd war, dass ich zurückzuckte.

»Ich habe doch immer nach jemandem gesucht, der für uns sorgen kann. Vor allem für dich. Damit es dir mal besser ergeht als mir selbst. Aber ich habe immer an den falschen Orten gesucht und deshalb immer die falschen Männer gefunden. Vielleicht war es auch ein Fehler, dass ich überhaupt gesucht habe, denn kaum hatte ich das Suchen aufgegeben, habe ich einen gefunden. Schon am Wochenende könnten wir aus diesem Loch hier heraus sein.«

»Okay«, sagte ich und griff nach den Keksen und der Schokolade, die ich glaubte, mir durch meine Zustimmung zu etwas, das schon längst feststand, redlich verdient zu haben.

Von da an ging meine Mutter nicht mehr zur Arbeit. In den nächsten Tagen packte sie unsere Sachen in Kartons. Am Samstagmorgen kamen vier Männer und trugen alles nach unten in einen großen Lastwagen, der nicht einmal zur Hälfte voll wurde. Bett, Sofa, Küchentisch, Stühle und Kühlschrank ließen wir einfach zurück. Der Lastwagen fuhr los, und meine Mutter rief ein Taxi.

Ich war noch nie mit einem Taxi gefahren. Hinter dem Steuer saß ein dicker Mann und rauchte. Er redete mit meiner Mutter, die auf dem Beifahrersitz saß. Über das Wetter, den Verkehr und über Politik. Dabei sah er sie immer wieder an und lachte. Meine Mutter sagte nichts, beachtete den Mann so gut wie gar nicht.

Ich hatte so ein Haus wie die Burg Bludau noch nie gesehen. Wenn man davor stand, riss es einem den Kopf in den Nacken. Die Augen gingen von rechts nach links, und man konnte gar nicht alles auf einmal sehen. Es gab unglaublich viele Fenster.

Drinnen war es sehr kühl. Bludau küsste meine Mutter auf den Mund und hob mich hoch. Er trug mich in den ersten Stock und zeigte mir mein Zimmer. Mir ging durch den Kopf, dass man sich hier prima anschleichen konnte, weil man auf den Teppichen nicht hörte, wenn jemand kam. Mein Zimmer war größer als die Wohnung, aus der wir gerade gekommen waren.

»Ist es nicht wunderbar?«, sagte meine Mutter.

Die ersten Monate mit Prinz Bludau waren nicht schlecht. Es war spannend, in einem so riesigen Haus zu wohnen, in dem man ständig neue Zimmer entdecken konnte. Bludau buhlte mit ständig neuen Geschenken um meine Zuneigung, stellte mir mein riesiges Zimmer voll mit Stofftieren und Autos und Playmobilfiguren. Für einige der Sachen war ich schon zu alt, aber das war schon in Ordnung, dafür sah er davon ab, sich näher mit mir zu beschäftigen. Manchmal beugte er sich zu mir herunter und kniff mir in die Wange, so dass ich stundenlang rote Striemen hatte, und dann lachte er.

Bludau hatte eine Fabrik, in der Kleiderbügel hergestellt wurden, biegsame Blechdinger, wie man sie in der Reinigung bekam.

An den Wochenenden wurden ständig Gäste eingeladen. Manchmal wurde Musik in der Runde gemacht, dann wieder saßen alle an einem riesigen Tisch im Esszimmer und aßen und tranken und rauchten und redeten, dann wieder wurde im Keller ein wenig getanzt. Meistens endeten diese Gesellschaften gegen Mitternacht, und ich kann mich nicht erinnern, dass es zu diesem Zeitpunkt schon zu Ausschreitungen gekommen wäre.

Wohl aber erinnere ich mich an etwas, das ein Mann sagte, der zu einem der Abendessen erschienen war, ein großer, schlanker älterer Herr mit weißen Haaren und einer weichen, tiefen Stimme, die sich anhörte wie die eines der Märchenerzähler auf den Kinderschallplatten. »Was ist los?«, rief der Mann nach dem gewohnt opulenten Essen und knöpfte sich dabei, die obligatorische Zigarre mit den Zähnen festhaltend, die Hose auf. »Ist der große Häuptling solide geworden? Hat die hübsche Squaw« (damit war meine Mutter gemeint) »ihm den Schneid abgekauft, oder wieso wird hier nur noch jugendfrei gefeiert?«

Bludau bemühte sich um ein Grinsen, griff nach der Hand meiner Mutter und brummte, man solle doch seiner »lieben kleinen Verlobten« nicht solche Angst machen, so ein Schlimmer sei er doch nun auch nicht gewesen, worauf alle herzlich lachten, was Bludau wiederum nicht zu passen schien.

Die Hochzeit fand im Sommer statt. Am Freitag fuhren wir zu fünft ins Rathaus (Bludau, meine Mutter und ich sowie ein Mann und eine Frau, die ich noch nie gesehen hatte), es wurden ein paar Formalitäten erledigt, der Mann und die Frau stellten sich als »Trauzeugen« heraus, und danach fuhr Bludau ins Büro.

Am nächsten Tag gingen wir in die Kirche, die aus allen Nähten platzte, weil so viele Leute gekommen waren. Auf dem riesigen Grundstück hinter der Burg Bludau war ein großes Zelt aufgebaut worden, dessen Wände man hochgerollt hatte. Natürlich lachte die Sonne von einem strahlend blauen Himmel, schließlich habe er das so bestellt, meinte Bludau in seiner Tischrede, in der er im Übrigen davon sprach, was für ein Glück er doch gehabt habe, so spät im Leben doch noch eine Frau gefunden zu haben, die bereit sei, ihn zu ertragen. Meine Mutter lächelte, aber es sah aus, als wollte sie das gar nicht. Über mich verlor Bludau bei dieser Gelegenheit kein Wort.

Zuerst sah es also so aus, als würde es gar nicht so schlimm werden.

Der Himmel war weiß-grau, aber die Luft war feucht und schwül, als wollte sie den nahenden Herbst verleugnen. Es war schon lange her, dass ich eine Nacht durchgemacht hatte. Zuletzt wahrscheinlich in Berlin, mit Maxima, als ohnehin alles egal war. Damals fühlte es sich verwegen an. Heute war ich einfach nur gerädert. Meine Augen brannten, und auch zwei Tassen Kaffee hatten meinen Kreislauf nicht nach oben gebracht. Trotzdem war ich zu wach, um schlafen zu können.

Der lange, magere Mann, der mir gerade die Tür repariert hatte, schob den Zollstock in die schmale Tasche am linken Bein seiner blauen Hose und wischte sich den Schweiß von der Stirn.

»Ich würde Ihnen raten, ein neues Schloss einbauen zu lassen.«

»Ist schon in Ordnung.«

»Kann ich machen, kein Problem.«

»Ich weiß. Aber danke, nein.«

»Haben Sie keine Angst, dass der, der die Tür eingetreten hat, noch mal wiederkommt?«

»Ich hab sie selbst eingetreten.«

Er nickte. »Sind Sie verheiratet?«

»Nein.«

»Na ja, geht mich nichts an. Aber eigentlich brauchen Sie eine ganz neue Tür.«

»Das lohnt nicht. Ich wohne nicht mehr lange hier.«

»Und nach mir die Sintflut, was?«

Ich gab ihm kein Trinkgeld.

Bevor ich ins *Moon* fuhr, ging ich nach oben und klopfte bei Renz an die Tür. Ich wollte nicht klingeln, falls er im Bett lag und schlief. Ich meinte zwar, Geräusche hinter der Tür zu hören, aber er machte nicht auf.

Zu den Kreislaufbeschwerden kam jetzt ein flaues Gefühl im Magen.

Ich wollte am Tresen aushelfen, wurde aber schon nach wenigen Minuten in den hinteren Teil gebeten. Dort saß Tornow mit seiner Frau und seiner Mutter. Er stand auf, um mich zu begrüßen, alle anderen blieben sitzen. Seine Frau trug ein dunkles Kostüm über einer hellen Bluse, viel zu warm für dieses schwüle Wetter. Als ich näher kam, sah ich einen dünnen Schweißfilm auf ihrer leicht vorspringenden Stirn. Ihr blondes Haar war frisch frisiert, umrahmte ihr Gesicht und stieß mit den Spitzen gegen ihr Kinn. Sie senkte den Blick, als sie mich sah.

Ich musste mich setzen, sie waren gerade bei der Vorspeise. Frau Tornow hatte die Pfifferlingcremesuppe mit Shrimps im Tempurateig vor sich stehen, Tornow selbst das marinierte Carpaccio vom Hirschrücken mit sautierten Rosmarin-Pfifferlingen und Parmesan-Spähnen, seine Mutter einen Salat mit gebratenen Champignons in Erdbeer-Vinaigrette, von dem ich wusste, dass er so nicht auf der Karte stand.

Tornow nahm die Serviette, tupfte sich die Mundwinkel und sagte: »Ich kann Ihnen gar nicht sagen, wie sehr wir uns auf den großen Tag freuen. Vor allem meine Mutter.«

Die Alte spießte Salatblätter auf und schob sie sich in den Mund. Es war zu viel, einiges schaute noch heraus, sie half mit dem Finger nach, verschluckte sich und musste Wasser trinken. Ihr Sohn sprang auf und tätschelte ihr den Rücken.

»Mutter!«, sagte er, »es ist gar nicht mehr so, dass man Salatblätter nicht schneiden darf! Es bringt doch nichts, wenn man ...«

Bevor er zu Ende sprechen konnte, stampfte die Alte mit dem Fuß auf, und Tornow verstummte. Er setzte sich wieder und tunkte etwas Weißbrot in die Reste der Marinade. Seine Frau legte vorsichtig den Löffel auf ihren leeren, fast schon wieder sauberen Teller, schob ihn von sich und fing an, ihr Haar um ihren linken Zeigefinger zu wickeln. Die Alte hustete noch ein wenig und trank ein halbes Glas Weißwein in einem Zug leer. Tornow schluckte.

»Habe ich Ihnen eigentlich erzählt«, wandte er sich an mich, »wie wir auf Ihr Lokal gekommen sind? Ein guter Bekannter ist hier Stammgast, und der hat sie empfohlen.«

Er nannte einen Namen, der mir nichts sagte und den ich gleich wieder vergaß.

Ich war noch immer müde, mein Kreislauf war noch immer am Boden, und im Magen war mir nicht mehr nur flau, sondern richtig schlecht. Es dauerte eine Ewigkeit, bis Tornows Mutter aufgegessen hatte. Sie hielt sich die Serviette vor den Mund und schob den Teller zu mir herüber, damit ich ihn abräumte. Ich stand auf, mir wurde etwas schwindelig, aber ich ließ mir nichts anmerken, sammelte die Teller ein und fragte, ob man noch einen Wunsch habe. Sie bestellten eine Flasche Wein, obwohl die andere noch halb voll war. Ich ging zum Tresen und stellte die Teller ab. Elena sagte, ich sehe nicht gut aus. Ich nickte, griff nach einer Serviette, wischte mir die Stirn ab, bat Elena um eine Cola und nahm eine neue Flasche Wein aus dem Regal. Ich trank die Cola und ging zurück zu dem Tisch.

Frau Tornow drehte jetzt ihre Haare um ihren rechten Zeigefinger. Die Weinflasche in dem Kühler auf dem Tisch war leer, dafür waren alle Gläser voll. Tornow lachte über etwas, das seine Mutter zu ihm gesagt hatte. Ich öffnete die neue Flasche und stellte sie in den Kühler, verneigte mich kurz und wollte wieder gehen, da hielt die Alte mich zurück.

»Setzen Sie sich!«

Ich setzte mich, diesmal auf die andere Seite des Tisches, näher an der Alten, von hier aus konnte ich den Rest des Ladens sehen. Nicht alle Tische waren besetzt, aber es sah gut aus. Ich hatte meine Hände im Schoß liegen wie ein Tanzschüler. Die alte Frau Tornow nahm eine davon, legte sie vor sich auf den Tisch und hielt sie fest. Ihr Griff war kräftig, ihre Haut weich. Auf ihrem Handrücken dicke, bläuliche Adern. Ich spürte, dass ich Schweiß auf den Jochbeinen hatte.

»Mein Sohn erzählt Unsinn«, sagte sie. Ihre Stimme zitterte leicht, aber nicht, weil sie an dem zweifelte, was sie sagte. »Es war meine Idee, hierher zu kommen.«

Ohne es zu wollen, hob ich die Augenbrauen und sah sie

an, wich dann aber ihrem Blick wieder aus. Vorne am Fenster saßen ein Mann und eine Frau, die sich, mit Messer und Gabel in den Händen, weit vorgebeugt hatten und sich offenbar stritten.

»Nein«, sagte die Alte, »um der Wahrheit die Ehre zu geben, mein lieber Nowak, war es nicht wirklich meine Idee, aber als mein Sohn mir fünf Gaststätten vorschlug, in denen er sich vorstellen konnte, meinen Geburtstag zu begehen, da ließ ich Erkundigungen einholen. Man will schließlich wissen, mit wem man es zu tun hat, nicht wahr? Sehen Sie das nicht auch so?«

Meine Hand unter ihrer wurde immer wärmer. Ich nickte.

»Geht es Ihnen nicht gut?«, wollte nun Tornows Frau wissen und ließ von ihren Haaren ab, die wieder in die Ausgangsposition zurückwippten.

»Alles in Ordnung. Ich habe nur in der letzten Nacht nicht viel geschlafen.«

»Ein Virus?«, fragte Tornow besorgt.

»Ein Nachbar«, sagte ich.

»Mein lieber Nowak«, machte die Alte weiter, »das ist doch Ihr Name, nicht wahr?«

Ich nickte. Magensäure stieg mir durch die Speiseröhre nach oben. Ich hatte seit Jahren kein Sodbrennen gehabt. Die Alte tätschelte meine Hand.

»Ich kenne Ihre Mutter«, sagte sie. »das heißt, ich kannte sie, damals, als sie noch mit Bludau verheiratet war. Ein netter Mann. Ein guter Freund meines verstorbenen Gatten. Sie erinnern sich?«

»Bedaure.«

»Das ist jetzt schon einige Jahre her. Eine sehr aparte Erscheinung, Ihre Frau Mutter. Elegant und zurückhaltend. Magda, das war ihr Name, nicht wahr?«

»So ist es.«

Ich sah Walter und Carola mit dem Hauptgang der Tornows kommen. Der Mann und die Frau, die sich vorhin noch gestritten hatten, aßen jetzt schweigend, den Blick auf die Teller gerichtet.

»Nun, und als ich Ihren Namen auf der Liste sah, die mein Sohn mir gegeben hatte, und als ich erfuhr, dass Sie der Sohn von Magda Nowak sind, da nahm ich mir vor, Sie etwas zu fragen.«

Walter und Carola servierten. Frau Tornow hatte sich für das gratinierte Filet vom Viktoriabarsch auf Speckbohnengemüse mit Portweinsauce und Polenta entschieden, ihr Mann für das Rumpsteak unter der Zwiebelkruste an Honig-Balsamico-Jus mit Folienkartoffel, Sauerrahm und Salatbouquet, und die Alte hatte die Lammnüsschen an Thymian-Jus mit Zucchiniragout und Kartoffelgratin gewählt. In meinem Mund sammelte sich Speichel.

Endlich ließ die Alte mich los und breitete die Serviette auf ihrem Schoß aus. »Was ich Sie fragen wollte ... Warum haben Sie damals nicht den Namen Ihres Stiefvaters angenommen? Das hätte Ihnen sicher nützen können, gerade in Anbetracht ...«

Ich schob meinen Stuhl zurück. »Wenn Sie mich bitte entschuldigen würden. Mein Oberkellner hat mir ein Zeichen ... Es tut mit sehr leid, aber ich ...« Der Speichel in meinen Backentaschen war nicht mehr zu ignorieren. Ohne ein weiteres Wort hastete ich quer durch den Raum, hinter den Tresen und ins Büro, stieß die Tür des kleinen Badezimmers auf, fiel vor der Kloschüssel auf die Knie, schaffte es gerade noch, den Deckel hochzureißen, und erbrach mein Frühstück.

Als ich wieder aufstand, um mir am Waschbecken Gesicht und Hände zu waschen, stand Elena in der Tür, die

Stirn in Falten, offensichtlich kurz davor, einen Krankenwagen oder wenigstens Walter zu rufen, und wollte wissen, ob alles in Ordnung sei. Eine dumme Frage, schließlich war deutlich zu sehen, dass es mir ziemlich schlecht ging, aber ich sagte nur, ich hätte gestern etwas Falsches gegessen, das komme davon, wenn man mal woanders esse als im eigenen Laden. Elena lachte und ging wieder hinaus. Ich nahm eine der frisch eingepackten Zahnbürsten, die Walter in dem kleinen Schränkchen unter dem Waschbecken lagerte, stahl auch etwas von seiner Zahncreme und putzte mir einen besseren Geschmack in den Mund.

Danach setzte ich mich an den Schreibtisch, rief vorne am Tresen an und bat Elena, mir Bescheid zu geben, wenn die Herrschaften von Tisch 17 gegangen seien. Ich konnte mich da draußen vorläufig nicht blicken lassen. Ein paar Minuten lang fragte ich mich, was ich mit mir anstellen sollte, als das Telefon klingelte. Es war Evelyn.

»Konntest du das klären, gestern?«

»Was denn?«

»Das mit deinem Nachbarn.«

»Oh ja, das konnte ich klären. Heute Nacht war das.«

»Natürlich, entschuldige, wie dumm von mir.«

»Nein, nein, schon gut.«

»Ich weiß. Aber sehr freundlich, danke.«

»So war das nicht gemeint.«

Sie lachte. »War es was Schlimmes, das mit deinem Nachbarn?«

»Es ging. Ich sollte ihn wo hinfahren.«

»Deshalb hat er mitten in der Nacht angerufen?«

»Nicht er. Das war ein anderer. Ein anderer Nachbar.«

»Du hast ein gutes Verhältnis zu den Leuten in deinem Haus.«

»Ich bemühe mich.«

Darauf sagte sie erst mal nichts, und ich hatte den Eindruck, sie erwartete, dass ich etwas sagte, ich wusste nur nicht, was. Ich dachte nach. Es gab mehrere Möglichkeiten. Ich kam nicht drauf, welche die richtige war.

Evelyn seufzte. »Es ist nicht leicht mit dir.«

»Das tut mir leid.«

»Ich war nicht sicher, ob du meine Telefonnummer noch hast.«

»Doch, doch, die habe ich noch.«

»Na ja, ich habe heute Morgen sehr viel telefoniert, da war es nicht leicht, durchzukommen.«

Wieder gab es mehrere Möglichkeiten. Und wieder dachte ich zu lange nach.

»Also dachte ich«, sagte sie, »ich rufe mal an und entschuldige mich dafür, dass du dir die Finger wund gewählt hast.«

»Das Telefon hat Wahlwiederholung.«

Sie machte eine kurze Pause. »Oh. Na ja, dann ist es ja nicht so schlimm.«

Ich schwitzte wieder. Durch die Zahnpasta hindurch schmeckte ich noch immer das Erbrochene.

»Du machst es einem wirklich nicht leicht. Dabei kannst du gut küssen.«

»Wir könnten uns heute Nachmittag treffen.«

»Ein kleines Kompliment, und er wird gleich übermütig. Soll ich ins *Moon* kommen?«

Wir verabredeten uns in dem Café neben dem Wettbüro.

Nachdem ich aufgelegt hatte, musste ich noch eine halbe Stunde warten, bis Elena hereinkam, um mir zu sagen, dass die Tornows inzwischen gegangen seien und mir beste Genesungswünsche ausrichten ließen. Ich nickte und folgte ihr nach vorne.

Die Mittagsgäste waren gegangen, und die fürs Kaffeetrinken waren noch nicht gekommen. Ich fühlte mich wie verprügelt.

Wir saßen am Fenster. Elena und Walter betrachteten den Kaffeesatz in ihren Espressotassen, ich spielte mit dem Beutel in meinem zweiten Kamillentee. Plötzlich stand ein junger Mann vor der Scheibe und starrte zu uns herein. Als Erstes fielen mir seine Augen auf, die dunkel umrandet tief in den Höhlen lagen. Sein strähniges, dunkelblondes Haar klebte ihm an der Stirn, er trug einen speckigen, löchrigen Jeansanzug, unter der Jacke ein weißes Rippenunterhemd. Ein paar Sekunden lang starrten wir zurück, doch als er seine Hand an die Scheibe legte, als wolle er sie eindrücken, sprang Walter auf und eilte nach draußen, packte den Jungen, der höchstens neunzehn oder zwanzig war, am Arm und zog ihn ein paar Meter weiter, weg vom Fenster, aber nicht außerhalb unseres Blickfeldes. Walter schien den Jungen zu kennen, redete auf ihn ein und schüttelte ihn. Der Junge nickte und wischte sich mit den Handballen durch die Augen. Der Ton des Gespräches oder der Auseinandersetzung änderte sich offenbar: Walter legte dem Jungen eine Hand an die Wange, der Junge, ein paar Zentimeter kleiner, schaute zu ihm auf, und nach ein paar Minuten küsste Walter ihn auf den Mund. Ich hörte, wie Elena mit einer leeren Zuckertüte spielte. Walter umarmte den Jungen, der zunächst die Arme schlaff herunterhängen ließ, sie dann aber auf Walters Rücken legte. Schließlich ging der Junge weg, und Walter kam wieder herein, aber nicht zu uns an den Tisch zurück, sondern er ging nach hinten und die Treppe hinunter zu den Toiletten für die Gäste.

Ich war fünf Minuten zu früh, aber Evelyn stand schon vor dem Wettbüro und sah durchs Fenster hinein. Ich trat hinter sie, sie erkannte mein Spiegelbild in der Scheibe, drehte sich um und hielt mir ihre Hand hin.

Das Café war leer, hinterm Tresen ein Junge, höchstens neunzehn, fast zwei Meter groß, sehr mager, mit zurückgekämmten Haaren. Wir bestellten Kaffee, hatten aber wieder vergessen, unseren Wunsch zu präzisieren, weshalb wir uns noch einmal anhören mussten, was alles zur Auswahl stand.

Wir nahmen wieder dieselben Sessel wie beim letzten Mal.

»Der Kronleuchter gefällt mir«, sagte Evelyn. »Ich liebe solche Dinger. Obwohl, wenn ich mir einen aussuchen könnte, dann würde ich den nehmen, den ich kürzlich in einem Restaurant gesehen habe.«

Sie sah mich an.

»Entschuldige«, fuhr sie fort. »Ist es okay, wenn ich in deiner Gegenwart von anderen Restaurants rede?«

»Es ist nicht leicht für mich«, sagte ich. »Aber wenn du versprichst, nie wieder dorthin zu gehen, könnte ich damit klarkommen.«

»Der Leuchter war jedenfalls komplett aus Getränkeflaschen zusammengesetzt.«

Ich kannte die Besitzerin dieses Restaurants, aber das behielt ich für mich.

Zwischendurch sahen wir auf die Straße, holten uns frischen Kaffee, und weil ich nicht wusste, was ich sagen sollte, fing ich mit dem Spiel an, das Maxima mir beigebracht hatte. Ich ließ mir Geschichten zu den Leuten einfallen, die draußen vorbeigingen oder die das Wettbüro nebenan betraten. Da war ein gedrungener Mann Mitte oder Ende fünfzig, in einer blauen Windjacke, wie man sie heute nicht mehr trug: mit einem schmalen Strickkragen und senkrecht angebrachten Seitentaschen. Er stand ein paar Minuten vor dem Wettbüro herum, um seine Zigarette zu Ende zu rauchen, obwohl er das auch drinnen hätte machen können. Aber er war das so von zu Hause gewohnt, weil die stämmige Verkäuferin, mit der er nach dem viel zu frühen Krebstod seiner Frau zusammenlebte, den Nikotingestank nicht ertragen konnte und ihn zum Rauchen stets in den Hausflur oder gleich auf die Straße schickte. Nein, spielte Evelyn mit, das könne sie sich nicht vorstellen. Sie sei ganz sicher, dass der Mann eigentlich vor drei Wochen das Rauchen aufgegeben und dies auch bei seinen Freunden groß angekündigt habe. Jetzt sei er schwach geworden und könne dies nicht zugeben, also ziehe er noch schnell eine durch, bevor er hineingehe. Bei dem ganzen Qualm da drin kriege niemand mit, dass er rückfällig geworden sei, und er könne weiter den Standhaften geben.

Ich machte eine Kopfbewegung in Richtung einer Frau, die gerade auf der anderen Straßenseite entlanghumpelte. Offenbar war sie am rechten Fuß verletzt, den sie kaum belasten konnte. Sie war vielleicht Ende dreißig, hatte ihr Haar zu einem Pferdeschwanz gebunden, damit man nicht sah, dass sie sie schon länger nicht gewaschen hatte. Sie trug Jeans und Lederjacke, war schon mit fünfzehn schwanger geworden, der Kindsvater hatte sich aus dem Staub gemacht, sie hatte sich und den Sohn immer nur mühsam über Wasser gehalten, ihn dabei viel zu sehr verwöhnt, und er dankte es ihr, indem er sie mindestens einmal im Monat verprügelte, und heute Morgen war er einen Schritt weiter gegangen und hatte sie die Treppe hinuntergestoßen, wobei sie sich den Knöchel mindestens verstaucht, wenn nicht gar gebrochen hatte. Sie ging aber nicht zum Arzt, weil sie glaubte, dass die Schmerzen irgendwann aufhören würden. Jetzt wollte sie einkaufen gehen, um ihrem Sohn heute Abend etwas zu essen vorsetzen zu können.

Evelyn zog die Stirn kraus und meinte, ich hätte eine kranke Phantasie. Die Frau habe sich beim Badminton einen Bänderriss zugezogen und könne gerade nach mehreren Tagen Fußhochlegen erstmals wieder das Haus verlassen. Sie, Evelyn, wolle sich nicht auf Badminton versteifen, vielleicht war es auch Tennis oder Joggen. In jedem Fall sehe die Frau gut durchtrainiert aus, und dass sie sich die Haare nicht wusch, wo sie kaum einen Schritt laufen konnte, sei doch wohl kein Wunder. Beim Thema Bänderriss war sie sich jedoch so sicher, dass sie anbot, zu der Frau hinüberzulaufen und sie zu fragen.

»Wie wär's mit einer kleinen Wette?«

Ich sah sie an. Sie meinte es ernst, streckte mir die Hand entgegen und sagte, wir sollten um ein Abendessen wetten, aber nicht unter fünfzig Euro. Ich schlug ein, weil ich sie anfassen wollte.

Sie sprang auf, ließ ihre Tasche stehen und lief auf die Straße, ich folgte ihr. Schnell hatten wir die Frau eingeholt, Evelyn sprach sie an und sagte, wie es war, dass wir nämlich im Café gesessen und uns Geschichten zu den Leuten auf der Straße ausgedacht hätten, und jetzt wollten wir wissen, ob ihre Verletzung von einem Sportunfall herrühre. Die Frau sah uns ernst an und wollte wissen, wer das mit dem Sportunfall behauptet hätte, und Evelyn sagte, das sei sie gewesen.

»Und was war Ihre Geschichte?«, wandte sich die Frau an mich.

Damit hatte ich nicht gerechnet. Ich zögerte. »Häuslicher Unfall«, sagte ich dann.

»Beides falsch.«

»Aber ein Bänderriss ist es doch, oder?«, hakte Evelyn nach.

Der Blick der Frau kehrte zu Evelyn zurück. »Was weiß ich denn. Kennen Sie einen Arzt, der Ihnen sagen kann, was Ihnen fehlt? Die spielen doch alle nur Quiz mit dir.« Sie humpelte weiter, und wir gingen zurück in das Café. Evelyn bestand darauf, dass die Frau was an den Bändern hätte, mindestens eine Dehnung. Ich fragte, wieso sie da so sicher sei, und sie antwortete: »Wegen der Schiene! Sie hatte so eine aufblasbare Schiene am Bein. Bänderrisse werden heute nur noch bei Hochleistungssportlern operiert, die anderen kriegen so eine Luftpolsterschiene und müssen stillhalten.« Ich hatte die Schiene nicht gesehen, aber auch nicht auf die Füße der Frau geachtet.

Ein Mann Anfang vierzig, in einem dreiteiligen Anzug, aber ohne Krawatte, ging am Fenster vorbei ins Wettbüro. »Geschieden«, murmelte Evelyn, »drei Kinder, die Frau hat einen anderen.«

»Alleinstehend, beruflich erfolgreich, besucht Prostituierte und fährt zweimal die Woche mindestens dreißig Kilometer mit dem Rad.«

Wir saßen noch etwas herum, dann sah Evelyn auf die Uhr und sagte, sie müsse sich auf den Weg machen.

Ich begleitete sie durch die Stadt, wir gingen die Fußgängerzone hinauf, es war halb sieben, die ersten Geschäfte schlossen. Vor einem Laden mit billigen Büchern und Videos blieb Evelyn stehen und wühlte in einer Kiste herum, obwohl da nur Schund drin herumlag. Sie schien nachzudenken.

Plötzlich stand ein Mann neben uns, in einer löchrigen blauen Latzhose, wie ich sie heute Morgen noch an dem

Schreiner gesehen hatte und die an der einen Seite so weit eingerissen war, dass man eine schmutzige Unterhose und den nackten Oberschenkel sehen konnte. Er trug kein Hemd, und die Träger der Latzhose hatten seine Brustwarzen wund gescheuert. Seine Arme, sein Oberkörper und das Gesicht waren sonnengebräunt, die grauen Haare, die unter einer blauen Baseballmütze ohne Aufdruck hervorschauten, stumpf und strohig, an den Füßen hatte er schmutzige Segeltuch-Turnschuhe. Als er den Mund öffnete, entblößte er Zähne in der Farbe von Elefantenhaut. Er sagte etwas, aber wir verstanden nichts. Evelyn hielt eine Videokassette in der Hand, auf deren Hülle eine riesige Spinne Menschen angriff.

Der Mann wandte sich an mich und sagte wieder etwas. Diesmal meinte ich, etwas verstanden zu haben: »Du biss doch 'n Guten, Chef!« Auch Evelyn schien es verstanden zu haben und fragte mich, ob ich den Mann kenne. Ich schüttelte den Kopf. Als ich nicht antwortete, stieß mir der Mann den Zeigefinger gegen die Brust. Ich spürte einen langen, spitzen Nagel. Der Mann atmete schwer. Ich musste an die Schachspieler im Park denken, wahrscheinlich wegen der Baseballmütze. Dem hier konnte der liebe Gott auch nicht in den Kopf schauen. Plötzlich hob er die Hand, legte mir den Ballen an die Stirn und stieß meinen Kopf weg. Ich konnte mich gerade noch fangen und hielt mich an der Kiste mit den Videos fest. Der Mann drehte sich um und ging davon, die Füße in schneller Folge über den Boden schiebend. Evelyn griff nach meiner Hand. Wir sahen ihm nach und gingen dann in die andere Richtung. Sie hielt mich weiter fest. Dann fragte sie mich, ob ich heute Abend schon etwas vorhätte. Ich fragte zurück, warum sie das wissen wolle. Sie ließ sich Zeit mit der Antwort.

»Also offen gesagt«, begann sie, machte eine kurze Pause, trat von einem Bein aufs andere, und fuhr fort: »Offen gesagt, verspüre ich eine gewisse Neigung, den Abend mit dir zu verbringen. Ich habe jedoch meiner Schwester versprochen, heute bei ihr zu essen. Ich könnte dich mitnehmen. Dich vorzeigen. Warum nicht? Du würdest ihren Mann kennen lernen, Reinhold. Du weißt schon ein bisschen was über die beiden. Ich frage mich, ob das gut ist. Aber ich bin so egoistisch.«

Wir nahmen ein Taxi. Während der Fahrt rief Evelyn bei ihrer Schwester an und sagte, sie würde noch jemanden mitbringen.

»Meine Schwester heißt Luise«, sagte sie. »Du wirst sie mögen. Ich habe zuerst ein bisschen was mit ihr zu besprechen, das heißt, du wirst dich eine Zeit lang mit Reinhold und den Kindern herumschlagen müssen.«

Als das Taxi vor dem Haus in der Nähe der Uni vorfuhr, zeichneten sich im Licht der über dem Eingang angebrachten Lampe die Umrisse einer Frau ab. Sie winkte, als wir ausstiegen.

»Luise«, sagte Evelyn. »Du kannst die beiden ruhig gleich duzen.«

Ich bezahlte den Fahrer, der Wagen fuhr davon. Wir öffneten ein schmiedeeisernes Tor, das im oberen Ende zwei schnäbelnde Tauben zeigten, die auf zwei geschwungenen Buchstaben saßen: L für Luise und R für Reinhold. »Sag' jetzt nichts«, flüsterte Evelyn mir zu.

Langgezogene, mit grünlich verfärbten Fliesen aus irgendeinem Naturstein belegte Stufen führten zwischen scheinbar wild wuchernden, tatsächlich aber sorgsam auf chaotisch getrimmten Beeten voller bunter, hoch gewachsener Blumen zu einer gläsernen Eingangstür, wo Luise in leichten, weißen

Leinenhosen und einem ebenfalls weißen Leinenhemd stand. Sie war blond oder blondiert, und vom Kopf standen ihr seitlich zwei Pipi-Langstrumpf-Zöpfe ab. Sie war vielleicht Mitte vierzig, ihre Gesichtszüge gingen ins Teigige, durchzogen von vielen senkrechten Linien, die entweder vom Lachen kamen, vom Weinen oder vom Alkohol. Ihre schmalen Lippen betonte sie durch einen etwas zu roten Lippenstift. Hinter ihr ein kleiner, himmelblauer Eingangsbereich, wo an zahllosen Wandhaken Jacken und Mäntel hingen. Auf dem Boden standen Schuhe: Pumps und fast aus nichts bestehende Riemchenschuhe, geflochtene und glattlederne Italiener sowie kleine Gummistiefel, Laufschuhe und Sandalen in kindlichen Größen. Evelyn hatte mich im Taxi aufgeklärt. Reinhold und Luise hatten drei Kinder, Julian, Meike und Leon. Reinhold hatte vor zwanzig Jahren angefangen, Computerzubehör zu importieren, und leitete heute eine kleine Firma, die Software-Lösungen für mittelständische Unternehmen entwickelte. Luise war Musiklehrerin gewesen, gab heute aber nur noch privat Klavierunterricht.

Hinter den Beinen der Mutter schaute nun ein kleines Mädchen in einem weißen, mit Blumen bestickten Nachthemd hervor. Ihre dunkelblonden Haare waren zu einem Bubikopf frisiert, die Pupillen ihrer grünen Augen wirkten fast durchsichtig. Aus der Nase lief ihr gelbliche Rotze bis auf die Oberlippe. Ich streckte ihr meine Hand hin, sie beachtete mich nicht. Ich überlegte, ob ich ihr durchs Haar wuseln sollte, ließ es dann aber.

Evelyn stellte mich vor, Luise reichte mir die Hand und sagte, es sei schön, mich kennen zu lernen, als hätte sie schon tausendmal von mir gehört. Die beiden Schwestern umarmten sich. Wir gingen hinein und standen ein wenig unschlüssig im Eingangsbereich herum. Die Wände waren in hellem Orange gehalten, die Farbe in Wischtechnik aufgetragen. Den Boden bedeckte mittelbraunes Parkett, vermutlich Kirschholz. Links führte eine Treppe in den ersten Stock. Von oben hörte man Kinder lachen.

»Reinhold badet gerade die Jungs«, sagte Luise.

Ich fragte mich, wieso wir hier herumstanden, sagte aber nichts. Schließlich sagte Evelyn, ob es mir was ausmachen würde, mich Reinhold selbst vorzustellen, sie habe mit Luise noch etwas zu besprechen. Ich sagte, das sei kein Problem, und ging zur Treppe. Evelyn, Luise und das kleine Mädchen, das wohl Meike hieß, verschwanden durch eine Tür.

Die Wand entlang der Treppe war voller gerahmter, kleiner Fotos in keiner erkennbaren Reihenfolge. Bilder von der schwangeren Luise, die lachend mit dem Zeigefinger auf ihren Bauch deutete, hingen neben offenbar erst kürzlich gemachten Aufnahmen von zwei Jungs in Regenmänteln. Die Kinder waren stark vertreten. Ein paar Freunde und einige ältere Leute, vermutlich Eltern und andere Verwandte. Einige Fotos zeigten eine Hochzeitsgesellschaft. Hier war das Datum in die jeweils linke untere Ecke gedruckt: 16. Juli 1994. Die Braut trug ein tief dekolletiertes, weißes Kleid. Auf dem Kopf hatte sie einen riesigen Hut mit breiter Krempe und einem orangefarbenen Band. Der Bräutigam steckte in einem weißen Anzug, das Hemd bis zur Brust geöffnet. Er hielt ein Weinglas und eine Zigarre in der Hand und lachte mit weit aufgerissenem Mund. Man sah die Hochzeitstafel mit kahl gegessenen Tellern und halb leeren Weinflaschen. Und Evelyn. Neben einem Mann mit dichten, dunklen Haaren. Er hielt sie im Arm, sie hatte den Kopf an seine Schulter und eine Hand auf seine Brust gelegt.

Im ersten Stock waren mehrere Türen. Eine stand einen Spalt breit offen. Von dort kamen Geräusche. Ich klopfte an, drei Stimmen sagten: »Herein.« Ich öffnete die Tür und sah Reinhold in dem strahlend weiß gekachelten Raum auf einem blauen Vorleger vor der Wanne knien, in der Hand einen Schwamm, den er gerade über dem Kopf des größeren von zwei etwa vier und sechs Jahre alten Jungen ausdrückte. Der kleinere war mit einem in seinen Händen monströs wirkenden Plastik-Orca beschäftigt. Reinhold, in weißen Jeans und einem weißen Hemd mit Reißverschluss bis zum Brustbein, ließ den Schwamm ins Wasser fallen, stand auf und trocknete sich die Hände an einem Handtuch ab, welches dasselbe Blau hatte wie der Vorleger. »Hallo«, sagte er und gab mir die Hand, »ich bin der Reinhold.«

»Felix.«

Reinhold wandte sich den Kindern zu. »Das ist der Felix. Sagt Hallo zu Felix.«

»Hallo«, sagte der ältere Junge.

»Hallo, Felix!«, sagte Reinhold.

»Hallo, Felix!«, wiederholte der Junge. Der andere sagte nichts, sah mich nur an.

»Wir sind leider noch nicht fertig«, sagte Reinhold. »Du kannst uns aber gern Gesellschaft leisten. Wir haben schon viel von dir gehört und freuen uns, dich endlich kennen zu lernen.«

Was für ein erbärmlicher Lügner, dachte ich.

Er zeigte auf den größeren Jungen und sagte, das sei Julian und der andere Leon. Ich versuchte erst gar nicht, den beiden die Hand zu geben.

»So, und jetzt müssen wir uns ein wenig beeilen«, sagte Reinhold, »wir haben Besuch.«

»Warum müssen wir uns beeilen?«, wollte Leon wissen.

»Weil wir Besuch haben, du Idiot«, sagte der Bruder.

Reinhold sagte, Julian solle Leon nicht Idiot nennen. Leon wandte sich wieder seinem Orca zu, drückte ihn unter Wasser, bis er sich durch ein kleines Loch an der Oberseite blubbernd vollgesogen hatte, hob ihn hoch und ließ das Wasser wieder herausspritzen.

»Stell dich mal hin!«, sagte Reinhold zu Julian. Der Junge erhob sich und sah an sich herunter. Er war sehr dünn. An den Oberschenkeln hatte er ein paar rote Stellen. Reinhold tauchte den Schwamm ein und wusch das Kind ab.

»Evelyn sagte, du hast ein Restaurant?«

»Das *Pink Moon*«, antwortete ich.

Reinhold dachte nach. »Ich glaube, da war ich noch nicht.« In geübten Bewegungen wusch er dem Jungen den zarten, haarlosen Schambereich und den kleinen Penis. Ich fragte mich, ob der Junge nicht alt genug war, das selbst zu tun.

Reinhold wollte wissen, wie meine Geschäfte liefen, es würde doch zurzeit allenthalben gejammert. Ich sagte, ich könne mich nicht beschweren, worauf Reinhold meinte, Qualität setze sich eben durch. Wie will er das wissen, wenn er noch nie im *Moon* war, dachte ich. Ich fragte ihn, wie es bei ihm laufe, Evelyn habe mir erzählt, was er mache. Er sagte, er könne sich zwar beklagen, aber er tue das nicht, es werde in Deutschland alles immer nur negativ gesehen. Dazu fiel mir nichts ein.

Das Einzige, was ihn wirklich manchmal belaste, fuhr Reinhold nach einer kurzen Pause fort und säuberte seinem Sohn den Bereich um den Anus, sei die Tatsache, dass nichts Außergewöhnliches geschehe. Alles plätschere so vor sich hin, keine Sensationen, keine großen Gefühle, alles ein bisschen langweilig. Ob mir das nicht auch so ginge?

Wir kannten uns seit fünf Minuten.

»Das Leben geht so dahin«, sagte er, hob Julian aus der Wanne, ließ ihn abtropfen und stellte ihn auf den Vorleger. Der Junge angelte sich ein Handtuch vom Halter neben dem Waschbecken und trocknete sich ab. Reinhold griff nach der Handbrause, drehte das Wasser an, mischte kaltes und warmes und fing an, Leon den Kopf zu waschen. Der Junge schrie wie am Spieß. Sein Vater sagte ihm, er solle die Augen zumachen und den Kopf vorstrecken, dann sei das nicht so schlimm. Leon schrie weiter. Julian brüllte, Leon sei ein Idiot. Leon schlug mit der flachen Hand aufs Wasser und wurde noch lauter. Reinhold legte die Brause ins Wasser und shamponierte dem Kind die Haare. Leon rief, ihm laufe Shampoo in die Augen. »Das brennt!«, weinte er.

Reinhold lachte in meine Richtung. »Stell dich nicht so an!«, sagte er und lachte weiter. Er spülte dem Jungen die Haare, stellte die Brause aus und hob seinen Sohn aus der Wanne, stellte ihn neben den anderen und trocknete ihn ab.

»Na siehst du, war gar nicht so schlimm, oder?«

»Doch! War doch schlimm!«

Reinhold schlug ihm, immer noch lachend, auf den Hintern. Leon weinte noch etwas lauter. Julian schlug Leon ebenfalls auf den Hintern und sagte: »War überhaupt nicht schlimm! Stell dich nicht so an!« Reinhold ließ das Wasser aus der Wanne und sammelte das Badespielzeug ein. »Manche sagen, das sei ein schönes Alter«, sagte er, »aber ich weiß nicht.« Die beiden nackten Kinder und der Vater gingen aus dem Zimmer.

Ich wusste auch nicht und folgte ihnen ins Kinderzimmer. Zwei Kinderbetten aus Holz standen an der Wand, daneben ein alter Bauernschrank mit naiv gemalten, bunten Figuren. Auf dem Boden ein blau und gelb gepunkteter Teppich.

Dem Schrank gegenüber an der anderen Wand standen mehrere bunte Plastikkisten, in denen man Spielzeug erkennen konnte. Auf dem Boden lag nichts herum, nicht einmal ein Stofftier.

»Unsere Putzfrau war heute da«, sagte Reinhold, »die räumt immer auf.«

Die Jungen sahen mich an. Sie versuchten rauszukriegen, ob ich das glaubte. Reinhold cremte den Vierjährigen mit Body Lotion ein. Julian versuchte, das selbst zu machen, aber das milchige Zeug war zu dünnflüssig und tropfte auf den Teppich. Der Vater tat, als sehe er das nicht. Leon wimmerte noch immer und rieb sich die tränenroten Augen. Reinhold ließ ihn in eine Höschenwindel steigen, sah mich an und lachte wieder. »Trainingspants«, sagte er. »Die muss man nicht zukleben, aber man kann sie aufreißen. Im Prinzip ist er schon trocken, nur nachts haben wir manchmal noch Probleme.«

»Jede Nacht pisst der ins Bett, der Idiot«, rief Julian. »Der zieht sich die Windel aus und pisst ins Bett!« Er ging zu seinem eigenen Bett und nahm seinen Schlafanzug heraus. Auf dem blauen Oberteil war ein Bär aufgestickt.

»Er übertreibt«, sagte Reinhold, lachte aber nicht mehr. Leon bekam einen weißen, einteiligen Schlafanzug angezogen, der zwischen den Beinen sehr viele Druckknöpfe hatte. Reinhold knöpfte falsch, sagte: »Scheiße!«, riss alles auseinander und knöpfte noch mal. Julian hatte sich seine Hausschuhe selbst angezogen, bei Leon half der Vater nach.

Auf der Treppe nach unten sagte ich zu Reinhold, die Fotos seien sehr schön, vor allem die von der Hochzeit.

»Ist aber auch ein toller Tag gewesen«, sagte Reinhold.

Ich zeigte auf die Aufnahme von Evelyn und dem Mann mit den dunklen Haaren.

Bevor ich eine Frage stellen konnte, sagte Reinhold, da müsse ich mich an Evelyn wenden, dazu wolle er nichts sagen.

»Und wie sieht es bei euch aus?«, wechselte er das Thema. Ich wusste nicht, was er meinte. »Kinder«, meinte er. »Wollt ihr welche?«

»Wir kennen uns erst ein paar Tage.«

»Bei Luise und mir war das sofort klar. Wir sind füreinander gemacht.«

Wir waren unten angekommen. Die Kinder liefen ins Wohnzimmer. Reinhold hielt mich fest und sagte: »Warte mal!« Er ging zur Eingangstür und bedeutete mir, ihm zu folgen. »Glas«, sagte er. »Ich bin für Transparenz. Sieht toll aus, oder?« Er griff nach einem Baseballschläger, der neben der Tür in einer Ecke stand. Er holte aus und schlug mit voller Wucht gegen die Tür. »Panzerglas. Ich bin auch sehr für Sicherheit. Sieh dir das an! Nicht mal ein Kratzer! Denk über die Sache mit den Kindern nach, und zwar schnell. Ein richtiger Mann muss auch Vater sein.«

Wir gingen ins Wohnzimmer, das zum Glück nicht auch noch orange war. Hier hatte man die Backsteinwände freigelegt, was den Raum deutlich kleiner machte. Trotzdem schätzte ich ihn noch immer auf siebzig Quadratmeter, Wohn- und Esszimmer in einem. An den Wänden hingen großformatige, abstrakte, farbkräftige Bilder, Originale. Der Raum war über Eck gebaut, verfügte über zwei Wände mit Glasschiebetüren zu einem großen, wilden Garten hin. In einer Ecke standen ein dunkles Ledersofa, zwei Sessel und ein Fernseher auf einem fahrbaren TV-Wagen. Am anderen Ende ein großer, runder Tisch, schätzungsweise eins achtzig im Durchmesser. Auf einer dicken, weißen Tischdecke standen weiße Teller, weiße Terrinen, weiße Schüsseln. Überall dampfte es. Das Besteck war nicht weiß, sondern silbern mit schwarzen Griffen. Leon kletterte auf einen Kinderstuhl, Julian und Meike saßen auf denselben hochlehnigen, mit dunkelbraunem Leder überzogenen Stühlen wie die Erwachsenen.

Es gab Kaninchen mit Semmelknödeln, dazu Rotkohl und grünen Salat sowie Rotwein und Mineralwasser. Luise legte Julian ein Stück Fleisch auf den Teller und schnitt es sehr klein. Meike fischte sich einen Knödel aus der Terrine und zerteilte ihn selbst mit Messer und Gabel.

»Reißen, Schätzchen«, sagte Luise, »Knödel muss man reißen, nicht schneiden! Schau mal: Man macht nur so einen kleinen Ritz und dann reißt man!« Sie nahm einen tiefen Schluck Rotwein. Aus den Kloßteilen stieg heiße Luft auf. Meike hatte Tränen in den Augen.

»Ist nicht so schlimm, Schätzchen, wir üben das noch.«

Reinhold zerteilte das Essen für Leon. Der sagte, er wolle keinen Rotkohl. Reinhold lachte und gab ihm einen Klaps, der Kopf des Jungen zuckte nach vorne. »Immer dasselbe«, sagte der Vater, »sie wollen dies nicht, sie wollen das nicht.«

»Das schmeckt mir nicht«, sagte Leon leise und zeigte mit seinem Kinderlöffel, auf dessen Griff eine Janosch-Figur abgebildet war, auf den Rotkohl.

»Er will einfach diesen scheiß Rotkohl nicht essen«, sagte Reinhold, »aber das wird noch. Ich meine, Kaninchen ohne Rotkohl, was sagst du dazu, als Profi?«

»Wir haben Kaninchen auf der Karte«, sagte ich, »aber keinen Rotkohl.«

»Nicht? Keinen Rotkohl? Auf der ganzen Karte keinen Rotkohl? Nicht mal zu Kaninchen?«

»Du hast es doch gehört, Reinhold«, sagte Luise. Und zu

Meike: »Du hältst die Gabel falsch, Liebes, so wird das nichts.«

»Interessant«, sagte Reinhold ernst. »Aber kein Grund, diesen Rotkohl nicht zu essen, junger Mann.« Er nahm Leon den Löffel aus der Hand und schaufelte dem Jungen Rotkohl in den Mund. Der verzog angewidert das Gesicht und ließ das ungewollte Gemüse wieder auf den Teller fallen.

Reinhold sprang auf. »Bah, wie sieht denn das aus!«, rief er. »Das ist ja eine Sauerei! Herrgott, haben wir hier keinen Lappen?« Er lief in die Küche und kam mit einem Geschirrtuch zurück.

»Reinhold, damit habe ich vorhin abgetrocknet!«, sagte Luise.

»Ich hab jetzt nichts anderes. Guck dir das doch mal an! Den ganzen Mund hat er versaut! Und auf dem Schlafanzug hat er es auch.«

»Du hättest ihm ja einen Latz anziehen können!«

»Herrgott, er ist vier Jahre alt, da braucht man keinen Latz mehr!«

Reinhold setzte sich, legte das Geschirrtuch neben sich auf den Tisch und lachte wieder. »Es ist toll, Kinder zu haben! Manchmal!« Er lachte noch etwas lauter.

»Er stellt sich an wie ein Baby«, sagte Julian. »Guck dir die Sauerei an!«

»Iss einfach«, sagte seine Mutter und trank Wein. »Evelyn, erzähl doch mal, woran arbeitest du gerade?«

»Vor ein paar Tagen habe ich Felix fotografiert.«

»Ach ja?«, sagte Luise und sah mich an. »Das ist ja interessant. Wie war es?«

»Anstrengender, als ich dachte«, sagte ich.

»Er kommt sehr gut auf den Bildern«, sagte Evelyn.

Reinhold nahm Leon das Fleisch und den Kloß vom Teller und sagte: »Zuerst wird der Rotkohl aufgegessen. Du weißt, was sonst passiert!«

Leon wischte sich die Tränen ab, starrte ein paar Sekunden auf den Rotkohl und fing an zu essen.

»Na also«, sagte Reinhold, »ist doch gar nicht so schwer.«

Meike pustete auf ihren Kloß, die Hände unter dem Tisch gefaltet. Julian sah seinen Bruder an und schüttelte den Kopf. Luise trank ihr Glas aus und goss sich nach.

Evelyn sagte, am Montag fange sie mit einem neuen Auftrag an, ein Chemiewerk, für eine Festschrift zu einem Firmenjubiläum. »Nichts Tolles, aber die Butter auf dem Brot.«

»Was mich mal interessiert«, wandte sich Reinhold an mich, »wenn man so ein Restaurant hat, kann man dann auch alles, was auf der Karte steht, selbst kochen?«

Ich sagte, das würde ich öfter gefragt.

»Und?«

»Nein«, sagte ich, »ich kann nicht kochen, kein bisschen.«

Reinhold stellte für einen Moment das Kauen ein und sah mich an, die Handballen auf die Tischkante gestützt, Messer und Gabel geradeaus zeigend. Dann lachte er und sagte, das sei ja eine tolle Sache. Ich nickte, und er wollte wissen, was ich denn eigentlich sei. Ich sah ihn fragend an.

»Du musst doch einen Beruf gelernt haben.«

»Nein. Ich kann rein gar nichts.«

Diesmal kaute Reinhold weiter, während er mich anstarrte. »Von Beruf Sohn, was?«

»Reinhold, bitte!«, sagte Luise, musste aber kichern. Meike nahm einen Schluck aus dem bunten Kinderbecher neben ihrem Teller. Ein wenig Wasser lief ihr am Kinn herunter und tropfte auf ihr Nachthemd. »Pass doch auf, Schätzchen«, sagte Luise, »das schöne Nachthemd! Muss das denn sein?«

Leon hustete. Sein Mund war rot verschmiert. Julian sprang auf, griff nach dem Geschirrtuch und schrie: »Jetzt guck dir diese Sauerei an! Kannst du nicht mal richtig essen?« Er rieb seinem Bruder hart im Gesicht herum. Leon weinte. Julian schüttelte den Kopf. »Mensch, du bist vier Jahre alt, unglaublich ist das.«

Reinhold lachte. »Hier müssen alle mit anpacken, damit der Laden läuft. Ist bestimmt wie bei dir, was?«

»Eigentlich nicht«, sagte ich. »Ich packe so gut wie gar nicht an. Ich stehe hinterm Tresen und greife der Bedienung an den Hintern.«

Ein oder zwei Sekunden herrschte Stille. Dann mussten Reinhold und Luise lachen. Julian lachte mit. Meike pustete auf ihren kalten Kloß. Leon weinte. Evelyn stocherte in ihrem Essen herum.

»Klar«, sagte Reinhold, »wozu ist man der Chef.«

»Reinhold, du hast deinen Wein ja noch gar nicht angerührt!«, rief Luise.

Julian setzte sich wieder auf seinen Stuhl. Auf einen Stüber seines Vaters hin fing Leon wieder an, den Rotkohl hinunterzuwürgen. Reinhold nippte an seinem Wein.

Das Kaninchen war etwas sehnig. Die Klöße wirkten innen nicht ganz durch, dafür war der Rotkohl in Ordnung. Ich sagte, die Fotos an der Treppe seien mir aufgefallen. Ja, sagte Luise, unser ganzes Leben, und trank von ihrem Wein. Ich fragte nach dem jungen Mann neben Evelyn, die daraufhin ihre Gabel etwas zu laut auf dem Teller ablegte und mir riet, dieses Thema besser nicht anzuschneiden. Reinhold und Luise wechselten einen schnellen Blick. Evelyn bemühte sich zu lächeln und sagte, das sei eine alte Geschichte. Eine alte, hässliche Geschichte.

Leon bat um die Erlaubnis, aufs Klo zu gehen.

»Klar«, sagte sein Vater und gab ihm einen Klaps auf den Hinterkopf, »geh nur. Aber fall nicht rein!«

Julian sagte: »Blöd genug wäre er.«

Luise leerte ihr Glas und fing an, den Tisch abzuräumen. Ich wollte ihr helfen, aber sie sagte, das solle ich sein lassen, ich sei schließlich der Gast. Aus dem Vorraum hörten wir Leon kotzen.

»Ist ja nur das Gästeklo«, sagte Reinhold. »Immerhin hat er den Rotkohl aufgegessen. Wenn er will, kriegt er jetzt noch ein bisschen Fleisch.«

Evelyn stapelte wortlos die Teller und brachte sie raus.

»Du, Fleisch haben wir keins mehr«, sagte Luise und trug die leere Terrine in die Küche. »Meike, dein Teller!«, rief sie über die Schulter zurück. Das Mädchen stand auf, nahm den Teller mit dem Kloß und trug ihn in Richtung Küche. Sie hatte nichts gegessen. Luise kam ihr entgegen und sagte: »Halt den Teller nicht so schief!« Meike ging an ihr vorbei. Luise rief ihr nach: »Schlurf nicht so! Heb die Füße hoch, Schätzchen!«

»Stimmt«, sagte Reinhold, »wir hatten heute ja einen Gast mehr als geplant.« Er lachte und schlug mir auf die Schulter. »Ich hoffe, es hat geschmeckt.« Zu seiner Frau sagte er: »Das hast du toll gekocht, Schatz!«

Leon kam zurück.

»Okay Sportsfreund«, sagte Reinhold, »ich könnte dir noch einen Kloß anbieten.«

Leon schüttelte den Kopf und sagte leise, er sei satt. Er war weiß wie ein Laken. Meike setzte sich wieder auf ihren Stuhl. Julian rülpste und sagte: »Mutti, das hast du wieder toll gekocht!«

Bevor ich ablehnen konnte, hatte Reinhold einen Cognac vor mich hingestellt. »Ach komm, den trinken wir lieber da drüben.« Er bot mir einen Platz auf dem Sofa an, ich nahm aber lieber den Sessel. Der Cognac war nicht besonders gut. Leon saß noch immer auf seinem Kinderstuhl und starrte auf den Tisch. Julian hatte sich neben seinen Vater gesetzt und schmiegte sich an ihn. Reinhold ließ ihn an seinem Glas riechen. Meike war nicht mehr zu sehen. Ich trank aus und fragte nach der Toilette. Reinhold schickte mich in den Vorraum, links zweite Tür.

Als ich den Deckel hob, erkannte ich noch Spuren von Leons Erbrochenem, Reste des Rotkohls. Ich drückte die Spülung und säuberte die Toilette mit der Bürste, die daneben in einem Chromzylinder stand. Ich pinkelte, spülte wieder, wusch mir die Hände, warf mir Wasser ins Gesicht und blieb etwas länger vor dem Spiegel stehen als notwendig.

Als ich wieder in den Vorraum trat, hörte ich durch eine Tür gleich neben der Gästetoilette die gepressten Stimmen der Eheleute. Die Tür stand einen winzigen Spalt auf. Ich hörte zu.

»Muss das denn sein?«

»Wir haben Gäste!«

»Also würdest du bitte aufhören, zu allem, was ich sage, prinzipiell eine Gegenposition aufzubauen?«

»Das bildest du dir ein.«

»Ich weiß, du kannst überhaupt nichts dafür, du meinst es wahrscheinlich nicht einmal so, aber Herrgott noch mal, es geht mir auf die Nerven.«

»Stell mich nicht hin, als wäre ich blöd.«

»Das tue ich nicht.«

»Wer baut jetzt hier prinzipielle Gegenpositionen auf?«

»Es ist wegen heute Nachmittag, oder?«
»Nein, natürlich nicht.«
»Du bist immer noch sauer.«
»Das redest du dir ein.«
»Wir haben gesagt, wir werden damit fertig.«
»Das haben wir gesagt.«
»Und haben wir das auch gemeint?«
»Hör doch auf mit diesen Spielchen.«
»Ich habe dir versprochen, dass ich es nie wieder tue.«
»Das habe ich gehört.«
»Aber du glaubst es nicht.«
»Was bleibt mir übrig?«
»Traust du mir nicht?«
»Würde das helfen?«
»Hör auf damit! Wir stehen das durch!«
»Rede nicht in diesem Ton mit mir!«
»Du machst mich wahnsinnig!«
»Wenn du es noch einmal machst, bringe ich dich um!«
»Das hast du heute Nachmittag schon gesagt.«
»Es ist mein Ernst.«
»Natürlich.«
»Wir haben Gäste.«

»Herrgott ja, ständig lädst du neuerdings Leute ein, um nicht mit mir allein sein zu müssen.«

»Du vergisst die Kinder. Mit denen will ich auch nicht allein sein.«

»Was sagst du da?«
»Das hast du mir heute Nachmittag vorgeworfen.«
»Ich weiß nicht, was du meinst.«
»Dass ich die Kinder nicht leiden kann.«
»So einen Blödsinn habe ich nie gesagt.«
»Es ist erst ein paar Stunden her.«

»Und? Stimmt es? Kannst du deine eigenen Kinder nicht leiden?«

»Mehr als dich.«

»Was willst du von mir?«

»Das ist die falsche Frage. Die richtige lautet: Was willst du noch von mir.«

»Ich will, dass wir nicht so einen Scheiß reden und uns stattdessen um unsere Gäste kümmern.«

»Weich mir nicht aus!«

»Was ist los? Willst du das machen, was du heute Nachmittag gemacht hast?«

»Hör auf, darauf herumzureiten.«

»Früher habe ich immer gedacht, ich verlasse dich, sobald du es tust.«

»Willst du mich verlassen? Willst du die Scheidung?«

»Ich will, dass du mich in Ruhe lässt.«

»Du interessierst mich einen Scheiß.«

»Kotze ich dich an, ja? Willst du es noch mal sagen? Dass ich dich ankotze?«

»Was du sagst, kotzt mich an!«

»Oh nein, ich kotze dich an, hast du gesagt! Du meintest mich in meiner Gesamtheit, nicht nur etwas, das ich gesagt oder getan habe!«

»Mein Gott, demnächst werde ich immer ein Tonband mitlaufen lassen, um mich hinterher vor dir zu rechtfertigen!«

»Manchmal möchte ich ...«

»Dann tu's doch, verdammt noch mal! Ich kann es nicht mehr hören, was du alles kannst und nicht tust!«

»Fordere mich nicht heraus!«

»Hau doch ab! Geh doch in diese beschissene Wohnung!«

»Welche Wohnung? Was redest du da?«

»Du weißt genau, was ich meine. Halt mich nicht für so blöd.«

»Das ist der Suff, der macht dir Halluzinationen!«

»Du machst mich krank. Ich könnte dich ...«

»Sei still!«

»Ich lasse mir von dir nicht den Mund verbieten!«

»Sei still, verdammt, ich glaube, ich habe was gehört.«

Ich ging ins Wohnzimmer zurück. Evelyn saß mit angezogenen Knien auf dem Sofa, hatte ein Glas Wein in der einen Hand und massierte mit der anderen ihre Füße. Ich setzte mich zu ihr. Sie beugte sich vor und reichte mir vom Tisch mein frisch gefülltes Glas.

»Läuft nicht so gut«, sagte sie. »Tut mir leid.«

»Schon gut. Der Mann auf dem Foto ...«

»Ich möchte nicht darüber reden.«

»Geht mich auch nichts an.«

Nach ein paar Minuten kam Luise herein und sagte, Reinhold bringe die Kinder ins Bett, und die würden sich bestimmt freuen, wenn ich dabei wäre. Ich verstand den Wink und ging nach oben.

Reinhold und die Kinder waren im Bad. Reinhold saß auf dem Wannenrand, hatte Meike auf dem Schoß und putzte ihr die Zähne. Ihr Kopf lag an der Brust ihres Vaters und ihre Augen waren geschlossen. Julian stand hinter seinem Bruder, hatte seine Hand unter dessen Kinn gelegt und den Kopf seines kleinen Bruders nach hinten gebogen. Mit einer kleinen blauen Bürste schrubbte er dem Kleinen hart über die Kiefer. Leon versuchte halbherzig, dem Griff seines Bruders zu entkommen, doch der zerrte ihn nur wieder zurück.

»Halt still, du Blödmann! Stillhalten hab ich gesagt! Ist das richtig so, Papa?«

»Ausgezeichnet! Sehr gut machst du das! Halt still, Leon, sonst dauert das ja ewig.«

Leon schrie, sein Bruder tue ihm weh, aber Julian meinte nur, er solle sich nicht so anstellen, er sei schließlich vier Jahre alt. Dann ließ er von Leon ab, befahl ihm, sich den Mund auszuspülen und rieb ihm mit dem Handtuch den Mund trocken. Reinhold war fertig mit Meike, stand auf und sagte mit einer Kopfbewegung in Richtung Julian: »Wenn sie erst mal alt genug sind, nehmen sie einem eine Menge Arbeit ab.«

Reinhold brachte die Jungen in ihr Zimmer, Meike nahm meine Hand, deutete auf die Tür daneben und sagte: »Bringst du mich ins Bett?«

Ihr Zimmer war ebenfalls sehr aufgeräumt. Zwei Wände waren rosa gestrichen, in einem Regal standen Kinderbücher und Stofftiere. In einem kleinen hölzernen Kinderwagen lagen zwei Puppen mit hochfrisierten blonden Haaren. Der einen fehlte ein Arm, der anderen ein Auge. Meike kletterte in ihr Gitterbett, legte sich hin und sah mich an. Von nebenan hörte man die Jungs. Leon weinte, Julian schrie ihn an. Dann ein klatschendes Geräusch und Reinholds Stimme: »Übertreib es nicht.«

Ich stand mitten im Zimmer und wusste nicht, was ich tun sollte. »Soll ich dir etwas vorlesen?«, fragte ich und wandte mich dem Regal zu.

»Nein, das macht der Papa gleich noch.«

Jetzt sah ich im Regal auch einige Matchbox-Autos stehen. Ich fragte Meike, ob sie gern mit Autos spielte. Sie kniete sich im Bett hin und sagte, die gehörten ihrem Papa. Jedenfalls hätten sie ihm gehört, als er ein Kind gewesen sei. »Und jetzt stehen sie hier, weil er will, dass ich damit spiele.«

»Und, macht dir das Spaß?«

Sie nickte. Ich fragte sie, ob der Papa viel mit ihr spiele, und wieder nickte sie.

»Soll ich dich zudecken?«

»Nein, das macht nachher der Papa noch.«

»Und die Mama?«

Sie zögerte. »Weiß nicht.«

»Was soll ich denn machen?«

»Singen.«

»Singen?«

Sie nickte wieder.

»Singt der Papa nicht für dich?«

Sie schüttelte den Kopf.

»Was soll ich denn singen?«

»Du bist doch der Erwachsene.«

Ich stellte mich neben das Bett und sang »Guten Abend, gute Nacht«, aber das reichte nicht. Also sang ich noch »La Le Lu«. Dann fragte ich, ob das in Ordnung gewesen sei.

»Du kannst schön singen«, sagte Meike.

»Na ja.«

»Aber man fragt hinterher nicht, ob es gut war. Man macht einfach das Licht aus und geht raus.«

»Okay.«

»Aber nicht ohne Gutenachtkuss.«

»Ich glaube, dein Vater kommt noch und gibt dir einen.«

»Ich will aber einen von dir!«

Sie hatte sich wieder hingelegt. Ich beugte mich zu ihr herunter. Das Bettgitter drückte mir gegen den Bauch. Meike schlang ihre Arme um meinen Hals und zog mit solcher Kraft, dass ich ins Straucheln kam. Dann gab sie mir einen feuchten Kuss auf den Mund und ließ mich los. Ich sagte »Gute Nacht« und ging zur Tür.

»Sag doch dem Papa ...«, begann Meike.

»Ja?«

»Sag doch dem Papa, ich schlafe schon, dann muss er nicht mehr kommen.«

»Möchtest du nicht, dass er noch kommt?«

Sie zögerte wieder. »Nein. Muss er nicht.«

»Ist gut.« Ich machte das Licht aus und fragte sie, ob ich die Tür einen Spalt geöffnet lassen sollte, weil ich gehört hatte, dass manche Kinder das so wollen, aber Meike sagte, ich solle die Tür nur ganz fest zumachen.

Ich wartete vor dem Zimmer der Jungs und hörte Leon husten und würgen. Julian und Reinhold sangen ein Schlaflied. Dann kam Reinhold heraus. Ich sagte ihm, Meike sei sofort eingeschlafen. Zwei oder drei Sekunden sah er mich an, dann warf er einen Blick auf die Tür des Mädchenzimmers, schließlich lachte er, schlug mir auf den Rücken und schob mich zur Treppe.

»Und?«, sagte er. »Auf den Geschmack gekommen?«

Unten warteten die Frauen.

Gegen halb elf bestellten Evelyn und ich ein Taxi. Ich hätte noch fahren können, da ich nach dem Essen nur noch Wasser getrunken hatte. Wir fuhren zu dem Squash Center, in dessen hinterem Teil sie wohnte, und stiegen aus. Sie sagte leise etwas über Luise, das ich nicht verstand. Dann standen wir ein bisschen herum.

»Ach, meine Schwester«, seufzte Evelyn. »Aber ich bin auch nicht besser. Wir sind beide so dumm, so unglaublich dumm.«

»Warum sagst du das?«

Evelyn atmete aus. »Es hat mit dem Typen auf dem Foto zu tun.«

Ein paar Sekunden sagten wir nichts.

»Ich rufe dich morgen an.« Sie gab mir einen Kuss auf die Wange und ging hinein.

Als ich zu Hause ankam, stellte ich fest, dass meine Wohnungstür nicht abgeschlossen war. Im Wohnzimmer brannte Licht. Auf dem Sofa saß Maxima.

Sie sagte: »Du hast einen sehr netten Nachbarn.«

5 Ich war schon seit einiger Zeit in Berlin und arbeitete für einen Mann namens Horst, dem mehrere Kneipen gehörten. Am liebsten stand ich im *Erdreich* hinterm Tresen, weil es nicht weit von meiner Wohnung entfernt war.

Das *Erdreich* war ein beliebter Treffpunkt für Leute, die beliebte Treffpunkte hassen. Es lag im Souterrain, war heruntergekommen und dunkel. Die Wände waren ursprünglich orange gewesen und zeigten nun die Verfärbungen durch die Nikotinschwaden von Millionen selbst gedrehter Zigaretten. Der Holzboden war voller Brandspuren, in der Ecke stand ein alter Flipper, der seit Jahren nicht mehr funktionierte. Es gab nur Flaschenbier, kein gezapftes. Die Speisekarte umfasste kleine Tüten mit Kartoffelchips und Erdnüssen. Viel konnte der Laden nicht abwerfen, aber Horst wollte sich nicht davon trennen, weil das *Erdreich* die erste Kneipe gewesen war, die er aufgemacht hatte.

Ich arbeitete drei Tage die Woche, fing um sechs an und blieb bis eins oder länger, je nachdem, ob noch Gäste da waren oder nicht. Ich stand oder saß allein hinterm Tresen, gab den Leuten ihr Bier oder ihre Cola oder ihre Schnäpse. Ab und zu kam Horst vorbei, setzte sich an den Tresen und schwelgte in Erinnerungen über seine Frühzeit als Kneipenkönig, und wenn alle weg waren, schloss ich ab, ging nach Hause, legte mich vor den Fernseher oder las bis in den frühen Morgen und schlief dann bis mittags. Ich hatte nur wenige Bekannte, fühlte mich aber nicht einsam.

Eines Tages stand sie in der Tür, eine Fiebervision in einem Fischgrätmantel, in engen, schwarzen Lederhosen und mit roten Lippen. Es war gegen elf an einem Freitagabend, vier der sieben Tische waren besetzt. Die Tür ging auf, und Maxima blieb ein paar Sekunden im Gegenlicht der Straßenlaterne direkt vor dem Haus stehen, als könne sie sich nicht entscheiden, was sie tun solle. Tatsächlich wartete sie nur, bis alle sie ansahen und sich die Ersten beschwerten, sie sollte die Tür zumachen. Langsam kam sie die vier Stufen herunter und setzte sich auf einen der Hocker am Tresen, wo eigentlich nie jemand saß, außer, wie gesagt, Horst, aber der war nicht da. Sie bestellte Wein, obwohl ich ihr davon abriet. Das Zeug, das Horst hier ausschenken ließ, war aus dem untersten Supermarktregal. Sie trank ein Glas, nur um mir Recht geben zu können, dass dies der mieseste Wein sei, den sie je getrunken habe. Es sah aus, als würde sie auf jemanden warten, sie sah mehrmals auf die Uhr und dann zur Tür.

Die Leute an den Tischen sahen hin zu ihr. Sie machte den Eindruck, als erwarte sie das auch so.

Ich hatte nicht vor, mit ihr ein Gespräch anzufangen. Ich saß nur auf meinem Hocker und las einen *Spiegel,* der seit zwei Jahren auf dem alten Flipper lag. Maxima rauchte Zigarillos, griff sich immer wieder in ihr schwarzes Haar, schob den Mantel nach hinten und stemmte ihre Hand in die Seite oder zupfte an ihrem schwarzen Oberteil herum.

Um halb zwei waren alle außer ihr gegangen. Maxima war auf Flaschenbier umgestiegen, mit dem man hier nichts falsch machen konnte. Sie fragte mich nach meinem Namen, ich nach ihrem, und als ich sagte, das sei ein schöner, ungewöhnlicher Name, meinte sie, sie komme aus Russland. Tatsächlich schwang in ihrer Stimme ein leichter Akzent mit, aber ich wurde den Eindruck nicht los, der sei nicht echt. Wahrscheinlich hatte sie nur zu viel Rachmaninow gehört und zu viel Dostojewski gelesen und wollte sich jetzt im neuen Berlin interessant machen.

Ein paar Abende später war sie wieder da, blickte diesmal aber nicht ständig auf die Uhr und zur Tür. Sie sagte: »Du bist so sauber. Du passt gar nicht hierher. Du hast klare Augen und ein seidiges Fell, deine Zähne sind vollständig und ausreichend weiß, deine Krallen sind geschnitten und du scheinst stubenrein zu sein. Schließ ab und gib mir noch ein Bier!«

Ich tat wie befohlen.

»Was tut ein Junge wie du in einem Laden wie diesem?«

Ich schätzte, dass sie ein paar Jahre älter war als ich. »Er versteckt sich vor der amerikanischen Regierung«, sagte ich.

»So gefährlich bist du?«

Sie war Managerin von Cold Fear, einer drittklassigen, deutsch singenden Punkkapelle, deren mangelndes Talent nicht einmal durch echte Begeisterung wettgemacht wurde, wie sie sagte. Maxima schaffte es trotzdem, ihnen Auftritte zu verschaffen, und knüpfte so erste Kontakte auf der unteren Stufe des Musikbusiness, bevor sie in den Neunzigern Comedians betreute und Groß-Events für Firmen und öffentliche Institutionen organisierte.

»Sieh dir die Typen da drüben an!« Sie zeigte mit ausgestrecktem Arm quer durch die Kneipe auf fünf Jungs in löchrigen Hosen und verdreckten T-Shirts, die mit den Zitronen in ihren Kristallweizen spielten und sich schmutzige Witze erzählten. Unter dem Tisch lagen drei Hunde.

»Sag mir, was du siehst!«

Ich beschrieb die Kleidung und die Frisuren, den Zustand der Haut und den Geruch, den die Hunde verströmten.

Maxima sagte: »Ich sehe fünf kleine Jungs, die zu viel Angst und zu wenig Ideen haben.« In ihrem Ton lag die

Aufforderung, diesen Satz in Marmor zu meißeln. »Es ist sehr wichtig«, sagte sie, »Menschen genau zu beobachten, damit man weiß, mit wem man es zu tun hat. Die meisten verraten sich durch ihr Verhalten.«

Sie schrieb eine Adresse auf einen Bierdeckel und sagte, dort solle ich hinkommen, wenn ich hier fertig sei.

Sie wohnte im ersten Stock. Ich hatte unten geklingelt, und als ich oben ankam, stand die Tür offen. Maxima saß im Wohnzimmer auf einem schwarzen Ledersofa, der Raum stand unter der sanften Diktatur indirekten Lichtes. Natürlich abgeschliffene Bohlen, natürlich so gut wie keine Möbel. Nur das Nötigste.

Sie sagte: »Komm her.«

Ich kam her.

Sie sagte: »Setz dich!«

Ich setzte mich.

Sie sagte: »Erzähl mir von dir!«

Ich fing an, und wenn ich herumdruckste, stellte sie konkrete Fragen und erlaubte mir nicht, irgendetwas auszulassen. Es dauerte bis zum frühen Morgen, und als ich fertig war, war ich in Schweiß gebadet. Ich durfte auf dem Sofa ein paar Stunden schlafen, dann lud sie mich zum Frühstück ein. Wir blieben zusammen, bis es Zeit wurde für ihren ersten Termin an diesem Tag.

Termine waren sehr wichtig für Maxima. Sie hatte ständig welche. Termine waren ihre Droge, sie brauchte täglich eine gewisse Dosis, sonst wurde sie nervös und ungenießbar. Natürlich konnte sie mich zu diesen Terminen nicht mitnehmen, und natürlich hegte ich schon damals den Verdacht, dass sie nicht halb so viele Verabredungen hatte, wie sie behauptete, und wenn, dann keine, die mit großen Geschäften in Verbindung standen.

Wenn sie Zeit hatte, rief sie mich an, und wir trafen uns. Sie sagte mir am Telefon, was wir machen würden, und ich stimmte zu. Hatte ich bei ihr auf dem Sofa übernachten dürfen, gingen wir am nächsten Morgen zusammen frühstücken, und wenn Maxima ihren Terminen nachging, tat ich ihr den einen oder anderen Gefallen. Ich reparierte ein paar Sachen in ihrer Wohnung oder erledigte die Einkäufe, schließlich hatte ich nichts anderes zu tun, außer alle paar Abende im *Erdreich* hinterm Tresen zu stehen.

Ein paar Mal besuchten wir Konzerte von Cold Fear, bis sie mich davon freistellte, weil selbst sie diesem uninspirierten Lärm nichts mehr abgewinnen konnte.

Wenn wir abends nicht ins Kino, ins Theater oder zu einem Konzert gingen, liefen wir durch die Straßen und sahen in erleuchtete Fenster. Maxima erzählte mir die Geschichten der Leute, die dort zu Abend aßen, in Unterwäsche vor dem Fernseher saßen, sich küssten, schlugen oder anschrien. »Patrouillen« nannte sie diese Spaziergänge.

Wir hatten keinen Sex. Maxima ließ mich nicht. Manchmal, wenn ich bei ihr auf dem Sofa schlief, legte sie sich zu mir, drängte sich an mich, strich mir über den Kopf und fuhr mir mit den Händen über den Oberkörper, griff mir auch in den Schritt, wartete, bis ich hart war, gab mir noch einen Kuss auf die Stirn und ging wieder rüber in ihr Schlafzimmer. Sie ließ die Tür zum Bad offen stehen, damit ich sehen konnte, wie sie sich wusch. Ich durfte ihr zusehen, wie sie sich anzog, durfte ihr die Unterwäsche aus dem Schrank reichen und ihren Reißverschluss hochziehen, wenn sie ein Kleid trug, was aber nicht oft vorkam. Wenn ich schlecht gelaunt oder müde war, durfte ich sie anfassen, ihren Hintern oder ihre Brüste. War ich dann wach und bester Stimmung, sagte sie: »Na also, warum nicht gleich so?«, und schob meine Hände wieder weg.

Das ging über Monate. Mein Leben war Schlafen, Kneipe, Maxima. Ich verlor meine Armbanduhr und suchte nicht danach.

Eines Morgens wurde ich wach, und sie war nicht da, hatte auch keine Nachricht für mich hinterlassen. Immerhin, sie vertraute mir so weit, dass sie mich in ihrer Wohnung allein ließ. Ich kochte mir Kaffee und wartete auf sie.

Am späten Vormittag fing ich an, mir die Wohnung näher anzusehen, ging auf Patrouille. Das Wohnzimmer war antiseptisch, das Schlafzimmer das reinste Chaos: eine breite Matratze auf Euro-Paletten, Klamotten auf Stangen, eine alte Schleiflackkommode, in der sie ihre Unterwäsche aufbewahrte. Sie hatte ein bisschen was an Reizwäsche, das wusste ich, da ich ihr mehrfach schon hatte zusehen dürfen, wie sie die anzog. Die weißen Slips waren jedoch in der Mehrzahl.

Das Badezimmer kannte ich.

Da war noch ein anderer Raum, ihr Arbeitszimmer. Ich hatte bisher nur hineingeschaut, es aber noch nie betreten. Die Tür war nicht abgeschlossen.

Vor dem Fenster stand ein Schreibtisch, etwas zu groß für den kleinen Raum, aus glänzendem, edel gemasertem Holz, mit gläserner Schreibunterlage, unter die Maxima alle möglichen Papiere geklemmt hatte: Eintrittskarten, Restaurantquittungen, kaum leserliche Notizen, Erinnerungen an Termine.

Und das war alles, was ich an persönlichen Dingen fand. Ich hatte auf Fotos gehofft, vielleicht sogar Briefe, Dinge, die mir mehr über sie erzählt hätten. Es gab ein paar Briefe, die mit ihrer Arbeit zu tun hatten, Verträge mit Veranstaltern, die Cold Fear engagiert hatten; die Beschwerde des Leiters eines Jugendzentrums in Bremen, wo die Musiker weit mehr getrunken hatten, als ihnen zugestanden worden war. Offenbar hatten sie nicht bezahlen wollen.

Auf einem Bücherbord an der Wand fand ich keine russischen Romane, sondern nur Telefonbücher und Ratgeber wie »1000 ganz legale Steuertricks«.

Wenn ich nicht zu ihr durfte, wenn ich allein in meiner Wohnung war, konnte ich nichts mit mir anfangen. Ich lag auf dem Bett, versuchte zu lesen oder Musik zu hören, onanierte vor mich hin und wartete darauf, dass sie anrief. Sie hatte mir ihre Nummer nicht gegeben und stand nicht im Telefonbuch. Nächtelang umklammerte ich mein Telefon und wagte nicht einzuschlafen. Ich konnte nie wissen, wann sie sich meldete. Sie gab mir kein Foto von sich, also versuchte ich, sie zu malen, aber dafür hatte ich kein Talent. Ich aß zu wenig und trank zu viel. Ich versuchte, über mein Leben nachzudenken, aber das gelang mir nicht. Manchmal dachte ich an meine Mutter, die nicht wusste, wo ich war. Ich stellte mir vor, wie sie an der Spüle lehnte und rauchte, wie an dem Tag, als Jürgen und Ernesto gehen mussten. Ich fragte mich, wie sie heute aussah. Stellte mir vor, wie sie alterte, wie sie sich immer weiter von dem kleinen Mädchen auf dem Foto entfernte. Wenn ich so weit war, sie anrufen zu wollen, schob sich Maximas Bild vor das meiner Mutter, und der Moment der Schwäche war vorbei.

Irgendwann im Winter war es, als sie sich wieder zu mir legte. Sie schob mein Hemd ein wenig hoch und leckte meinen Bauch. Das hatte sie noch nie getan. Sie trug ein enges T-Shirt, unter dem sich ihre BH-losen Brüste deutlich abzeichneten. Ich durfte mit dem Mund danach schnappen. Sie sagte, ich solle meine Hose und meine Unterhose ausziehen. Sie nahm meine rechte Hand, legte sie um meinen harten Schwanz, bewegte sie auf und ab, achtete aber darauf, dass sie mich nicht direkt berührte. Dann nahm sie ihre Hand weg. Ich machte weiter.

Sie sagte: »Sieh mir in die Augen!« Mein Blick irrte ein wenig umher, über ihr Gesicht, ihren Oberkörper. »Nein, nicht wegsehen, immer in meine Augen!« Ich bat sie, mir zu helfen, aber sie schüttelte nur den Kopf. Ich verlangsamte meine Bewegungen, ich wollte nicht, dass es so schnell vorbei war, aber auch das passte ihr nicht. Sie nahm wieder meine Hand und beschleunigte das Tempo. Ich spannte alle Muskeln an, um es zurückzuhalten, und sah ihr in die Augen. Als ich kam, flatterten meine Lider. Maxima blickte an mir herunter und griff in mein feuchtes Schamhaar. Sie rieb die Flüssigkeit zwischen ihren Fingern und sagte: »Du hast mich nicht angesehen!«

In den nächsten Tagen hörte ich nichts von ihr. Ich traute mich nicht, die Wohnung zu verlassen, um immer erreichbar zu sein, und entfernte mich nie mehr als zwei Meter von meinem Telefon. War ich auf dem Klo, ließ ich die Tür offen, obwohl die Klingel auf höchste Stufe eingestellt war und man das Ding wohl noch auf der Straße gehört hätte. Sie rief nicht an. Sonst auch niemand. Einmal telefonierte ich kurz mit Horst, um ihm zu sagen, dass ich krank sei und nicht arbeiten könne. Kaum hatte ich aufgelegt, bildete ich mir ein, Maxima habe genau in diesen hundertzwanzig Sekunden angerufen, das Besetztzeichen gehört und verzichte nun erbost darauf, es noch einmal zu versuchen.

In der Wohnung über mir wohnte ein Mann in meinem Alter. Als ich nichts mehr zu essen in der Wohnung hatte, wartete ich, bis ich erst das Zuschlagen seiner Wohnungstür und dann seine Schritte auf der Treppe hörte, öffnete die

Tür, sagte ihm, dass ich krank sei und drückte ihm mein letztes Geld in die Hand, damit er mir was aus dem Supermarkt mitbrachte.

Ich hatte ihr nicht in die Augen gesehen. Daran musste ich immer denken. Und daran, was gewesen wäre, wenn ich es geschafft hätte, die Prüfung bestanden hätte. Ich sah sie auf mir und unter mir. Ich schlug mit den Fäusten an die Wand, aber das half nichts.

Ich versuchte, nicht an sie zu denken. Aber sie verfolgte mich. Ihre Augen, ihre Lippen, ihre Beine, der Anblick ihres nackten Körpers vor dem Waschbecken, wenn sie sich bei offener Tür mit dem Waschlappen zwischen den Beinen wusch.

Als ich schon nicht mehr damit rechnete, stand sie plötzlich vor der Tür.

»Du siehst schlecht aus«, sagte sie.

Mir fiel keine Antwort ein. Ich trug nur ein T-Shirt und eine Unterhose. Sie sah sich in der Wohnung um und sagte, es sehe schlimm aus hier. Dann warf sie mir meine Sachen zu und sagte: »Zieh dich an! Wir machen jetzt einen Spaziergang. Frische Luft wird dir gut tun. Ich habe uns etwas mitgebracht!« Sie hatte eine Flasche Rotwein, einen Korkenzieher sowie ein kleines Opernglas in der Manteltasche.

Es war gegen zehn am Abend, und es war kühl. Wir nahmen ein Taxi nach Grunewald. Maxima führte mich durch eine Seitenstraße zu einem großen, mit Maschendraht eingezäunten Grundstück. Sie musste nicht lange suchen, bis sie eine Öffnung im Zaun fand. Wir stiegen hindurch und näherten uns der Hinterseite einer alten Jugendstilvilla. Alle Fenster waren hell erleuchtet. Wir setzten uns hinter einen Rhododendron. Maxima holte den Rotwein und den Korkenzieher hervor. Wir tranken und warteten. Die Kälte kroch uns in die Knochen.

Es war nach Mitternacht, ich drohte einzuschlafen, als sie mich anstieß und eine Kopfbewegung in Richtung Villa machte. An einem der Fenster im ersten Stock waren ein Mann und eine Frau zu sehen, beide nackt, er etwa um die dreißig und kahl, sie etwas älter, mit langem, schwarzem Haar, ähnlich dem von Maxima. Die Frau hatte die Hände auf die Fensterbank gestützt, ihre schweren Brüste pendelten rhythmisch vor und zurück. Der Mann stand hinter ihr, eine Hand in ihren Haaren.

»Das ist Vitali«, sagte Maxima.

Wir sahen den beiden zu. Nach ein paar Minuten sagte Maxima: »Und die Frau, das bin ich.« Sie trank Wein, lächelte und reichte mir das Opernglas.

Ich verbrachte die Nacht in meiner eigenen Wohnung und wartete den ganzen nächsten Tag vergeblich auf einen Anruf von ihr. Ich hielt durch bis Sonnenuntergang, dann fuhr ich zu ihrer Wohnung. Sie war nicht da.

Am nächsten Tag traf ich sie an, aber sie sagte, ich solle sie in Ruhe lassen. Ein paar Tage später war sie ausgezogen.

Ich brach auseinander, ganz langsam und ohne dass es wehtat. Ich spürte nichts und sah keinen Grund, etwas dagegen zu unternehmen. Genauso wenig, wie ich für irgendetwas anderes einen Grund sah. Ich ging nicht zur Arbeit, blieb im Bett, verzichtete aufs Duschen und fing an zu stinken. Als meine ohnehin schmalen Vorräte zu Ende waren, hörte ich auf zu essen und magerte ab. Ich trank Wasser aus dem Hahn und pinkelte ins Waschbecken, weil ich nicht die Kraft hatte, bis zur Toilette zu gehen. Ein paar Mal klingelte es an der Tür. Meine Haare fingen an zu jucken. Unter den Armen wurde ich wund. Ich wusste nicht mehr, ob es Tag war oder Nacht.

Irgendwann hörte ich das Splittern von Holz, etwas Metallisches fiel zu Boden, schwere Schritte und tiefe Stimmen kamen näher. Ich öffnete die Augen und sah Feuerwehrleute, Polizisten, einen Notarzt und zwei Sanitäter. Sie waren erleichtert, mich am Leben zu sehen, legten mich auf eine Trage und trugen mich die Treppe hinunter. Die Nachbarn standen auf den Treppenabsätzen. Mit letzter Kraft reckte ich den Arm nach oben und machte das Victory-Zeichen wie ein verwundeter Terrorist. Im Krankenwagen schlief ich ein, erwachte aber nur Sekunden später in einem weißen Bett, mit einer Kanüle im Arm.

»Er ist abgemagert«, sagte jemand, »hat aber genug getrunken.«

»Die Wohnung sah schlimm aus.«

»Wir haben den sozialpsychologischen Dienst verständigt.«

Ich schlief drei Jahre. Jedenfalls kam es mir so vor. Als ich aufwachte, ging es mir mit einem Schlag besser. Ich richtete mich im Bett auf und sah mich um. Außer mir lagen drei Männer im Zimmer. Alle drei schliefen. Ich suchte den Knopf, mit dem man die Schwester herbeirufen konnte, und kurz darauf schlurfte eine übergewichtige Mittdreißigerin herein und sagte, es sei schön, dass es uns besser gehe. Ich bat um etwas zu essen, aber sie sagte, da müsse ich warten, bis das Frühstück komme. Es war fünf Uhr morgens.

Der behandelnde Arzt, der am späten Vormittag nach mir sah, schien ebenfalls sehr erleichtert zu sein, dass es mir besser ging. Alle waren sehr nett zu mir, auch die drei Männer, die auf Namen hörten, die es eigentlich nicht mehr gab und die ich heute vergessen habe. Am Nachmittag kam eine Frau vom sozialpsychologischen Dienst, Anfang vierzig, mit einer großen Brille, die strähnigen, dunkelblonden Haare zurückgekämmt und mit einem Gummi zum Pferdeschwanz zusammengefasst. Sie heuchelte Interesse, fragte, wieso ich mich in diese Lage gebracht hätte, machte Notizen, kreuzte ein paar Sachen auf einem Formular an, das sie in einem Klemmbrett auf ihren Knien liegen hatte, gähnte und wünschte mir einen schönen Tag.

Nach ein paar Tagen wurde ich entlassen und kehrte in meine Wohnung zurück. Die Polizei hatte die Wohnungstür reparieren lassen. Ein paar Wochen später kamen die Rechnungen über die Arbeit des Schlossers sowie für den Polizei- und Feuerwehreinsatz. Beide waren niedriger, als ich gedacht hatte, aber was wusste ich schon!

Mein Vermieter, von dem ich seit meinem Einzug vor fünf Jahren nichts gehört hatte, rief an und erkundigte sich nach meinem Befinden. Er ließ durchblicken, dass er solche Aktionen (»Die Polizei im Haus!«) nicht schätze, aber diesmal ein Auge zudrücken wolle, da ich der Einzige im Haus sei, der für die Miete einen Dauerauftrag eingerichtet habe. Ich dachte erst an mein Girokonto und dann an meine Mutter.

Da ich meinen alten Job verloren hatte, suchte ich mir einen neuen und brachte die Wohnung in Ordnung. Ich nahm mein altes Leben wieder auf, nur mit neuen Leuten. Ich traf Mario und lebte mit ihm zusammen, weil er mich an einen Jungen von früher erinnerte. Mario ließ mich sitzen, weil er meinte, ich meine es nicht ernst. Ich lernte Doreen kennen, verbrachte drei Jahre mit ihr, schwängerte sie, hielt ihr die Hand bei der Abtreibung und trauerte ihr nicht nach, als sie mich verließ.

Ich wurde gegen neun wach. Maxima saß in der Küche vor einer Tasse Kaffee. Im Wohnzimmer lagen die Decke und das Kissen, das ich ihr gestern Abend gegeben hatte, auf dem Rand des Sofas. Ich duschte, zog mich an und setzte mich zu ihr in die Küche. Sie sagte, es habe jemand für mich angerufen, während ich im Bad war, eine Frau.

»Warum hast du mir nicht Bescheid gesagt?«

»Hörte sich nicht so wichtig an.«

Evelyn drehte den Glasrand in dem Salz auf dem Holzbrettchen und goss ein, was sie in dem silbernen Shaker gemixt hatte. »Ist eigentlich schon gar nicht mehr die Zeit für Margaritas«, sagte sie. »Das hier sind wohl die letzten für diesen Sommer.« Wir stellten zwei weiße Plastikklappstühle vor die Tür des Ateliers auf den Parkplatz. Es war später Nachmittag. Ich hatte den Eindruck, Evelyn sehe mich an, aber als ich mich ihr zuwandte, starrte sie geradeaus.

Wir beobachteten die Leute, die angefahren kamen, um Squash oder Badminton zu spielen. Familienautos mit Hundegittern, Cabrios, viele Golfs, der eine oder andere davon tiefergelegt, mit extrabreiten Alufelgen, Schalensitzen und Hosenträgergurten. Riesige Sporttaschen wurden aus Kofferräumen gehoben, Zigaretten hastig zu Ende geraucht und vor dem Eingang in einen großen, mit Sand gefüllten Behälter versenkt. Ich sah Evelyn an. Sie lächelte. Wir stießen an. Ich leckte ein wenig Salz von meinem Glasrand und nahm einen Schluck von dem Margarita.

Ein silberfarbener Van bog auf das Gelände, suchte einen Parkplatz, stieß mit der Schnauze voran in eine etwas zu schmale Lücke zwischen einem Z4 und einem SLK, setzte wieder zurück, hielt an und ließ zwei Männer und drei Frauen aussteigen. Sie lachten und gibbelten und knufften sich wie Elfjährige bei einer Klassenfahrt. Nachdem sie ihre Taschen herausgenommen hatten, bugsierte der Fahrer den Wagen in die enge Box. Die anderen standen herum und ließen eine Flasche kreisen. Einer erzählte einen Witz, und lachend betraten sie das Gebäude. Der Fahrer schlängelte sich heraus und gab sich Mühe, den Z4 nicht anzustoßen. Er verriegelte den Wagen mit seinem Funkschlüssel, und die Blinker leuchteten dreimal kurz auf. Auf dem Weg zum Eingang fiel sein Blick auf Evelyn und mich. Selbst auf die Entfernung konnten wir erkennen, dass er die Stirn runzelte.

»Diese Parkboxen sind aber auch wirklich sehr eng«, sagte Evelyn.

Der Mann ging in das Gebäude, kam aber ein paar Sekunden später wieder heraus, ging zu dem Wagen, öffnete schon ein paar Meter vorher die Zentralverriegelung und nahm eine Tasche aus dem Kofferraum. Die anderen waren nicht auf die Idee gekommen, die für ihn mitzunehmen. Er warf sich die Tasche über die Schulter, wollte wieder hineingehen, blieb aber stehen, als er uns noch immer da sitzen sah.

»Was machen Sie da?«, fragte er.

»Wer will das wissen?«, fragte Evelyn zurück.

»Sie kenne ich doch«, sagte der Mann zu mir, »Sie haben doch diesen Laden in der Innenstadt.«

Ich sagte, das sei mein Bruder.

»Erzählen Sie doch keinen Scheiß.«

»Ihre Freunde warten«, rief Evelyn.

»Halten Sie sich da raus.«

»Ihr Benehmen gefällt mir nicht.«

Der Mann stellte seine Tasche ab. »Verdammt schwer, die Dinger«, sagte er. »Ich meine, schon die Tasche ist so schwer, ohne was drin, meine ich, und wenn man dann seine Sachen drin hat, kann man die kaum noch tragen. Ich würd ja einfach 'ne Plastiktüte nehmen, aber das kann man ja nicht machen.« Er starrte ein paar Sekunden auf seine Tasche. Dann sagte er: »Es sieht bescheuert aus, wie ihr da sitzt.«

Ich stellte mein Glas auf den Boden, um schneller aufstehen zu können, wenn es nötig sein sollte.

»Ich hab neulich bei Ihnen gegessen«, sagte der Mann. »Oder bei ihrem ›Bruder‹.« Er grinste. »Und soll ich Ihnen was sagen? Es war scheiße. Richtig scheiße! Labbriges Fleisch und die Soße total versalzen. Ich musste fast kotzen. Bestellen Sie das Ihrem ›Bruder‹.« Er nahm seine Tasche. »Das wollte ich nur mal sagen. Jetzt gehe ich da rein und mach die andern fertig.«

Wir saßen noch ein wenig herum und warteten darauf, dass es Zeit war, essen zu gehen.

Wir waren um halb sieben im *Kelo*. Es war noch nicht viel los. Caroline saß am Tresen, sah mich hereinkommen und lächelte. Ihr Blick fiel auf Evelyn. Sie taxierte sie genau, lächelte weiter. Sie gab uns die Hand und führte uns, zwei Speisekarten in der Hand, zu einem der freien Tische an der Seite, gleich neben dem, an dem kürzlich mein Vater gesessen hatte. Caroline nahm unsere Getränkebestellung entgegen und ging zurück zum Tresen.

»Es ist nett hier«, sagte Evelyn.

»Sie hat Geschmack.«

»Ist es nicht komisch, in ein anderes Restaurant zu gehen als ins eigene?«

»Es entspannt.«

»Man kommt sich vor, als würde man mit einem Kritiker ins Theater gehen. Ich hoffe, du musst nicht ständig Bemerkungen über den Service oder das Essen machen.«

»Wärst du lieber zu Hause geblieben?«

»Nein.«

Caroline brachte den Wein und das Wasser, blieb dann neben unserem Tisch stehen. Mit einem Lächeln sagte sie zu

Evelyn, sie fühle sich immer beobachtet, wenn ein Kollege bei ihr zu Gast sei. »Du siehst übernächtigt aus«, sagte sie und blickte dabei erst zu mir und dann zu Evelyn.

»Er hatte Besuch«, sagte Evelyn, ohne von der Speisekarte aufzusehen.

Caroline blickte wieder von Evelyn zu mir und zurück. Ich klappte meine Speisekarte zu und bestellte. Auch Evelyn hatte sich entschieden.

Wir redeten über Belangloses, als ich Wöhler hereinkommen sah. An der Hand hatte er eine junge Frau. Jedenfalls ging ich davon aus, dass es eine Frau war. Sie hatte kurze, zu einem männlichen Scheitel frisierte Haare, trug Jeans, Polohemd, Jackett und Turnschuhe. Ich fragte mich, ob es die Frau sein konnte, von der er mir erzählt hatte. Mir war der Name entfallen. »Mein Tennispartner ist gerade hereingekommen«, sagte ich.

Evelyn sah hin. »Ist das seine Frau?«

»Nein.«

»Ist das überhaupt eine Frau?«

»Ich nehme es mal an.«

»Ist er verheiratet?«

»Ja.«

»Und lebt nicht in Scheidung?«

»Bis vor ein paar Tagen nicht.«

»Verstehe.«

Wöhler sah uns nicht, setzte sich an einen Tisch am anderen Ende, mit dem Rücken zu uns.

Ich sagte, dieses Mädchen sei so anders als Julia, Wöhlers Frau, und Evelyn meinte, das sei ja wohl auch Sinn der Sache. Wieso sollte man den Partner mit dessen Kopie betrügen? Ich wollte sie fragen, ob sie da Erfahrung habe, hielt mich aber zurück.

Während der nächsten anderthalb Stunden, in denen wir auf das Essen warteten, es verzehrten, eine zweite Flasche Wein kommen ließen und ein Dessert nachlegten, passierte nichts. Der Alkohol machte uns locker. Wir bestellten Kaffee und lachten über die geröteten Wangen des jeweils anderen. Wir hatten uns gerade entschlossen, um die Rechnung zu bitten, als mir jemand auf den Rücken schlug. »Nowak, alter Schwede!« Ich wusste, wer das war. »Was machst du hier? Konkurrenz ausspionieren?«

Unaufgefordert nahm Wöhler Platz. Er war betrunken, noch etwas mehr als wir. Sein rotes Gesicht glänzte vor Schweiß. Ich stellte ihm Evelyn vor.

»Angenehm, überaus angenehm«, grunzte er und griff nach Evelyns Hand. Er strich ihr mit seiner Linken über das Handgelenk, über den Unterarm bis fast zum Ellenbogen. »Der erzählt ja nie viel, unser Felix, und ich hatte schon befürchtet, er hätte was laufen mit dem Typen in seinem Laden, aber mehr hetero als Sie kann man ja nicht sein!«

Evelyn entwand sich seinem Griff. »Ich vermute, das sollte ein Kompliment sein.«

»Hundert Pro!« Er beugte sich vor. »Wenn Sie mal genug haben von dem Langweiler hier« – er zeigte auf mich – »oder wenn er meint, er muss mal wieder auf der anderen Seite des Hügels grasen, rufen Sie mich an!« Wöhler leckte sich die Lippen.

»Ich würde lieber an den Duftsteinen im Pissoir der Herrentoilette lutschen!«, sagte Evelyn und stand auf.

Wöhler sah ihr nach. »Mann, was für ein Weib.«

Ich sagte Wöhler, dass er ein Arsch sei. Er grinste nur und antwortete, ich solle mir keine Gedanken machen, er sei versorgt. Ich sah hinüber zu seinem Tisch und sagte, ich hätte ihren Namen vergessen.

»Dita«, sagte Wöhler leise, als wolle er nicht, dass jemand davon wisse.

»Du hast es also getan?«

»Nicht nur einmal, mein Freund, nicht nur einmal.« Er trank den Rest von meinem Wein und legte den Kopf in den Nacken, so dass ich seinen Adamsapfel beim Schlucken auf und ab hüpfen sah.

»Es ist nicht zu fassen. Die Kleine ist der Hammer im Bett, ich hab so was noch nie erlebt, als würd' sie Geld dafür kriegen, die kleine Sau. Und weißt du, was das Beste ist? Weißt du, wieso sie auf dem Geburtstag von meinem alten Herrn aufgetaucht ist? Sie hat was mit ihm laufen! Kein Scheiß! Dieses Luder geht erst mit dem Vater ins Bett und dann mit dem Sohn! Dabei kennt mein Alter sie, seit sie vier war oder so. Der ist pervers, so viel ist mal klar, man kann nur froh sein, dass er zu blöd war, Mädchen in die Welt zu setzen, an denen er sich, na ja, du weißt schon, das ist doch nicht normal, mit einer ins Bett zu gehen, die man schon gekannt hat, bevor sie lesen und schreiben konnte.«

Mit der Geliebten des Vaters ins Bett zu gehen war natürlich eine in Mitteleuropa weit verbreitete, liebgewonnene Sitte.

»Mann, ich pflüge den gleichen Acker wie mein Vater, das muss man sich mal vorstellen! Wenn ich ihr die Möse lecke, sehe ich das, was mein Alter sieht, wenn er seinen Kopf dahin steckt! Es ist ein bisschen so, als würde man die eigene Mutter ficken, oder?«

»Keine Ahnung.«

»Man setzt sich an die Stelle des Vaters, das will man doch als junger Mann, oder? Man will der Motherfucker sein, weil es der Vater nicht mehr richtig kann. Und die Mutter will es auch, oder? Will ihren Mann wieder jung haben, sechsmal die Nacht und hart wie 'ne Laterne, so wie früher, hab ich nicht Recht?«

»Ich weiß nicht, wo du das her hast.«

»Wolltest du nie deine Mutter ficken, wenigstens ein einziges Mal? Mann, ich sag dir, Ditamama ist der Knaller, die wird feucht, wenn du ihr nur guten Tag sagst, geh mal rüber und probier es aus, nee lass mal, das gibt nur Ärger mit deiner, und weißt du, was der Clou ist, der Überclou, die große Meldung schlechthin? Sieh sie dir mal an! Fällt dir nichts auf?«

Ich wusste nicht, was er hören wollte.

»Wir kennen uns noch nicht so lange, aber verdammte Scheiße, sie hat eine totale Ähnlichkeit mit mir! Als ich so siebzehn, achtzehn war! Und jetzt sag mir: Ist mein Vater eine verdammte Sau, oder was?«

»Wolltest du nicht zur Toilette? Nein, warte, bis Evelyn wieder da ist, ich will nicht, dass sie dir auf dem Gang begegnet.«

Er schlug mir wieder auf die Schulter, als wollte er mir was brechen. »Du bist ein vorsichtiger Mann, Felix Nowak, du wirst es noch weit bringen!«

Evelyn kam von der Toilette zurück, sah zu uns herüber, schlug eine andere Richtung ein und ging zum Tresen, um zu bezahlen. Das war ganz in meinem Sinne, ich wollte nur schnell weg hier. »Hau ab!«, sagte ich zu Wöhler.

Er lachte, stand auf und beugte sich noch einmal zu mir herunter. »Wir sehen uns am Mittwoch«, flüsterte er mir zu, und ich wischte mir seinen Speichel aus dem Gesicht. »Da mache ich dich fertig. Sechsnull, Sechsnull, warte es nur ab! Ich bin jetzt unschlagbar. Es ist wie bei diesen Eingeborenen von Wasweißich, die werden stark, wenn sie das Gehirn ihres Feindes essen. Bei mir ist es noch besser! Ich habe seinen

Schwanz gegessen!« Er richtete sich auf, schob die Hände in die Taschen seiner, wie mir erst jetzt auffiel, viel zu engen Jeans, und fing an, ein Lied zu pfeifen, während er zur Toilette ging.

Evelyn kam herüber und sagte, sie wolle jetzt gern gehen. Caroline kam zu uns und fragte, ob alles in Ordnung gewesen sei.

»Nur das Publikum ließ zu wünschen übrig«, sagte Evelyn.

Caroline gab uns die Hand. Meine hielt sie etwas länger fest als nötig.

Draußen nieselte es. Evelyn holte einen Knirps aus der Tasche ihres Mantels, spannte ihn auf und gab ihn mir, weil ich größer war als sie. Nur mit Mühe passten wir beide drunter. Langsam gingen wir Richtung Bahnhof.

»Dieser Kerl ...«, begann sie, brach aber wieder ab.

»Wöhler«, sagte ich.

»Ein guter Freund von dir?«

»Wir spielen Tennis zusammen.«

Evelyn nickte und betrachtete ihre Schuhspitzen beim Gehen. »Warum?«

»Hat sich so ergeben.«

Wieder nickte sie. »Was meinte er damit, ›wenn er mal wieder auf der anderen Seite des Hügels grasen will‹?«

»Nur weil ich mit ihm Tennis spiele, heißt das nicht, dass er sich in meinem Leben auskennt.«

Evelyn nahm meine Hand. »Vielleicht solltest du dir erst über ein paar Sachen klar werden.«

Ich blieb stehen und sah zu dem Hotel auf der anderen Straßenseite hinüber.

Es war erst halb elf, viele der Tische waren noch besetzt,

Kellnerinnen und Kellner liefen zwischen den Tischen hin und her. Walter sah nur kurz von der elektronischen Kasse auf, als er mich hereinkommen sah, und nickte mir zu. Elena mixte irgendwelche Getränke zusammen. Wann hatte sie eigentlich das letzte Mal freigehabt? Sie war hier nicht mehr wegzudenken. Was war mit ihrem Studium? Wieso sollte mich das interessieren? Wieso sollte mich hier überhaupt etwas interessieren? Ob ich da war oder nicht, war völlig gleichgültig.

Ich nahm mir einen Kaffee und setzte mich ins Büro. Auf dem Schreibtisch lagen Papiere verstreut, offenbar hatte Walter hier vorhin noch gearbeitet. Ich wippte mit dem Stuhl vor und zurück, spielte mit einem Stift und fing an, Kringel auf die Schreibtischunterlage zu malen. Aus den Kringeln wurden Zahlen, eine Nummer, sechs Ziffern. Sie konnte noch nicht zu Hause sein. Ich starrte das Telefon an. Es klingelte. Ich nahm ab. Ein Mann, der Walter sprechen wollte. Ich sagte, das sei jetzt ungünstig, ob er es später noch einmal versuchen könne. Am anderen Ende wurde hörbar ausgeatmet. Der Mann bestand darauf, es sei sehr wichtig. Ich legte den Hörer auf den Schreibtisch, ging nach vorn und sagte Walter Bescheid, der sofort ins Büro eilte.

Unsicher, was ich jetzt tun sollte, blickte ich in die Runde. An einem der Tische ging ein Arm nach oben. Ein untersetzter Mann Mitte fünfzig, der sich sein Resthaar über die rötliche Glatze gekämmt hatte. Ein Stammkunde, einer von denen, deren Namen ich mir nicht merken konnte. Ich wusste nur, dass ihm eine Kette von Reinigungen gehörte. Auf dem Weg hinüber an den Tisch spürte ich, dass mir das Essen im *Kelo* schwer im Magen lag. Ungewöhnlich bei Fisch und Reis. Vielleicht hatte ich auch etwas zu viel Wein getrunken.

»Hör mal!«, rief der Glatzkopf. Kaum war ich nah genug, packte er mich am Unterarm.

»Hör mal, der Laden läuft super, was?« Er ließ seine Zunge hervorschnellen, als sitze ihm ein Insekt auf der Oberlippe.

»Ich kann mich nicht beklagen.« Ich war mir jetzt sicher, dass ich zu viel getrunken hatte. Vielleicht auch nur zu schnell. Fisch und Reis waren keine gute Grundlage.

»Die Hütte ist doch jeden Abend bumsvoll!« Speichel schoss aus seinem Mund hervor. Was nicht auf der Tischdecke landete, sammelte sich in seinen Mundwinkeln. »Die Leute fressen, als würde es morgen verboten, außerdem saufen die wie die Löcher, und immer den teuren Wein.« Er fuhr sich mit Daumen und Zeigefinger der freien Hand über die Mundwinkel. »Du musst doch die Kohle mit der Schubkarre hier rausbringen!«

Ich konnte mir nicht vorstellen, dass Caroline im *Kelo* verdorbenen Fisch servierte. Ich musste sauer aufstoßen, drehte meinen Kopf ein wenig weg und hielt mir die Faust vor den Mund. Was war in letzter Zeit nur mit meinem Magen los?

»Ich sage euch«, wandte sich der Glatzkopf an seine blondierte Frau (Ende vierzig, Lippen schmal wie Garn, künstliche, lange Fingernägel in Feuerlöscherrot) und ein befreundetes Ehepaar, das mit glasigen Augen daneben saß, »der weiß gar nicht mehr, wohin mit der Kohle.«

Die blondierte Frau schloss kurz die Augen und fing an zu kichern. »Echt?«, sagte sie, versuchte, ihr Kinn auf ihre Hand zu stützen, rutschte an der Tischkante ab, hatte beim zweiten Versuch aber mehr Erfolg. »Ist ja interessant.« Sie sprach nicht mehr sehr deutlich. »Ist doch schön, oder?«

»Ist eine verdammte Goldgrube, der Laden!«, rief der Glatzkopf.

Die Blutzufuhr zu meiner Hand war durch seinen Griff komplett abgeschnitten. Ich überlegte, was ich sonst noch heute gegessen hatte.

»So gut möchte ich es auch mal haben, den ganzen Tag im Bett liegen und abends ein bisschen mit den Gästen labern.«

Ich drückte auf meinen Bauch, um das Schlimmste zu verhindern. Ich fing an zu schwitzen.

»Und was er hinten im Büro mit den Kellnerinnen macht, möchte ich gar nicht erst wissen. Das heißt, natürlich will ich es wissen, und zwar ganz genau!« Er zog an meinem Arm, wie ein Vater, der jetzt endlich das Gedicht von seinem Sohn hören will. Alle am Tisch lachten. Der blondierten Frau fiel wieder der Kopf von der Handfläche. »Mann«, machte der Glatzkopf weiter, »ihr habt hier aber auch ein paar leckere Dinger rumlaufen!«

Die Fortsetzung von Wöhler mit denselben Mitteln. Was war heute nur los? Ich packte seine Hand und bog seine Finger auseinander. Speichel sammelte sich in meinem Mund, mein Magen zog sich zusammen. »Ich muss kotzen«, sagte ich. »Ich muss unglaublich kotzen!«

Ich lief ins Büro, ging wieder vor dem Klo in die Knie, wie neulich. Nichts passierte. Ich schob mir den Finger so weit wie möglich in den Hals, aber es half nichts. Schließlich stand ich wieder auf, legte mein Jackett ab, krempelte mir die Ärmel hoch und wusch mir das Gesicht mit kaltem Wasser. Danach ging es mir besser. Ich setzte mich wieder an den Schreibtisch und starrte ein wenig auf die Nummer, die ich da hingemalt hatte, dann strich ich sie so gründlich aus, dass man sie nicht mehr lesen konnte. Mein Magen schien wieder in Ordnung zu sein, dafür schwitzte ich noch immer, und das Herz schlug mir bis zum Kehlkopf.

Bis Mitternacht schlug ich die Zeit tot, dann ging ich wieder nach vorn. Der Glatzkopf und die anderen waren verschwunden, es war kaum noch etwas los. Hinter dem Tresen stand Elena. Ich fragte sie nach Walter. Der sei im Keller, um ein neues Fass anzustechen.

Ein junger Mann in einem Jeansanzug kam herein, setzte sich an den Tresen, schlug die Beine übereinander und ließ sich von Elena ein Glas Champagner bringen. Er zündete sich eine Zigarette an und fuhr sich durchs Haar, strohblond, kunstvoll vom Kopf abstehend. Den Kragen seines weißen Hemdes, das vorn eine dezente Rüschenborde aufwies, hatte er hochgeklappt. Es war der Junge, mit dem Walter kürzlich auf der Straße die Auseinandersetzung gehabt hatte. Walter kam wieder, sein Blick ging erst zum Tresen, dann zu mir, dann wieder zum Tresen. Er ging zu dem Jungen hinüber, zerrte ihn von dem Hocker quer durch den Raum und nach draußen. Der Junge lächelte.

Walter kam nicht wieder. Eine Stunde später saß ich allein im Büro und machte zum ersten Mal seit Jahren wieder selbst die Abrechnung. Und aus lauter Langeweile und weil ich nicht schlafen konnte, sah ich mir auch die Bücher mal etwas näher an.

Am nächsten Morgen ging ich schon vor dem Frühstück zu Doktor Hoffmann. Die Nacht über hatte ich kaum schlafen können, und ich wusste nicht, wieso. Es ging mir nichts im Kopf herum, ich machte mir keine überflüssigen Gedanken, ich konnte nur nicht einschlafen, und wenn doch, dann wurde ich nach höchstens einer halben Stunde wieder wach und fragte mich, was los war. Außerdem hatte ich diesen Druck auf dem Brustbein. Also verließ ich um halb neun das Haus, zu Fuß, weil ich dachte, das könne gesund sein, und ging in die Stadt zu meinem Hausarzt. Punkt neun klingelte ich, der Türöffner summte, und ich ging in den dritten Stock hoch, verzichtete auf den Aufzug, der mit geöffneten Türen im Parterre wartete. Treppensteigen ist auch gesund, dachte ich, aber noch immer hockte jemand auf meiner Brust.

Die ältliche Sprechstundenhilfe mit den grauen gewellten Haaren führte mich in das kleine Wartezimmer für Privatpatienten, das nur benutzt werden konnte, wenn das Ultraschallgerät nicht gebraucht wurde. Der Raum hatte keine Fenster, dunkel getäfelte Wände und einen braunen Teppichboden. Das normale Wartezimmer war weiß gestrichen, mit moderner Kunst an den Wänden und einem großen Fenster, durch das man auf die Fußgängerzone hinunterblicken konnte. Auf einem Tisch lagen die aktuellen Lesezirkelausgaben der gängigen Nachrichtenmagazine und Illustrierten. Privatpatienten hatten mit ein paar alten Ausgaben von *Gala* und *Bunte* auszukommen. Ich musste ans *Erdreich* denken und den alten *Spiegel* auf dem Flipper.

Nach einer Viertelstunde klopfte es, und Doktor Hoffmann bat mich zu sich ins Sprechzimmer: ein ebenso heller, modern eingerichteter Raum wie das Wartezimmer der Kassenpatienten. Der Schreibtisch war eine dicke Plexiglasplatte auf geschwungenen Stahlbeinen. Rechts stand ein aufgeklappter Laptop von Dell. Auf der Schreibunterlage lag meine Krankenkarte.

Hoffmann war Anfang fünfzig und stark untersetzt. Seine Handteller waren groß, seine Finger dick und kurz. Der Haarkranz um seine Glatze war etwas zu lang. Sein Vater war der Hausarzt meiner Großeltern gewesen, Oma und Opa Nowak. Da der Alte jedoch praktiziert hatte, bis er achtzig war, und seine Praxis nicht an den Sohn hatte weitergeben wollen, hatte der sich hier niedergelassen.

Hoffmann reichte mir die Hand und wies auf den Stuhl vor dem Schreibtisch. Er war ein ernster Mann, der während der Gespräche keine lockeren Bemerkungen machte.

»Worum geht es?«, fragte er.

Ich beschrieb ihm meine Symptome.

»Stehen Sie unter Stress?«

»Nicht mehr als sonst.«

»Krempeln Sie den Ärmel hoch!«

Er legte mir die Blutdruckmanschette an und pumpte sie auf, was ich immer etwas schmerzhaft fand.

»Ihr Blutdruck ist zu hoch«, sagte er. »Viel zu hoch. Wie geht es Ihnen sonst?«

»Gut.«

Hoffmann schloss kurz die Augen. »Herr Nowak, Sie müssen mir schon sagen, wie es Ihnen wirklich geht. Ich kann keine Patienten brauchen, die mich anlügen.«

»In letzter Zeit hatte ich zweimal Probleme mit dem Magen, hatte aber nichts Falsches gegessen.«

»Was wäre denn Ihrer Ansicht nach etwas Falsches? Lassen Sie mal, das war eine rhetorische Frage. Haben Sie erbrochen?«

»Beim ersten Mal ja. Beim zweiten Mal ist nichts gekommen, obwohl ich es versucht habe.«

»War Blut im Erbrochenen?«

»Nein.«

»Ich gebe Ihnen was gegen den Bluthochdruck. Dann kommen Sie noch mal wieder für ein EKG. Sollte das mit dem Magen öfter vorkommen, könnte eine Spiegelung nötig sein. Ruhen Sie sich aus, meiden Sie Stress und Alkohol und bewegen Sie sich. Aber machen Sie sich keine Sorgen. Wenn Sie die Gene Ihres Großvaters geerbt haben, werden Sie mindestens hundert. Haben Sie ihn in letzter Zeit gesehen?«

»Nein, wir haben keinen Kontakt.«
»Und wie geht es Ihrer Mutter?«
Ich sagte es ihm. Er nickte.
»Sie hat es nicht leicht gehabt mit ihrem Vater. Aber wer hat das schon.«
Er setzte seine Lesebrille auf und füllte ein Rezept aus. Dann stand er auf, reichte es mir und drückte mir die Hand. Ich ging hinaus, und die Sprechstundenhilfe rief den nächsten Patienten aus dem Wartezimmer. Ich ging in eine Apotheke und besorgte mir das Medikament.

Meine Großeltern waren komische Leute. Auch wenn sie nicht weit entfernt wohnten, war es nicht leicht, zu ihnen zu kommen. Wir fuhren mit dem Bus zum Bahnhof, saßen erst eine Viertelstunde im Zug, dann vielleicht zwanzig Minuten in einer Straßenbahn und mussten dann noch ein ganzes Stück zu Fuß gehen.

Oma und Opa Nowak bewohnten die linke Hälfte eines kleinen Backsteinhauses. Zur Eingangstür führten drei Stufen hinauf, und vor den Fenstern hingen rote Läden, die aber nie geschlossen wurden. Opa Nowak trug Hosenträger über weißen Hemden, darunter ein hochgeschlossenes Rippenunterhemd mit kurzen Ärmeln. Er rauchte Zigaretten ohne Filter und hatte gelbe Fingerkuppen. Er war nicht besonders groß, aber er hatte Muskeln und einen kleinen Bauch. Oma Nowak war immer frisch frisiert. Wenn man neben ihr stand, konnte man das Haarspray riechen. Jedes Mal, wenn wir kamen, hatte sie sich »fein gemacht«, wie meine Mutter sagte: »Sieh mal, Oma hat sich wieder fein gemacht!« Es hörte sich jedoch nicht so an, als würde sich meine Mutter darüber freuen. Wenn meine Großmutter in der Küche stand, hatte sie eine Schürze über ihren feinen Sachen. Zum Essen nahm sie die Schürze ab, band sich eine große, weiße Stoffserviette um und beugte sich so weit es ging über den Teller.

Unsere Besuche liefen jedes Mal gleich ab: Kamen wir auf das Haus zu, wartete Oma Nowak bereits hinter der Wohnzimmergardine. Zur Begrüßung stand sie mit verschränkten Armen unterm Türsturz, nickte uns zu und sagte: »Guten Tag«, mehr war nicht. Vielleicht strich sie mir über den Kopf, aber das war nicht sicher. Opa Nowak saß im Wohnzimmer auf dem Sofa, eine große, dunkle Brille auf der Nasenspitze, die Ellenbogen auf den Knien, über die *Bild*-Zeitung gebeugt.

Mutter und Oma zogen sich in die Küche zurück. Durch die Tür hörte man gedämpftes Reden. Meistens redete nur meine Großmutter. Meine Mutter beantwortete Fragen und machte nicht viele Worte dabei.

Ich saß im Wohnzimmer auf dem Sofa und sah Opa Nowak beim Zeitunglesen zu. Im Hintergrund tickte die Wanduhr. Wenn er fertig war, fragte er mich nach Kindergarten oder Schule und nach Freunden, immer dieselben Fragen. Zwischendurch zündete er sich Zigaretten an und hustete.

Irgendwann kam meine Mutter herein und sagte, das Essen sei fertig. Wir gingen in die Küche, setzten uns an den Tisch und beteten. Opa Nowak betete vor, und wir mussten laut und deutlich Amen sagen. War es nicht laut genug, hob er den Kopf und sah uns an. Wir mussten es wiederholen, bis er zufrieden war, bis er sicher sein konnte, dass Gott uns gehört hatte. Dann wurde gegessen, und zwar in aller Stille. Nach dem Essen ging Opa Nowak wieder ins Wohnzimmer und schaltete den Fernseher ein. Wenn eine Tiersendung lief, setzte ich mich dazu. Wenn nicht, ging ich nach draußen in den Garten und sah mir die Kaninchen der Nachbarn an.

Manchmal waren auch andere Kinder da, mit denen ich spielen konnte. Blieben wir länger, konnten wir zusehen, wie sich am Nachmittag die Männer im Garten trafen, Bier tranken und redeten. Sie ließen ihre schmalen, grauen Hosenträger schnappen und lachten über Witze, die ich nicht verstand.

Einmal passierte Folgendes: Ich saß mit Opa Nowak im Wohnzimmer und wartete darauf, dass meine Mutter hereinkam und sagte, das Essen sei fertig. Mein Großvater las in der *Bild*-Zeitung. Plötzlich wurde es in der Küche laut. Meine Großmutter schrie meine Mutter an. Das hatte ich schon ein paar Mal gehört. Was ich noch nicht gehört hatte: Meine Mutter schrie zurück. Es ging um Jürgen. Den Namen hörte ich aus dem Geschrei heraus. Es war erst ein paar Wochen her, dass Jürgen verschwunden war. Das Geschrei hörte nicht auf. So hatte sich meine Mutter noch nie gewehrt. Das ging einige Minuten so, dann war plötzlich Stille. Nach ein paar Sekunden sprang Opa Nowak auf und ging in die Küche, ich hinterher. Ich stand in der Tür, während er meine Mutter in aller Ruhe und mit großem Ernst verprügelte. Er schlug ihr mit der flachen Hand ins Gesicht, und als sie zu Boden ging, kniete er sich neben sie und schlug weiter. Meine Mutter stöhnte, und Oma Nowak hatte die Arme verschränkt. Danach gab es Essen. Meine Mutter blutete aus der Lippe, aber ihr Amen kam laut und deutlich. Opa Nowak war zufrieden.

Wieder zu Hause, spielten wir Kranksein. Meine Mutter legte sich ins Bett, und ich kochte Tee und brachte kalte Waschlappen, die sie sich auf die Stirn legte. Ich musste einen Plastikbeutel mit Eiswürfeln füllen, den sie sich auf die Lippe legte, die jetzt aber nicht mehr blutete. Ich durfte sie mit einem Plastik-Stethoskop aus meinem kleinen, weißen

Arztkoffer abhören und ihr den Blutdruck messen. Ich kam zu dem Ergebnis, dass sie gesund war.

Als ich dem Flieger von diesem Tag erzählte, wurde er richtig sauer. Er sagte, ich solle nicht so einen Scheiß erzählen. Wenn ich ihm noch einmal solche Lügen auftischen würde, könne er nicht mehr zu mir kommen, nicht mal, wenn ich krank sei, denn Lügner heilten sich am besten selbst, und wenn nicht, hätten sie es nicht anders verdient.

Ich ging wieder nach Hause und versuchte, Evelyn anzurufen, hinterließ Nachrichten auf ihrem Anrufbeantworter und ihrer Mailbox, setzte mich ins Wohnzimmer und las Zeitung. Vor dem Gericht war es wieder zu einer Messerstecherei gekommen. Nach einem Scheidungstermin waren zwei Familien aufeinander losgegangen. Zwei junge Männer waren schwer verletzt worden. Bankangestellte erhielten jetzt zwei Prozent mehr Gehalt. Die Reform des Föderalismus kam nicht voran. Wissenschaftler hatten eine Roboter-Biene in einen Bienenkorb eingeschleust und herausgefunden, dass die Tiere sich durch Tanzbewegungen verständigen. Ich dachte, das sei schon längst bekannt gewesen. Ein Achtundachtzigjähriger hatte eine fünfzehnjährige, in ihrer geistigen Entwicklung verzögerte Epileptikerin in seine Wohnung gezerrt und sexuell missbraucht. Aufgrund seines Alters und wegen alkoholbedingter Enthemmung zum Zeitpunkt der Tat verzichtete das Gericht auf ein Urteil, nachdem der Mann der Geschädigten 750 Euro übergeben hatte. Ein Gospelkirchentag stand bevor. Ein Vierzehnjähriger hatte seinem Vater mit Pfefferspray die Augen verätzt.

Es vergingen ein paar Tage. Ich rief im *Moon* an, hatte Elena am Apparat und sagte ihr, ich hätte mir eine Grippe eingefangen und außerdem hohen Blutdruck und bleibe eine Zeit lang zu Hause. Sie wünschte mir gute Besserung. Ich versuchte es weiter bei Evelyn, erreichte sie aber nicht, und sie rief nicht zurück. Nachts war ich wach und lauschte den Geräuschen im Haus. Wenn ich das Ohr an den Boden legte, hörte ich den Fernseher in der Wohnung unter mir. Manchmal waren Menschen im Treppenhaus. Ich blickte durch den Spion, sah aber niemanden. Ich hörte die Stimmen von Renz und dem Trainingsanzug, konnte nicht verstehen, was sie sagten, hatte aber trotzdem das Gefühl, sie redeten über mich.

Ich ging zu Ernesto und Annemarie zum Essen. Im Laufe des Abends erzählte ich ihnen von Evelyn. Annemarie gab mir den Rat, sie nicht zu bedrängen. Ernesto meinte, ich sollte sie anrufen. Es war ein sehr schöner Abend, der länger dauerte als üblich. Um Mitternacht tanzten Ernesto und ich abwechselnd mit Annemarie im Wohnzimmer zu langsamen Jazz-Nummern. Noch im Taxi hatte ich die Musik im Ohr.

Am Mittwoch traf ich mich mit Wöhler zum Tennis. Er stand an der Bar des Clubhauses, in der Hand ein Glas Wasser, und redete auf das Mädchen dahinter ein. Sie war blond und hatte Schultern wie eine Schwimmerin. Ihre kleinen Brüste wurden flach gedrückt von einem engen, weißen Top. Sie presste Apfelsinen aus und warf die Schalen in einen großen Abfalleimer ein paar Meter weiter. Zwischendurch leckte sie sich Saft und Fruchtfleisch von den Fingern. Wöhler lachte. Das Mädchen gab vor, ihn nicht wahrzunehmen. Als er mich sah, winkte er und sagte etwas zu ihr. Sie hob den Kopf und sah mich an. Wöhler kam auf mich zu, ging ein wenig in die Knie, bildete mit Daumen und Zeigefinger der rechten Hand eine Pistole, machte Peng und lachte. Er schob die Hand von unten nach oben, griff nach meiner und umfasste sie zusätzlich mit seiner Linken. Ich entzog mich ihm etwas zu schnell, aber er legte mir seinen Arm um die Schulter.

»Das ist sehr anständig von dir«, sagte er. »Es ist alles wieder gut. Wir sind noch Freunde.« Er machte da-dadda-da, irgendeine Melodie, die ich nicht kannte.

Der Umkleideraum war sehr voll. Von den Duschen kam Wasserdampf herüber. Männer in unterschiedlichen Stadien des Be- oder Entkleidens, von Anzug und Krawatte bis völlig nackt, redeten und lachten, packten verschwitzte T-Shirts und Hosen in Sporttaschen, schoben ihre Füße in Badeschlappen, um Fußpilz vorzubeugen, stiegen in Slips und Boxershorts, prüften die Bespannung ihrer Schläger mit Handballen. Abgesehen von den vier Tennis-Courts gab es hier auch eine mit Kunstrasen ausgelegte Halle, in der man auf einem Kleinfeld Fußball spielen konnte.

Wir fanden keine zwei nebeneinander liegenden Spinde mehr. Wöhler zog sich am anderen Ende des Raumes um, winkte aber immer wieder zu mir herüber. Er war viel schneller fertig als ich, stand plötzlich hinter mir, wippte auf den Zehenspitzen und machte da-dadda-da.

Der Court war schon leer. Wöhler dribbelte den Ball mit dem Schläger neben sich her über den Boden. Der Ball versprang. Wöhler lief hinterher und kicherte.

Er wollte eine Münze werfen, aber ich überließ ihm den Aufschlag. Er servierte zwei Doppelfehler in Folge und ging dazu über, den Ball von unten ins Spiel zu bringen. Ich war müde, spielte aber besser als er. Wöhler rannte von rechts nach links, erreichte viele Bälle nicht, und die, an die er doch herankam, blieben entweder im Netz hängen oder hatten kaum noch Druck. Ein paar Bälle schlug ich absichtlich ins Aus. Ich zählte nicht mehr mit. Wir wechselten den Aufschlag scheinbar willkürlich. Ich sah immer wieder auf die Uhr vor dem Court und fragte mich, ob in meinem Spind mein Handy klingelte.

Schließlich brach Wöhler übertrieben zusammen, japste stärker als notwendig und sagte, ich sei ja heute schwer in Form, gegen mich sei kein Kraut gewachsen und ob ich geübt hätte. Ich rang mir ein Lächeln ab, wartete, bis er wieder auf den Beinen war, und irgendwie kriegten wir die Stunde herum.

Unter der Dusche warf Wöhler mir sein Duschgel zu, obwohl ich mein eigenes hatte. Ich reagierte nicht schnell genug, die Flasche schlug mir gegen die Brust und fiel zu Boden. Wöhler musste sich vor Lachen an der Wand abstützen. Die anderen Männer sahen uns an, während sie sich ernst und konzentriert ihre Haare, Achseln und Geschlechtsteile einseiften. Nachdem Wöhler zu Ende gelacht hatte, machte er wieder da-dadda-da.

Als ich meine Haare unter dem viel zu niedrig an der Wand angebrachten Föhn trocknete, fragte Wöhler, ob ich ihn mitnehmen könne, sein Wagen sei in der Werkstatt.

Auf dem Parkplatz ging er zuerst zur Fahrerseite meines Wagens, schlug sich dann etwas zu heftig gegen die Stirn und sagte lachend etwas von der Macht der Gewohnheit. Er ging an mir vorbei und stieß mir seinen Ellenbogen in die Seite. Ich stellte meine Tasche auf den Rücksitz, Wöhler bestand darauf, seine auf den Schoß zu nehmen, weil das kein Problem sei, was ich auch nicht behauptet hatte.

»Schönes Auto«, sagte er und strich mit der Hand über das Armaturenbrett, die Tasche zwischen den Knien festgeklemmt, während ich rückwärts aus der Parkbox stieß. »Hat schon ein paar Jahre auf dem Buckel, was?«

»Geht so.«

»Keine Lust auf was Neues?«

»Mal sehen.«

»Genügsam. Finde ich gut.«

Er trommelte mit den Händen auf seiner Sporttasche herum.

»Ich muss dir was sagen.«

Ich sah ihn kurz an.

»Mein Wagen ist nicht kaputt. Mir haben sie den Lappen weggenommen. Letzte Woche. Eins Komma drei.«

»Ist mir neu, dass du säufst.«

»Mir auch. Ist aber gar nicht so schlecht.« Er grinste und machte weiter da-dadda-da.

Ich setzte Wöhler vor einem Mietshaus in der Nähe des Stadions ab und fuhr nach Hause.

Auf der Treppe vor meiner Wohnungstür saß Julia, Wöhlers Frau. Wir hatten uns ein paar Monate nicht gesehen. Sie hatte geweint. Ich bat sie herein und kochte Kaffee, trank selbst aber nur Wasser, wegen meines Blutdrucks. Ich nahm eine der Tabletten. Julia trug eine schwarze Hose, ein rotes Oberteil und eine Jeansjacke, die schon beim Kauf verwaschen gewesen war. Sie fragte, ob ich gerade mit ihrem Mann Tennis gespielt hätte. Ich nickte. Wie es ausgegangen sei. Ich erzählte es ihr.

»Stört es dich, wenn ich rauche?«, fragte sie und nahm eine Packung Zigaretten aus ihrer Jackentasche.

»Ehrlich gesagt, ja.«

Sie sah mich kurz an und ließ die Schachtel wieder verschwinden.

Wir setzten uns an den Küchentisch. Ich wartete. Julia blies in ihren Kaffee. Dann fragte sie mich, ob ich glaubte, dass es ernst sei zwischen ihrem Mann und dieser Frau. Ich sagte, dafür wisse ich nicht genug darüber.

»Hat er dir erzählt, dass sie angeblich aussieht, wie er als Kind, als Junge ausgesehen hat?«

Ich nickte.

»Scheiße«, sagte sie leise. »Wieso kauft er sich nicht ein schweres Motorrad oder einen Porsche oder was weiß ich. Herrgott, ich würde ihm die Hand halten, wenn er im Koma liegt, aber diese Sache hier ... Verdammt, ich muss jetzt eine rauchen, ob dir das passt oder nicht. Kannst ja das Fenster aufreißen oder hinterher 'ne Duftlampe aufstellen oder was weiß ich.«

Sie steckte sich eine Zigarette an, inhalierte heftig und atmete tief aus.

»Du bist der Einzige, mit dem ich reden kann«, sagte sie. »Ich finde, das sagt alles über mein Leben.«

Sie zog wieder hastig an der Zigarette und verlangte einen Aschenbecher. Ich holte einen aus dem Küchenschrank und stellte ihn vor sie hin. Sie tippte die Asche ab und redete weiter.

»Ich weiß nicht, was passiert ist. Aber alle, denen es so geht, sagen, dass es bei ihnen genauso ist. Plötzlich sieht alles falsch aus, und man weiß nicht, wann es angefangen hat, sich zu verändern. Kennst du das Gefühl? Nein, woher auch. Oder doch? Na, egal. Hat er dir mal erzählt, wie wir uns kennen gelernt haben?«

»Nein«, sagte ich.

»Ich wollte ihn gar nicht. Er ist einen Kopf kleiner als ich. So etwas sollte natürlich keine Rolle spielen, aber das tut es, und wer etwas anderes behauptet, der lügt. Ich saß im Theater neben ihm, reiner Zufall. Eine Freundin hatte für den Abend abgesagt, und die Karte war in den freien Verkauf gegangen. Er hatte eigentlich nichts mit Theater am Hut, aber an diesem Abend, sagte er, sei ihm die Decke auf den

Kopf gefallen, und statt ins Kino zu gehen, hatte er es mal mit Theater versucht. Er fragte mich, ob er einen Blick in mein Programmheft werfen dürfe, und so kamen wir ins Gespräch. Das Stück war irgendwas von Ibsen. Ich fand es sehr spannend, er hasste es. Es dauerte drei Stunden, und danach gingen wir was trinken. Ich weiß nicht, warum ich ihm meine Telefonnummer gab. Eigentlich wollte ich ihn gar nicht wiedersehen. Er hatte so etwas Hartes. Damit kam ich nicht klar. Er hat ganz altmodisch um mich geworben. Mit Blumen und so. Irgendwann hatte er mich weich gekocht. Und dann wurde es immer besser. Er war gar nicht hart. Er hatte nur zu allem eine ganz klare Meinung, und das gefiel mir. Ich kannte lauter Leute, die ständig darauf herumritten, dass jedes Ding seine zwei Seiten hätte. Carlo war immer ganz klar. Er reduzierte die Dinge bis zu dem Punkt, wo sie ganz deutlich waren. Er hatte auch nicht prinzipiell etwas gegen Ibsen, ihm hatte nur diese Inszenierung nicht gefallen. Nicht, dass er häufig ins Theater ging, aber ... Hat er dir erzählt, wieso wir keine Kinder haben?«

»Hat er nicht.«

»Herrgott, worüber redet ihr eigentlich, wenn ihr zusammen seid?«

»Wir spielen Tennis.«

»Er hat dir von dieser kleinen Schlampe erzählt, aber nicht, wieso wir keine Kinder haben?«

»Vielleicht war es ihm zu privat.«

Julia schüttelte den Kopf, drückte die Zigarette aus und zündete sich eine neue an.

»Es liegt an mir«, sagte sie. »Es wäre auch zu schön, wenn es an ihm liegen würde. Wir haben das testen lassen. Er ist voll einsatzfähig. Ich nicht. Nicht, dass ich was dafür könnte oder mich deswegen nicht als vollständige Frau fühlen würde, so blöd bin ich nicht. Es hängt mit etwas zusammen, das mir passiert ist, als ich zwanzig war. Muss ich mehr sagen?«

»Nicht, wenn du nicht willst.«

»Mein erster Mann. Sie haben ihn verknackt dafür, und im Knast hat er sich umgebracht, und das war das Beste, was mir passieren konnte. Hört sich an wie ein Groschenroman, was? Na ja, egal. Und das hat Carlo nicht erzählt? Hat er sich nie beklagt oder so? Er wollte immer Kinder haben.«

»Bei mir hat er sich nicht beklagt.«

Sie starrte auf den wachsenden Aschekegel ihrer Zigarette. »Er überrascht mich immer wieder«, sagte sie leise. Sie schüttelte den Kopf. Etwas lauter fuhr sie fort: »Aber das ist dumm! Man muss doch mit jemandem darüber reden! Man muss sich mal auskotzen! Mal über den anderen herziehen! Wozu hat man Freunde!«

»Hat Carlo nie gemacht.«

»Herrgott, und jetzt das! Was soll ich machen?«

Es klingelte an der Tür.

»Wer ist das denn?«, fragte Julia scharf.

»Keine Ahnung.«

Sie drückte die Zigarette aus und steckte die Schachtel wieder ein.

»Ich werde ihn nicht gehen lassen. Ich will ihn wiederhaben. Das kannst du ihm sagen, wenn du ihn siehst. Er soll ruhig eine Zeit lang mit dieser kleinen Schlampe rummachen, vielleicht braucht er das, gerade weil es so ein bisschen pervers ist. Vielleicht muss das mal sein.«

Es klingelte wieder.

»Weißt du, er hat keine besonderen Wünsche. Im Bett, meine ich. Vielleicht muss das jetzt mal sein. Egal, das geht schon. Ich hatte da auch mal was. Aber das muss er nicht wissen. Oder vielleicht doch. Aber das sag ich ihm dann schon selber. Herrgott, jetzt fange ich gleich an zu heulen.«

Irgendjemand klopfte an die Wohnungstür.

»Scheint dringend zu sein«, sagte Julia und wischte sich Tränen aus den Augenwinkeln. »Ich muss eh los. Mach das Fenster auf. Es riecht hier ganz eklig nach Zigaretten.«

Sie ging zur Tür und öffnete sie.

Draußen standen ein Mann und eine Frau, die mir bekannt vorkamen. Die Frau war klein und ging gebückt, ihre dünnen, am Kopf anliegenden Haare waren ungewaschen. Sie hatte die Unterlippe ein wenig vorgeschoben, ihre Augen schwammen, und die Haut rundherum war geschwollen. Sie trug einen alten Mantel, graue Strümpfe und offene Schuhe. Der Mann war sehr groß und trug einen grünen Overall mit dem Aufdruck der Brauerei, die auch das *Moon* belieferte.

Vor mir standen die Eltern von Renz.

Julia verabschiedete sich und eilte die Treppe hinunter.

Ich fragte die Eltern, was ich für sie tun könne. Die Frau sah den Mann an.

»Wir suchen unseren Sohn«, sagte er. »Ein Mann aus dem Haus hat gesagt, Sie wissen vielleicht, wo er ist.«

»Haben Sie bei ihm geklingelt?«

Beide nickten. Die Frau hatte sich mir zugewandt, aber ihr Kopf zuckte wieder zurück, als ihr Mann antwortete.

»Wir haben geklingelt und geklopft, aber er ist nicht da.«

Ich sagte, ich hätte keine Ahnung, wo ihr Sohn sich aufhalten könne. Tatsächlich hatte ich ihn seit ein paar Tagen nicht gesehen. Ich fragte sie, mit wem aus dem Haus sie gesprochen hätten. Frau Renz griff in ihren Mantel, holte ein gebrauchtes Taschentuch heraus und schnäuzte sich. Sie nannte einen Namen, der mir bekannt vorkam. Herr Renz sagte, der Mann habe einen Trainingsanzug getragen.

Wir gingen die Treppe hoch. Ich wusste nicht mehr genau, wo der Trainingsanzug wohnte, also klingelte ich an der ersten Tür an der Treppe. Es öffnete die Frau. Heute sah sie besser aus. Es machte nicht den Eindruck, als habe sie gerade geweint. Sie trug einen gestreiften Bademantel, den sie sich unter dem Kinn zusammenhielt. Auch sie hatte Renz schon länger nicht gesehen. Aus der Wohnung hörte ich Gelächter. Ich fragte nach dem Trainingsanzug, und die Frau sagte, er sei hier. Sie lehnte die Tür an und ging ihn holen.

Er schien nicht überrascht, uns zu sehen. Er nickte den Renzens zu und spielte mit einem Schlüssel in seiner Hosentasche. Es schien ein schwerer Schlüssel zu sein, der die Hose ziemlich weit hinunterzog. Der Trainingsanzug wusste nichts Neues. Als wir schon wieder gehen wollten, sagte er, er könne uns aber die Wohnung oben aufschließen.

Wir gingen hinter ihm her nach oben. Die Mutter keuchte. Der Vater stützte sie. Auf dem obersten Treppenabsatz waren drei Türen. Die in der Mitte und die links führten auf den Trockenboden. Die rechte Tür war die zu Renz' Wohnung. Als einzige im ganzen Haus war sie aus braunem Holz anstatt aus hellem Kunststoff. In Augenhöhe ein weiß umrandeter Spion, dessen Glas mit einem kleinen weißen Klebeetikett bedeckt war. Der Trainingsanzug nahm seinen Schlüsselbund hervor, suchte nach dem richtigen Schlüssel und schloss auf.

Zuerst gelangte man in einen kleinen Flur. Links war ein Einbauschrank mit Schiebetüren. Rechts eine Tür, die in ein winziges Bad führte. Es war hellgrün gekachelt, über dem Spülbecken ein Spiegelschrank. Das Klo hatte einen alten

Druckspüler. Vor der Badewanne ein orangefarbener, abgetretener Läufer.

Im Flur, direkt gegenüber dem Eingang, war eine weitere Tür, die in ein enges Zimmer führte, wo ein abgenutzter Lehnsessel und ein alter Nierentisch standen. In der Ecke ein kleiner Fernseher, der aber nicht angeschlossen war. Die Kabel lagen zusammengerollt auf dem Boden. Links eine Kochnische mit Spüle, Herd und Kühlschrank. Rechts führte eine Tür ins Schlafzimmer. Dort lag eine Matratze auf dem Boden, mit blau-schwarz gemusterter Bettwäsche. Neben dem Bett ein Uhrenradio mit roter Digitalanzeige. Auch hier gab es einen Einbauschrank. Vater Renz schob die Türen auf. Auf ein paar Bügeln hingen Hosen und Hemden, und in den Fächern lagen Unterwäsche, Pullover und Bettwäsche. In die Dachschräge war ein schmales Velux-Fenster eingebaut. Alles in allem wirkte die Wohnung einfach, aber sauber.

Die Mutter setzte sich in den Lehnsessel. Der Vater ging ein wenig herum, öffnete den Kühlschrank und nahm eine Packung Milch heraus, roch daran, schreckte zurück, goss den Inhalt in die Spüle und ließ Wasser nachlaufen. Die leere Packung stellte er auf die Abtropffläche. Ich fragte den Trainingsanzug, wieso er meinte, ich könne etwas über Renz' Verbleib wissen.

»Na ja«, sagte er, starrte auf seine Fußspitzen und hob dann ruckartig den Blick, um mir in die Augen zu sehen. »Sie sind doch wohl so was wie sein Freund.«

»Ich dachte immer, das seien Sie.«

»Wir kennen uns. Aber geredet hat er immer nur von Ihnen.«

Zurück im Hausflur bat mich die Mutter mitzukommen, um bei der weiteren Suche zu helfen. Ich wusste nicht, was das bringen sollte, konnte aber nicht Nein sagen. Der Trainingsanzug ging zurück in seine Wohnung.

Vor der Haustür blieb die Mutter stehen und zündete sich eine Zigarette an. Nach ein paar Zügen nahm der Vater sie ihr aus dem Mund und rauchte sie weiter. Wir standen herum und sagten nichts. Als der Vater die Zigarette zur Hälfte geraucht hatte, warf er sie auf den Boden. Die Mutter stöhnte, bückte sich und steckte sich die Zigarette wieder zwischen die Lippen. Als sie fertig war, warf sie sie hin. Der Vater trat sie aus. Danach gingen die beiden zielstrebig auf meinen Wagen zu.

»Ist es nicht möglich«, fragte ich, »dass sich ihr Sohn hier irgendwo in der Nähe aufhält?«

Sie blieben stehen und drehten sich um.

»Das kann schon sein«, sagte der Vater. »Vieles kann sein. Der kommt auf komische Ideen. Er kann hier sein oder woanders. In Gedanken ist er immer woanders. Aber seine Mutter ist müde, und die Beine machen nicht mehr mit. Die muss im Wagen warten, und Sie und ich gehen alleine los.«

»Sie kann auch in meiner Wohnung warten.«

»Das will sie nicht«, sagte der Vater.

Ich schloss der Frau den Wagen auf, und sie setzte sich auf die Rückbank.

Ich wusste nicht, wo wir suchen sollten, aber Vater Renz ging zielstrebig los. Eine lange Reihe von gleich aussehenden Häusern stand hier im Neunzig-Grad-Winkel zur Straße, und dazwischen waren Rasenstücke. Hinter den Häusern war ein schmales Waldstück und dahinter die Hauptstraße. Alle Häuser hatten seitlich Treppenabgänge Richtung Keller. Wir stiegen jede einzelne Treppe hinunter und probierten die Türen. Einige waren offen, und wir sahen uns die Keller an. Wir suchten in dem Waldstück und fanden eine

Plastiktüte mit Kleidungsstücken. Der Vater untersuchte die Tüte: ein dunkelroter Nicki-Pullover, eine blaue Arbeitshose mit Beintaschen, ein paar Socken und ein kariertes Hemd. Durch die Bäume sah man den Verkehr auf der Straße. Der Vater warf die Tüte weg, schob seine Hände in die Taschen und schüttelte den Kopf.

Als wir zum Wagen kamen, sah es aus, als sei er leer. Tatsächlich hatte sich die Mutter nur auf der Rückbank hingelegt und schlief. Der Vater klopfte ans Fenster, und sie schreckte hoch. Er stieg neben ihr ein. Ich setzte mich ans Steuer und blickte in den Rückspiegel.

Sie lotsten mich auf die Autobahn Richtung Duisburg. Die gleiche Strecke war ich mit ihrem Sohn gefahren. Wir nahmen dieselbe Ausfahrt und kamen auch an der Kneipe vorbei, in der ich die Mutter kennen gelernt hatte. Zwei Straßen weiter bogen wir links ein und hielten vor einem der völlig gleich aussehenden Häuser. Wir stiegen aus. Der Vater schloss die Haustür auf, und wir standen in einem dunklen Flur mit roten und weißen Fliesen auf dem Boden. Es roch nach Farbe. Durch den Hinterausgang kamen wir auf einen Hof mit einer flachen Reihe von niedrigen Backsteinschuppen mit schrägen Dächern. Die Türen waren aus Holz: Latten, die von einem großen Z zusammengehalten wurden. Bis auf eine wurden alle Türen von einem Vorhängeschloss gesichert. Der Vater öffnete die ohne. Im Halbdunkel sah ich ein Regal mit Kisten, zwei alte Klappfahrräder und einen kleinen Haufen Kohlen auf dem Boden. Der Vater schüttelte den Kopf und schloss die Tür.

Wir gingen die Schuppenreihe entlang und wandten uns nach rechts, kämpften uns durch ein dichtes Gebüsch und kamen zu einem etwa eins fünfzig hohen Holzzaun, an dem zwei Latten lose waren. Vater Renz schob sie auseinander und ließ die Mutter und mich hindurchklettern. Hier standen ein paar Birken herum. Auf dem Boden das Laub mehrerer Jahre sowie Abfälle aller Art: Getränkedosen, leere Milchflaschen, Kleidung, Stuhlbeine, das Gestell eines Kinderwagens, Zeitschriften. Der Vater bückte sich, hob eine Bierflasche auf und schob sie sich in die Tasche. »Da ist noch Pfand drauf«, sagte er zu mir.

Wir bahnten uns einen Weg durch diese Müllhalde und kamen schließlich zu einem kleinen Verschlag, der nicht ganz mannshoch zwischen zwei eng stehenden Bäumen gebaut worden war. Er sah aus wie der missglückte Versuch eines Unterstandes an einer Bushaltestelle. Nur dass ein Unterstand keinen Vorhang aus zusammengeklebten Müllsäcken hatte.

»Ich kann da nicht rein«, sagte der Vater.

Die Mutter hatte sich weggedreht und starrte zwischen den Bäumen hindurch. Ich schob die Müllsäcke beiseite und ging gebückt in den Verschlag hinein. Drinnen stand ein gelber Getränkekasten auf dem Boden, offenbar als Sitzgelegenheit gedacht. Ich hockte mich hin und sah mich um. Durch die Ritzen zwischen den Brettern fiel trübes Licht, durch den Vorhang leicht bläulich gefärbt. Der Boden war festgetrampelt worden. An der hinteren Wand stand eine Kommode mit drei Schubladen. In der oberen lagen ein alter Kassettenrekorder und ein paar Tonbandkassetten. Auf den Hüllen standen keine Musiktitel, sondern nur einzelne Wörter: Sonnenidiot, Herbstfachmann, Winterarsch. Ich fragte mich, was mit dem Frühling passiert war. Außerdem hätte es mich gereizt, zu erfahren, ob sich hinter diesen Wörtern Musik verbarg, und wenn ja, welche. Ich schob Winterarsch in das Gerät, obwohl ich davon ausging, dass es nicht funktionierte. Tat es aber doch. Ich hörte Nick Drake, *Pink*

Moon, und schaltete wieder ab. Erst wunderte ich mich, dann nicht mehr.

In der zweiten Schublade der Kommode lag eine Plastiktüte, in der ich eine Kladde und einen Kugelschreiber fand. Ich blätterte die Kladde durch und stellte fest, dass es sich um ein Tagebuch handelte. Es wäre nicht richtig gewesen, darin herumzulesen, also ließ ich es. Dann überflog ich doch die letzte Eintragung. Vielleicht lieferte sie einen Hinweis auf den Verbleib von Renz. Es waren aber nur nichtssagende Sätze über alltägliche Verrichtungen. Ich fragte mich, ob ich in diesem Tagebuch vorkam.

In der untersten Schublade lagen ein paar aus Zeitschriften ausgerissene Fotos leicht bekleideter oder nackter Frauen. Unterwäschemodels, Prominente beim Baden mit dem Teleobjektiv abgelichtet, Mädchen von der ersten Seite der *Bild*-Zeitung.

Langsam wurde die Luft hier drin schlecht. Es roch sehr nach dem Plastik der Mülltüten. Ich ging wieder nach draußen und sagte, ich hätte nichts gefunden, was uns weiterhelfen könne.

Die Mutter kam näher und hielt sich an meinem Arm fest. »Es ist ihm was passiert«, sagte sie.

»Das muss nicht sein«, sagte ich.

Wir gingen zurück ins Haus und blieben im Flur stehen. »Wollen Sie sein Zimmer sehen?«, fragte mich die Mutter.

»Ich wüsste nicht, was das bringen sollte.«

»Ich habe nichts angefasst. Alles so gelassen, seit er weg ist.«

Der Vater ging die Treppe hoch.

»Sagen Sie ihm, dass er mal anrufen soll«, sagte die Mutter und wandte sich der Treppe zu. Sie stieg zwei Stufen hoch und fing an zu jammern. Sie murmelte etwas, das ich nicht verstand. Der Vater kam wieder herunter und nahm sie auf den Arm. Sie legte ihre Hände um seinen Hals und ließ sich hochtragen.

Ich fuhr nach Hause, setzte mich mit dem Telefon ins Wohnzimmer und versuchte, Evelyn zu erreichen. Es war besetzt.

Am nächsten Morgen rief ich bei der Auskunft an und fragte nach der Nummer von Renz' Eltern. Da ich mir ihre Adresse nicht gemerkt hatte, rief ich mehrere Renzens in Duisburg an, aber entweder waren es die falschen oder es nahm niemand ab. Ich las ein wenig Zeitung, konnte mich aber nicht konzentrieren. Das Telefon klingelte, doch obwohl ich auf einen Rückruf von Evelyn wartete, ließ ich den Anrufbeantworter angehen. Es war Walter, der wissen wollte, ob ich heute ins *Moon* kommen würde. Ich fragte mich, wieso ihn das interessierte, rief aber nicht zurück. Ich wollte meine Ruhe haben.

Am nächsten Tag war bei Evelyn wieder besetzt.

Am übernächsten ging nicht einmal ihr Anrufbeantworter an.

Am Tag darauf wieder das Besetztzeichen, den ganzen Tag.

Zwischendurch Nachrichten von Walter oder Elena. Sie hörten sich nicht sonderlich besorgt an, aber dazu gab es ja auch keinen Anlass.

Schließlich erreichte ich Evelyn doch noch. Ich sagte, ich hätte ein paarmal versucht, sie zu erreichen. Erst sagte sie nichts, und dann: »Ich weiß.«

»Aber du hast nicht zurückgerufen.«

»Das weiß ich auch.«

»Ich weiß gar nicht, was so Schlimmes passiert ist.«

»Noch ist gar nichts passiert«, sagte Evelyn. »Das ist ja das Gute.«

»Erklär mir das.«

Sie machte ein komisches Geräusch.

»Was machst du da?«, fragte ich.

»Hör zu«, sagte sie.

»Ja?«

»Also, ich gebe jetzt mal zu, dass du mich interessierst, auch wenn ich nicht weiß, wieso. Du bist ein komischer Typ, über den man immer weniger weiß, je mehr er über sich erzählt. Und jetzt komm mir nicht damit, dass ich noch weniger erzähle. Ich habe das noch nie zu einem Mann gesagt, mit dem ich nicht mindestens ein Mal im Bett war: Zieh mal ein paar Dinge klar in deinem Leben, und dann ruf mich an. Du wirst nicht jünger, also kannst du genauso gut endlich erwachsen werden. Du kannst sagen, das geht mich alles nichts an, aber so ist das.«

»Erzähl mir von dem Mann auf dem Foto.«

»Welchem?«

»Auf dem Foto von der Hochzeit von Reinhold und Luise.«

»Das geht dich nichts an. Es ist eine scheußliche Geschichte.«

»Das macht nichts.«

»Ich bin ungerecht. Ich bin ein ungerechtes launisches Biest. So sieht es aus.«

Irgendwann legten wir auf.

Ich dachte nach über Renz. Dann ging ich noch einmal nach oben und klopfte. In der Wohnung regte sich nichts, aber damit hatte ich auch nicht gerechnet. Ich wollte schon wieder hinuntergehen, da meinte ich, ein Geräusch zu hören. Ich legte mein Ohr an die Tür. Ein paar Sekunden nichts. Dann etwas wie ein Schaben.

Da ich schon etwas Übung im Eintreten von Türen hatte, war diese hier kein Problem. Ich durchsuchte die Wohnung, aber sie war leer. Ich betrachtete die kaputte Tür und öffnete schließlich den Wandschrank direkt daneben. Renz hockte mit angezogenen Knien auf dem Boden. Seine Haare waren fettig und sein Bart länger als üblich. Ich ging in die Knie und wartete, bis er mich wahrnahm.

»Wie geht es Ihnen?«

Er nickte. Er sah mich an und klatschte in die Hände. Es dauerte ein paar Sekunden, bis ich begriff, dass er mir applaudierte.

»Ich dachte, es dauert länger«, sagte er. »Bei den anderen hat es immer viel länger gedauert.«

Als ich gestern mit seinen Eltern hier gewesen war, hatte er auch schon in dem Schrank gehockt.

Ich nahm ihn mit hinunter zu mir und half ihm beim Ausziehen. Er war blass und mager. Ich schob ihn ins Badezimmer und sagte, er solle sich duschen, während ich Rasierschaum und Einwegklingen bereitlegte. Ich wartete im Wohnzimmer auf ihn, und als er fertig war, trug er meinen Bademantel.

So konnte das alles nicht weitergehen.

6

Es würde nicht einfach werden. Ich hatte kein Foto, das ich herumzeigen konnte. Ich hätte sie nicht einmal besonders gut beschreiben können, aber ich hoffte, sie wiederzuerkennen, wenn ich sie sah.

Die Seitenstraße, in der ich sie gesehen hatte, zweigte ganz am Ende von der Fußgängerzone ab, welche die ganze Stadt durchzog, und mündete auf einen kleinen Platz, in dessen Mitte eine Rasenfläche angelegt war. Hier stand eine Parkbank mit hölzerner Sitzfläche und gusseisernem Gestell.

Ich umrundete den Platz einige Male und betrachtete die Auslagen der Geschäfte. Ich erwog, mir ein paar neue Teller zu kaufen, weiß, mit einem dünnen roten Streifen an der Seite, ließ es dann aber sein. Ich blieb vor einem Geschäft stehen, das teure Damenhandtaschen anbot. Die Wände und der Boden waren völlig weiß, die Taschen hauptsächlich schwarz. Nur wenige waren braun. Eine war knallrot. Auf einem schmalen, weißen Tresen stand eine flache Computerkasse. Dahinter eine Frau in einer schwarzen Lederhose und einer weißen Bluse. Sie trug mehrere Ketten und Ringe. Ihre langen Fingernägel glänzten in dem gleichen Orange wie ihre kurzen Haare. Ein paar Meter weiter hatte erst kürzlich ein Laden eröffnet, der Artikel speziell für Senioren anbot. Telefone zum Beispiel mit extra großen Tasten. Nebenan konnte man Pokale kaufen und Gravuren anfertigen lassen. Gegenüber ein Fachgeschäft für Haushaltswaren. Daneben ein Textildiscount, in dem T-Shirts, Hemden, Pullover und Hosen auf bunten Ramschtischen wild durcheinander lagen. Ein Spielzeuggeschäft neben einem für

Arbeitskleidung, eine Konditorei, ein Schlüsseldienst, ein kleiner Friseurladen und eine Kneipe.

Ein paar Meter weiter war das Café, in dem ich mich mit Evelyn getroffen hatte. Ich bestellte mir einen amerikanischen Kaffee und setzte mich ans Fenster. Nach einigen Minuten kamen zwei junge Mädchen herein, warfen ihre Schultaschen in die Sitzecke weiter hinten und bestellten sich Vanille-Cappuccino. Sie redeten laut über jemanden namens Lars. Ich holte mir eine Zeitung, behielt aber die Straße im Auge.

Zwei Jugendliche schwebten nach einem Badeunfall in Lebensgefahr. Leer stehende Büros sollten in Lofts oder Appartements umgewandelt werden. An der Universität wurde eine neue Mensa gebaut. Zwei andere Jugendliche hatten eine Kneipe überfallen, um einen Laptop zu stehlen. Ein Vater stand vor Gericht, weil er seinen siebenjährigen Sohn drei Monate im Keller eingesperrt hatte. Eine vor einigen Tagen gefundene Frauenleiche war entgegen ersten Vermutungen doch einem Gewaltverbrechen zum Opfer gefallen. Ein Tatverdächtiger befand sich bereits in Haft. Die Polizei hatte in einer Tiefgarage schon wieder ein Auto aufgebrochen, weil ein acht Monate altes Kind mindestens fünfundvierzig Minuten allein darin zurückgelassen worden war. Diesmal erstatteten die Eltern Strafanzeige gegen die Beamten, weil angeblich zwanzigtausend Euro gestohlen worden seien.

Als die jungen Mädchen wieder weg waren, legte ich die Zeitung beiseite und beobachtete den jungen Mann hinter dem Tresen. Er trug eine lange, bordeauxrote Schürze, unter der verwaschene Jeans und schwere Turnschuhe hervorsahen. Er hatte nichts zu tun, blätterte in einer Zeitschrift, wischte mehrmals den Tresen und ordnete die Muffins und die belegten Bagels in der Vitrine. Ich trank noch einen Kaffee und schlug noch mal anderthalb Stunden tot. Danach umrundete ich den kleinen Platz zweimal und streunte durch die Seitenstraßen. An der Ecke, an der ich vor zwei Wochen meinen Vater und die Frau, die ich jetzt suchte, gesehen hatte, bog ich nach rechts und kam an dem kleinen chinesischen Supermarkt vorbei, der mich an jenem Tag überhaupt hierher geführt hatte. Ein paar Meter weiter aß ich an einer Imbissbude eine Currywurst und trank Wasser dazu.

Ich blieb in der Gegend, bis die Geschäfte schlossen, und fuhr dann nach Hause. Auf dem Anrufbeantworter keine Nachrichten.

Am nächsten Morgen war ich um zehn Uhr in dem kleinen Coffeeshop, ließ mir einen Kaffee für unterwegs geben und machte mich auf den Weg durch die Seitenstraßen. Ich erarbeitete mir eine feste Runde, die ich mehrfach abging. Gegen eins ging ich in die Kneipe ein paar Meter neben dem Coffeeshop und aß Bockwürstchen mit Kartoffelsalat und Brot. Es war sehr still in der Kneipe, im Hintergrund lief keine Musik. Am Tresen saßen zwei ältere Männer vor ihren Bieren, sahen mich an, verloren aber bald das Interesse, starrten einfach vor sich hin oder wechselten ein paar Worte mit dem Wirt, einem dicken Mann um die fünfzig, mit einem kurzärmligen, karierten Hemd und einer kleinen Lederschürze unter dem Bauch.

Als ich zu meiner Nachmittagsrunde aufbrach, hatte ich Sodbrennen von den Würstchen oder dem Kartoffelsalat oder von beidem.

Kurz darauf sah ich den Sheriff. Der Sheriff gehörte in dieser Gegend zum Stadtbild, auch wenn ich ihn jetzt schon länger nicht gesehen hatte. Ich nannte ihn den Sheriff, weil ihm Handschellen am Gürtel hingen und er eine Spielzeugpistole in einem Schulterhalfter mit sich herumtrug. Er passte auf die Stadt auf, damit wir Bürger in Ruhe schlafen konnten. Seine Haare waren zu einem altmodischen Fassonschnitt frisiert und seine Stiefel billig, aber spitz. Bei jedem Wetter hatte er einen Lederblouson über dem karierten Flanellhemd. Seine Nase war groß und bildete im Profil ein perfektes Dreieck mit dem Schädel. Über den dunklen Augen war seine Stirn meist gerunzelt, weil es viel Konzentration erforderte, die Stadt sicher zu machen. Er ging, als sei er gerade erst vom Pferd gestiegen, o-beinig, wiegend.

Ich dachte immer: So könnte der Flieger heute aussehen.

Heute kam der Sheriff auf seinem alten roten Rennrad aus einer Seitenstraße herausgeschossen, bog nach rechts, bremste ab, schwang noch im Fahren das rechte Bein über den Sattel und rollte mit nur einem Fuß auf der Pedale direkt vor dem Handtaschenladen aus. Er klappte den Ständer herunter und sicherte das Vorderrad mit einer schweren, mit blauem Kunststoff ummantelten Kette und grüßte in den Laden hinein, indem er sich mit dem Zeigefinger kurz an die Stirn tippte. Die Frau hinter dem weißen Tresen ignorierte ihn. Der Sheriff machte sich auf den Weg. Er umrundete den Platz, tippte sich immer wieder an die Stirn, wenn jemand an ihm vorbeiging, und betrat schließlich den kleinen Friseurladen.

Das interessierte mich. Ich ging ihm nach. Wollte sich der Sheriff den Fassonschnitt schärfen lassen?

Als ich vor dem Laden stand, sah ich durch das Fenster, wie er mit einem Besen die auf dem Boden herumliegenden Haare zusammenkehrte. Die drei Iraner, die den Laden betrieben, redeten und lachten, während sie Haare schnitten.

Der Sheriff machte seine Arbeit gründlich und stellte schließlich den Besen in die Ecke zurück. Von einem Tisch im hinteren Teil des Ladens nahm er eine Tasse und goss sich Kaffee aus einer Thermoskanne ein. Einer der Iraner kam zu ihm, ein großer Mann mit dunklen Haaren und einem weißen Hemd, und bot ihm eine Zigarette an. Der Sheriff schob sie sich hinter das linke Ohr und dankte nickend. Der Iraner sagte etwas, der Sheriff antwortete, und beide lachten. Man klopfte sich gegenseitig auf die Schulter. Kurz darauf kam der Sheriff wieder heraus.

Als Nächstes nahm er sich den Coffeeshop vor, ordnete Zeitungen und Zeitschriften, rückte ein paar Sessel zurecht, fegte auch hier einmal gründlich durch und suchte die Toilette auf. Ich ging wieder auf meine Runde, dachte kurz daran, mir die Haare schneiden zu lassen, ließ es dann aber.

Ich war etwa eine halbe Stunde umhergelaufen, als mich jemand ansprach. Ich drehte mich um. Es war der Sheriff.

»Ich kenne Sie«, sagte er. Seine Stimme war rau. Er kniff die Augen zusammen und verzog das Gesicht wie Charlton Heston, bevor er einen umlegt.

Ich sagte: »Da haben Sie mir was voraus.«

»Haben Sie Feuer?«

»Nein, tut mir leid, ich rauche nicht.«

Trotzdem holte er die Zigarette hinter seinem Ohr hervor, steckte sie sich zwischen die Lippen und bewegte sie ein paarmal von rechts nach links und wieder zurück. »Ein schöner Tag«, sagte er.

Ich sah zum grauen Himmel hinauf. »Geht so.«

»Alles in Ordnung bei Ihnen?«

»Ich suche jemanden«, sagte ich. Vielleicht kannte er sich hier aus.

»Interessant«, sagte der Sheriff.

»Ich suche eine Frau.«

Der Sheriff seufzte und schüttelte den Kopf. »Dabei kann ich Ihnen nicht helfen«, sagte er streng.

»Nicht was Sie meinen. Eigentlich suche ich meinen Vater.« Ich setzte ihn kurz ins Bild. Während ich redete, wurde sein Blick unstet. Er sah an mir vorbei, drehte sich um, beobachtete die ganze Gegend, schien nicht mehr zuzuhören. Dabei wanderte die Zigarette in seinem Mund herum.

Als ich fertig war, schüttelte er den Kopf. »Wie gesagt, ich kann Ihnen nicht helfen.«

Er nahm die kalte Zigarette aus dem Mund, warf sie auf den Boden und trat mit dem Fuß drauf. Dann ging er grußlos zu seinem Fahrrad, öffnete das Schloss, machte es unter dem Sattel wieder fest, stieg auf und fuhr davon.

Die Frau in dem Handtaschenladen starrte mich an. Ich streckte ihr die Zunge raus.

Nach Geschäftsschluss fuhr ich nach Hause, wusste nichts mit mir anzufangen und ging schließlich in den Keller. Der Kiste, in der ich erst neulich herumgewühlt hatte, entnahm ich eine schwarze Kladde, auf der vorn ein Glanzbildchen klebte: ein kleines, pausbäckiges Kind hielt sein Hemd vor sich hin, und von oben fielen Sterne hinein.

Es war kein echtes Tagebuch. Nur selten hatte sie hineingeschrieben, was sie erlebt oder unternommen hatte, und nicht ein einziges Mal, was sie dachte. Bilder aus Illustrierten hatte sie hier eingeklebt, Zeitungsausschnitte, Privatfotos. Immer wieder Elvis Presley: auf Zehenspitzen, die Gitarre nach hinten geschwungen, die Haare in den Augen; breitbeinig dastehend, Halstuch im offenen Kragen, den Colt im Anschlag; im Profil, die Farben wie gemalt, die Tolle perfekt frisiert und glänzend. Was ihr besonders gefiel, hatte sie eingekreist: Elvis' Hände, seine Mundwinkel und immer wieder seine Augen. Ein paar kleinere Bilder zeigten Gene Vincent und Little Richard, später dann die Beatles, aber nur wenige. Wieder mehr dann die Stones. Bei Jagger hatte sie, wie alle, die Lippen eingekreist. Mitte der Sechziger war sie eigentlich schon zu alt für solche Schwärmereien.

Einmal hatte ich mitbekommen, wie sie Jürgen von einem Mann erzählt hatte, in den sie verliebt gewesen war. Ich saß im Schlafzimmer an der Tür, die ich vorsichtig einen winzigen Spalt geöffnet hatte. Jürgen und meine Mutter saßen auf dem alten Sofa in der Küche. Er hatte seinen Arm um sie gelegt, und sie tranken Bier aus der Flasche. Jürgen hatte sie nach Männern gefragt, die sie vor ihm gekannt hatte. Sie wollte nicht so recht mit der Sprache herausrücken, aber er blieb hartnäckig, und so erzählte meine Mutter ihm die Geschichte von Gerald, den sie ungefähr zu der Zeit getroffen hatte, als die Beatles in Deutschland auftraten. Gerald spielte Gitarre in einer Band, welche die Songs der populären englischen Gruppen nachspielte: Beatles, Stones, Kinks, The Who und andere. Er war stolz darauf, dass man seinen Namen auch englisch aussprechen konnte. Von seinen Freunden ließ er sich Gerry nennen, wie Gerry and The Pacemakers. Den Namen von Geralds Band hatte meine Mutter vergessen. Sie sagte: »Ich habe manchmal davon geträumt, dass er berühmt wird und ich dann die Frau eines Popstars wäre. Natürlich wäre das nicht lange gut gegangen, wegen der Drogen und der jungen Dinger, die er sich bei den Tourneen mit aufs Hotelzimmer genommen hätte, aber egal. Ich hätte andere Popstars kennen gelernt. Mein ganzes Leben wäre anders verlaufen. Gerald war ein paar Jahre zu jung für mich. Und auch nicht wirklich talentiert. Aber näher bin ich nie dran gewesen.« Sie sagte nicht, an was. Aber Jürgen schien zu wissen, was sie meinte. Später musste ich immer wieder daran denken: Meine Mutter eine deutsche Marianne Faithful.

Die Privatfotos, die meine Mutter in das Tagebuch geklebt hatte, zeigten Menschen in Anzügen mit schmalen Krawatten, an Tischen sitzend, Gläser in der Hand. Menschen auf Bänken, auf ausgebreiteten Decken auf der Wiese liegend. Tanzende Menschen, lachende. Viele weiße Hemden.

Und schließlich ein ganz anderes Foto: ein Mann am Rande einer Straße. Im Hintergrund Menschen im Laufschritt. Der Mann kehrt ihnen den Rücken zu, lächelt. Er trägt einen dunklen Pullover, aus dem oben ein helles Hemd hervorschaut, und dunkle Hosen mit einer scharfen Falte. Eine Strähne fällt ihm in die Stirn. In der rechten Hand hält er eine Zigarette zwischen Zeige- und Mittelfinger. Seine Augen sind eingekreist. Darunter steht sein Name: Otto Simanek. Ein Held und ein toller Tänzer.

Es war ein weiter Weg von Gerry über Otto und Jürgen bis hin zu Bludau, dem fetten Fürsten der Finsternis. In den Sachen meiner Mutter fand sich kein einziges Foto von ihm.

Ich erinnere mich noch genau an den Tag, als Bludau starb: blauer Himmel, strahlender Sonnenschein. Durch die Straße ging eine leichte Brise. Mittags stand ein Eiswagen an der Ecke und verkaufte Eis an die Kinder, die aus der Schule kamen, Sommer 1988. Mehr als zehn Jahre waren vergangen, seit wir hierher verschleppt worden waren. Ich hatte ein Schuljahr wiederholen müssen und stand jetzt ein Jahr vor dem Abitur, das ich nie machen würde.

Meine Mutter war im Keller, als das Telefon klingelte. Sie

sah sich an, was letzte Nacht hier passiert war. Sie musste nichts tun, um das Chaos zu beseitigen, dafür gab es Personal, aber sie machte sich gern selbst ein Bild.

Mein Zimmer lag näher an der Treppe, so bekam ich von diesen Nächten mehr mit als meine Mutter, die sich kleine Stöpsel in die Ohren steckte und einfach schlief. Manchmal aber legte sie sich in solchen Nächten zu mir, streichelte mir den Kopf, die Brust und die Beine, küsste mich auf die Schulter und schlief dann ein, während ich wach lag, bis sie wieder ging. Sie roch jetzt besser als in der Zeit, als wir noch allein gewesen waren. Sie ging einmal in der Woche zum Friseur, damit ihre Haare immer gleich aussahen, und ihre Nachthemden waren aus Seide.

In der Nacht vor seinem Tod hatten Bludau und seine Leute die schöne Maid gefragt, ob sie Zeit habe, sieben Fässer Wein besungen und Theo aufgefordert, nach Lodz zu fahren. Das beliebteste Stück war jedoch ein anderes gewesen. Mehrfach, zuletzt gegen halb vier, hatte ich Bludaus heiseres Organ brüllen hören: *Ein Jahr ist schnell vorüber / Wenn der Regen fällt / Ein Meer von Fragen / Ich steh dir gegenüber / In Erinnerung vergangener Tage // Das große Ziel war viel zu weit / Für unsre Träume zu wenig Zeit / Versuchen wir es wieder / So lang man Träume noch leben kann.* Bludau sang noch, als die Musik schon vorbei war. Zwischendurch hörte man junge Frauen kreischen.

Als Frau Madlung, Bludaus Sekretärin, aus dem Büro anrief, ging meine Mutter über den klebrigen Kellerboden, nur um das Schmatzen ihrer Sohlen zu hören.

Ich war ein oder zwei Mal dort unten gewesen, um mir alles anzusehen: Der Raum war holzgetäfelt, an den Wänden hingen kleine Geweihe. Links von der Tür war eine Hausbar, dahinter drei Regalbretter, in denen Likörflaschen mit klebrigen Hälsen und farbigem Inhalt standen, mehrere Sorten Whisky, Weinbrand und Korn. Hinter dem Tresen war auch ein Waschbecken und ein Kühlschrank sowie eine kleine Zapfanlage mit Kühlung.

Die Bar war nicht der einzige Raum im Keller. Es gab noch ein vollständig eingerichtetes Badezimmer, mit Toilette, Bidet, einer großen, runden Badewanne und einem Whirlpool. Gleich daneben war ein Raum, der mit einem dünnen Filzboden ausgelegt war, auf dem schon viel zu viele Zigaretten ausgetreten worden waren. Hier standen ein altes, rot bespanntes Kanapee und ein großes Doppelbett.

Als das Telefon an diesem Morgen klingelte, machte meine Mutter keine Anstalten, nach oben zu kommen. Sie kostete den Moment aus.

Ich stand neben dem Apparat im Wohnzimmer. Es hatte schon fünfzehn Mal geläutet. Schien also wichtig zu sein. Das Klingeln brach ab und fing nach etwa einer Minute wieder an. Nach dem zwanzigsten Klingeln nahm ich ab. Frau Madlung bat, sehr gefasst, meine Mutter sprechen zu dürfen, es sei dringend. Ich legte den Hörer daneben und ging hinunter in den Keller.

Meine Mutter war in die Hocke gegangen. Das geblümte Kleid spannte über ihrem Hintern. Sie hielt die Scherbe einer Schnapsflasche in der Hand. Es roch nach Alkohol und Nikotin. Ich beobachtete sie ein paar Sekunden, bevor ich ihr sagte, dass sie am Telefon verlangt werde. Sie nickte, kam aus der Hocke hoch und auf mich zu. Wieder machten ihre Schuhe dieses Geräusch. Oben zog sie die Schuhe aus und stellte sie neben die Kellertür. Barfuß ging sie zum Telefon und ließ sich von Frau Madlung erzählen, was passiert war. Dann setzte sie sich aufs Sofa und schwieg.

Bludau war kurz und schmerzlos gestorben. Er war in die

Firma gefahren und hatte seinen Wagen auf dem extra breiten Parkplatz abgestellt. Er hatte den Fahrstuhl ignoriert und stattdessen die Treppe in den dritten Stock genommen. Er hatte Frau Madlung einen Witz erzählt und dann Kaffee bei ihr bestellt. In der Tür zu seinem Büro hatte er sich plötzlich an den Hals gegriffen und war tot umgefallen. Ich wünschte, ich wäre dabei gewesen.

Wir fuhren ins Krankenhaus, wo man versucht hatte, ihn wiederzubeleben. Der Arzt, der uns in sein Zimmer bat, war ein Freund von Bludau. Nicht selten war er Gast auf den Abendgesellschaften gewesen. Er wirkte schlimmer erschüttert als wir. Eine grau melierte Haartolle fiel ihm immer wieder in die Augen. Mit einer etwas weibischen Kopfbewegung schleuderte er sie nach hinten. Seine Augen waren gerötet, und seine Hände tasteten nach Gegenständen auf dem Schreibtisch: ein Feuerzeug, ein kristallener Briefbeschwerer, ein Füller, ein Bleistift, ein Anspitzer, eine Akte, ein Notizblock, ein Diktiergerät. Er klärte uns über die genauen Umstände von Bludaus Tod auf, setzte uns die medizinischen Details auseinander. Ich wurde ungeduldig. Ich wollte ihn sehen. Damit ich sicher sein konnte, dass er auch wirklich tot war.

Er lag in einem Bett, und es sah aus, als würde er gleich wieder aufstehen. Er hatte ein Einzelzimmer. Seine Haut war gelblich. Unter den Augenlidern sah ein wenig Weißes hervor.

Als wir ins Haus zurückkamen, war es stiller als sonst. Wir standen ein paar Sekunden in der Halle und lauschten. Das Personal zeigte sich nicht, das Chaos im Keller war beseitigt, die scharfen Putzmittel, die nötig gewesen waren, roch man bis in die Halle. Ich dachte, das Beste sei es, auf mein Zimmer zu gehen, aber ich zögerte, und dann war der

Moment vorbei. Ich ging mit meiner Mutter in die Küche, und sie kochte Tee für uns. Als wir am Tisch saßen, sagte sie: »Das liegt jetzt also hinter uns.« Sie schob ihre Hand ein wenig näher zu mir, und ich konnte nicht anders, ich griff danach. Natürlich wäre es schön gewesen, diesen Moment ein paar Jahre früher erlebt zu haben, doch musste ich mir immer wieder sagen, er hätte auch achtzig werden können. Eine ganze Zeit lang blieben wir so sitzen, und es war wirklich kein Ton zu hören. Sogar das Haus hielt den Atem an, als warte es darauf, was jetzt passieren würde.

Die Beerdigung fand erst zehn Tage später statt, damit möglichst viele Freunde und Geschäftspartner sie in ihren Terminkalender einpassen konnten. Zwei Tage vorher erhielt meine Mutter einen Anruf von einem Notar, Bludaus Testament betreffend. Wir fuhren in eine Kanzlei nach Düsseldorf, saßen in einem hohen, vertäfelten Büro mit stuckverzierten Decken und hörten uns an, dass wir die Burg Bludau in den nächsten Monaten zu verlassen hatten. Gemäß dem Ehevertrag erhielt meine Mutter einen vergleichsweise lächerlichen Betrag Bargeld, und da Bludau darauf verzichtet hatte, mich zu adoptieren, ging ich komplett leer aus. Ich sah meine Mutter an. Es hatte sich nicht gelohnt.

Wir fuhren mit der S-Bahn wieder zurück. Wir hätten uns auch von Dammeier, Bludaus Chauffeur, fahren lassen können, aber das hatte meine Mutter nicht gewollt. Vielleicht hatte sie geahnt, was uns bei dem Anwalt bevorstand, und sie hatte über nichts verfügen wollen, was ihr nicht mehr zustand. Ich mochte Dammeier ohnehin nicht, weil er Bludau völlig ergeben war, nicht schnell genug um den Wagen eilen konnte, um seinem geliebten Chef die Tür aufzuhalten, und jeden Schlammspritzer am Kotflügel als persönliche Beleidigung auffasste.

In der S-Bahn saßen wir einander gegenüber auf orangebraunen Polstern, während draußen die Vororte vorbeizogen.

»Du wunderst dich vielleicht«, sagte meine Mutter plötzlich.

»Ich wundere mich über gar nichts mehr«, antwortete ich. Wir hatten nie über irgendetwas im Zusammenhang mit Bludau geredet, und wenn es nach mir ging, mussten wir auch jetzt nicht damit anfangen.

»Er wollte dich adoptieren«, sagte meine Mutter und wischte mit der Hand über die Glasscheibe, um sie zu säubern, doch der Dreck war außen. »Aber das habe ich nicht zugelassen. Du weißt, wer dein Vater ist.«

Nein, wollte ich sagen, das weiß ich eben nicht, aber es war wie an Bludaus Todestag, als wir das Haus betraten und ich eigentlich auf mein Zimmer gehen wollte: Ich verpasste den richtigen Moment. Stattdessen fragte ich: »Was wollte er von uns?«

Meine Mutter antwortete nicht gleich. »Einen Erben«, sagte sie. »So einfach war das. Wie im Mittelalter. Ich habe ihm Hoffnungen gemacht. Aber ich habe auch dafür gesorgt, dass es nicht funktionierte. Wir kriegen nicht viel, aber die nächste Zeit brauchen wir uns keine Gedanken zu machen.«

Der Friedhof war zu klein für die Beerdigung. Hunderte von Menschen waren gekommen und zwängten sich in die enge Aussegnungshalle. Kaum jemand ließ es sich nehmen, an den offenen Sarg zu treten. Noch im Tod sah er aus, als hätte er sie alle hierher bestellt. Viele der Männer, die im Keller der Burg Bludau zu Gast gewesen waren, hatten Tränen in den Augen. Nur die jungen Frauen, die auf diesen Zusammenkünften gastiert hatten, fehlten. Meine Mutter stand aufrecht am Grab, in einer Pelzjacke, die Bludau ihr geschenkt, die sie aber nie getragen hatte. Die Augen hatte sie hinter einer Sonnenbrille versteckt, wahrscheinlich, damit niemand sah, dass sie keine Tränen für den Toten hatte. Nickend nahm sie die Beileidsbekundungen entgegen. Zwischendurch sah ich sie immer wieder Stand- und Spielbein wechseln, als könne sie es nicht erwarten, hier wegzukommen.

Der Leichenschmaus in einem eleganten Restaurant am Rande der Stadt, das normalerweise für solche Veranstaltungen nicht zur Verfügung stand, zog sich über den ganzen Nachmittag. Es gab ein dreigängiges Menü, und als der Abend anbrach, mussten einige der Herren gestützt werden, als sie zu ihren Autos gingen. Meine Mutter musste sich mit kaum jemandem unterhalten, und auch mir wurde kein Gespräch aufgedrängt. Ich zog mir die Krawatte aus dem Hemdkragen und spülte sie im Klo runter.

Irgendwann ging ich. Ließ mir ein Taxi kommen und fuhr in die Stadt. Trank ein paar Bier, aber nicht so viel, dass ich betrunken wurde. Ich langweilte mich bis kurz nach Mitternacht, dann fuhr ich nach Hause.

Ich ließ den Taxifahrer an der Ecke halten und ging das letzte Stück zu Fuß. Bei Nacht sah die Burg Bludau noch mehr aus wie im Märchen. Natürlich brannte hinter keinem der Fenster ein Licht. Die alte Königin pflegte zeitig zu Bett zu gehen. Ich blieb stehen und schob die Hände in die Hosentaschen. Den Turm ganz rechts, eine Rotunde mit einem Spitzdach, hatte Bludau anbauen lassen, lange bevor wir eingezogen waren. Hier war im Parterre der Kammermusiksaal. Ein teurer Flügel, ein paar Notenpulte und etwa fünfzig Stühle für das Publikum. Der Saal war zwei Stockwerke hoch. Segelartige, speziell gewölbte Holzplatten sorgten dafür, dass die Akustik stimmte.

Über dem Saal war nur ein Dachboden, von dem eine schmale Tür auf einen kleinen Balkon mit einem geschwungenen, gusseisernen Geländer führte. Hier hatte das Volk seinen König am frühen Morgen sehen können, wenn er, noch in Pyjama und Hausmantel, über sein Reich hinwegsah. Bisweilen hatte er eines der jungen Mädchen bei sich, die gegen entsprechende Bezahlung seinem Charme verfallen waren. Einigen waren die Strapazen der vergangenen Nacht (Blutergüsse, kleinere Wunden hier und da) anzusehen. Gern rauchte Bludau in solchen Momenten seine Filterzigaretten, die er zwischen den Kuppen von Mittel- und Ringfinger hielt.

Also einen Stammhalter hatte meine Mutter ihm schenken sollen, einen Erben für sein Kleiderbügel-Imperium. Aber Magda Nowak hatte ihm einen Strich durch die Rechnung gemacht. Ob er jemals erfahren hatte, dass sie die Empfängnis absichtlich verweigert hatte? Und wenn ja: Warum hatte er uns nicht rausgeschmissen und sich eine andere Gebärmaschine gesucht? Die Wege der Schöpferinnen und Schöpfer sind unerforschlich.

Mir wurde kalt, obwohl die Nacht lau war. Ich suchte in meinen Taschen vergeblich nach dem Hausschlüssel. Ich kletterte über das Tor, ging links um das Haus herum und trat das nicht vergitterte Kellerfenster ein. Die Alarmanlage hatte meine Mutter seit Bludaus Tod nicht mehr eingeschaltet.

Ich kletterte in den Keller, in dem Frau Dorn, die Haushälterin, die Lebensmittel lagerte. H-Milch kistenweise, Dutzende von Konserven, mehrere Regalbretter mit eingekochter Marmelade, eine riesige Gefriertruhe mit Fleisch. Ich tastete mich die Wand entlang, bis ich die Tür fand. Ohne Licht zu machen, stieg ich nach oben und stand kurz darauf in der Küche. Alles ruhig, alles leer, alles sauber. Ich öffnete den hohen Kühlschrank: Milchpackungen, Saftflaschen, Butter, Marmelade. Käse und Wurst in durchsichtigen Plastikdosen mit schwarzen Deckeln. Alles in Reih und Glied, wie mit dem Zollstock ausgemessen. In den unteren Fächern Champagner, Wein und Bier.

Ich nahm einen der Tetra Paks Milch aus dem oberen Türfach und vertauschte es mit der Saftflasche in dem darunter. Doch das reichte mir nicht. Ich holte eine Gabel aus der Besteckschublade, griff nach der Butter in der grauen Steingutdose mit den blauen Blumenornamenten und verpasste ihr ein ordentliches Muster.

Ich ging in die Halle und von dort die Treppe hoch. Ich betrachtete die Bilder, die hier hingen: Wald- und Jagdmotive, Stillleben mit Obst und Karaffe, häusliche Szenen mit Schachbrettkacheln auf dem Fußboden.

Auf dem Absatz wandte ich mich nach rechts, überquerte die Empore, von der aus man auf den riesigen Kronleuchter herabblicken konnte, der die Halle dominierte, nahm den Gang, in dem die Schlafzimmer untergebracht waren, und blieb vor dem Schlafzimmer meiner Mutter stehen. Bludau hatte sein eigenes, am Ende des Ganges, dreimal so groß.

Ich gab mir keine große Mühe, leise zu sein, die Klinke war geölt, die Tür glitt geräuschlos über den tiefen, weichen Velours, der meine Schritte schluckte. Meine Mutter schlief in einem breiten französischen Bett links an der Wand. Es war nichts zu hören. Früher hatte ich sie manchmal schnarchen gehört, jetzt war ich mir nicht mal sicher, ob sie atmete. Auf dem Nachttisch das Glas mit ihren dritten Zähnen, von Bludau spendiert, nachdem er ihr die zweiten ausgeschlagen hatte.

Sie lag auf der Seite und trug einen alten, gestreiften Herrenpyjama, den ich seit Jahren nicht an ihr gesehen hatte.

Ich nahm das Glas mit den Zähnen und stellte es auf den Nachttisch auf der anderen Bettseite.

Ich warf den leeren Becher in den Abfallkorb neben der Bank und machte mich wieder auf den Weg. Heute erweiterte ich meinen Radius, ging ein wenig aus der Innenstadt hinaus Richtung Stadtpark, fand aber vor allem leerstehende Geschäfte. Schließlich stand ich wieder vor dem Spielzeuggeschäft und betrachtete die Auslagen. Viel Holzspielzeug und Plüschtier-Klassiker.

Plötzlich erkannte ich in der Scheibe, dass jemand hinter mir stand.

»Du siehst dir Kinderspielzeug an? Ist es schon so weit?«

Ich drehte mich um. »Was machst du hier? Ich dachte, du bist gar nicht mehr in der Stadt?«

»Diese Stadt ist nicht groß genug für uns beide, was?«

»Ich hoffe, das hier ist eine zufällige Begegnung.«

»Nicht ganz. Ich hätte auch einfach vorbeigehen können.«

»Was willst du?«

Maxima griff in die Tasche ihres Blousons aus Schlangenlederimitat, holte eine Packung extra langer Zigaretten hervor und steckt sich eine an. »Das letzte Mal warst du etwas cooler«, sagte sie.

»Willst du mir mein Geld zurückgeben?«

»Läuft der Laden nicht mehr?«

»Sag, was du willst, und dann verschwinde.«

»Ich habe dich hier stehen sehen, und weil wir uns kennen, habe ich dich angesprochen. Es wäre unhöflich gewesen, einfach weiterzugehen.«

»Ich lege keinen großen Wert auf Förmlichkeiten.«

»Hat sich deine kleine Freundin schon beruhigt, dass frühmorgens fremde Frauen an dein Telefon gehen?«

Mein Geld hatte ihr gut getan. Sie hatte in ihre Kleidung investiert, war beim Friseur und bei der Kosmetikerin gewesen. Die Geschichte mit dem Typen, den sie vertreten wollte, hatte ich ihr ohnehin nicht geglaubt. Mein Geld hatte sie wieder schlafen lassen, die dunklen Ringe unter ihren Augen waren weniger tief.

»Was ist mit diesem Jungen, den du groß rausbringen wolltest?«

»Die Sache läuft.«

Dann sagte sie: »Lass uns irgendwo hingehen, wo wir ungestört sind. Ein wenig über alte Zeiten plaudern.«

Am nächsten Morgen fuhr ich zuerst zur Wohnung meiner Mutter, blieb aber im Wagen sitzen und beobachtete die Haustür. Handwerker gingen ein und aus. Ich fuhr wieder in die Stadt, machte meine Morgenrunde, aß zu Mittag und trieb mich bis zum frühen Abend in der Gegend herum. Dann fuhr ich zu Evelyn.

Ihr Volvo stand gleich neben der Tür. Ich sah hinein. Ich erkannte eine leere Packung Aspirin, eine halb volle Tüte Hustenbonbons und eine Tüte mit Einkäufen. Auf der Ladefläche ihre gesamte Ausrüstung.

Ich klopfte an die Tür und wartete. Nach einer Minute klopfte ich etwas lauter. Schließlich öffnete sie. Sie war verschwitzt, trug einen ihrer Overalls, den Reißverschluss etwas zu weit offen, und war überrascht.

»Was kann ich für dich tun?«

»Da ist noch eine Tüte mit Einkäufen in deinem Wagen.«

»Oh. Hab ich vergessen. Danke. Nehme ich gleich raus.« Dann zog sie ihren Reißverschluss hoch und sagte: »Komm rein.«

Ich trat in die Halle, und sie ging zum Wagen und nahm die Einkaufstüte heraus. Als sie zurückkam, fragte ich sie, ob sie erkältet sei. Sie antwortete, es gehe ihr schon wieder besser.

In der Halle war es kühl. Weiter hinten hatte Evelyn eine schwarze Hintergrundrolle hochgezogen. Ein junger Mann in einem Bademantel saß auf einem Lehnstuhl und betrachtete seine Fingernägel.

»Felix, das ist Albert. Albert, das ist Felix«, sagte Evelyn und trug die Tüte in ihre Wohnung.

Ich sagte: »Guten Tag«, und Albert nickte mir zu. Ich zögerte, ging aber dann doch zu ihm und reichte ihm die Hand. Sein Griff war sanft und feucht. Unter den Lampen, die Evelyn aufgestellt hatte, war es warm. Albert hatte dichtes, dunkles, gelocktes Haar, schwarze Augen, eine scharf gebogene Nase und volle Lippen.

Evelyn kam zurück und sagte, sie und Albert hätten noch etwa eine halbe Stunde zu arbeiten, dann sei sie fertig. Ich könne so lange in der Wohnung warten oder zuschauen. Ich sagte, ich wolle nicht stören.

»Nimm dir etwas zu trinken und mach es dir bequem«, sagte Evelyn.

Ich ging in Richtung Wohnung, drehte mich aber noch einmal um. Albert zog den Bademantel aus. Darunter war er nackt. Sein Bauch war straff und muskulös, genau wie seine Arme.

Ich nahm mir ein Bier aus dem Kühlschrank, ging ins Wohnzimmer und sah mir, wie beim letzten Mal, die Bücher an. Auf dem langen Tisch lagen Fotos verteilt. Ich hätte nicht hingesehen, wenn ich nicht mich selbst auf einigen erkannt hätte. Auf allen Bildern waren Leute zu sehen, die die gleiche Art von Anzug trugen wie ich. Die Anzüge schienen mit den Gesichtern der Leute bedruckt zu sein, die in ihnen steckten. Von der Schulter blickten diese Menschen hoch zu ihrem eigenen Gesicht, sie starrten sich selbst in den Schritt oder schauten mit leeren Augen auf ihre Schuhe oder ihre nackten Füße. Evelyn hatte völlig unterschiedliche Menschen ausgewählt, die allein ihr Outfit miteinander verband. Ansonsten waren sie klein, groß, männlich, weiblich, irgendwas dazwischen, dick, dünn, weiß, schwarz, braun, asiatisch, irgendwas dazwischen, behaart oder kahl.

Es dauerte fast zwei Stunden, bis Evelyn nach hinten kam. Sie ließ die Tür des Badezimmers offen stehen, während sie sich umzog. Ich nahm an, sie wusste, dass ich sie sehen konnte.

Als sie aus dem Bad kam, wirkte sie erschöpft. Wir redeten ein paar Minuten. Dann fuhr ich wieder.

Es war noch nicht zehn, als ich ins *Moon* kam. Man grüßte mich freundlich, Walter sagte, er freue sich, mich zu sehen, und Elena fragte, wie es mir gehe und ob ich die letzten Tage dazu genutzt hätte, mich zu erholen.

Ich wollte eine nichtssagende Bemerkung machen und dann weitergehen, aber ich blieb stehen. Ich starrte ihre kleinen, stachligen Zöpfe an.

»Was meinst du mit ›erholen‹?«, fragte ich sie.

»Ich wollte wissen, ob du dich ausgeruht hast«, antwortete sie, während sie einen spanischen Brandy einschenkte und einige Biere weiterzapfte, die mit hohen Schaumschichten unter dem Zapfhahn standen.

»Wie geht das, ausruhen?«

»Komische Frage«, sagte Elena und lachte. »Ich nehme an, man schläft viel und so.«

»Du bist doch die Einzige, der es hier richtig gut geht, oder?«, fragte ich.

»Ich hoffe, du hast das kürzlich nicht in den falschen Hals gekriegt.«

»Du weißt bestimmt, wie man sich erholt. Du siehst immer unglaublich erholt aus. Weil du weißt, wie es geht. Du hast den Bogen raus, du bist uns über. Du wirst uns alle überleben.«

Sie stellte die Biere auf das Tablett für den Kellner und sah mich an.

»Was ist denn mit dir los?«, sagte sie.

»Was soll los sein? Vielleicht habe ich die Zeit genutzt, mich zu erholen. Dann sollte es mir doch gut gehen, oder?«

Elena legte den Kopf schief. »Wenn du mich fragst, wirkst du nicht besonders erholt.«

»Weil man mir nicht sagt, wie es geht.«

»Herrgott, stell dich nicht so an«, sagte sie leise, »du führst dich hier auf wie ein hysterisches Weib. Wie sieht denn das aus! Sieh lieber zu, dass niemand mitkriegt, in welcher miesen Verfassung du bist. Schließlich bist du hier der Chef, verdammt noch mal!«

Da kein Kellner kam, trug sie die Biere selbst an Tisch 8.

Die Luft war schlecht. Ich sah Walter im hinteren Teil und gab ihm ein Zeichen. Er kam zu mir.

»Sag mal, ist die Lüftung kaputt, oder was?«

»Nein, alles in Ordnung. Wieso?«

»Es ist doch eine Affenhitze hier. Man kriegt ja kaum Luft. Mach mal ein Fenster auf, sonst ersticken hier noch alle.«

»Du brauchst Urlaub, Felix.«

Ich schüttelte den Kopf. »Schön, dass alle so genau wissen, was ich brauche. Erholung und Urlaub. Vielleicht eine Hühnerbrühe. Weißt du, dass Hühnerbrühe gegen alles hilft? Wirklich! Hühnerbrühe heilt Krebs und was weiß ich. Und Erholung ist immer gut. Und Urlaub. Da ist man hinterher wieder fit für den nächsten Scheiß!«

Ich ging hinunter zu den Toiletten und sah nach, ob noch genug Papierhandtücher in den Halterungen waren. Es stank entsetzlich nach Pisse. Ich überprüfte die Kloschüsseln in den Kabinen. In zweien klebten die Überreste von Gästescheiße. Ich ging wieder nach oben und sagte Walter, dass die Toiletten in einem untragbaren Zustand seien und dass es widerlich stinke. Er sagte, er kümmere sich darum.

Ich ging ins Büro und riss das Fenster auf. Ein Windstoß wehte ein paar Papiere vom Schreibtisch. Ich ließ sie liegen und tippte ein wenig auf dem Computer herum, sah mir an, welche Seiten Walter oder wer auch immer im Internet besucht hatte. Kurz darauf stand ich hinter der Theke und goss mir einen doppelten spanischen Brandy ein.

Fast alle Tische waren besetzt. Über den weißen Tischdecken schwebten rote Gesichter. Münder wurden aufgerissen, Speisereste kamen zum Vorschein, Speichel flog durch die Luft. Ich stellte mir den Raum voller fliegender Speichelbläschen vor, und tatsächlich konnte ich sie plötzlich alle sehen. Sie verließen aufgerissene, kauende Münder, schossen mit hoher Geschwindigkeit durch die Gegend und landeten auf Jacketts, Hemden und Blusen, vielleicht auch auf Wangen, Stirnen, und sogar in anderen␁ündern.

An einem der Tische im hinteren Bereich sah ich die Wöhlers. Julia winkte mir zu. Ich hatte keine Wahl, ich ging zu ihnen. Wöhler saß zusammengesunken, mit einem glänzenden Schweißfilm auf der Stirn, vor einem Glas Rotwein.

Julia, ganz in Weiß, sprang auf, drängte sich an mich und küsste mich auf die Wange.

»Felix!«, rief sie. »Wie schön, dich zu sehen. Du siehst phantastisch aus.«

Ich holte Luft. »Nichts im Vergleich zu dir!«

»Setz dich doch zu uns, wir haben uns so lange nicht gesehen.«

Sie war also nicht in meiner Wohnung gewesen, als das Ehepaar Renz geklingelt hatte. Wir setzten uns. Julia rückte ihren Stuhl näher an meinen.

»Ich habe dich beim Tennis vermisst«, sagte Wöhler.

»Ich hatte viel zu tun.«

»Du hättest anrufen können.«

»Nun sei doch nicht so kleinlich, Carlo«, sagte Julia und legte mir eine Hand aufs Knie. »Kann doch mal passieren, nicht wahr, Felix?« Ihre Wangen waren rot, und in ihren Augen waren ein paar Äderchen geplatzt.

Nach einigen Minuten ging uns die Luft aus. Ich fragte mich, ob sie den ganzen Speichel, der hier durch die Luft flog, auch sahen. Sie machten nicht den Eindruck. Vor allem Julia nicht. Ich bemühte mich nicht, das Gespräch zu beleben, blieb aber sitzen.

»Bist du nicht neugierig?«, fragte Julia, lehnte sich zurück und zog ihre Mundwinkel nach oben.

»Lass es, Julia«, stöhnte Wöhler.

»Frag ihn doch mal«, sagte Julia, »wie es seinem Vater geht.«

»Hör auf mit dem Scheiß!« Wöhlers Stimme war kraftlos.

»Du willst doch bestimmt wissen, wie die Geschichte mit dieser kleinen Schlampe weitergegangen ist, oder? Frag ihn, wie es seinem Vater geht! Los, frag schon!« Julia goss sich Wein nach und nahm einen tiefen Schluck.

»Was ist mit deinem Vater?«, fragte ich schließlich.

Wöhler verdrehte die Augen. »Lasst mich doch alle in Ruhe.« Er lehnte sich zurück, woraufhin Julia sich wieder vorbeugte. Wöhler streckte die Beine von sich und schob seine Hände in die Hosentaschen. »Er hatte einen Schlaganfall, mein Vater.«

Ich sagte, das tue mir leid. Ich wagte nicht zu fragen, was das mit Dita zu tun hatte, ahnte aber auch, dass ich das nicht musste.

»Willst du nicht wissen, was das mit dieser kleinen Schlampe zu tun hat?«

Ich sagte, ich wolle mich da nicht hineinziehen lassen, aber die Wöhlers meinten übereinstimmend, ich sei doch schon mittendrin.

»Mein Vater hatte einen Schlaganfall«, wiederholte Wöhler. »Und Dita, nun ja …«

»Was Carlo sagen will«, unterbrach ihn seine Frau, nahm eine Zigarette aus dem silbernen Etui, das vor ihr auf dem Tisch lag, und zündete sich eine an, »was Carlo sagen will, ist, dass diese kleine Schlampe ein wenig mehr Format gezeigt hat, als wir alle ihr zugetraut haben. Also ich jedenfalls, das muss ich zugeben.« Mit der Zigarette zwischen Zeige- und Mittelfinger griff sie nach ihrem Weinglas, trank es aus und füllte nach. Die Flasche war jetzt leer. Ich gab einer Bedienung, die ich kannte, deren Name mir aber nicht einfiel, ein Zeichen, noch eine zu bringen.

»Sie will sich die Haare wachsen lassen«, sagte Julia und schüttelte den Kopf. »Sie möchte wieder etwas weiblicher aussehen. Jedenfalls weicht sie dem alten Herrn nicht von der Seite. Sie hockt an seinem Bett, hält ihm die Hand und wischt ihm den Sabber vom Mund, und dabei ist er gar nicht dazu gekommen, sein Testament zu ändern oder etwas in der Richtung. Sie hat rein gar nichts davon, materiell gesehen. Und plötzlich ist mein Mann für sie unattraktiv geworden.«

»Sie hat mich abserviert«, stieß Carlo hervor.

Ein paar Sekunden schwiegen sie. Die Bedienung brachte den Wein, entkorkte die Flasche und goss beiden ein. Julia trank, bevor sie weitersprach.

»Jetzt denken wir daran, doch noch ein Kind zu haben.«

Wöhler schüttelte den Kopf und keuchte. »Sie will eins adoptieren.«

»Ich bin zweiundvierzig. Was sagst du dazu, Felix?«

Die beiden sahen mich an. Sie hatten Mühe, ihre Köpfe ruhig zu halten. Ich nahm eine unbenutzte Serviette vom Nebentisch und wischte mir den Schweiß von der Stirn. Wenn Walter behauptete, mit der Lüftung sei alles in Ordnung, dann log er. Man kriegte kaum Luft hier drin. Der ganze Speichel in der Luft tat ein Übriges. Wenn ich die Augen schloss, konnte ich immer noch die Milliarden von Speichelbläschen durch die Gegend fliegen sehen. Mein Blutdruck machte mir wieder zu schaffen.

»Ich sage, dass ich euch einen schönen Abend wünsche und hoffe, es läuft alles so, wie ihr euch das vorstellt.«

Julia lachte, schob sich die Zigarette zwischen die roten Lippen und klatschte in die Hände. »Bravo«, sagte sie mit dem Teil des Mundes, der keine Zigarette hielt, »eine zauberhaft geschmeidige Antwort, mein lieber Felix. Du bist ein so wunderbar nichtssagender Mensch. Ich hätte etwas mit dir anfangen sollen, als es noch möglich war.«

»Es ist nie zu spät«, meinte Wöhler.

Ich stand auf und ging. Nach ein paar Schritten drehte ich mich um. Wöhler hatte Julias Hand genommen und küsste sie. Mein Gott, was für eine Scheißluft hier drin! Ich ging zu den beiden zurück und stützte mich mit den Händen auf dem Tisch ab. »Ich muss da etwas zurücknehmen«, sagte ich. »Ich wünsche euch keinen schönen Abend, und es ist mir scheißegal, ob alles so läuft, wie ihr es euch vorstellt. Oder nein, egal ist es mir nicht. Ich hoffe, ihr brecht euch den Hals. Ich hoffe, ihr erstickt an der Scheiße, die ihr redet. Ihr kotzt mich an, ich kann euer Gejammer nicht mehr ertragen. Setzt euch in euer beschissenes Auto und fahrt gegen den nächsten Baum, okay?«

Als ich mich umdrehte, stand Walter hinter mir. Ich stieß ihn weg. Er folgte mir durch die Tür nach draußen. Er fasste mich an. Ich nannte ihn ein verlogenes Arschloch und fragte ihn, wieso er den Scheißladen nicht übernehme und mich in Ruhe lasse, und dann ging ich zu meinem Wagen und fuhr nach Hause. Noch im Auto verspürte ich zum ersten Mal seit langem den echten Wunsch nach Gesellschaft. Nach einer Anwesenheit. Nach Körper und Haut. Aber ich war aus der Übung. Und meine Mutter war nicht da, um mir zu helfen.

Als ich vierzehn wurde und sie die Flecken, die sich morgens in meinem Bett befanden, nicht mehr ignorieren konnte, ging meine Mutter dazu über anzuklopfen, wenn ich im Badezimmer war. Ich hatte mein eigenes, gleich neben meinem Zimmer. In der Burg Bludau gab es mehr Badezimmer als Bewohner. Die Armaturen waren vergoldet, die Klobrille durchsichtig. Meine Mutter wollte mir das Gefühl geben, ich hätte eine Privatsphäre, aber das war nicht nötig. Zu Hause onanierte ich nur, wenn es gar nicht anders ging.

Manchmal sah meine Mutter mich an, als wolle sie etwas fragen, hielt aber den Mund. Ich hätte ihr ohnehin nicht geantwortet. Unsere Unterhaltungen waren jetzt weitgehend einseitig, und auch diese eine Seite kam mit wenigen Worten aus.

Ab und zu spürte Bludau die stiefväterliche Verpflichtung, mir zu helfen. Eines Nachmittags stand er plötzlich in der Tür zu meinem Zimmer und sagte: »Wie sieht's aus, Großer?«

Ich sah von meinen Matheaufgaben hoch. Er kam näher und legte eine schwere, warme Hand auf meine Schulter. Ich drehte mich mitsamt dem Stuhl um, damit er mich loslassen musste.

»Wie alt bis du jetzt?«, fragte er.

»Vierzehn.«

»Vierzehn, so so.« Er leckte sich die Lippen. »Schönes Alter, oder?«

»Keine Ahnung.«

»Schwierig, aber schön.«

Er hatte eigentlich schon vor einiger Zeit aufgehört, sich für mich zu interessieren. Mir war das ganz recht so. Er ging ein wenig in meinem Zimmer auf und ab.

»Und?«, fragte er. »Wo hast du sie versteckt?«

Ich wusste nicht, was er meinte.

»Ich hatte sie früher immer im doppelten Boden eines alten Koffers. Ich hatte ja nur Ausschnitte, keine ganzen Hefte.« Er lachte wieder. Das Lachen ging in ein Husten über. Er hätte jemanden gebrauchen können, der ihm auf den Rücken klopfte. Ich blieb sitzen.

»Man kennt sich ja nicht so aus, in dem Alter«, sagte er. »Mir hat ja schon die Unterwäschewerbung gereicht. Später muss es natürlich etwas mehr sein. Na ja, du kommst auch noch dahinter. Hast du sie unter der Matratze? Kein guter Ort, wenn du mich fragst. Da sehen Mütter immer als Erstes nach. Also, wo hast du es? Nur so aus Interesse.« Seine Zunge fuhr wieder über seine Oberlippe.

Ich hatte nicht, was er vermutete. In der Schule kursierten manchmal Hefte. Ich hatte mal einen Blick darauf geworfen, aber nichts mit nach Hause genommen.

Als ich nicht antwortete, sagte Bludau: »Ist deine Privatsache. Verstehe schon. Ich könnte dich mit Material versorgen. Aber so weit bist du noch nicht. Ist nur was für Fortgeschrittene. In ein paar Jahren vielleicht.«

Ein paar Sekunden lang betrachtete er mein Bücherregal. Die Augen auf die Buchrücken gerichtet, sagte er: »Und die echten? Die Mädchen in deiner Klasse? Oder hast du es mehr mit den Lehrerinnen? War bei mir so. Eine junge Englischlehrerin. Lange her.«

Er drehte sich zu mir um.

»Kannst mich alles fragen, Großer. Wenn du was wissen willst, wenn du etwas brauchst. Ich freue mich immer, wenn ich helfen kann.«

Mit den letzten Worten war er wieder auf mich zugekommen. Jetzt boxte er mich gegen die Schulter.

»Bleibt unser Geheimnis, Großer!«, sagte er und verließ pfeifend mein Zimmer. Die Melodie kam mir bekannt vor. Eine Platte, die nachts manchmal im Keller lief.

Die Zeit nach dem Abendessen verbrachte ich auf meinem Zimmer. Gegen elf ging ich ins Bett. Ich hatte gerade das Licht ausgemacht, als es an meine Tür klopfte. Das ostentativ zurückhaltende Pochen der Fingerknöchel meiner Mutter. Ohne auf eine Reaktion von mir zu warten, öffnete sie die Tür. Ich sah ihre Silhouette im Gegenlicht der Dielenlampe.

»Guten Abend. Schläfst du schon?«

»Ja.«

Sie schloss die Tür und setzte sich auf mein Bett. Von der Straßenlaterne fiel ein wenig Licht herein.

»Geht es dir gut?«, fragte sie.

Ich nickte im Dunkeln.

»Rück doch mal ein bisschen!«

Ich hörte, wie ihre Schuhe zu Boden fielen, und rutschte an die äußerste Seite der Matratze. Sie legte sich zu mir, kam ganz dicht an mich heran und legte einen Arm um mich. Ich roch das Haarspray, das sie jetzt immer benutzte.

»Du hast dich heute mit ihm unterhalten?«, fragte sie.

»Nein. Wieso?«

»Er sagt aber, dass ihr euch unterhalten habt, mein Schatz.«

»Er hat geredet. Ich habe zugehört.«

»Zugehört, so so.« Sie seufzte. »Mir hast du schon lange nicht mehr zugehört.«

Ich fragte mich, ob sie wieder bei mir einschlafen wollte. Das hatte sie schon lange nicht mehr gemacht. Ihr Kleid raschelte.

»Du hast dich verändert«, sagte sie leise. »Ich weiß, das ist normal. Aber es ist auch schwer. Nicht nur für dich. Auch für deine Mutter. Ich verstehe, dass du Männergespräche brauchst.«

Ich hätte sagen können: Vielleicht, aber nicht mit Bludau. Ich hielt meine Klappe.

Sie ließ einige Sekunden Stille zwischen uns stehen. Dann sagte sie: »Ich muss sagen, ich bin schon ein bisschen enttäuscht. Wir haben doch zusammen so viel erlebt.«

Sie drängte sich noch enger an mich, strich mit ihren Händen über meinen Kopf und mein Gesicht.

»Vertraust du mir nicht mehr?«

Ich hätte sagen können, dass ich das nie getan habe. Nicht mehr nach der Sache mit dem Flieger.

»Und jetzt redest du ausgerechnet mit ihm, anstatt mit

deiner Mutter, die für dich so viel auf sich genommen hat.«

Ich hätte sagen können, dass ich sie nicht gebeten habe, Bludau anzuschleppen.

»Dabei könnte ich dir helfen. Viel mehr, als du glaubst. Ich weiß, was ein Mädchen in dem Alter denkt. Ich könnte dir Tipps geben.«

In der Schule hatte ich einen Jungen entdeckt, der mir bisher nicht aufgefallen war. Der Jahrgangsstufe nach zu urteilen, die er besuchte, war er zwei oder drei Jahre älter als ich. Tatsächlich aber wirkte er nicht älter als zwölf, dreizehn. Seine dichten blonden Haare waren zu einem Pilzkopf frisiert. Er trug gern enge gestreifte Hosen. Eine war weiß mit schwarzen Streifen, die andere rot mit schwarzen Streifen. In der roten gefiel er mir besser. Die weiße wurde schneller schmutzig. In beiden kam sein Hintern besonders gut zur Geltung, viel besser als in der blauen Jeans, die er manchmal anhatte. Ich wusste nicht, wie er hieß, aber in den Pausen spielte er, genau wie ich, nicht mit den anderen Fußball. Er stand auch nicht mit ihnen herum und redete wirres Zeug. Er hockte lieber auf einer Bank, die Füße auf der Sitzfläche, so dass sein Geschlecht deutlich zu sehen war. Er drehte sich Zigaretten und schob sie in das Tabakpäckchen. Rauchen war auf dem Schulhof verboten.

Ich spürte jetzt die Nase meiner Mutter an meinem Hals.

»Du kannst jederzeit zu mir kommen«, flüsterte sie. »Ich bin für dich da. Du musst nicht zu ihm gehen. Was er dir sagt, ist nicht gut für dich.«

Darauf war ich schon von allein gekommen.

Sie küsste mich in die Halsbeuge und stand auf. Ich durfte allein einschlafen.

Zwei Tage später fragte meine Mutter, ob wir nicht nachmittags zusammen in ein Café gehen sollten, um eine Tasse Kaffee zu trinken und ein Stück Kuchen zu essen. Ich war zu überrascht, um Nein zu sagen. Auf der Straße legte sie ihren Arm um meine Hüfte. Sie sagte, ich sei kein Kind mehr, sondern fast schon ein Mann, und ich fragte mich, was hier gespielt wurde.

Wir gingen in ein Café in der Fußgängerzone. Man musste durch einen kleinen Modeschmuckladen und dann über eine Treppe in den ersten Stock. Dort saßen wir am Fenster und sahen auf die Leute draußen hinunter. Meine Mutter bestellte Schwarzwälder Kirsch. Ich ließ mich zu einem gedeckten Apfelkuchen überreden, aber ohne Sahne. Noch bevor der Kuchen kam, stand plötzlich ein Mädchen neben unserem Tisch, gab meiner Mutter die Hand und machte sogar einen Knicks, was in ihrem Alter (fünfzehn, sechzehn) lächerlich wirkte.

Meine Mutter meinte, das sei aber eine Überraschung, und ob sie sich nicht setzen wolle. Das Mädchen sah auf die Uhr, als müsse sie überlegen, ob sie genug Zeit habe, zuckte dann aber mit den Schultern und nahm den Stuhl neben mir.

»Felix, das ist die Anja«, sagte meine Mutter.

Das Mädchen sah mich an. »Willst du mir nicht die Hand geben?«, fragte sie.

Ich hielt ihr meine Hand hin. Sie ergriff sie nur ganz vorn, an den Fingerspitzen.

»Anja macht eine Lehre in der Firma«, sagte meine Mutter.

Also bei Bludau. Im Umfeld der Partys hatte ich sie jedoch noch nicht gesehen.

»Wirklich, eine schöne Überraschung«, sagte meine Mutter. »Sie machen sich sehr gut, sagt mein Mann.«

Anja schlug die Augen nieder und sagte, sie freue sich,

dass Bludau mit ihr zufrieden sei. Aber ja, das sei er ganz gewiss, antwortete meine Mutter.

Die Kellnerin brachte den Kuchen. Anja wollte das Gleiche bestellen wie meine Mutter, aber die sagte plötzlich, sie habe ganz vergessen, dass sie ja noch bei Doktor Hoffmann vorbei müsse, Anja solle doch ihren Kaffee und ihren Kuchen nehmen. Dann sprang sie auf, wünschte uns einen schönen Nachmittag und ging. Ich blickte aus dem Fenster und sah meine Mutter kurz darauf aus dem Café treten. Sie blieb stehen und wischte sich mit einem Taschentuch den Schweiß von der Stirn.

Ich stocherte in meinem Kuchen herum, während Anja ihren mit großem Appetit verzehrte. Als sie fertig war, hatte ich meinen nicht mal zur Hälfte gegessen. Sie fragte mich, auf welche Schule ich ginge, und ich sagte es ihr. Ihre Haare waren dunkelblond und sehr glatt. Unter ihren dichten, etwas dunkleren Brauen hatte sie Augen, deren Farbe ich nicht genau bestimmen konnte. Da spielte Grau mit hinein, aber auch Grün und Blau. Sie trug eine abgewetzte Lederjacke, an deren Ärmeln jetzt Kuchenreste hingen.

Ich war lange vor meiner Mutter wieder zu Hause. Als sie hereinkam, war sie enttäuscht, mich allein auf dem Sofa sitzen zu sehen. Sie wollte wissen, wie es gewesen sei. Okay, sagte ich und sah weiter fern. Es hatte nicht funktioniert. Meine Mutter würde es weiter versuchen müssen.

Am nächsten Morgen sah ich den blonden Jungen mit den gestreiften Hosen mit einem Mädchen reden. Sie war hübsch, genauso blond wie er. Dem Mädchen war anzusehen, dass der Junge ihr gefiel. Sie trat von einem Bein aufs andere und lachte, wenn er etwas sagte.

Meine Mutter strengte sich an. Mal war es ein Kinobesuch, mal ein Gang ins Museum, dann wieder eine scheinbar zufällige Begegnung in der Straßenbahn. Wenn die Mädchen auftauchten, verschwand meine Mutter und machte sich bald nicht mehr die Mühe, einen vergessenen Termin vorzuschützen.

Die Mädchen waren sehr unterschiedlich. Meine Mutter schien sich auf ein langwieriges Versuch-Irrtum-Verfahren eingestellt zu haben. Einige waren schweigsam, andere fragten mir Löcher in den Bauch. Es waren alle Haarfarben vertreten. Ein- oder zweimal probierte meine Mutter es mit einer großen Oberweite.

Der Junge und das Mädchen kamen sich näher. Immer öfter standen sie zusammen und redeten. Jetzt lachte auch er etwas zu oft. Sie knuffte ihn mit dem Ellenbogen. Es war wie im Märchen. Eines Mittags stieg ich absichtlich in den falschen Bus, den, mit dem auch er nach Hause fuhr. Ich erwischte einen Platz an der hinteren Tür. Der gestreifte Junge musste stehen. Und es war Sommer. Er trug die rote Hose und dazu ein weißes Muscle-Shirt. Bei manchen Bewegungen rutschte es hoch, und man sah seinen Bauch. Über der Schulter trug er eine Armeetasche mit seinen Büchern und Heften. Nichts passierte.

Ich erwog, meine Mutter zufrieden zu stellen. Einige der Mädchen waren ganz interessant. Vielleicht hätte ich mich mit ihnen beschäftigt, wenn ich sie anders kennengelernt hätte. Eine, sie hieß Ulrike, hatte sich eine Menge vorgenommen. Sie hatte kurze, schwarze Haare, die nach allen Seiten abstanden, und trug Armee- oder Jeansjacken. Wir waren im Kino, sie nahm meine Hand und legte ihren Kopf an meine Schulter. Als wir uns später verabschiedeten, küsste sie mich auf den Mund, berührte kurz mit ihrer Zunge meine. Das war nicht unangenehm.

Ich fuhr jetzt öfter mit dem falschen Bus. Einmal folgte

ich dem Jungen bis nach Hause, ohne dass er es merkte. Das Haus seiner Eltern stand direkt am Wald. In der Auffahrt parkte ein Mercedes-Kombi. Das Haus war weiß und modern.

Am nächsten Tag ging ich nicht zur Schule, sondern sah mir das Haus näher an. Der Kombi war nicht da, wahrscheinlich war niemand zu Hause. Ich kletterte über das Gartentor und ging in den Garten. Der Rasen war sauber und kurz geschnitten, da fand sich kein Löwenzahn und kein wild wachsender Klee. Ich legte die Hände an die große Scheibe und sah hinein. Ein weitläufiges Wohnzimmer mit einem halbrunden Kamin, Parkettboden mit einem Perser, Bücherregale bis unter die Decke, ein teurer Fernseher, ein langer Glastisch mit Stahlrohrstühlen. Ich ging ein paar Meter weiter, wo eine Treppe zu einer Terrasse vor den Räumen des Souterrains führte. Ich schaute durch das erste Fenster. Das war sein Zimmer. An der Wand hingen Poster von Popgruppen. Das Zimmer war sehr unordentlich. Das Bett war nicht gemacht, Kleidung lag herum. Auf dem Schreibtisch direkt unter dem Fenster erkannte ich ein Album mit Fußballbildern. Rechts neben dem Bett stand ein Kleiderschrank, auf dem einige Sticker klebten. Ich hinterließ Fingerabdrücke auf der Scheibe.

Neben dem Fenster war eine Terrassentür. Ich wollte schon wieder gehen, da sah ich, dass der Hebel waagerecht stand. Ich drückte gegen die Tür, und sie ging auf.

Ich gelangte in einen schmalen Flur, wandte mich am Ende nach links und stand vor seinem Zimmer. Ich wartete ein paar Sekunden, dann ging ich hinein.

Die Sticker am Kleiderschrank waren ebenfalls von Popgruppen, machten aber auch Werbung für Schokoriegel. Das Fußballalbum war vollständig. Das karierte Papier, auf dem er seine Matheaufgaben gemacht hatte, war an den Rändern voller Kringel. Auf anderen Blättern hatte er die Kästchen rundherum ausgemalt.

Ich legte mich auf das Bett. Es roch nach ihm. Jedenfalls nahm ich an, dass das sein Geruch war. Wessen sonst? So riecht er also, dachte ich.

Neben dem Bett stand ein Nachttisch. In der Schublade lagen eine Bibel und ein paar benutzte Taschentücher. Ich sah unter dem Bett nach, wo ich eine braune Kiste fand. Es waren Fußballzeitschriften darin, und ganz unten eine Plastiktüte. Ich sah hinein: Zeitschriften mit nackten Frauen. Playboy, Penthouse, Lui. Auch einzelne Bilder, die aus anderen Zeitschriften herausgerissen waren. Hier sah man mehr als im Playboy. Die Frauen zeigten ihr Geschlecht ganz offen oder führten sich Gegenstände ein. Ich musste an Bludau denken.

Ich sah mir noch den Kleiderschrank an, aber hier war nichts Ungewöhnliches. Er liebte weiße T-Shirts. Ich fand die rot-schwarz-gestreifte Hose. Also trug er heute die weiße. Oder die war in der Wäsche.

Als ich ging, achtete ich darauf, dass der Hebel der Terrassentür immer noch waagerecht stand.

Am Abend fragte mich meine Mutter, ob ich Ulrike mal wieder gesehen hätte. Ich sagte nein, aber ich hätte mit ihr telefoniert. Meine Mutter wollte wissen, ob ich sie oder sie mich angerufen habe. Ich sagte, das wisse ich nicht mehr, aber das war gelogen.

Es war ein Donnerstag, als plötzlich ein Platz neben mir frei wurde und der gestreifte Junge sich neben mich fallen ließ. »Endlich!«, stöhnte er.

»Geht auf die Nerven, das lange Stehen, was?«, sagte ich.

»Kann man sagen.«

Er hatte eine sehr angenehme Stimme.

»Gehst du auch auf die Kleist?«, fragte ich.

»Allerdings.«

»Bei wem hast du Mathe?«

»Kronsbein.«

Den kannte ich nur vom Sehen. Ich hatte noch nie Unterricht bei ihm gehabt.

»Und in Latein?«

»Wohnst du bei uns in der Gegend?«, wechselte er das Thema.

»Ich besuche eine Freundin.«

Der Bus wurde langsamer.

»Ich muss raus. Mach's gut.«

Der Bus kam zum Stehen, die Türen öffneten sich zischend, und er war weg. Ich stieg an der nächsten Haltestelle aus, ging auf die andere Straßenseite und fuhr zurück.

Ein paar Tage später sah ich zum ersten Mal, wie sie sich küssten. Dabei sah man ihre Zungen. Das Mädchen drängte sich an ihn und legte ihre Hände auf seinen gestreiften Hintern. Später gingen sie über den Schulhof, als gehörte er ihnen. Sie schoben ihre Hände in die Gesäßtaschen des jeweils anderen.

Ulrike war hartnäckig. Sie rief an und fragte mich aus. Ich wusste, dass meine Mutter hinter der Tür stand und versuchte zuzuhören, also sagte ich möglichst wenig. Ulrike war nur ein Jahr älter als ich und besuchte eine andere Schule. Sie fragte mich, wie es sei, Latein zu lernen, da sie überlege, zur Oberstufe ans Gymnasium zu wechseln. Ich sagte, es sei okay, aber man müsse eine Menge auswendig lernen. Ulrike meinte, das mache ihr nichts aus.

Am nächsten Tag sah ich den gestreiften Jungen und das blonde Mädchen schon auf dem Treppenabsatz herumknutschen, während alle anderen hinunter in die Pause liefen. Ich hielt mich im Hintergrund und folgte ihnen, als sie doch noch nach unten gingen. Ich reihte mich in ein paar Nachzügler ein, um nicht aufzufallen. Die beiden gingen nicht auf den Hof, sondern hinunter in den Keller. Dort waren die Heizungen, zu denen nur der Hausmeister einen Schlüssel hatte, aber auch die Werkräume. Ich ließ den beiden einen Vorsprung und schaute dann vorsichtig um die Ecke. Sie versuchten die Klinken der einzelnen Türen. Die dritte war offen, sie gingen hinein. Ich wusste, dahinter lag zum einen der Werkraum, zum anderen aber eine Kammer, in der ein Brennofen stand. Hier konnte man die Sachen brennen, die im Unterricht in Ton modelliert wurden. Ich wartete ein paar Sekunden. Ich nahm an, sie würden in die kleine Kammer gehen. Wenn jemand den Werkraum betrat, hatten sie dann noch genug Zeit zu reagieren.

Völlig lautlos drückte ich die Klinke und schob die Tür auf. Sie waren tatsächlich nicht im Werkraum. Ich hörte Geräusche aus der Kammer. Die Tür stand einen winzigen Spalt offen. Ich trat näher und hörte sie atmen. Ich drückte mich mit dem Rücken gegen die Wand. Dann drehte ich mich zur Tür. Es war nur ein sehr schmaler Spalt. Ich sah den Rücken des Jungen, seinen Hintern in der engen, gestreiften Hose. Er drückte das Mädchen mit dem Unterleib gegen einen Tisch, gleich neben dem Brennofen. Es standen ein paar getöpferte Schalen und kleine Vasen herum, auch ein Kopf mit großen Ohren und einer Zigarette zwischen den Lippen.

Das Mädchen hatte die Augen geschlossen und den Kopf zurückgelegt. Der gestreifte Junge küsste sie auf den Hals. Sie ließ ihre Hände über seinen Rücken wandern, zog sein T-Shirt aus der Hose und schob ihre Hände hinein, griff nach seinem Hintern. Der Junge lachte und küsste sie auf den Mund. Dann wechselten sie die Position. Sie drängte ihn gegen den Tisch, griff hinten unter sein T-Shirt. Sie küsste seine Schlüsselbeine, ging ein wenig in die Knie, hob sein Shirt und küsste seinen Bauch.

In diesem Moment sah er mich. Erst schien er sauer zu sein. Dann grinste er. Er küsste das Mädchen noch etwas heftiger und sah mich zwischendurch immer wieder an. Leise ging ich aus dem Zimmer und schloss mich auf der Toilette ein.

Mittags ging er mir zur Bushaltestelle nach. Ich stieg in meinen Bus, er folgte mir, fand einen Platz auf der hinteren Bank. Ich spürte, dass er mich beobachtete, sogar noch, als ich ausstieg. Ich überquerte die Straße hinter dem Bus und sah ihn an, bis der Bus weiterfuhr und an der nächsten Ampel nach rechts abbog.

Am Nachmittag rief ich Ulrike an. Meine Mutter hatte ihre Nummer neben mein Telefon gelegt.

»Hey«, sagte sie, »was für eine Überraschung. Wie geht es dir?«

»Super!«, antwortete ich. »Ich dachte, ich rufe mal an.«

»Gute Idee!«

»Wir könnten uns treffen.«

»Klar, gerne. Wo denn?«

»Ach, Café oder Kino, das ist immer so unpersönlich. Ich könnte dich zu Hause besuchen.«

»Super.«

»Wo wohnst du? Wie kommt man dahin?«

Sie wohnte in einem dieser Häuser unweit der alten Schachtanlage Konstantin. Die Häuser waren vor einigen Jahren saniert worden, wirkten aber schon wieder heruntergekommen. An fast jedem Fenster hing eine große Satellitenschüssel. Wir saßen in ihrem Zimmer. An der Wand hingen ähnliche Poster wie im Zimmer des gestreiften Jungen: Männer, die aussahen wie Frauen – rote Streifen auf den Wangen, aufgetürmte Frisuren, Schulterpolster in den hellblauen oder roten Lederjacken.

Wir hockten auf dem Boden. Ulrike hatte die Ellenbogen auf die angezogenen Knie gestützt. Wir tranken Rotwein, und irgendwann fingen wir an, uns zu küssen. Ich schob meine Zunge in ihren Mund und legte ihr eine Hand auf den Oberschenkel, drängte mich gegen sie, bis sie fast umfiel.

»He, mach mal halblang mit den jungen Pferden«, sagte sie.

Ich zog mich zurück, sie kam mir nachgekrochen, warf mich um und hockte sich auf mich. Sie rieb ihre Nasenspitze gegen meine und fing wieder an, mich zu küssen. Ich steckte meine Hand in ihren Hosenbund und versuchte, ihren Hintern zu fassen zu kriegen. Im Nebenzimmer hörte ich den Fernseher, vor dem ihre Eltern saßen. Sie knöpfte mein Hemd auf und leckte meinen Bauch. Sie öffnete meinen Gürtel, zog meinen Reißverschluss herunter und griff in meine Unterhose. Ich stieß sie weg und sprang auf.

Sie sah mich an. »Was ist los? Keinen Bock mehr?«

Ich sagte nichts. Sie kniete vor mir.

»Hast du Angst, oder was? He, kein Problem, ich zeig dir alles. Und wegen meiner Eltern, mach dir keine Gedanken, die kriegen nichts mit, wenn sie vor der Kiste hocken.«

Ich steckte mein Hemd wieder in die Hose und fuhr mir mit den Händen durchs Haar.

»Bitte sag meiner Mutter nichts«, sagte ich.

»Wieso sollte ich mit deiner Mutter reden?«

»Verarsch mich nicht!«, sagte ich.

Ihr Gesichtsausdruck veränderte sich. »Was soll ich deiner Mutter nicht sagen? Dass du es nicht gebracht hast? Ich glaube, das weiß sie.«

»Nein«, sagte ich. »Das alles hier. Dass ich hier war, und was wir gemacht haben.«

»Wir haben doch gar nichts gemacht.«

»Ich möchte nicht, dass du meiner Mutter irgendetwas erzählst, ist das okay?«

Sie dachte nach. »Was kriege ich dafür?«

»Wie meinst du das?«

»Du musst schon mindestens das springen lassen, was deine Alte raustut, damit ich die Schnauze halte.«

In der Nacht lag ich lange wach. Mir steckte in den Knochen, was ich den Wöhlers an den Kopf geworfen hatte. Und Walters Blick. Und was Elena gesagt hatte. Erst am frühen Morgen konnte ich ein bisschen schlafen. Als ich mich am Morgen auf meine Runde machte, fühlte ich mich wie verprügelt.

Aber am Mittag sah ich die Frau, nach der ich zwei Wochen lang gesucht hatte. Die Frau, die mich zu meinem Vater führen würde.

7

Wie erwartet, erkannte ich sie sofort wieder, als sie plötzlich vor mir stand. Sie trug einen schwarzen Plastikmantel. Ich sah den Himmel an. Tatsächlich musste man heute mit Regen rechnen. Mein Blutdruck schnellte nach oben. Ich spürte den Dreck auf meiner Haut. In den letzten Tagen hatte ich mich etwas gehen lassen. Ich war unrasiert und hatte nicht geduscht. Ich roch meinen eigenen Schweiß. Letzte Nacht hatte ich in meinen Sachen auf dem Sofa geschlafen.

Die Frau hatte schwarze Hosen an, mit breitem Schlag. Außerdem schwarze Schuhe, die in Form und Zeichnung an alte Fußballschuhe erinnerten. Sie kam aus einem Tabakgeschäft mit Lottoannahmestelle. Ich folgte ihr in Richtung des kleinen Platzes und fragte mich, wie oft sie das in den letzten Wochen schon gemacht hatte, wie oft ich sie vielleicht nur ganz knapp verpasst hatte. Sie kannte sich hier aus. Sie wohnte hier irgendwo. Wieso hatte es so lange gedauert, sie zu finden?

Sie blieb vor dem Handtaschenladen stehen, machte aber keine Anstalten hineinzugehen. Sie umrundete den Platz zur Hälfte und bog dann in die Fußgängerzone ein. Sie ging zielstrebig, hatte aber noch genug Zeit, sich ein paar Schaufenster anzusehen. Sie betrat eine Apotheke. Ich wartete draußen, blickte durchs Fenster, konnte aber nicht erkennen, was sie kaufte. Sie kam wieder heraus und betrat den Supermarkt ein paar Meter weiter. Ich nahm mir einen Korb und legte etwas abgepackte Wurst aus dem Kühlregal hinein. Sie sah gut aus. Mein Vater hatte Geschmack.

Sie schob einen Wagen vor sich her: Nudeln, eine Tomaten-Basilikum-Sauce im Glas, Butter, Milch, Eier, ein kleines Toastbrot. Sie lebte allein. Die Sache mit meinem Vater hatte sich zerschlagen. Sie war auf der Suche nach etwas Neuem, wollte sich aber Zeit lassen.

Sie war älter, als ich gedacht hatte. Als ich sie mit meinem Vater an der Straßenecke hatte streiten sehen, war ich davon ausgegangen, dass sie höchstens Ende zwanzig war. Jetzt, da sie dicht an mir vorbeiging, um im Obstregal nach den Bananen zu greifen, schätzte ich sie auf mindestens vierzig. Ich hörte das Knarzen ihres Plastikmantels.

An der Fleischtheke bestellte sie Hackfleisch. Heute Abend gab es Spaghetti Bolognese. Entweder liebte sie die einfache Küche oder sie konnte nicht kochen. Oder sie hatte keine Zeit, hatte noch eine Verabredung. Aber wieso ging sie nicht mit ihm essen? Vielleicht war es eine Freundin, und sie gingen nur ins Kino.

An der Kasse war nicht viel los. Ich wollte nicht direkt hinter ihr stehen, wenn sie bezahlte, also ließ ich einen älteren Herrn in einer hellen Windjacke vor, der nur wenige Teile in seinem Korb hatte. Die Frau ließ sich eine Papiertüte geben, zahlte mit Karte und ging hinaus. Der Alte vor mir brauchte eine Ewigkeit, bis er das Bargeld aus seinem Lederportemonnaie zusammengekratzt hatte. Ich wurde nervös. Was, wenn ich sie jetzt verlor? Ich wollte nicht noch einmal zwei Wochen durch die Gegend irren. Ich war so nah dran! Der Alte fand kein Ende bei der Geldzählerei. Die Kassiererin verdrehte schon die Augen. Hinter mir schon zwei weitere Kundinnen. Wir wollten alle hier weg.

Schließlich stellte ich den Korb mit der Wurst auf den Boden und rannte nach draußen. Der schwarze Plastikmantel bog gerade um die nächste Ecke. Ich hastete hinterher und sah sie in einer Reinigung verschwinden. Ich atmete durch.

In meinem Brustkorb hämmerte es. Ich schluckte eine der Tabletten, die Doktor Hoffmann mir verschrieben hatte. Ich durfte die Frau nicht aus den Augen verlieren, bis ich wusste, wo sie wohnte.

Als sie wieder herauskam, hatte sie eine zweite Tüte in der Hand und kam auf mich zu. Ich sah auf die Uhr und versuchte, unbeteiligt zu wirken. Ein paar Meter vor mir hob sie den Kopf, sah mich an, machte einen Schritt zur Seite und wich mir aus.

Ich ließ mich zurückfallen. Sie drehte sich nicht um. Ich schloss wieder auf. Sie ging den gleichen Weg zurück. Wir kamen wieder zu dem kleinen Platz. Sie grüßte den jungen Mann im Coffeeshop, ging durch ein paar Seitenstraßen und blieb vor einem Neubau stehen. Sie schloss auf und verschwand im Haus.

Ich wechselte die Straßenseite und schaute an der Fassade hoch. Hinter einem dieser Fenster wohnte sie. Ich würde wiederkommen.

Nachdem ich sie gefunden hatte, beobachtete ich sie ein paar Tage und musste feststellen, dass ihr Tagesablauf unregelmäßig war. Sie verließ zu keinem festen Termin das Haus, suchte keine Arbeitsstelle auf und kam zu keiner bestimmten Zeit zurück. Sie erledigte Einkäufe, traf sich mit einer älteren Dame, und eines Nachmittags ging sie in ein Kino und sah sich einen Film mit George Clooney an. Ich saß vier Reihen hinter ihr. Ich fragte mich, ob sie vielleicht in Clooney verliebt war. Er hatte ein kleines bisschen Ähnlichkeit mit meinem Vater. Vielleicht hing sie gerade jetzt Erinnerungen nach.

Manchmal schlich sie sehr langsam durch die Straßen und ließ ihre Schultern hängen. Es war dann nicht einfach, an ihr dranzubleiben, ohne aufzufallen.

Nach einer Woche betrat ich dicht hinter ihr den Supermarkt, an dessen Kasse ich sie kürzlich fast verloren hätte. Sie nahm einen Zwölfer-Karton Eier aus dem Kühlregal, öffnete ihn und sah sich den Aufdruck an. Ich bewegte mich seitlich auf sie zu, ohne hinzusehen, gab vor, mich auf die Unmengen unterschiedlicher Joghurts zu konzentrieren. Ich rempelte sie an, sie stieß einen kleinen Schrei aus, und die Eier fielen zu Boden.

»Oh Gott, entschuldigen Sie!«, rief ich, ging in die Knie und sammelte die Trümmer der Eier ein. »Was bin ich nur für ein Idiot!«

Die Frau sah stumm auf mich herab. Ihr Plastikmantel würde kein Problem darstellen, aber ihre Jeans hatte auch etwas abbekommen.

»Ich komme selbstverständlich für die Reinigung auf!«, versicherte ich.

Ich sah sie an. Sie schüttelte den Kopf.

»Lassen Sie Gott aus dem Spiel«, sagte sie.

Ich wusste nicht, was sie meinte.

»Sie haben ›Oh Gott‹ gerufen. Der hat damit nichts zu tun und kann Ihnen nicht helfen.«

Sie seufzte. Dann ging sie in die Knie und half mir beim Aufsammeln. »Das ist genau das, was mir heute noch gefehlt hat.«

Wir fischten mit spitzen Fingern die geborstenen Eierschalen aus den zähen Dottern.

»Hier, sehen Sie mal!«, sagte ich und zeigte ihr den Überrest einer Schale, »auf der Packung steht was von Bodenhaltung, aber der Aufdruck beweist, dass die Eier von Käfighühnern stammen.«

»Das ist Betrug«, sagte sie.

»Ein Versehen«, beteuerte der Filialleiter, der inzwischen

hinzugetreten war, ein kleiner, schmaler Mann mit beginnender Glatze.

Wir standen auf.

»Ich möchte mich bei Ihnen entschuldigen«, sagte ich noch einmal.

Der Filialleiter hatte einen Eimer mit Wasser und einen Aufnehmer dabei, kniete vor uns und begann, den Boden zu säubern.

»Ist schon gut«, sagte die Frau, »es ist schon ... Oh Gott, ich bin so müde.«

Ich sagte, ich würde sie gern zu einem Kaffee einladen. Sie starrte den Mann zu unseren Füßen an und nickte langsam.

Wir gingen in den Coffeeshop neben dem Wettbüro. Wir setzten uns in den hinteren Teil. Ich ging zum Tresen, bestellte mir selbst einen einfachen Kaffee und für die Frau einen Milchkaffee mit Vanillesirup. Als ich zum Tisch zurückkam, sah es aus, als ob sie eingeschlafen sei, doch als ich den Kaffee abstellte, öffnete sie die Augen und richtete sich auf.

»Ich bin sonst nicht so ungeschickt.«

Sie machte eine Handbewegung. »Wahrscheinlich war es meine Schuld.«

»Ganz sicher nicht.«

»Bestimmt stand ich im Weg.«

Sie rührte mit dem langen Löffel in ihrem Glas herum und leckte den Schaum ab.

»Ich weiß nicht, ob man die Hose noch retten kann«, sagte ich.

»Das geht raus«, antwortete sie.

»Ich dachte, Eigelb ist ein Problem.«

»Irgendwie kriege ich das schon raus.«

»Ich möchte, dass Sie die Hose in die Reinigung geben. Auf meine Kosten. Am besten kaufen Sie sich eine neue.«

Ohne zu lachen sagte sie: »Wollen Sie mit mir shoppen gehen?«

»Es ist mir unangenehm, was da passiert ist.«

Sie hob kurz die Augenbrauen. »So schlimm ist es auch nicht.«

Ich trank von meinem Kaffee, beugte mich vor und blickte auf die Straße. Es hatte angefangen zu regnen. Ganz leicht nur, aber die meisten Menschen hatten Schirme aufgespannt.

»Wohnen Sie hier in der Gegend?«, fragte ich.

»Und Sie?«

»Ich arbeite hier.«

»Was machen Sie?«

Ich erzählte vom *Pink Moon*.

Sie sagte, sie sei da ein paar Mal vorbeigegangen. »Aber ich war nie drin. Zu teuer.«

»Wir haben einen sehr günstigen Mittagstisch.«

»Mittags gehe ich nicht aus.«

»Sie sollten unser Kuchenangebot sehen.«

»Ich hasse Kuchen.«

Plötzlich stand sie auf, ging zum Tresen und redete mit dem jungen Mann dahinter. Sie steckte sich eine Zigarette zwischen die Lippen, und er gab ihr Feuer. Sie zeigte auf ihre Hose und machte eine Kopfbewegung in meine Richtung. Der Junge warf mir einen kurzen Blick zu und lachte. Sie berührte ihn am Arm. Dann kam sie zurück.

»Ich finde, die Gegend kommt auf den Hund«, sagte sie.

»Was meinen Sie damit?«

»Ich weiß nicht. Es sieht alles so schmutzig aus. Finden Sie nicht? Der ganze Bürgersteig ist voll mit diesen platt getretenen Kaugummis. Manchmal sieht man Kinder ausspucken. Haben Sie das noch nicht gesehen?«

Ich sagte, das mit den Kaugummis sei mir auch schon aufgefallen, das mit den Kindern aber noch nicht.

»Oh Gott, ich bin müde. In letzter Zeit werde ich gar nicht mehr richtig wach. Am liebsten würde ich weggehen.«

»Sind Sie von hier?«

»Nein.«

»Wo kommen Sie her?«

Sie sah mich an und zog an ihrer Zigarette.

»Von woanders. Und Sie? Nein, lassen Sie, es interessiert mich nicht. Können Sie eigentlich das, was Sie in Ihrem Laden anbieten, auch selbst kochen?«

»Das werde ich öfter gefragt. Nein, ich kann nicht kochen.«

»Ich auch nicht. Ich kann so vieles nicht.«

Sie tunkte den Löffel in den Milchschaum und machte sich einen Fleck auf die Nasenspitze. Sie legte den Kopf in den Nacken. Etwas Milchkaffee tropfte auf den Boden, weil sie das Glas schräg hielt.

Als wir ausgetrunken hatten, gab ich ihr meine Visitenkarte, strich aber die Nummer vom *Moon* durch.

»Verzeihung«, sagte ich. »Ich weiß gar nicht, wie Sie heißen.«

»Christine.«

»Felix.«

Sie warf einen Blick auf die Karte. »Stimmt.«

Spät am Abend ging ich noch einmal zu Fuß in die Stadt und blieb auf der Straßenseite gegenüber dem *Moon* stehen. Es war nicht mehr viel los. Walter stand mit Elena hinter dem Tresen. Davor saß der Junge, der Walter in letzter Zeit häufiger besuchte, mit übereinander geschlagenen Beinen auf einem Hocker und trank Wasser.

Als ich wieder zurückkam, saß Maxima vor meiner Wohnungstür.

Am nächsten Morgen wählte ich Tornows Büronummer. Seine Sekretärin sagte, Herr Tornow sei in einer Besprechung. Sie wollte wissen, um welche Angelegenheit es sich handele. Den Geburtstag seiner Mutter, sagte ich, woraufhin die Besprechung beendet war und ich durchgestellt wurde.

Tornow schien nicht erfreut zu sein, von mir zu hören. Ob es Schwierigkeiten gebe?

»Nein, nein«, sagte ich und bemühte mich, beim Sprechen zu lächeln, damit ich freundlicher klang. »Es ist nur so, dass ich mich aus familiären Gründen entschlossen habe, beruflich etwas kürzer zu treten, weshalb ich Sie bitten muss, die weiteren Planungen Ihrer Festlichkeit mit meinem Geschäftsführer zu besprechen.«

Tornow antwortete nicht gleich. »Es tut mir leid, das zu hören. Und ich glaube, meine Mutter wird das auch sehr bedauern.«

»Ich bedaure das auch, sehe mich jedoch außerstande, meinen Verpflichtungen in den nächsten Monaten in gewohntem Maße nachzukommen. Ich kann Ihnen – und Ihrer Mutter – jedoch versichern, dass Ihre Angelegenheit bei Herrn Schlötzer in den besten Händen ist.«

»Könnten Sie mir den Namen buchstabieren?«

Ich tat es.

»Ich hoffe, die familiären Angelegenheiten sind nicht unangenehmer Natur.«

»Sie sind notwendig.«

Tornow wartete.

»Mein Vater«, sagte ich. »Ist zum Pflegefall geworden.

Und ich möchte mich selbst so viel wie möglich um ihn kümmern. Außerdem werde ich in absehbarer Zeit heiraten.«

Ich hörte, wie Tornow am anderen Ende mit einem Stift auf die Schreibtischplatte pochte.

»Dagegen kann man nichts sagen.« Er pochte weiter. »Nein, dagegen kann man nichts sagen.«

»Ich denke, Ihre Frau Mutter wird das verstehen.«

»Darauf würde ich nicht wetten. Aber lassen wir das.«

Ich hörte, wie er den Stift hinwarf.

Nachdem ich aufgelegt hatte, öffnete ich alle Fenster, um den Geruch von Maximas Zigaretten loszuwerden. Ich wollte die Zeitung lesen, konnte mich aber nicht konzentrieren. Ich musste mir überlegen, wie es weitergehen sollte.

Christine rief am Mittag des gleichen Tages an. Ich stand gerade am Fenster und sah den Trainingsanzug und Renz in ein Gespräch vertieft. Hätte ich das Fenster geöffnet, hätten sie mich bemerkt.

Christine sagte, sie habe die Hose gewaschen und die Flecken seien rausgegangen. Ich bot trotzdem an, ihr eine neue zu kaufen. Sie lehnte ab. Ich lud sie zum Essen ein. Sie sagte ja.

»Um acht?«, fragte ich.

»Viertel vor.«

Am Nachmittag machte ich einen Spaziergang mit Ernesto und Annemarie. Es drängte mich, ihnen zu erzählen, dass ich ganz nah dran war, meinen Vater zu finden, riss mich aber zusammen. Ich wollte sie nicht mit Zwischenergebnissen belästigen.

Etwa ein Jahr, nachdem Walter und ich das *Moon* eröffnet hatten, rief Ernesto plötzlich bei mir an. Er war wieder in der Stadt und hatte einfach im Telefonbuch nachgesehen. Ich wunderte mich, dass er sich an mich erinnerte.

Wir trafen uns im Stadtpark, an der Wiese, auf der wir uns begegnet waren, in einem der anderen Leben, die wir hinter uns gelassen hatten. Ich weiß nicht, was ich erwartet hatte, aber er fiel mir gleich um den Hals und hob mich ein Stück vom Boden hoch. Ich erkannte ihn trotz des Spitzbartes, den er sich hatte stehen lassen. Er war damals schon lange mit Annemarie zusammen, aber zu unserer ersten Verabredung hatte er sie nicht mitgebracht. Ich sah sie erst ein paar Tage später, als ich bei den beiden zum Essen eingeladen war. Sie umarmte mich, als kenne sie mich ebenfalls seit ihrer Kindheit.

Sie besuchten mich zwar ein paar Mal im *Moon*, aber eigentlich trafen wir uns lieber woanders. Die beiden waren sehr häuslich und kochten gern. Wir tranken zu viel, wenn wir zusammen waren, und meistens tanzten wir dann im Wohnzimmer.

Eines Nachmittags nahm ich Ernesto mit zu meiner Mutter. Sie war es nicht gewohnt, dass ich noch jemanden mitbrachte, wenn ich sie besuchte. Ich hatte vorher bei ihr angerufen, also hatte sie sich zurecht gemacht, und als wir die vier Stufen zu ihrer Wohnung hinaufkamen, stand sie in der Tür, die linke Hand von der rechten umschlossen. Sie sah in solchen Momenten immer noch aus wie die Herrin auf Burg Bludau, trug noch immer die teuren, mittlerweile nicht mehr ganz frischen Sachen aus jener Zeit, und hatte ihr Haar frisch frisieren lassen.

Als sie Ernesto sah, stutzte sie, erkannte ihn aber viel schneller, als ich gedacht hätte. Umgehend brach die Schlossherrin zusammen. In Bruchteilen von Sekunden wurde meine Mutter um Jahre jünger. Dennoch musste sie sich am Türrahmen festhalten. Dann schüttelte sie den Kopf und sagte, sie habe zuerst geglaubt, Jürgen zu sehen, aber jetzt wisse sie, wen sie vor sich habe. Sie hatte Tränen in den Augen. Es wurde ein sehr netter Nachmittag, in dessen Verlauf sie nicht eine einzige Frage über Ernestos Vater stellte. Wohl aber wollte sie wissen, was aus seiner Mutter geworden sei. Ernesto erzählte, die sei in den USA und er habe seit Jahren nichts von ihr gehört.

Von Christine, und dass sie mich zu meinem Vater führen würde, wollte ich nicht erzählen, also berichtete ich von Evelyn, verschwieg aber, dass es etwas schwierig war. Vor allem Annemarie freute sich für mich. Jedenfalls zeigte sie es deutlicher als Ernesto. Sie schmiegte sich an mich und sagte, Evelyn sei eine glückliche Frau, dass sie mir begegnet sei. Ernesto legte die Stirn in Falten, und auch mir wurde das ein bisschen viel. Sie fragten mich über sie aus und waren sich einig, dass sich das alles sehr gut anhöre.

Christine kam eine Viertelstunde zu spät. Sie trug eine weite, helle Hose, eine dunkle Bluse und hatte ihr Haar zu einem Pferdeschwanz gebunden. Sie hatte etwas Make-up aufgelegt und wirkte nicht mehr ganz so müde. Sie stellte eine schwere Umhängetasche neben der Wohnungstür auf den Boden. Ich nahm ihr den knarzenden Plastikmantel ab und legte ihn im Wohnzimmer aufs Sofa. Sie ging herum und sah sich alles genau an.

»Merkwürdig«, sagte sie.

»Wein?«

»Danke.«

Ich ging in die Küche, entkorkte eine Flasche Weißwein,

goss zwei Gläser halbvoll und stellte die Flasche wieder in den Kühlschrank.

»Was ist merkwürdig?«

Sie stand am Wohnzimmerfenster und schaute nach unten. »Eine schöne Wohnung«, sagte sie und nahm das Glas, das ich ihr hinhielt. Wir stießen an.

»Ich hatte mir Ihre Wohnung anders vorgestellt. Etwas eleganter. Ich meine, sie ist nicht ärmlich, aber ... Unspektakulär.«

»Heute scheinen Sie nicht so müde zu sein«, sagte ich.

Sie zuckte mit den Schultern. »Ich bin immer müde. Seit Jahren schon.« Sie trank ihr Glas fast leer. Sie deutete auf das Regal. »Sie lesen gern?«

»In letzter Zeit nicht so viel.«

»Ich fühle mich immer ein wenig nun ja, wenn ich jemandem begegne, der liest.«

»Sie fühlen sich nun ja?«

»Das sage ich, wenn ich nicht weiß, was ich sagen soll.«

Sie ging ein wenig umher.

»Wieso wohnen Sie eigentlich zur Miete?«, fragte sie. »Noch dazu in so einem Haus in so einer Gegend? Sie müssten sich doch was Eigenes leisten können. Kleines Häuschen am Stadtrand? Wie wär's?«

»Ich liebe Nachbarn.«

»Ich habe einen auf der Treppe gesehen. Ich hoffe, die anderen sind weniger irritierend.«

»Nein.«

Vor den Schallplatten ging sie in die Hocke. »Sind Sie einer von denen, die keine CDs mögen?«

»Die sind im Schrank.«

»Ich mag CDs, weil sie nicht so viel Platz wegnehmen.«

»Dafür sind die Cover so klein«, sagte ich. »Früher machten die noch was her.«

»Ach, wer sieht sich schon die Cover an.«

»Und die Texte in den CD-Booklets kann man kaum lesen.«

»Ich interessiere mich mehr für die Musik als für die Texte. Das meiste verstehe ich sowieso nicht. Das sind alles sehr alte Platten, nicht wahr?«

»Ich kaufe nicht mehr so viel neues Zeug, und wenn, dann auf CD, da ist es nur natürlich, dass die Vinyl-Platten sämtlich älteren Datums sind.«

»Wissen Sie, was mich an den Platten immer so aufregt?« Sie hatte *Grievous Angel* in der Hand und ließ die Papierhülle mit der Platte herausgleiten. »Diese Papierhülle kriegt man immer so schlecht wieder in das Cover hinein.« Sie wollte es mir vormachen, hatte aber keinerlei Probleme. »Na ja, meistens jedenfalls«, sagte sie.

»Es freut mich, dass es Ihnen heute besser geht.«

Sie stellte die Platte weg, stand auf, leerte ihr Glas und verzog das Gesicht, als tue ihr etwas weh. »Das kann sich leider ganz schnell ändern«, sagte sie. »Ich bin sehr wehleidig. Ich habe übrigens gelogen. Ich kann sehr wohl kochen. Sie haben wahrscheinlich nichts vorbereitet, oder?«

»Ich wollte mich mit Ihnen abstimmen.«

»Ich habe etwas mitgebracht.«

Sie holte zwei mikrowellentaugliche Kunststoffschüsseln aus der Tasche, die sie neben der Wohnungstür abgestellt hatte. Da ich keine Mikrowelle hatte, mussten wir das Essen im Topf erwärmen.

Ihre Behauptung, sie könne kochen, war übertrieben gewesen. Es war ein einfaches Nudelgericht mit einer Sauce voller Zucchini, Auberginen und Tomaten. Alles war etwas zu lange auf dem Herd gewesen und kaum gewürzt. Ich aß einen Teller, und als sie mir mehr anbot, lehnte ich ab, was ihr aber nichts ausmachte.

Ich hielt mich mit dem Trinken zurück, im Gegensatz zu Christine. Ich öffnete eine weitere Flasche. Nach dem Essen wechselten wir von der Küche ins Wohnzimmer. Ich wusste jetzt, dass sie Physiotherapeutin war und vor einigen Monaten aus ihrem letzten Job rausgeflogen war. Sie hatte noch keinen neuen gefunden, suchte aber auch nicht besonders intensiv. Ich hatte sie nicht danach gefragt. Außer dem Wein brauchte sie keine weitere Aufmunterung. Sie kam auf ihre Mutter, die ihr immer wieder Geld zusteckte, obwohl Christine das nicht wollte.

»Wissen Sie, ich sage immer, Mama, ich brauche dein Geld nicht. Ich komme zurecht. Und wenn ich dann mal kurz rausgehe, steckt sie mir was in die Tasche, oder sie legt es bei mir zu Hause in die Obstschale oder so. Es ist, als wäre ich noch ein Kind. Ich habe schon ein paar Mal versucht, ihr das Geld zurückzugeben, aber Sie wissen ja, wie Mütter sind.«

»Nein. Wie sind Mütter?«

Christine hielt sich die Nase zu und drückte Luft hindurch, um einen Druck in ihren Ohren zu erzeugen. Dann öffnete sie den Mund und bewegte ihre Kieferknochen, um den Druck wieder loszuwerden.

»Meine Mutter hat immer gesagt: Du kannst es ja in den Abfall werfen. Das Geld, meine ich.«

»Und? Haben Sie das getan«?, fragte ich.

»Sind Sie verheiratet?«

»Wieso wollen Sie das wissen?«

»Oder sehen Sie viel fern?«

»Es geht. «

Sie fuhr mit dem Finger über den Rand ihres Glases. »Männer ohne Fernseher haben viel mehr Zeit für ihre Frau.«
»Ach ja?«
»Oder für Frauen im Allgemeinen. Frauen, die sie im Supermarkt mit Eiern bewerfen und dann zu sich nach Hause locken.«
»Es funktioniert immer wieder«, sagte ich. »Was ist mit Ihnen? Wieso sind Sie nicht verheiratet?«
Sie senkte kurz die Augenlider. »Das sind Fragen aus einem amerikanischen Film. Da fragen sich die Leute das immer gegenseitig. Amerikaner sind total auf Ehe fixiert.«
»Sie lassen sich eben gern scheiden.«
Sie ließ den Wein in ihrem fast leeren Glas kreisen. »Ich war mal verheiratet. Aber da habe ich mich irgendwann eine Spur zu amerikanisch gefühlt.«
»Wann war das?«
»Vor ein paar Jahren.«
»Und wie lange hat das gedauert?«
»Meinen Sie, wie lange ich verheiratet war, oder wie lange es gedauert hat, bis ich darüber hinweg war?«
»Wie lange waren Sie verheiratet?«
»Sechs Jahre. Vor drei Jahren bin ich geschieden worden. Und nein, ich bin noch nicht drüber weg. Möchten Sie sich nicht zu mir aufs Sofa setzen?«
Ich beugte mich vor, stützte meine Ellenbogen auf meine Knie. »Erzählen Sie von Ihrem Mann.«
Sie leerte ihr Glas und hielt es mir hin. Ich füllte es auf. Sie sah mich an, dann wandte sie ihren Blick ab und starrte in ihr Glas. Das Gummi, das ihre Haare zusammenhielt, war verrutscht. Einzelne Strähnen waren entkommen.
»Wieso interessiert Sie das?«
»Wir können auch über etwas anderes reden.«

Sie spitzte ihren Mund. »Ich rede nicht gerne über etwas anderes.« Sie trank. »Mein Mann. Mein Ex-Mann. Es war so eine Geschichte von wegen am Arbeitsplatz und so. Wir sind ein paar Mal ausgegangen. Dann waren wir zusammen. Er hatte schöne Hände. Er konnte Klavier spielen, jedenfalls ein bisschen.«

»War er älter als Sie?«

»Wie kommen Sie darauf? Nein, er war zwei Jahre jünger. Sie sind sehr neugierig.«

»Ich interessiere mich.«

»Mit welchem Ziel?«

»Keinem besonderen.«

Wieder leerte sie ihr Glas und ließ es über die Sofalehne baumeln. Sie legte ihren Kopf auf den Oberarm und atmete aus.

»Kennen Sie die Formulierung: ›Es gibt da jemanden‹? Ja, ja, es gibt da jemanden, es gab da jemanden, es ist da jemand gewesen, und jetzt ist er weg, und ich werde müde.«

Sie stellte das Glas auf den Boden, stand auf und ging ans Fenster. Sie legte die Stirn gegen die Scheibe, die von ihrem Atem gleich beschlug.

»Da unten steht ein Mann«, sagte sie.

»Trägt er einen Trainingsanzug?«

»Nein. Er hat nichts Besonderes an.«

»Was tut er?«

»Er weint.«

»Wahrscheinlich Renz.«

»Kann sein.«

Christine drehte sich zu mir um. »Wieso haben Sie sich nicht zu mir gesetzt?« Sie schloss die Augen und legte ihren Kopf gegen den Griff des Thermopanefensters.

»Ihr Kopf wird Ihnen schwer«, sagte ich.

»Es gibt da einen Film«, sagte sie und gähnte, »einen Film mit David Niven. Der spielt so einen Supergauner, dem immer der Kopf zur Seite fällt, weil sein Gehirn so schwer ist.«

»Gehen Sie gern ins Kino?«

»Es hilft, die Zeit rumzukriegen.« Sie öffnete die Augen und stieß sich von der Fensterbank ab. »Ich sollte jetzt nach Hause gehen.«

»So plötzlich?«

Sie ging durchs Zimmer und zog dabei das Gummiband heraus. Mit den Händen breitete sie ihr Haar über ihre Schultern aus. Sie ließ sich wieder aufs Sofa fallen.

»Sie sind so sympathisch«, sagte sie.

»Sie kennen mich nicht.«

Sie schüttelte den Kopf. »Warum haben Sie das gemacht? Im Supermarkt. Sie scheinen nicht auf das Übliche aus zu sein.«

»Was ist das Übliche?«

»Oder täusche ich mich? Sind Sie nur schüchtern?«

»Das war ein Versehen, im Supermarkt.«

»Sie haben mich dazu gekriegt, dass ich Sie anrufe. Sehr clever.«

»Ich wollte den Schaden wieder gutmachen.«

»Nein, Sie wollten noch etwas anderes.«

»Ich weiß nicht, was Sie von mir denken.«

»Ich weiß nicht, was ich von Ihnen denken soll. Sie haben den ganzen Abend noch nicht versucht, mich ins Bett zu kriegen. Sie fragen nur immer nach meinen Verflossenen. Sind Sie pervers?«

»Würde Ihnen das Angst machen?«

»Ich bin da einiges gewohnt. Vielleicht sind Sie der letzte Gentleman.«

»Vielleicht liegen meine Interessen nur ganz woanders.«

»Jetzt kommt's raus!« Sie kicherte. »Ich möchte noch etwas trinken. Ich weiß, ich hatte schon genug, aber es macht mir Spaß, mich zu betrinken. Ich könnte es den ganzen Tag tun.«

Ich gab ihr die noch halb volle Flasche, und sie goss sich selbst ein. »Sie können nicht verheiratet sein. Die Wohnung sähe anders aus. Alles andere kann man regeln.«

»So viel Respekt vor der Ehe?«

»Rufen Sie mir bitte ein Taxi. Und sagen Sie dem Fahrer, er soll mir von unterwegs noch ein wenig Selbstachtung mitbringen. Ich weiß gar nicht, was ich hier mache.«

»Ich kann Sie nach Hause fahren, wenn Sie wirklich schon gehen wollen.«

Sie lachte. »Machen Sie sich nicht auch noch über mich lustig.«

»Nein, nein, es ist kein Problem.«

»Ich hätte schwören können, Sie hätten das absichtlich gemacht, das im Supermarkt, aber jetzt... Ich fühle mich mies.«

Ich versuchte, sie zu beruhigen. »Dazu besteht kein Grund.«

»Ich brauche keinen Grund, um mich mies zu fühlen.« Sie trank das Glas leer.

Ich war kurz davor, ihr einfach die Wahrheit zu sagen, fürchtete aber, das würde alles noch schlimmer machen.

»Möchten Sie die Wahrheit hören?«, fragte ich sie, und wusste selbst nicht, was ich sagen wollte, wenn sie mit »Ja« antwortete.

»Ich weiß nicht.«

»Sie haben Recht, es gibt da jemanden.«

»Ach ja? Und Sie sind treu? Gibt es das? Ein treuer Mann. Einer, der sich eine fremde Frau in die Wohnung holt und wirklich nur mit ihr quatschen will. Ihr wirklich nur eine neue Hose kaufen! Wo waren Sie vor zehn Jahren?«

»Wie gesagt, es gibt da jemanden.«

»Schon gut, schon gut, ich nehme ein Taxi.«

Sie wollte aufstehen.

»Er heißt Walter.«

Christine hielt in der Bewegung inne. »Oh.«

»Es ist ein bisschen wie bei Ihnen. Wir arbeiten zusammen, er ist mein Geschäftsführer.«

»Und hat er auch so schöne Hände wie Günther?«

»Günther?«

»Mein Ex-Mann. Hieß wirklich Günther. Zum Glück nimmt man nicht den Vornamen an, wenn man heiratet. Hat er schöne Hände? Ihr Walter. Hat er schöne Hände?«

»Ich finde schon.«

»Schöne Hände sind was Feines.« Sie atmete tief durch. »Wissen Sie was?«

»Nein?«

»Wenn es sich um einen Walter handelt, dann dürfen Sie mich auch nach Hause fahren.«

Sie sah mir noch zu, wie ich in der Küche die Schüsseln, in denen sie das Essen hertransportiert hatte, unter heißem Wasser mit ein wenig Spülmittelkonzentrat abspülte. Ich beteuerte nochmals, wie gut mir das Essen geschmeckt hätte, aber als sie seufzte, sie sei keine gute Köchin, widersprach ich nicht.

Ich wusste, wo sie wohnte, ließ mir aber von ihr den Weg erklären. Ich musste zwei Querstraßen weiter parken. Auf dem Weg vom Wagen zum Haus hakte sie sich bei mir ein.

Wir fuhren mit dem Fahrstuhl in den fünften Stock. Vor der Wohnungstür gab ich ihr die Hand und wollte gehen, aber sie bat mich, noch mit hereinzukommen.

Sie schloss auf, und wir gingen hinein. Auf einen Knopfdruck ging in der ganzen Wohnung das Licht an. Es roch ein wenig muffig.

»Ich sollte ein Fenster öffnen«, sagte Christine und warf ihren Regenmantel auf den Boden. »Gegen diese Luft kommt man nicht an. Man könnte die Außenwand wegschlagen, und es würde immer noch riechen wie im Keller. Es muss etwas in den Wänden sein. Ich warne Sie, es ist nicht aufgeräumt. Was möchten Sie trinken?«

Ohne meine Antwort abzuwarten, ging sie in die Küche.

Durch einen dunklen Flur, dessen niedrige Enge noch durch ockerfarbene Raufaserwände und einen dunkelbraunen Teppichboden betont wurde, blickte man in ein winziges, fensterloses, grün gefliestes Badezimmer, dessen Tür offen stand. Zwischen die Badewanne mit weißem Synthetik-Duschvorhang und eine kleine, in diesem Bad aber viel zu massig wirkende Waschmaschine (Toplader) zwängte sich ein Klo.

Links musste hinter einer Tür mit geriffelter Glasscheibe das Schlafzimmer liegen, hinten rechts war Christine in der Küche verschwunden.

Die Tür zum Wohnzimmer war ausgehängt und nirgends zu sehen: der verzweifelte Versuch, das Zimmer und damit die ganze Wohnung größer erscheinen zu lassen. Auf dem Boden vor dem abgenutzten, durchgesessenen Ikea-Sofa mit fleckig-rotem Bezug lag ein Flokati. Darauf stand ein Tisch mit einer Glasplatte. An der Wand das Bild einer blauen, nackten Frau, die mit nach außen gestellten Armen ihre Brüste festhielt. Gegenüber die frühstückenden Bauarbeiter auf einem Stahlträger hoch über New York.

»Ich bin nicht auf Gäste eingerichtet«, sagte sie von der Tür her, mit einer Flasche Rotwein und zwei Gläsern in der Hand. Sie ließ sich auf das Sofa fallen und goss die beiden

Gläser halb voll. »Ich habe Ihnen gleich gesagt, dass ich nicht aufgeräumt habe.« Sie trank. »Seit mein Mann hier nicht mehr ... nun ja ...«

»Ich verstehe.«

»Ich meine«, sagte sie ins Glas hinein und nahm einen weiteren Schluck, »wieso soll ich da aufräumen?« Sie schüttelte den Kopf. »Können Sie mir sagen, wieso ich da aufräumen soll? Sehen Sie den Tisch da?«

Sie holte ein benutztes Papiertaschentuch aus den Polstern hervor, schnäuzte sich und stopfte es wieder zurück.

»Wissen Sie, dass manche Männer von ihren Frauen verlangen, sich auf so einen Glastisch zu hocken, nackt natürlich, und die Männer legen sich da drunter und machen sonst was? Manche Männer verlangen von ihren Frauen ... ach, egal.«

Sie setzte sich auf, strich ihre dunklen Locken zurück, fingerte aus der Hosentasche das Gummiband und legte ihr Haar am Hinterkopf zusammen. Es wurde nicht mehr gebraucht, wegen Walter.

»Wie waren Sie als Kind?«, fragte sie.

»Klein«, sagte ich.

»Erzählen Sie mehr. Waren Sie ein lebhaftes, neugieriges Kind, die Freude Ihrer Eltern? Oder still und schüchtern? Waren Sie viel an der frischen Luft?«

»Ich war ganz normal.«

Sie leerte ihr Glas und füllte es wieder auf. »Ich habe als Kind am liebsten den ganzen Tag zu Hause gesessen. Ich konnte mich gut mit mir allein beschäftigen. Ich war Einzelkind. Aber man wurde ja ständig gezwungen rauszugehen. Kennen Sie das? Geh mal nach draußen, es ist so schönes Wetter, da muss man rausgehen und spielen, du willst doch kein Stubenhocker sein, und ich, na ja, ich fand, gutes

Wetter allein war noch kein Grund, das Haus zu verlassen. Ich musste immer in den Wald gehen. Immer in den Scheißwald. Mit meinen Eltern. Hier, hat mein Vater gesagt, fass mal in die Erde, ist das nicht toll, Erde! Ich kann Erde nicht ausstehen. Das hat mir so an deiner Wohnung gefallen: keine einzige Pflanze.«

Sie streifte sich die Schuhe ab und legte die Füße auf den Glastisch. Sie bewegte ihre Zehen und lachte. Durch die dunkle Strumpfhose konnte ich sehen, dass ihre Nägel lackiert waren. Sie trank weiter.

Es verging einige Zeit.

»Okayyyyyy«, sagte sie plötzlich, »soll ich mich jetzt ausziehen oder was?«

»Ich denke, das wird nicht nötig sein.«

»Sind Sie nicht deswegen hier?«

»Ich dachte, das hätten wir geklärt.«

»Ach ja. Walter. Ich vergaß. Na ja, man kann es ja mal versuchen.«

»Ich denke, ich gehe dann mal.«

»Ich könnte mir etwas anderes anziehen. Etwas, das Ihnen gefällt.«

»Sie sollten jetzt schlafen gehen.«

»Ich hab ein paar schöne Sachen. Günther wollte nie, dass ich sie anziehe. Henning war da ganz anders.«

»Henning?«

»Henning, ja. Wieder so ein Name. Günther und Henning. Wieder kein Winnetou, wieder kein Ivanhoe. Heute ziehe ich das nur noch für mich selbst an und betrachte mich im Spiegel.«

»Ich muss jetzt gehen.«

Sie murmelte etwas, das ich nicht verstand, stellte ihr Glas ab und ging hinaus. Ich blieb sitzen. Rechts an der Wand, neben dem Bild mit der blauen Frau, stand ein weißes Billy-Regal. Die Bretter waren mit Taschenbüchern vollgestopft, das untere mit abgegriffenen Kunstbänden und Fotoalben, abgestützt durch zwei Pappschachteln.

Wie oft war mein Vater wohl in dieser Wohnung gewesen? Hatte er hier übernachtet? War die Wohnung in einem besseren Zustand gewesen? Oder hatte er sich nichts daraus gemacht? Lag hier irgendwo ein Notizbuch mit seiner Adresse herum? Waren in den Alben da drüben im Regal Fotos von ihm?

Ich sah auf die Uhr. Sie war jetzt seit knapp einer Viertelstunde weg. Ich ging zur Badezimmertür und klopfte. Drinnen rührte sich nichts. Ich klopfte noch mal und rief ihren Namen. Ich drückte die Klinke runter. Es war nicht abgeschlossen. Ich öffnete die Tür einen Spalt.

»Geht es Ihnen gut?«

Die Antwort war ein Stöhnen. Ich schob die Tür ganz auf und sah sie auf der Toilette sitzen, die Hose und einen weißen Schlüpfer um die Knöchel, den Kopf auf die Waschmaschine gelegt. Sie trug gar keine Strumpfhose, sondern Strümpfe, die bis zur Wade reichten.

Ich griff ihr unter den Arm, und sie murmelte etwas. Ich sagte, sie müsse aufstehen, und zog sie hoch.

»Oh Gott, bin ich müde.«

»Sie sollten sich anziehen.«

Sie blickte an sich herunter. »Oh!« Als sie sich bückte und nach Slip und Hose griff, wäre sie beinahe umgefallen. Ich hielt sie fest, zog sie an und brachte sie ins Schlafzimmer: eine verspiegelte Schrankwand und ein Doppelbett, beide Seiten bezogen, als würde ihr Mann bald nach Hause kommen. Die Wäsche war weiß und mit Figuren im Stil von Keith Haring bedruckt.

»Eine fantastische Idee«, sagte sie leise, »wieso bin ich da nicht selbst drauf gekommen?«

Ich schlug die Decke zurück, und sie ließ sich aufs Bett fallen. Ich hob ihre Füße auf die Matratze. Ihr Haar lag auf dem Kopfkissen ausgebreitet. Ich deckte sie bis zum Hals zu und wollte gerade hinausgehen, da hielt sie mich am Arm fest und sah mich an.

»Mach mit mir, was du willst«, sagte sie, »aber mach mir kein Kind, hörst du? Bitte. Alles, aber kein Kind, das wäre eine Katastrophe!«

Als sei damit ihre letzte Kraft verbraucht, sackte sie aufs Kissen zurück. Ich strich ihr die Haare aus der Stirn. Als ich sicher war, dass sie schlief, machte ich das Licht aus und schloss die Tür von außen. Ich ging ins Bad und betätigte die Klospülung. Dann ging ich ins Wohnzimmer und nahm mir die Fotos vor.

Im ersten Album fanden sich Kinder- und Jugendbilder, später dann Aufnahmen von Karnevalspartys und anderen geselligen Gelegenheiten. Im zweiten Hochzeitsbilder. Ich staunte: so wenig Unterschied zu den Bildern von Reinhold und Luise. Günther war ein großer, schlanker Mann mit stachligen, blonden Haaren. Sie hatten in Weiß geheiratet. Es war Sommer. Da war eine lange Tafel mit Essen und Getränken unter einem alten Baum. Die Brautleute wurden umarmt und geküsst. Die Gäste lachten. Vier Männer spielten auf Musikinstrumenten.

Wann war es gekippt? Wann waren die beiden falsch abgebogen?

Nach den Hochzeitsbildern ein paar Aufnahmen des häuslichen Lebens, dann Bilder eines Urlaubs in »Portugal« (das war die Überschrift der Seite), zusammen mit einem anderen Paar. Die Frau trug eine blonde Kurzhaarfrisur, der

Mann hatte eine Glatze. Die Frauen hatten Bikinis an, die Männer knapp sitzende Badehosen. Günthers Brust war glatt, die des anderen bedeckte eine kleine Haarinsel. Christine, mit Taucherbrille und seitlich abstehendem Schnorchel, hielt lachend eine große, gefleckte Muschel in die Kamera.

Günther spielte Fußball. Ein Bild zeigte ihn in kurzer Hose und einem gelben T-Shirt. Seine Stirn glänzte vor Schweiß, und seine Beine waren schlammverkrustet. Unter dem Arm hatte er einen Ball, in der anderen Hand einen kleinen Pokal. Von der Seite ragte ein emporgereckter Daumen ins Bild.

Ein Foto stammte von der goldenen Hochzeit ihrer Eltern. Ich erkannte die ältere Dame, mit der sich Christine im Café traf. Zusammen mit einem schmalen, hageren Mann schnitt die Mutter eine große Torte mit einer goldenen 50 an. Zwei alte Hände auf einem Kuchenmesser. Christine stand daneben, in einem schlichten, schwarzen, eng anliegenden Kleid, an der Hand von Günther in einem dunklen Anzug.

Das dritte Album hatte einen bordeauxroten Rücken aus echtem Leder. Die Seiten bestanden aus fester, hochwertiger Pappe, dazwischen dünnes, halb durchsichtiges Papier. Das Album war leer.

Als Nächstes nahm ich mir die beiden Pappschachteln vor, in denen die Fotos lagen, die Christine nicht in eines der Alben einsortiert hatte.

Einige waren unscharf, bei anderen fehlten die Köpfe der Abgebildeten. Und doch hatte sie es nicht über sich gebracht, sie wegzuwerfen. Es gab auch ein paar Polaroid-Aufnahmen, auf denen sie nichts oder nur wenig anhatte. Die legte ich beiseite, ohne sie mir anzusehen.

In der zweiten Schachtel fand ich eine ganz andere Art

von Fotos. Obwohl Christine darauf nackt war, sah ich sie mir an. Sie stand am Fenster, saß am Tisch oder auf der Toilette, stand zwischen zwei Regalen im Supermarkt, in einer U-Bahn-Station oder hinter dem Tresen in einer Bäckerei. Die Bilder waren schwarz-weiß. Christine sah auf ihnen nicht gut aus. Mal hatte sie sich zu weit vorgebeugt, mal war sie halb im Schatten oder wirkte sehr erschöpft. Sie ließ die Schultern hängen, so wie ich es auch beobachtet hatte, als ich ihr durch die Stadt gefolgt war. Man sah, dass die Haut an den üblichen Stellen nachließ.

Ich schob diese Bilder zu einem Stapel zusammen und legte sie auf den Tisch. Ich blickte wieder in die Schachtel und sah meinen Vater. Ich wusste sofort, dass er die Bilder gemacht hatte.

Auf dem ersten Foto stand er auf einem Schiff, vielleicht eine Fähre. Im Hintergrund war eine weiße Reling zu sehen und das sanft sich kräuselnde Wasser. Der Himmel war blau und wolkenlos. Mein Vater trug eine blauschwarze Windjacke und eine Sonnenbrille mit runden Gläsern. Er hielt den Kopf etwas schräg und lächelte. Ein anderes Foto zeigte ihn am Tisch in einem Café, das dritte mit Christine zusammen.

Es gab ein gutes Dutzend Fotos von ihm. Er war älter geworden, sah aber immer noch gut aus. Otto Simanek, ein Held und ein großartiger Tänzer.

»Was machen Sie da?«

Sie klang nicht verärgert, nur müde. Ich richtete mich auf. Mein Nacken schmerzte. Das Sofa eignete sich kaum zum Sitzen und schon gar nicht zum Schlafen. Draußen war es hell.

Christine lehnte im Türrahmen. Sie trug einen blauen

Bademantel und hatte die Arme vor dem Oberkörper verschränkt.

»Wie geht es Ihnen?«, fragte ich.

Sie hob kurz die Schultern, kam herüber und setzte sich auf den Rand des Glastisches. Sie warf einen Blick auf die Fotos.

»Oh Gott, ich sehe so fürchterlich aus.«

»Nein, finde ich nicht.«

»Sie haben Recht. Ich finde das eigentlich auch nicht. Die Fotos haben was.«

Ich griff nach dem Foto, das meinen Vater auf diesem Schiff zeigte. »Dieser Mann kommt mir bekannt vor.«

Christine nahm mir das Foto ab und sah es sich an. »Das war auf der Fähre nach Dover. Unser Urlaub in Cornwall. Das ist Henning.«

»Ah ja. Ich glaube, Sie haben den Namen letzte Nacht mal erwähnt.«

»Wir sind … Nein, wir waren. Bis vor kurzem. Möchten Sie einen Kaffee?«

»Gern.«

Sie ging in die Küche. Ich stand auf und streckte mich, ließ meinen Kopf kreisen und massierte mir den Nacken. Ich öffnete das Fenster. Dann trug ich die leeren Weingläser in die Küche. Am Grund der Gläser hatte sich tiefrot Weinstein abgesetzt. Christine löffelte Kaffee in einen Filter und schob ihn in die Kaffeemaschine.

»Hat Henning diese Fotos von Ihnen gemacht?«

Sie rieb sich die Augen mit dem Handballen. »Woher wissen Sie das?«

»Geraten.«

»Er hatte so seine Vorlieben.«

»Verstehe. Der Glastisch.«

303

Sie sah mich kurz an und dann wieder weg. »Nein, das war mein Mann.«

»Wie gesagt, dieser ... Henning kommt mir bekannt vor. Vielleicht war er mal im *Moon*?«

»Das würde mich wundern. Er wohnt in Essen.«

»Er muss doch ein paar Mal hier gewesen sein, als sie beide zusammen waren.«

»Aber da waren wir nicht bei Ihnen. Wie gesagt, zu teuer.«

»Was macht er, dieser ... Henning?«

Sie ließ sich auf einen der Stühle am Küchentisch fallen und betrachtete ein Emailleschild an der Wand, eine Waschmittelreklame aus den zwanziger Jahren.

»Henning«, murmelte sie. »Was macht er? Er bringt mich um den Verstand.«

Ja, wäre mir beinahe herausgerutscht, das hat meine Mutter auch immer gesagt.

»Ich meine beruflich.«

»Er verkauft Autos.«

»Tatsächlich?«

»Was ist daran komisch?«

»Nichts natürlich.«

»Ihm gehört ein Autohaus in Essen. Gute Partie, wenn man es so sieht. Meine Mutter wäre begeistert. Sie könnte richtig was sparen.«

»Aber Sie haben es nicht so gesehen.«

»Nein«, sagte sie leise. »Ich habe es nicht mehr ausgehalten.«

»Also haben Sie sich von ihm getrennt, nicht umgekehrt?«

»Wie gesagt, ich habe es nicht mehr ausgehalten.«

An der Straßenecke hatte ich einen anderen Eindruck gehabt.

»Was genau haben Sie nicht mehr ausgehalten?«

»Ich wüsste nicht, was Sie das anginge.«

»Sie haben Recht«, sagte ich. »Tut mir leid.«

Wir hörten der Kaffeemaschine zu. Christine starrte auf den Boden. Ich rieb mir den Nacken. Der Küchenfußboden war mit schwarz-weiß kariertem PVC ausgelegt. Rechts stand ein alter Holzküchenschrank, blau angemalt, mit gelben Türen. Auf dem Schrank standen Cornflakes-Packungen, mehrere Tüten H-Milch, Wein- und Spirituosenflaschen. Der Tisch hatte eine Holzplatte mit Spuren von Tassen und Gläsern. Die Beine waren im gleichen Blau gestrichen wie der Schrank. Am Kühlschrank hingen Magneten, die Speisekarten vom Pizza-Service festhielten sowie Notizen und Postkarten. In der Ecke stand eine Klappkiste, in der sich das Altpapier sammelte. Daneben eine gelbe Plastiktonne. Hinter der Tür ein Besen und ein Staubsauger. Am Fenstergriff hing ein Garfield an einer Spirale.

Der Kaffee war fertig, Christine nahm eine Mickey- und eine Minnie-Mouse-Tasse aus dem Schrank, goss den Kaffee ein und fragte, ob ich Milch oder Zucker bräuchte. Ich lehnte dankend ab. Sie zog einen Stuhl vom Tisch weg. Ich verstand das als Aufforderung und nahm Platz. Sie setzte sich mir gegenüber.

»Er war ...«, begann sie, »... unzuverlässig. Sagen wir es mal so.«

»Andere Frauen?«

»Nein, ich glaube nicht.«

»Was meinen Sie mit unzuverlässig?«

»Wieso interessieren Sie sich so für ihn?«

»Er gefällt mir«, sagte ich und nahm einen Schluck aus der Tasse. Minnie Mouse hatte die Arme ausgebreitet und tanzte.

Christine sah mich an. »Verstehe. Aber da haben Sie keine Chance. Er kann Schwule nicht ausstehen.«

Ich wiegte den Kopf ein paar Mal hin und her.

»Ich möchte nicht über ihn reden«, sagte Christine, ging zum Küchenschrank, nahm eine Schachtel Zigaretten heraus und zündete sich eine an. »Ich versuche, es mir abzugewöhnen. Aber das sagen wohl alle.«

Und dann redete sie doch über meinen Vater. Er war ihr Patient gewesen, hatte sich von ihr nach einer Bandscheibenoperation behandeln lassen. Zunächst wirkte er nicht sonderlich interessiert. Außerdem hatte er einen Ring am Finger. Sie machte sich keine Hoffnungen, obwohl er ihr gut gefiel, trotz des Altersunterschiedes. Die Nachwirkungen der Operation machten ihm zu schaffen. Die Besuche in der Praxis waren für ihn kein Vergnügen. Doch je besser es ihm ging, desto aufgeschlossener wurde er. Als die vom Arzt verordneten Behandlungsstunden aufgebraucht waren und er auch keine Beschwerden mehr verspürte, ließ er sich auf eigene Rechnung einmal die Woche den Rücken massieren. Irgendwann lud er sie zum Essen ein. Mein Vater war der erste Mann gewesen, mit dem sie sich nach ihrer Scheidung ernsthaft eingelassen hatte. Sie fuhren zusammen in den Urlaub. Machten Pläne. Sie verbrachte viel Zeit in seiner Wohnung, die näher an ihrem Arbeitsplatz lag. Irgendwann kam er auf die Idee mit den Fotos. Sie fand nichts dabei.

Schließlich stand sie auf und sagte, sie wolle jetzt duschen, was wohl hieß, dass ich gehen sollte.

Als ich am *Moon* vorbeiging und von der Straßenseite hineinschaute, sah ich Reinhold am Fenster sitzen. Ich wartete, bis ich nur eine mir unbekannte Bedienung hinterm Tresen sah, rief drüben an und ließ ihn ans Telefon rufen. Er fragte gar nicht, woher ich wisse, dass er dort war. Er wollte mit mir sprechen. Ich sagte, er könne zu mir nach Hause kommen. Ich sah ihn zahlen, versteckte mich hinter einer Ecke und folgte ihm. Er hatte seinen Wagen in der Tiefgarage abgestellt.

Er war vor mir da und wartete vor der Tür. Er sah nicht gut aus. Seine Gesichtshaut erinnerte an graue Raufaser. In seinen Augen waren einige Äderchen geplatzt. Er trug nach wie vor weiße Sachen, obwohl es mittlerweile unaufhaltsam Herbst wurde.

»Wo warst du?«, fragte er. »Hast du mich nicht von zu Hause angerufen?«

»Nein. Ich stand auf der anderen Straßenseite«, sagte ich. »Ich habe dich gesehen.«

»Dann hättest du doch bei mir mitfahren können. Wieso hast du das nicht gemacht?«

Mein Verhalten gab ihm Rätsel auf. Seines mir aber auch. Ich hatte ihn erst einmal gesehen, und da hatte ich nichts mit ihm anfangen können.

»Denk nicht drüber nach«, sagte ich. »Tust du doch sonst auch nicht.«

In meiner Wohnung ließ er sich gleich aufs Sofa fallen, als sei er unendlich müde. Ich setzte mich in den Sessel und wartete. Reinhold fuhr sich durchs Haar und spielte mit seinem Zopf. Er fing an zu nicken und mit aufgerissenen Augen geradeaus zu starren. Nach zehn Minuten ging ich in die Küche und trank ein Glas Leitungswasser. Als ich zurückkam, nickte Reinhold noch immer.

»Du fragst dich sicher, wieso ich ausgerechnet zu dir komme«, sagte er.

Nein, dachte ich. Ich war an so etwas gewöhnt. Ich verströme einen Lockstoff, der Leute wie dich anzieht.

»Wir kennen uns gar nicht«, fuhr er fort. »Aber ich habe neulich sofort eine Verbindung zu dir gespürt. Ich kann das nicht erklären.«

Er wollte mir damit sagen, dass er keine Freunde hatte, niemanden, zu dem er gehen konnte. Es war keiner mehr übrig, den er noch nicht mit seinem Selbstmitleid verschreckt hatte.

»Ich habe mal irgendwo gelesen«, sagte er und hörte endlich mit dem Nicken auf, »dass Kinder zuerst immer ihren Vätern ähnlich sehen, damit es denen leichter fällt, das Kind zu akzeptieren. Was ist das für ein Unsinn? Wieso sollte man sein Kind nicht akzeptieren, als Vater? Es mag ja bei den Tieren so sein, ich habe da keine Ahnung. Obwohl ich sehr gerne Tiersendungen sehe. Zusammen mit Julian. Wirklich, ich liebe Tierfilme.« Jetzt sah er mich an. »Habe ich dir das gesagt? An dem Abend? Mensch, wir kennen uns eigentlich gar nicht. Wir haben uns nur einmal gesehen, aber ...« Er beugte sich vor und versuchte, eine Hand auf mein Knie zu legen, doch der Abstand war zu groß, so dass er nicht wusste, was er mit seiner Hand machen sollte, also berührte er kurz den Teppich und lachte.

»Hast du Evelyn in letzter Zeit gesehen?«, fragte er.

»Ich war kürzlich bei ihr, aber sie hat gerade gearbeitet.«

»Ich glaube, sie findet dich gut. Na, kein Wunder.« Er seufzte. »Ich finde dich auch gut.« Mit einer ironischen Geste bedeckte er kurz seine Lippen mit der Hand. »Nicht, was du jetzt meinst. Nein, du warst mir ... Ich meine, wir kennen uns gar nicht, aber ich habe den Eindruck, ich kann dir vertrauen. Evelyn ist in Ordnung. An der solltest du dranbleiben.«

Er rieb mit den Handflächen über seine Oberschenkel.

»Also«, fuhr Reinhold fort, »ich finde schon, dass er mir

ähnlich sah. Ich rede mir das nicht ein. Er hatte meine Augen, das haben alle gesagt. Unabhängig voneinander. Heute sieht er seiner Mutter ähnlicher. Aber die Augen hat er von mir, da lasse ich mich nicht von abbringen. Es sind doch nicht alles nur die Gene. Wenn alles vorbestimmt wäre, könnte man doch niemanden mehr zur Rechenschaft ziehen. Aber wofür will man so ein Kind überhaupt verantwortlich machen?«

Er beugte sich vor, stützte die Ellenbogen auf die Knie und faltete die Hände.

»Er hat meine Augen und er bewegt sich wie ich. Also bin ich auch sein Vater. Schade, dass seine Mutter das nicht auch so sieht. Du hast dich doch mit der Kleinen unterhalten, nicht wahr?«

»Sie heißt Meike«, sagte ich.

»Du hast dich mit ihr unterhalten, als du sie ins Bett gebracht hast.«

»Kann sein.«

»Du hast großen Eindruck auf sie gemacht. Was hat sie dir erzählt? Ist nur so 'ne Frage.«

»Nichts«, sagte ich. »Ich musste für sie singen.«

»Ach so. Na gut. Sie liebt es, wenn man ihr vorsingt. Ich dachte, sie hätte etwas über mich gesagt. Man ist doch immer neugierig. Und irgendwann erzählen sie einem nicht mehr alles. Wenn dir noch was einfällt, also, ich meine, wenn dir einfällt, dass sie doch was zu dir gesagt hat, sag mir einfach Bescheid, ja?«

Er lächelte. Ich sah ihn an. Er erwiderte den Blick und grinste. Ich legte den Kopf nach hinten und seufzte. Ich hatte schon wieder das Gefühl, dass das alles so nicht weitergehen konnte.

»Pass auf, Reinhold«, sagte ich. »Ich gehe jetzt. Du

kannst noch ein wenig bleiben, wenn du willst. Du kannst etwas lesen, Musik hören oder fernsehen. Du kannst dich vor meinen Kühlschrank hocken und warten, bis das Licht ausgeht. Wenn du über das nachdenken möchtest, was du mir gerade erzählt hast, könnte es sein, dass du dich übergeben musst. Ich bitte dich, das im Bad zu machen. Vielleicht möchtest du auch auf das, was du gesagt hast, onanieren. Ja, ich glaube, das passt viel eher zu dir. In dem Fall möchte ich dich bitten, das Sofa nicht zu beschmutzen und etwas von dem Kleenex in der Küche zu benutzen. Wenn du fertig bist, zieh einfach die Tür zu. Vergiss bitte meine Adresse. Und für das *Moon* erteile ich dir hiermit ein förmliches Hausverbot.«

Ich ließ ihn sitzen, wo er saß, und nahm mir vor, mich nach einer neuen Wohnung umzusehen.

Am Nachmittag klingelte ich bei Christine. Sie empfing mich an der Wohnungstür mit der Beteuerung, sie habe ein ganz schlechtes Gewissen, weil sie mich heute Morgen so unfreundlich rausgeworfen habe. Ich sagte, sie solle sich keine Sorgen machen. Ich wartete auf eine Bemerkung darüber, dass ich in ihren Sachen herumgeschnüffelt hatte, doch es kam keine.

Sie war jetzt wieder hergerichtet. In der Wohnung hing frischer Nikotingeruch. Einen Kaffee lehnte ich ab. Wieso bot man Gästen immer was zu trinken an? Hatte man Angst, sie würden zu lange bleiben, wenn man ihnen zu essen gab? Sie blieben sowieso immer zu lange.

Wir setzten uns ins Wohnzimmer. Sie hatte aufgeräumt. Die Alben und die Kisten mit den Fotos waren verschwunden, standen auch nicht im Regal. Der Tisch war sauber, der Flokati gesaugt.

»Was macht der Nacken?«, fragte sie mich.

»Der ist wieder in Ordnung.«

»Ich könnte Sie massieren. Eines der wenigen Dinge, die ich wirklich gut kann.«

»Nein, danke. Alles in Ordnung. Sehr freundlich.«

Sie spielte mit ihren Fingern und zupfte sich Flusen von der Hose.

»Ich bin Ihnen sehr dankbar«, sagte sie. »Sie waren sehr freundlich letzte Nacht.«

Ich sagte nichts. Letzte Nacht interessierte mich nicht.

»Ich habe meine Mutter angerufen und von Ihnen erzählt. Und dass ich schade fände, dass Sie mit Frauen nichts anfangen können. Möchten Sie nicht doch etwas trinken?«

»Nein, danke.«

Christine wippte mit den Füßen, und schließlich stand sie auf. Sie ging auf und ab und betrachtete ihr Bücherregal.

»Ich könnte ein wenig Musik auflegen. Mögen Sie Musik?«

Ohne meine Antwort abzuwarten, nahm sie eine CD aus dem schwarzen Metallständer neben dem Regal. Sie seufzte.

»Ich hasse diese Ständer. Sie sehen gut aus...«

Das fand ich nicht.

»... aber die CDs sind nicht geschützt. Sie werden so staubig. Und der Ständer auch. Mögen Sie Phil Collins?«

»Nein.«

Sie biss sich auf die Unterlippe. Dann steckte sie die CD in den Ständer zurück.

»Wahrscheinlich hören Sie lieber Klassik, oder? Sie wirken wie jemand, der gern Klassik hört. Oder Jazz. Mögen Sie Jazz?«

»Nein.«

Jetzt spitzte sie den Mund, als sei sie verärgert, dass ich mich nicht zufrieden stellen ließ.

»Ich muss keine Musik auflegen, wenn Sie nicht mögen«, sagte sie.

»Ich habe Sie nicht darum gebeten.«

»Nichts zu trinken. Keine Musik. Weswegen sind Sie dann hier?«

Ich hatte den Eindruck, sie wollte mir erzählen, was ihre Mutter über mich gesagt hatte. Außerdem musste ich noch etwas von ihr wissen. Also tat ich ihr den Gefallen und sagte, ich würde nun doch gern etwas trinken. Ob sie Tee im Hause habe.

Ihre Miene hellte sich auf. »Ja, sicher! Was darf ich Ihnen anbieten? Moment, ich weiß gar nicht genau, was ich dahabe.« Sie stürzte in die Küche.

Ich folgte ihr und rief: »Ganz einfach etwas schwarzen Tee, wenn es geht.«

Als ich in die Küche kam, hatte sie schon den Wasserkocher eingeschaltet. Sie bückte sich, um eine der gelben Türen des blauen Schrankes zu öffnen, und schob ein paar Packungen beiseite. Dann hielt sie eine orangefarbene Packung in der Hand.

»Schwarzer Tee! Der wird doch nicht schlecht, oder?«

Das Wasser kochte inzwischen. Christine nahm eine Tasse aus dem Schrank und hängte einen Teebeutel hinein. Als sie das Wasser darauf goss, wurde der Faden mitsamt dem Etikett in die Tasse gerissen.

»Oh, das war sehr ungeschickt von mir!«

Sie nahm einen Löffel aus der Besteckschublade und fischte das Etikett wieder heraus. Den Löffel warf sie in die Spüle.

»Meine Mutter amüsiert sich immer über mich.« Sie senkte den Kopf und legte kurz ihre Fingerspitzen an die Stirn. »Weil ich so ungeschickt bin. Ach, meine Mutter. Ich habe ein gutes Verhältnis zu ihr. Wir treffen uns alle paar Tage in einem Café und reden. Sie gibt mir manchmal Geld, obwohl ich das gar nicht will, aber sie lässt sich nicht davon abhalten. Habe ich das schon erzählt?«

Ich nickte. »Letzte Nacht.«

Sie schob die Unterlippe vor. »Letzte Nacht. So, so. Ich habe viel erzählt, letzte Nacht, nicht wahr?«

»Es geht.«

»Ich habe meiner Mutter von Ihnen erzählt. Und wissen Sie, was sie sagte?«

Sie machte eine Pause, als warte sie auf eine Antwort. Als sei ich bei dem Gespräch dabei gewesen und müsse mich nur ein wenig anstrengen, mich zu erinnern.

»Sie sagte, oft ist das gar nicht so streng bei ihnen. Ich meine, mit dem Schwul ... mit der Homosexualität. Viele Schwule ... sagt man schwul?«

»Ich wüsste nicht, was sonst.«

Sie kicherte. »Na ja, ich finde es ein komisches Wort, und ich dachte, vielleicht haben Leute wie Sie ein anderes Wort dafür. Nicht? Na gut. Jedenfalls sagte meine Mutter, viele schwule Männer hätten auch schon mit Frauen geschlafen und würden es immer wieder tun. Manche sind sogar verheiratet.«

Ich bemerkte jetzt, dass der Wasserhahn über der Spüle tropfte. Ganz langsam nur. Aber es war zu hören.

»Entschuldigen Sie, wenn ich das frage«, sagte sie, »es geht mich natürlich nichts an, aber ich finde, Sie haben in der letzten Nacht eine ganze Menge über mich erfahren, und ich weiß dagegen so gut wie gar nichts über Sie, und deshalb hoffe ich, Sie sind nicht sauer, wenn ich Sie mal etwas frage. Versprechen Sie, nicht sauer zu sein?«

Ich wusste, sie würde etwas völlig Unpassendes fragen.

Aber ich musste noch etwas von ihr wissen. Etwa alle fünf Sekunden fiel ein Tropfen in die Spüle.

»Ich werde nicht sauer sein. Sie können mich alles fragen. Aber zuerst sollten wir den Beutel aus dem Tee nehmen.«

»Oh Gott!« Sie schrie auf, nahm den Beutel aus der Tasse und trug ihn zur Spüle. Der Beutel tropfte. Schon wieder Tropfen. Vier Stück auf dem Weg vom Schrank zur Spüle. Christine hatte es nicht bemerkt. Oder es war ihr egal.

»Wie gesagt, meine Mutter amüsiert sich immer über mich. Ich bin so ungeschickt. In jeder Hinsicht.«

Ich fragte sie nicht, welche Hinsichten sie meinte, da sie es mir ganz bestimmt von sich aus sagen würde.

»Ungeschickt im ganzen Leben. Mit Männern und so. Sie kennen das sicher.«

»Sie wollten mich etwas fragen.«

»Ja, sicher, ich...« Sie schob kurz den Nagel des kleinen Fingers ihrer rechten Hand zwischen die Zähne, als wollte sie daran knabbern, zog dann aber die Hand schnell wieder zurück. »Ich wollte mal wissen, ob Sie auch schon mit Frauen... oder ob Sie schon immer...«

Ich trank von dem Tee. Er war bitter und viel zu stark.

»Hätten Sie vielleicht etwas Zucker?«

»Wie?«

»Zucker. Für den Tee.«

»Ach so, ja, natürlich.«

Wieder machte sie sich am Schrank zu schaffen, meinte dann aber, sie habe nur Süßstoff. Ich sagte, der sei auch in Ordnung. Ich gab drei Stücke in den Tee und wartete, bis sie sich aufgelöst hatten. Ich ging zur Spüle, nahm den Löffel und rührte um.

»Warum haben Sie denn nichts gesagt! Ich hätte Ihnen doch einen frischen Löffel gegeben! Einen sauberen, meine ich.«

»Nicht nötig.«

Der Tee war durch den Süßstoff nur unwesentlich genießbarer geworden. Ein paar Sekunden sagten wir nichts. Dann meinte Christine, ich hätte ihre Frage noch nicht beantwortet.

»Ja«, sagte ich, »ich habe auch schon mit Frauen geschlafen.«

»Und? Wie war das? Ich meine, hatten Sie da nie das Gefühl, es ist ... mir fällt jetzt kein Wort ein ...«

»Richtiger?«

»Ja, vielleicht.«

Ich grinste und schüttelte den Kopf.

Christine sagte: »Haben Sie Walter erklärt, wo Sie letzte Nacht waren?«

»Ich bin ihm keine Rechenschaft schuldig.«

»Sie führen eine moderne Beziehung.«

»Ich weiß nicht, wie man das nennt, was wir miteinander haben.«

»Ich beneide Sie.«

Ich sagte ihr, der Tee sei grauenhaft. Ich ging zur Spüle, schüttete ihn aus und drehte den Hahn richtig zu, damit er nicht mehr tropfte.

Ich musste noch etwas von ihr wissen. Sie sollte mir sagen, wo genau mein Vater wohnte. Oder wenigstens, wo er arbeitete.

Zwanzig Minuten später wusste ich es. Aber bevor ich zu ihm fuhr, musste ich noch ein paar Dinge erledigen.

8

Ich rief die Auskunft an. Irgendeine Nummer, die einem ständig eingehämmert wurde. Mittlerweile konnte man hier auch Adressen erfahren.

Es war nicht weit. Ich nahm den Wagen, stellte ihn einen Block weiter ab, ging zweimal durch die Straße und versuchte herauszukriegen, welches die richtige Wohnung war. Ich entschied, es müsse die im Erdgeschoss sein. Es hingen keine Gardinen an den Fenstern. In jedem einzelnen Zimmer brannte Licht. Ich fragte mich, wie viele Leute da wohnten. Sogar hinter dem geriffelten Glas des Badezimmerfensters sah ich Licht. Ich nahm eine Bewegung wahr, das Fenster wurde gekippt, und kurz darauf wurde es dunkel.

Links neben dem Badezimmer war die Küche. Die Wände waren rot gestrichen. Statt Schränken gab es eine Menge Regale, in denen sich Töpfe, Gläser und Geschirr drängten, Cornflakes- und Püree-Packungen, Öl-, Essig- und Weinflaschen, Tüten mit unterschiedlichen Nudelsorten. Wiederum ein paar Meter weiter das breite Wohnzimmerfenster. Die Wände im Wohnzimmer waren weiß gestrichen. Ich erkannte drei Ikea-Regale, die lose mit Taschenbüchern gefüllt waren. Unter der Decke Stuckapplikationen, die man mit so viel Farbe überkleistert hatte, dass sie kaum noch zu erkennen waren. In der Mitte hing ein Kronleuchter von der Decke, an dem nur die Hälfte der kerzenförmigen Glühlampen brannte. Ab und zu sah ich Schatten an den Wänden, aber niemanden, der dazu passte.

Ich ging durch die Toreinfahrt des Nachbarhauses, überstieg einen niedrigen Jägerzaun und gelangte so auf das hintere Grundstück. Auch hier waren die Fenster der Erdgeschosswohnung hell erleuchtet. Ich tastete mich über den dunklen Rasen auf eine Terrasse vor. Da war ein Schlafzimmer mit gelben Wänden, einem zerwühlten französischen Bett mit roter Wäsche und einem alten Bauernschrank mit verblassten Blumenintarsien. Auf dem Boden lagen Kleidungsstücke herum. Rechts vom Schlafzimmer ein Arbeitszimmer. Hier waren Bücher und Kunstbände in zwei Kellerregalen aus weißem Metall untergebracht. Vor dem bis zum Boden reichenden Fenster ein Schreibtisch, eine Marmorplatte, die auf dem Gestell einer alten Nähmaschine montiert war. Durch die offene Tür des Arbeitszimmers konnte ich auf die Diele und in das Wohnzimmer sehen. Ein Mann ging durchs Bild. Er kam mir vage bekannt vor. Ich blieb noch ein paar Minuten stehen, erfuhr aber nichts Wichtiges mehr.

Ich ging wieder zur Vorderseite des Hauses und klingelte. Es dauerte ein paar Sekunden, bis der Türöffner summte. Ich trat in den dunklen, kühlen Hausflur und tastete nach dem Lichtschalter. Ohne dass ich ihn gefunden hätte, wurde es hell. In der geöffneten Wohnungstür stand ein Mann mit Glatze und breiten Schultern in einem schwarzen Sweatshirt mit ausgeleiertem Rundhalsausschnitt. Er trug enge Jeans, war barfuß und wirkte nicht erfreut über diesen ungebetenen Besuch. Er hob kurz den Kopf, um mich zu fragen, was ich wolle.

»Nun«, sagte ich, »bitte entschuldigen Sie, ich bin ein alter Bekannter Ihrer, sagen wir mal: Mitbewohnerin. Nowak, Felix Nowak. Ich war zufällig in der Gegend und wollte nur schnell Hallo sagen.«

Aus der Wohnung hörte ich ihre Stimme. Sie wollte wissen, wer geklingelt habe.

»Du hast Besuch!«, rief der Mann mit der Glatze über seine Schulter.

Maxima erschien in der Tür, und als sie mich sah, wusste sie nicht mehr weiter. Ich lächelte.

»Hallo!«, sagte ich, »wie lange haben wir uns jetzt nicht gesehen? Sieben Jahre? Acht? Ich möchte nicht stören. Oder jedenfalls nicht lang. Wollte nur hören, wie es dir geht. Nach all den Jahren.«

Sie zog die Augenbrauen zusammen. Dann blickte sie zu dem Mann mit der Glatze, und schließlich gelang ihr ein Lächeln und sie bat mich herein.

»Eine schöne Überraschung«, sagte sie. »Acht Jahre werden es schon sein, oder?«

»Ach«, sagte ich, »es kommt mir vor, als hätten wir uns erst vor ein paar Tagen gesehen. Du hast dich überhaupt nicht verändert!«

»Du siehst gut aus«, sagte sie.

Der Mann wirkte nun freundlicher. Er gab mir die Hand und bot mir ein Glas Wein an. Ich akzeptierte dankend. Ich wusste jetzt, wer er war. Es hatte ein wenig gedauert, bis ich ihn erkannt hatte, da ich ihn nur ein einziges Mal gesehen hatte, und das von weitem, im kalten Garten einer Villa im Berliner Grunewald. Er war nackt gewesen und hatte Sex mit einer Frau gehabt, die sich auf der Fensterbank abstützte.

Wir gingen ins Wohnzimmer. Vitali holte ein Glas aus der Küche und goss mir Rotwein ein aus der geöffneten Flasche, die auf dem niedrigen Tisch vor dem braunen Ledersofa stand.

»Schön habt ihr es hier«, sagte ich. Ich fragte nach der Quadratmeterzahl. Hundertsechzig, nicht schlecht. Und hier in der Gegend sicher noch bezahlbar. In größeren Städten wie München, Frankfurt oder auch Berlin seien solche Wohnungen ja praktisch unerschwinglich.

Wir standen herum, ich trank von dem Wein, der mir nicht sonderlich gut schmeckte.

»Wie ist es dir in den letzten Jahren so ergangen?«, fragte Maxima.

»Ich kann nicht klagen.«

»Was machen Sie beruflich?«, wollte Vitali wissen.

»Oh, ich bin gerade dabei, mich zu verändern«, sagte ich.

Sie konnten mir keinen Platz anbieten, da außer dem Sofa keine andere Sitzgelegenheit zu sehen war, und wir konnten nicht alle drei nebeneinander sitzen.

»Aber du hast doch noch dieses nette kleine Restaurant in der Innenstadt, oder?«, sagte Maxima.

»Ja«, sagte ich. »Noch. Aber es ist nicht klein.«

»Vitali wollte früher immer Koch werden.«

Er machte eine Bewegung aus dem Handgelenk. »Tausend Jahre her.«

»Und was machen Sie heute, wenn ich fragen darf?«

»Er hat mit Computern zu tun«, sagte Maxima und hängte sich bei Vitali ein.

»Ich hatte mit Computern zu tun«, sagte Vitali, machte sich von ihr los und setzte sich aufs Sofa. Unaufgefordert setzte ich mich neben ihn. Maxima blieb nichts anderes übrig, als sich auf den Boden zu hocken.

»Wie laufen die Geschäfte?«, fragte ich.

»Ach, kommt!«, stöhnte Maxima auf, »lasst uns über etwas anderes reden!«

Vitali hob kurz die Schultern. »In den Neunzigern war ich eine große Nummer, wie so viele. Dann habe ich den Absprung verpasst. Auch wie so viele. Wenn Maxima nicht so gut verdienen würde, könnten wir uns die Wohnung gar nicht leisten. Kennst du ... darf ich du sagen?«

»Klar. Felix.«

»Vitali.«

Wir reichten uns die Hand. Er nickte.

»Kennst du diesen Typen, den sie vertritt? Er ist ziemlich gut, wirklich. Da kann was draus werden. Ich hab mich totgelacht über den. Maxima meint, es wird kein Problem, ihn beim Fernsehen unterzubringen. Aber das meiste Geld macht sie mit den Großveranstaltungen.«

»Hör doch auf«, unterbrach Maxima. »Das interessiert ihn doch gar nicht.«

»Nein, nein«, sagte ich, »erzähl nur weiter. Es interessiert mich brennend, was sie treibt. Ich finde es toll, dass sie so erfolgreich ist. Als wir uns in Berlin kennengelernt haben, machte sie das Management für eine ziemlich schlechte Punkband, und heute ...«

Vitali legte die Stirn in Falten und sah Maxima an. »Du warst mal in Berlin? Wann denn?«

»Ist lange her«, sagte Maxima. »Alte Geschichten. Ich war nur kurz da.«

»Na mindestens das eine Jahr, in dem wir uns kannten«, sagte ich.

Vitali rutschte jetzt auf die vorderste Kante des Sofas und wollte wissen, wann das genau gewesen sei. Ich hatte den Eindruck, das Licht habe kurz geflackert. Vielleicht war das Leuchtmittel in dem schwarzen Deckenfluter nicht mehr taufrisch.

Maxima schleuderte ihre rechte Hand von sich und sagte: »Da kann ich mich schon gar nicht mehr richtig dran erinnern. Muss in einem früheren Leben gewesen sein.«

Sie versuchte zu lachen.

Ich sagte, ich hingegen könne mich noch sehr gut erinnern. Ich nannte Vitali den Zeitraum. Er lehnte sich zurück und sah an die Decke.

»Das war, kurz nachdem wir ...«

Es wurde sehr still. Auf dem Bürgersteig vor dem Fenster unterhielten sich zwei Leute. Der Parkettboden knackte. Der Trafo des Deckenfluters summte.

Nach ein paar Minuten leerte ich mein Glas und stellte es auf dem Tisch ab. Ich schlug mir mit der flachen Hand auf den Oberschenkel und sagte, ich müsse jetzt aber wirklich gehen. Es sei nett gewesen, Maxima nach so langer Zeit wiederzusehen.

Wir standen auf. Ich gab Vitali die Hand. »Hat mich sehr gefreut«, sagte ich. »Du kommst mir nur irgendwie bekannt vor«, sagte ich. »Haben wir uns nicht schon mal irgendwo gesehen?«

»Nicht dass ich wüsste«, sagte er.

Maxima starrte auf ihre Fußspitzen.

Ich stand schon in der Diele, die Klinke der Wohnungstür in der Hand. Maxima hatte sich an Vitali angelehnt, der steif und aufrecht dastand.

»Ach übrigens«, sagte ich zu Maxima, »wegen des Geldes mach dir keine Gedanken. Ich rechne nicht mehr damit, es wiederzubekommen.« Ich nannte die Summe. »Gut, das ist nicht wenig, aber ... Betrachte es als Geschenk. Ich wünsche dir viel Erfolg mit dem Komiker und diesen ... na ja, Großveranstaltungen.«

Als ich wieder auf der Straße stand, wusste ich, dass ich nie wieder etwas von ihr hören würde.

Ich ging nach Hause und rief Evelyn an.

Sonntags früh um sieben war das *Moon* still und verlassen. Bis auf die Putzfrau. Mit dem Büro war sie schon fertig. Sie wischte gerade den hinteren Bereich und würde sich dann die Toiletten vornehmen. Durch eine Baulücke in der nächsten Querstraße fiel flaches Herbstsonnenlicht in den hinteren Teil meiner langjährigen Einnahmequelle. Der dunkle Boden glänzte vor Feuchtigkeit. Der Tresen war sauber, die Abdeckung lehnte aufrecht an der Zapfanlage, die heruntergebrannten Kerzen standen am anderen Ende versammelt. Der kleine Bildschirm der Computerkasse war dunkel.

Ich ging die schmale Treppe im Durchgang zum Büro hinunter, öffnete die Eisentür und betrachtete die Fässer. Die Kühlung summte und erzeugte eine unpassende Hitze. Ich sah mir die Kisten mit den Gläsern an und warf einen Blick in den Kühlraum. In Kisten voller Eis lag der Fisch. Ich fragte mich, wie viel er Walter insgesamt gebracht hatte. Aber eigentlich war es egal.

In der alten Kegelbahn standen Tische und Stühle sowie die Spinde, in denen die Kellnerinnen und Kellner ihre privaten Sachen deponierten. Letztes Jahr wären die Spinde mehrfach ausgeraubt worden. Walter hatte den Täter gestellt und zur Polizei gebracht. Der dünne Filzboden hier unten musste mal dringend erneuert werden. Die Aschenbecher auf den Tischen waren voll.

Ich ging wieder hinauf. Im Büro setzte ich mich in den mit Leder bezogenen Stuhl, der so weit nach hinten kippen konnte. Jedes Mal hatte ich Angst, er könnte nicht rechtzeitig stoppen. Ich konnte mich auf diesem Ding keine Sekunde entspannen. Ich versuchte es trotzdem, lehnte mich zurück, bis über den Punkt hinaus, der mir ungefährlich erschien, rechnete damit, jeden Moment hintenüberzufallen, spürte dann aber, wie die Rückwärtsbewegung gestoppt wurde. Meine Füße schwebten ein paar Zentimeter über dem Boden. Ich legte sie auf den Tisch, nahm sie aber gleich wieder runter, weil ich damit irgendwelche Papiere durcheinander brachte. Ich kippte wieder nach vorn und stand auf.

Ich ging wieder in den Gastraum und wanderte zwischen den Tischen umher. Vor den riesigen Fotos am hinteren Ende blieb ich stehen. Ich betrachtete sie so lange, bis die Putzfrau um mich herumwischte. Ich fragte mich, was sie da tat. Hier hatte sie doch schon gewischt.

Ich ging zurück ins Büro, schaltete den Computer ein, tippte das Schriftstück ab, das ich zu Hause entworfen hatte, und druckte es aus.

Erst als ich vor dem Haus stand, wurde mir klar, dass ich noch nie hiergewesen war. Die Haustür war nur angelehnt. Im Flur roch es nach Putzmitteln. Die alten Stufen knarrten unter meinen Füßen. Auf den Treppenabsätzen waren Fenster, durch die man in einen trostlosen Hof schauen konnte. Auf den Fensterbänken künstliche Blumen mit einer dünnen Staubschicht auf den Blättern. Er wohnte im dritten Stock. Ich wartete vor der Tür, bis ich wieder zu Atem gekommen war, und klingelte. Es öffnete der Junge, der in letzter Zeit öfter im *Moon* gesessen und auf Walter gewartet hatte. Er trug einen dunkelroten Frotteebademantel und war barfuß. Sein helles Haar hing ihm in die Augen.

»Guten Morgen«, sagte ich.

»Wer ist denn da?«, hörte ich Walter aus dem Hintergrund rufen.

»Dein Boss!«, rief der Junge über die Schulter in die Wohnung hinein. Im Hintergrund lief ein Radio. Walter kam, ebenfalls im Bademantel, aber einem weißen, zur Tür und sagte nur, ich solle reinkommen. Der Junge machte Platz, aber er sah nicht so aus, als sei er besonders erfreut, mich hier zu sehen.

In der ganzen Wohnung lag heller, tiefer Velours. Ich sah unter meinen Schuhsohlen nach, aber Walter beruhigte mich:

Der Bodenbelag sei wirklich sehr pflegeleicht. Aber nicht billig, vermutete ich. Walter meinte, nun ja, normalerweise nicht, aber einer unserer Kunden im *Moon* sei Inneneinrichter, und über den sei er billiger an diese wirklich ausgezeichnete Ware gekommen. Er forderte mich auf, mich hinzuknien und die Qualität mit der Hand zu prüfen. Er ging selbst in die Hocke und nickte mir zu. Gemeinsam strichen wir über den Teppichboden und versicherten uns gegenseitig, was für ein gutes Gefühl das sei. Der Junge stand daneben und sah uns zu.

»Was ist mit den Tapeten?«, wollte ich wissen.

Wir standen auf. Walter ließ seine Finger nun über die Wand gleiten. »Seide. Nicht einfach anzubringen. Die Vorderseite darf auf keinen Fall mit Kleber in Berührung kommen. Willst du einen Kaffee?«

»Gern.«

Die Küche war riesig. Bestimmt der größte Raum der ganzen Wohnung. Der Boden aus Fliesen zusammengesetzt, die denen bei Ernesto und Annemarie nicht unähnlich waren. In der Mitte ein runder Tisch, an dem bestimmt zehn Leute Platz fanden. Er erinnerte mich an den in Evelyns Wohnung, auch wenn der nicht rund war. Ich fragte mich, wieso ausgerechnet Menschen, die allein wohnten, so riesige Tische hatten. Der Junge kam uns nach. Ich sah ihn kurz an. Ich konnte mir nicht vorstellen, dass er hier lebte.

Die Kaffeemaschine war nur unwesentlich kleiner als die hinterm Tresen im *Moon*. Walter öffnete eine goldfarbene Tüte und kippte Bohnen in den durchsichtigen Behälter oben auf der Maschine. Ich fragte ihn, ob das der gleiche Kaffee sei, den wir im *Moon* verwendeten.

»Nein«, sagte Walter, »dafür wäre er zu teuer.«

Ich hob eine Augenbraue und fing den Blick des Jungen auf, der nur den Kopf schüttelte.

Die Küchengeräte standen auf etwa zehn Zentimeter hohen Füßen.

»Ist sicher nicht leicht sauber zu halten«, sagte ich und zeigte mit dem Daumen unter den Herd.

Der Junge runzelte die Stirn. Walter wusste gleich, was ich meinte. »Du kannst es dir ansehen. Alles sauber. Kein Grund zu klagen.«

»Hatte ich auch nicht vor.«

»Ihr habt sie nicht alle«, sagte der Junge. »Ich geh duschen.«

Er verschwand in den Flur. Kurz darauf hörten wir eine Tür schlagen. Und dann das schwache Geräusch fließenden Wassers.

Ich sagte, ich hätte wohl noch nie eine so große Küche gesehen, jedenfalls nicht in einer normalen Wohnung.

»Ich habe eine Wand einreißen lassen«, sagte Walter und schaltete das Radio auf dem Fensterbrett aus. »Ich brauche Platz um mich herum. Und ich halte mich gern in der Küche auf. Wenn Marc nicht so gern fernsehen würde, wüsste ich gar nicht, wo das Wohnzimmer überhaupt ist.«

Er drückte auf einen Knopf. Die Bohnen wurden gemahlen, das Pulver wurde mit drei knallenden Schlägen festgeklopft und das Wasser hindurchgepresst. Brummend lief der Kaffee aus zwei Düsen in eine schlichte weiße Tasse. Walter stand davor und überwachte den Vorgang. Dann stellte er die Tasse vor mich hin. Der Kaffee sah gut aus.

»Beeindruckend«, sagte ich.

»Angeblich soll man eine Münze auf die Crema legen können, aber ich würde das nicht ausprobieren.«

Tropfnass, mit einem Handtuch um die Hüften, kam Marc herein.

»Verdammte Scheiße, Walter, da ist wieder kein Duschgel. Ich hatte dich doch gebeten, welches zu besorgen.«

Walter legte die Stirn in Falten, hob sich ein paar Zentimeter von seinem Stuhl, sank aber gleich wieder zurück, wie jemand, der darüber nachdenkt, wie er sich am besten verhalten soll, und ständig mit widerstreitenden Entschlüssen kämpft. »Habe ich auch.«

»Ich kann keins finden.«

»Warte mal.«

Jetzt stand Walter auf und ging hinaus. Marc blieb stehen und sah sich in der Küche um, als wäre er zum ersten Mal hier. Er hielt sich das Handtuch an der Seite zusammen. Über seinem Oberschenkel stand ein Schlitz offen wie bei einem Rock. Er hatte ganz glatte Beine, die aussahen wie rasiert.

Walter kam zurück und drückte ihm eine Flasche Duschgel in die Hand. »Es war im Schrank«, sagte er, »da, wo das Zeug immer steht.«

»Üblicherweise hängt es in der Dusche. Wo es hingehört«, sagte Marc und ging ins Bad zurück. Auf dem Weg dorthin ließ er das Handtuch los und zeigte uns seinen Hintern.

Nach ein paar Minuten fragte Walter, was ich in den letzten Wochen getrieben hätte, ich sei selten im *Moon* aufgetaucht. Er fragte nach Evelyn, und ich sagte, ich wisse nicht genau, was da sei.

»Ist nicht leicht«, sagte Walter.

»Nein«, sagte ich.

Er starrte in meinen Kaffee, weil er keinen mehr hatte. Auf dem Tisch standen zwei Schalen, aus denen er und Marc vorhin ihren Milchkaffee getrunken hatten. Auf einem Hackbrett lagen noch ein paar Scheiben Mehrkornbrot. Auf einem Teller etwas Wurst und Käse, daneben je ein Glas Erdbeer- und Aprikosenmarmelade.

»Hast du Hunger? Willst du was essen? Soll ich dir ein Brot machen?«, fragte Walter.

Ich schüttelte den Kopf. Um ihn aufzumuntern, erzählte ich ihm vom gestrigen Abend mit Maxima und Vitali. Walter nickte und war sehr zufrieden mit mir.

Im Badezimmer lief kein Wasser mehr. Stattdessen war das monotone Geräusch eines Föhns zu hören.

Ich tippte mit dem Fuß auf den Boden. »Waren die Kacheln hier schon vorher drin?«

»Nein, die habe ich legen lassen. Waren nicht einfach zu kriegen.«

Ich sah ihn mir genauer an. Er hatte abgenommen. Außerdem war er noch unrasiert. Marc kam in die Küche, mit einer durchsichtigen Tube in der Hand. Die Haare standen ihm in alle Richtungen vom Kopf ab. »Walter, du hast mein Gel wieder in deinen Schrank gestellt. Ich musste stundenlang danach suchen. Das ist doch Scheiße, so was!«

»Macht er das öfter?«, fragte ich Marc.

»Ständig. Er benutzt gar kein Gel. Was stellt er es immer in seinen Schrank? Ist doch echt Scheiße!«

»Aber wenn er es ständig macht, weißt du doch, wo das Zeug steht«, sagte ich. »Also stell dich nicht so an!«

Marc sah von mir zu Walter, der den Blick gesenkt hielt, und dann wieder zu mir. »Was bist du denn für ein Arschloch? Was geht dich das an?«

»Halt doch einfach die Klappe«, sagte ich, »und lass die großen Jungs in Ruhe.«

Etwas weibisch machte Marc auf dem Absatz kehrt und ging zurück ins Bad. Er schlug die Tür hinter sich zu, öffnete sie wieder und schlug sie noch einmal zu.

»Es ist nicht leicht«, sagte ich zu Walter.

»Aber schön.«

Ein paar Minuten später kam Marc mit frisch gegelten Haaren aus dem Bad, schnappte sich seine Jacke, die in der Diele an der Garderobe hing, und wollte aus der Wohnung stürmen. Ich stand auf und bat ihn zu bleiben. Er wusste nicht, was er damit anfangen sollte. Er war einen halben Kopf kleiner als ich, hatte schmale Schultern und dünne Arme. Ich nahm ihm die Jacke ab, hängte sie wieder auf und schob ihn in die Küche. Da er mitten im Raum stehen blieb, rückte ich ihm einen Stuhl zurecht und bat ihn, Platz zu nehmen. Ich fragte ihn, ob er wisse, wie Walter und ich zum *Moon* gekommen seien, wie die letzten Jahre verlaufen waren und was wir mit dem Laden alles erlebt hatten.

»Wir kennen uns noch nicht so lange«, sagte Marc. »Es ist mir egal, was er bisher gemacht hat.«

Es sollte sich freundlich anhören, vielleicht liebevoll: Mich interessiert nicht deine dunkle Vergangenheit, sondern nur unsere goldene Zukunft.

Ich erzählte ihm von dem Nachmittag, als Walter vor unserer Tür gestanden und ich ihn nicht erkannt hatte, obwohl wir zusammen zur Schule gegangen waren. Ich sagte, in meiner Schulzeit hätte ich nicht viel von dem, was um mich herum los war, mitbekommen, außer den Mädchen, mit denen meine Mutter mich zusammenbrachte, und dem Jungen in den gestreiften Hosen, in dessen Zimmer ich heimlich eingedrungen sei. Walter wusste gleich, wen ich meinte.

Ich erzählte Marc von unseren Gästen, von berichtenswerten Ereignissen und Entgleisungen. Ich betonte, dass es das *Moon* ohne Walter schon längst nicht mehr geben würde, dass ich selbst mir in meinem eigenen Laden überflüssig vorkam, dass ich nicht einmal das Gefühl hätte, das alles gehöre überhaupt mir, und wenn ich ehrlich sei, hätte ich dieses Gefühl nie gehabt. Um alle relevanten, ja auch alle nicht relevanten Dinge kümmere sich Walter, der mehr als ein Geschäftsführer, sondern vielmehr der eigentliche Besitzer, wenn auch nicht der Eigentümer des *Pink Moon* sei. Deshalb hätte ich auch keine Schwierigkeiten damit, dass er mich seit einiger Zeit bei den Abrechnungen betrüge, indem er für den Edelfisch, den er einkaufe, sehr viel höhere Preise in die Bücher geschrieben und sich die Differenz in die eigene Tasche gesteckt habe, um sich empfindliche Seidentapeten, knöcheltiefen Velours und seltene Küchenfliesen leisten zu können, von einem anspruchsvollen, nörgeligen Geliebten ganz zu schweigen, der den Reiz seiner Jugend gegenüber einem Mann, der auf das berüchtigte mittlere Alter zugehe, skrupellos auszuspielen bereit war.

»Wenn schon, dann sollten wir es auch richtig machen«, sagte ich zu Walter und zog das Schriftstück, das ich heute morgen im Büro getippt hatte, aus der Innentasche meines Jacketts. »Wenn du das hier unterschreibst, gehört dir der Laden. Das Geld dürfte okay sein. Ich überlasse dir alles weit unter Preis. Wenn du unsicher sein solltest, ob das formaljuristisch wasserdicht ist, können wir gleich Montag zum Notar gehen und die Sache ordentlich aufsetzen lassen. Aber jetzt unterschreib erst mal.«

Walter sah mich an. Marc rutschte auf seinem Stuhl hin und her. Am liebsten hätte er selbst unterschrieben. Ich zog einen Kugelschreiber aus der Tasche und legte ihn neben das Papier. Ich hielt Walters Blick stand, bis er den Blick senkte, um seinen Namen unter den kurzen Text zu setzen. Ich reichte ihm die Kopie, und die unterschrieb er auch.

»Ich finde allein raus«, sagte ich und ging.

Durch den Regen waren die kahlen Bäume schwarz und glänzend. Auf den Wegen lag nasses Laub, und die Wiesen schmatzten vor Nässe, wenn man sie überquerte. Das Schachfeld war gefegt, die Männer standen an der Seite und bewerteten still den Verlauf der Partie. Die beiden Spieler hatten jeweils einen neben sich stehen, der ihnen den Schirm hielt. Ein etwa siebzigjähriger, kleiner Mann in einem alten Mantel mit Salz-und-Pfeffer-Muster und mit einem braunen Cordhut auf dem von chronischem Bluthochdruck geröteten Kopf spielte gegen einen großen Dicken in Windjacke, hellen Hosen und cremefarbenen Schuhen. Zwischen seinen Lippen hing schlaff eine kalte Zigarre. Etwas abseits stand der Green-Bay-Packers-Fan und zündete sich eine Zigarette an. Das letzte Mal hatte auch er Zigarre geraucht.

Der Dicke trat vor und bewegte eine der Figuren. Die Umstehenden dachten kurz nach, nickten dann und sahen den anderen an. Der verschränkte die Arme vor der Brust und starrte auf das Spielfeld. Nach einigen Minuten ging er zu seinem König, warf ihn um und reichte dem Dicken die Hand. Alle lockerten sich ein wenig, gingen auf und ab, traten von einem Bein aufs andere. Halblaut wurde diskutiert, bejaht, verneint und kommentiert.

Offenbar hatte sich der Dicke mit seinem Sieg das Recht gesichert weiterzuspielen. Ein Mann Mitte vierzig (mit Abstand der Jüngste der Anwesenden, von mir abgesehen) baute die Figuren wieder auf. Als er damit fertig war, trat der Dicke auf ihn zu und reichte ihm die Hand.

Die Partie dauerte ziemlich lange. Der Mittvierziger brachte den Dicken mit seinen schnellen Zügen immer wieder ins Grübeln. Während sein Gegner in immer größere Bedrängnis zu kommen schien, wirkte der Jüngere bald gelangweilt. Er sah sich um, kickte kleine Steinchen durch die

Gegend und zupfte an seiner blauschwarzen Regenjacke herum. Der Dicke jedoch war nicht bereit aufzugeben. Die anderen erkannten den Ernst der Lage und sammelten sich um den eben noch strahlenden Sieger. Ihre Mienen drückten ernste, männliche Solidarität aus. Der in der Regenjacke gehörte hier nicht her, so viel war mir jetzt klar, und ich hatte ihn hier noch nie gesehen. Nach anderthalb Stunden war die Sache vorbei. Der Dicke stieß seinen König mit dem Fuß um, verweigerte dem Sieger den Handschlag und ging einfach weg. Der größte Teil seiner Entourage folgte ihm.

Betont lässig schlenderte nun der Green-Bay-Packers-Fan heran und baute die Figuren auf. Außer mir waren nur noch zwei Männer da, zwei Greise in identischen braunen Mänteln, nur mit unterschiedlichen Kopfbedeckungen: Der eine trug eine karierte Schiebermütze, der andere eine Prinz Heinrich, die ihm etwas zu groß war, so dass der vordere Rand beinahe die dichten, weißen Brauen berührte. Die beiden konnten nicht mehr stehen und hockten sich auf die Bank an der Seite, obwohl das Holz der Sitzfläche viel zu nass war. Sie stellten ihre schwarzen Stöcke zwischen ihre Füße und stützten sich mit den Händen darauf. Als die Partie begann, raunte der mit der Prinz Heinrich dem anderen etwas zu, und der antwortete mit einem kurzen, kratzigen Lachen.

Gegen den Green-Bay-Mann ließ sich der Mittvierziger etwas mehr Zeit, bedachte seine Züge sorgfältiger und wirkte nicht mehr so gelangweilt.

Mitten im Spiel sah ich Evelyn den Weg heraufkommen. Sie trug Gummistiefel, was ich etwas übertrieben fand. Sie hatte ihre Jeans hineingestopft, trug eine grüne Barbour-Jacke, die schon einiges mitgemacht hatte, und hielt einen Schirm in der Hand, dessen Stoff sich an zwei Stellen von den Speichen gelöst hatte. Sie stellte sich neben mich und sah dem Spiel zu.

»Schön, dass du angerufen hast«, sagte sie leise nach einigen Minuten.

»Letzte Woche«, flüsterte ich, »war hier einer, der war so alt und steif, dass er sich nicht mal nach den Figuren bücken konnte. Der hat sie nur mit dem Fuß durch die Gegend geschoben, und selbst das hat ihm große Mühe bereitet.«

Evelyn hakte sich bei mir unter. »Und? Hat er seinen Gegner deklassiert? Ein stiller, brillanter Krüppel?«

»Nein. Haushoch verloren. Ein absoluter Anfänger.«

Der Mittvierziger in der Regenjacke ging nun in die Knie und blickte zwischen den Figuren hindurch. Offenbar gefiel ihm nicht mehr, was er von hoch oben sah. Green Bay zündete sich eine neue Zigarette an und umrundete das Feld langsam. Wenn er die Zigarette aus dem Mund nahm, hielt er sie zwischen Daumen und Zeigefinger, die Glut von der Handfläche abgeschirmt.

»Weißt du, an wen der mich erinnert?«, fragte Evelyn.

Ich schüttelte den Kopf.

»An den von neulich. Den mit der Mütze und dem Overall.«

Ich wusste, wen sie meinte. Der, der uns vor diesem Geschäft angesprochen hatte. Ich fand nicht, dass Green Bay große Ähnlichkeit mit ihm hatte, aber vielleicht fand Evelyn das auch nicht. Wenn das so war, wusste ich aber doch, was sie damit heraufbeschwören wollte: die Erinnerung an einen schönen Nachmittag und Abend, gewürzt mit einigen zwar irritierenden, aber doch interessanten Details.

Wir warteten, bis das Spiel zu Ende war. Der Mittvierziger in der Regenjacke hatte keine Chance, gab auf, forderte aber eine Revanche, die ihm Green Bay ernst nickend gewährte. Auch da würde er keine Chance haben.

Als wir zu mir nach Hause kamen, stand ein Transporter auf dem Fußweg bei den Mülltonnen. Die Hecktüren standen offen. Renz und sein Vater schleppten seine Sachen aus dem Haus. Sie luden eine schwere Kiste in den Wagen und kamen auf mich zu.

»Ich ziehe aus«, sagte Renz.

Ich nickte. »Ein schneller Entschluss.«

»Ich habe schon lange darüber nachgedacht. Ich ziehe wieder zu meinen Eltern. Da kenne ich mich aus.«

»Es ist gut, wenn man sich auskennt«, sagte ich.

»Man muss die Laufwege der anderen erahnen können«, sagte Renz ernst. »Wenn man schon nicht weiß, was sie denken. Außerdem muss man Miete sparen. Ich komme Sie mal besuchen.«

»Ich weiß nicht, wie lange ich hier noch wohne.«

»Dann hinterlassen Sie Ihre Adresse. Und wenn nicht: Ich finde Sie auch so.«

Ich holte ein paar Sachen aus meiner Wohnung, dann fuhren wir zu Evelyn. Unterwegs hielten wir noch am Altpapier-Container, in den ich die ungelesenen Zeitungen der letzten Tage versenkte.

Am nächsten Morgen, Montag, bog ich kurz vor elf in die Straße ein, in der die Wohnung meiner Mutter lag. Ich stieg aus und sah mich um. Keine Jugendlichen zu sehen. Eine Frau kam mit zwei Plastiktüten an den Händen vom Einkaufen zurück. Ein alter Mann, den ich von früher kannte, als er auch schon alt gewesen war, tippte sich an die schmale Krempe seines braunen Wildlederhutes und nickte ihr zu.

Ich ging zum Haus hinüber, schloss die Tür auf und nahm eine Nase voll von der Treppenhausluft, die immer nach Essen roch, egal zu welcher Tages- oder Nachtzeit. Ich sprang die vier Stufen in zwei Schritten hoch, wandte mich nach rechts und stand vor der Wohnungstür. Ich war lange nicht hier gewesen. Ich schloss auf und ging hinein. Das Geräusch der hinter mir ins Schloss fallenden Tür hallte in der leeren Wohnung nach. Die Teppichböden waren entfernt, die Bilder abgenommen und alle Möbel abtransportiert worden. Die Wände, die Fußleisten und die Heizkörper waren frisch gestrichen, die Fenster geputzt. Das war mehr als nur »besenrein«, wie es im Vertrag stand, aber ich hatte keine Lust, mich mit dem Mann von der Wohnungsbaugesellschaft zu streiten, der mich am Telefon ermahnt hatte, die Wohnung in einem ordentlichen Zustand zu übergeben.

Ich lief ein wenig herum und versuchte, mich zu erinnern, wo die Möbel gestanden hatten, wie hier alles ausgesehen hatte und wo meine Orte gewesen waren. Es war nicht alles gelöscht in mir, aber doch verblasst.

Der Mann kam zehn Minuten zu spät. Er entschuldigte sich nicht, gab aber an, immer etwas später zu kommen, weil er schon oft vor der verschlossenen Tür gestanden und gewartet habe. »Weiland«, stellte er sich vor, obwohl er das schon am Telefon getan hatte. Es war aber gut, dass er seinen Namen jetzt wiederholte, denn ich hatte ihn längst vergessen.

Er war schon ziemlich lange in diesem Geschäft: Anfang fünfzig, lichter werdendes, dunkles Haar, so dunkel, dass es wahrscheinlich gefärbt war. Er war etwa so groß wie ich, aber sehr viel hagerer. Seine leicht eingefallenen Wangen waren von alten Aknenarben gezeichnet. Der hellgraue Anzug war ihm etwas zu groß. Zum weißen Hemd trug er eine blau-rot gestreifte Krawatte. Er hatte eine schwarze, neu aussehende Aktentasche bei sich. Erst als er schon in der Wohnung war und mir erzählt hatte, wieso er stets zehn Minuten zu spät komme, gab er mir die Hand und sagte: »Guten Tag.« Noch bevor er alles in Augenschein nahm, beklagte er sich darüber, in welchem Zustand die Mieter ihre Wohnungen oft zurückließen. Ich sagte, das könne ich mir vorstellen. Er sah mich an und sagte, mit Verlaub, das könne ich nicht. Es herrsche in diesem Land eine unglaubliche Gleichgültigkeit gegenüber fremdem Eigentum, mal abgesehen davon, unter welchen Bedingungen die Leute freiwillig lebten. »Wissen Sie«, sagte er, »Sauberkeit ist keine Frage des Ein*kommens*, sondern der Ein*stellung*. Ich kann arm sein, aber trotzdem dafür sorgen, dass meine Wohnung in Ordnung ist. Wissen Sie, das hat etwas mit Würde zu tun, Herr...«

»Nowak.«

»Herr Nowak. Natürlich. Wie die Mieterin. Ja, dann wollen wir mal.« Er nahm ein Formular auf einem Klemmbrett aus seiner Aktentasche, und wir gingen die Zimmer ab. Er sagte nichts darüber, dass die Wohnung in einem ausgezeichneten Zustand war. Er klopfte gegen die Wände und trat gegen die Fußleisten und machte Häkchen und Notizen. Im Bad betätigte er die Spülung und öffnete die Hähne von Wanne, Dusche und Waschbecken. Alles in Ordnung.

Als wir in den Keller hinuntergingen, sagte Weiland, meine Mutter sei eine sehr angenehme Mieterin gewesen. »Wissen Sie, ich habe sie mal kennen gelernt. Es gab Ärger mit einem Mieter im zweiten Stock. Da habe ich sie getroffen. Eine feine Frau. Eine Dame. Möchte ich sagen. Ehrlich gesagt, Herr Nowak, habe ich mich gefragt, wieso eine Frau wie sie hier wohnt.«

»Die Macht der Umstände«, sagte ich, obwohl das schon zu viel war.

»Nicht dass Sie mich falsch verstehen«, sagte Weiland und schob die Schultern kurz nach vorn, weil sein Jackett nach hinten gerutscht war, »das hier sind alles schöne Wohnungen, aber nun ja ... Darf ich Sie fragen, was Sie beruflich machen?«

Ich sagte es ihm.

»So, so. Na ja, es sind wirklich schöne Wohnungen, und Ihre Frau Mutter war eine sehr angenehme Mieterin. Kein Ärger, keine unnötigen Beschwerden, keine fahrlässig verursachten Schäden. Ich glaube, in den ganzen Jahren haben wir hier nur die Klospülung auswechseln müssen, und das ist ja selbstverständlich. Das sind Verschleißteile, keine Frage. Eine sehr angenehme Mieterin. Tut mir leid, sie verloren zu haben.«

Auch der kleine, durch Maschendrahtwände abgeteilte Kellerverschlag war leer und sauber. Trotzdem ging Weiland hinein und sah sich alles genau an. Er öffnete das kleine Fenster und schloss es wieder.

»Sehen Sie sich das an!«, sagte er dann und wies auf den Verschlag gegenüber.

Ich wusste nicht, was er meinte.

»Das ist doch ekelhaft.« Weiland schüttelte den Kopf.

Der Verschlag war vollgestopft mit Kisten, Möbeln, einem Fahrrad, einem alten Kinderdreirad und allem möglichen Zeug, das sich mit den Jahren ansammelte, von dem sich viele Menschen aber nicht trennen wollen.

»Wenn ich so einen Keller sehe«, sagte Weiland und legte mir eine Hand auf den Unterarm, »dann weiß ich: Wenn die ausziehen, dann gibt es Ärger. Also möchte ich eigentlich nicht, dass die ausziehen, bevor ich pensioniert werde. Andererseits möchte ich es natürlich doch, weil ich mir vorstellen kann, wie die Wohnung aussieht, und bevor die noch mehr verfällt, sollen die raus, ist doch klar, aber das ist nicht so einfach. Sie werden solche Leute ja nicht so leicht los. Wissen Sie, am Anfang, da wirken sie noch ganz harmlos. Die geben sich natürlich Mühe, einen guten Eindruck zu machen, schließlich wollen sie die Wohnung unbedingt haben. Aber kommt man ein paar Wochen später vorbei ... Es gibt viel zu wenig Mieter wie Ihre Frau Mutter. Darf ich fragen, woran sie verstorben ist?«

Ich sagte es ihm.

»Viel zu früh. Mein Beileid. Wirklich. Und die Beerdigung?«

»Vor vier Wochen.«

»Sicherlich eine bewegende Zeremonie. Sie muss viele Freunde gehabt haben.«

Die Beerdigung meiner Mutter war eine sehr intime Veranstaltung. Walter war da und Elena, obwohl sie meine Mutter nicht gekannt hatte. Dragan war da, mit dem Kapitän seiner D-Jugendmannschaft, wodurch ich erfuhr, dass meine Mutter den Kindern immer wieder Geld gegeben hatte, für neue Bälle oder Trikots oder Stutzen, oder wenn der Torwart neue Handschuhe brauchte und seine Eltern die nicht bezahlen konnten oder wollten.

Ich stand vor der Aussegnungshalle, während drinnen schon Orgelmusik vom Band gespielt wurde. Ich hatte ein wenig Angst vor dem, was der Pfarrer sagen würde, der sich zwei Tage zuvor mit mir getroffen hatte, um etwas über meine Mutter zu erfahren, das er dann in seine Predigt oder Ansprache oder wie man das bei Beerdigungen nannte einarbeiten konnte, als hätte er eine Ahnung, über wen er da redete. Ich wusste nicht, ob meine Mutter großen Wert auf so etwas gelegt hätte, wir hatten nie über Gott und diese Dinge geredet. (Ich erinnerte mich an meine Konfirmation als einen merkwürdigen Sonntag, an dem wir in der Burg Bludau am Tisch hockten und Kuchen aßen. Bludau hatte mir tausend Mark in die Hand gedrückt und mir seine schwere Hand auf die Schulter gelegt.) Ich wusste also nicht, ob meine Mutter religiös war, aber ich vermutete, das Zeremonielle hätte ihr gefallen. In den Jahren mit Bludau war sie konservativer geworden, und das hatte sie nach seinem Tod beibehalten.

Ich stand da und dachte über die Musik nach, die da drinnen lief (obwohl es darüber nichts nachzudenken gab, es war ein nichtssagendes Standard-Beerdigungsgeorgel), als Ernesto und Annemarie vom Parkplatz her auf mich zu kamen. An ihrer Seite ein älterer Herr, der sich auf einen Stock stützte. Er trug einen braunen Cordanzug, ein dunkles Hemd und eine für diesen Anlass zu helle Krawatte. Seine grauen Haare waren hinter dem Kopf zu einem Pferdeschwanz zusammengefasst, sein ebenfalls grauer Vollbart sauber gestutzt. Erst als er direkt vor mir stand, erkannte ich ihn.

»Jürgen«, sagte ich und wusste nicht, was ich sagen sollte.

»Ich muss gleich heulen«, war seine Antwort. Wir umarmten uns, und er hielt mich bestimmt eine Minute lang fest. Annemarie küsste mich auf die Wange, und Ernesto hob mich ein Stück vom Boden hoch.

In den letzten Jahren, da ich mich jede Woche mindestens einmal mit Ernesto getroffen hatte, hatten wir einige Male über seinen Vater und meine Mutter und was die beiden verbunden hatte geredet, aber ich war Jürgen nie begegnet. Ich wusste, dass er in Südfrankreich lebte und dass Ernesto und Annemarie ihn dort jeden Sommer besuchten. Ich wusste, dass er vor zwei Jahren einen Schlaganfall gehabt, sich davon jedoch einigermaßen erholt hatte. Nur das Laufen fiel ihm etwas schwer. Er war noch keine sechzig, aber er sah älter aus. Einstweilen wussten wir nicht, was wir sagen sollten, aber es war ohnehin Zeit hineinzugehen.

Die Ansprache des Pfarrers war so schlimm, wie ich befürchtet hatte. Ich starrte auf den Sarg mit dem Blumenschmuck und hörte mir an, wie er über das Leben meiner Mutter sprach, ohne dass ich es erkannte, garniert mit falschen Gefühlen und einfältigen Metaphern. Zwischendurch Gesang und Gebete. Alle gaben sich Mühe, aber es nützte nichts.

Irgendwann gingen wir nach draußen, sechs schwarz gekleidete Männer griffen sich den Sarg und legten ihn auf einen Karren. Der Pfarrer schritt vorneweg, in Gedanken bei seiner Mittagspause. Dann ich, mit Annemarie am Arm, die mich da nicht allein herumlaufen lassen wollte. Hinter uns Jürgen am Arm seines Sohnes, dann Walter, Elena und Dragan.

Es war ein schöner, alter Friedhof, mit sanft geschwungenen Wegen und großen Freiflächen, unter denen man sich anonym bestatten lassen konnte, wie ich gehört hatte, ganz ohne Grab, einfach nur verscharrt. Hohe Pappeln dominierten den Baumbestand.

Unser Weg führte bergauf, und hinter mir hörte ich Jürgen schwer atmen. Ernesto fragte ihn, ob er sich ausruhen wolle, aber Jürgen meinte, es ginge schon, sicher sei es nicht mehr weit. Kurz darauf bogen wir nach rechts und standen nach wenigen Metern vor einem frisch ausgehobenen Grab, dessen Wände mit grünem Kunstrasen ausgeschlagen waren. Die sechs schwarz gekleideten Männer hoben den Sarg mit Tauen vom Karren und trugen ihn zum Grab. Der Pfarrer sagte etwas, das ich nicht hören wollte, und die Männer ließen den Sarg hinab. Irgendjemand hatte mir mal gesagt, das sei der schlimmste Moment bei der Beisetzung eines Menschen, der einem nahe gestanden hat. Er hatte Recht. Die sechs Männer warfen ihre weißen Handschuhe ins Grab, nahmen ihre Kopfbedeckungen ab, legten ihre Kinne auf ihre Brustbeine, verharrten einen Moment (in dem ich gern gewusst hätte, wo sie mit ihren Gedanken waren) und gingen dann weg. Sekunden später hörte ich sie auf dem Weg gedämpft miteinander reden.

Ich machte mich los von Annemarie, trat nach vorn und griff nach der kleinen Schaufel, die vor dem Grab in einem Erdhaufen steckte. Das machte man doch so, oder? Ich hielt die Schaufel waagerecht, blickte auf den Sarg hinunter und fragte mich, ob ich irgendetwas sagen sollte. Ich entschied mich dagegen, ließ die Erde auf den Deckel fallen und legte die Hände vor meinem Bauch zusammen. Dann stand ich da und wusste nicht, was ich tun oder denken sollte. Wie lange konnte, durfte oder sollte ich hier stehen bleiben? Irgendwann kam Ernesto und legte mir seinen Arm um die Schultern. Auch er ließ etwas Erde auf meine Mutter fallen. Das war wohl der Moment, da ich zur Seite sollte, um mir anzusehen, wie die anderen das nachmachten, um dann zu mir zu kommen, mir die Hand zu drücken oder was auch immer.

Annemarie und Jürgen traten an das Grab. Ich hörte, wie Jürgen seine Nase hochzog. Er ließ gleich drei Schaufeln Erde ins Grab fallen. Dann kamen die beiden zu mir. Eine Umarmung war Jürgen zu schlicht, das sah ich ihm an. Er legte mir eine Hand an die Wange. Annemarie verzichtete, gegen ihre übliche Angewohnheit, ganz auf eine Berührung, was diesen Moment umso besonderer machte.

Walter drückte mich an sich, mit Tränen in den Augen. Elena war sehr ernst und gab mir nur die Hand. Sie trug eine Baskenmütze, wahrscheinlich weil sie dachte, ihre kleinen Zöpfchen passten nicht hierher.

Dragan warf keine Erde ins Grab. Er stand einfach lange da und bekreuzigte sich, nickte knapp, kam zu mir und boxte mich sanft in die Seite.

Danach gingen wir in eine Gaststätte in der Nähe des Friedhofs, wo ich einen Tisch für zwanzig Personen reserviert hatte, der nicht mal halb voll wurde. Warum nicht im *Moon*? Das hatte sie schließlich bezahlt, mit dem Geld, das sie bei Bludau erarbeitet hatte. Auf die Idee war ich gar nicht gekommen.

Wir tranken Bier und aßen à la carte. Die üblichen Schnittchen hätte ich nicht ausgehalten. Der Alkohol machte uns lockerer. Auch sentimentaler. Jürgen wusste noch alles über »damals«.

Zwischendurch ging ich zur Toilette, und als ich wieder herauskam, stand Jürgen vor mir und sagte: »Komm mal her!«

Ich trat näher, und er klopfte auf die Tasche seines Jacketts.

»Fass mal da rein!«, sagte er.

Ich griff hinein und förderte ein paar kleine Schokoladentäfelchen zutage, wie man sie zum Kaffee auf die Untertasse gelegt bekam. Ich sagte, ich hätte aus seiner Jackentasche auch schon was ganz anderes herausgefischt.

Er nickte. »War 'ne komische Zeit, damals. Aber welche Zeit ist nicht komisch.«

Am Nachmittag ging ich in die Wohnung meiner Mutter, nur um mich dort aufzuhalten. Ich nahm so viele Kisten aus dem Keller mit, wie in meinen Wagen passten. Plötzlich hatte ich Zugriff auf das, was jetzt ihr Leben war. Ein abgeschlossenes Stück vergangene Wirklichkeit. Ich fand die Bilder, die sie als junge Frau zeigten, in dünnen Kleidchen, lachend und zu allem entschlossen, im Arm von Männern, die ich nicht kannte oder an die ich mich nicht erinnerte. Sie hatte etwas vorgehabt mit ihrem Leben. Ich weiß nicht, was dazwischengekommen war. Mein Vater vielleicht. Und dann ich. Die eigenen Eltern im Lichte ihrer geplatzten Träume zu betrachten macht es einem schwer, sie zu hassen.

Am nächsten Morgen sah ich meinen Vater.

Kurz wallte in mir das Bedürfnis auf, Weiland Gewalt anzutun. Ihm seinen Schleim ins Maul zurückzustopfen. Nur so. Weil ich meiner Mutter nichts mehr sagen konnte. Ich ließ es bleiben.

Weiland machte noch ein paar Häkchen, ließ mich unterschreiben, unterschrieb selbst und reichte mir einen Durchschlag. Ich überreichte ihm die Wohnungsschlüssel. Er gab mir seine kleine, kalte Hand und verabschiedete sich. Draußen sah er sich genau an, in was für ein Auto ich stieg.

9

Die Werbung leuchtete strahlend gelb in der Herbstsonne. Ich hatte meinen Wagen ein paar Straßen weiter abgestellt und stand jetzt schon seit einer halben Stunde auf der anderen Straßenseite und sah hinüber. Ich hätte hingehen und mich beraten lassen können, mich aufklären über die verschiedenen Modelle.

Mein Vater saß zunächst an einem Schreibtisch, vor sich eine Bechertasse mit dem Emblem des Unternehmens, für das er arbeitete. Dann betrat ein junges Ehepaar den Verkaufsraum. Mein Vater stand auf, knöpfte sich das Jackett zu und reichte den beiden die Hand. Der Mann erklärte, was sie suchten, und Otto Simanek, der sich bisweilen Henning nannte, machte eine Bewegung, die den ganzen Raum einbezog. Sie interessierten sich für einen Caravan. Wahrscheinlich rechneten sie mit Nachwuchs.

Otto Simanek bewegte sich fließend und voller Selbstbewusstsein. Er schob die Hände in die Hosentaschen, holte sie wieder hervor, breitete die Arme aus, berührte den Mann immer wieder am Arm, hielt aber Distanz zu der Frau. Der geborene Verkäufer. Immer ein Lächeln, aber nicht so, dass es aufdringlich wirkte. Wo hatte er das gelernt?

Ich erinnerte mich, wie er meine Mutter kennen lernte: Sie kein ganz junges Ding mehr, Ende zwanzig, aber naiv wie eine Sechzehnjährige, die glaubte, eine verminte Grenze mit Selbstschussanlagen zwischen sich und ihren Eltern haben zu müssen. Er ein glühender Idealist, der westliche Rockmusik liebte und sich, im Gegensatz zu vielen anderen, immer gründlich rasierte, zur Not zweimal am Tag. Sie war mit Freunden von Berlin nach Prag gefahren, einfach um es zu sehen, aber auch, weil es dort billige Schallplatten zu kaufen gab, Klassik natürlich nur, und Noten, die ein Freund, der Klavier spielte, benötigte. Eine Woche blieben sie, wohnten bei Leuten, von denen Magda nicht wusste, woher sie die kannten, und gleich am ersten Abend lernte sie Otto kennen, der die Zigarette so verwegen im Mundwinkel balancieren konnte. Sie saß auf der Fensterbank und sah auf die Straße hinunter. Er bot ihr von dem Wein an, den er mitgebracht hatte, sie ließ sich ein Glas geben, obwohl sie Alkohol nicht vertrug. Er sprach ganz gut deutsch, weil er in Leipzig studiert hatte. Vielleicht sagte sie ihm, dass sie einen tschechischen Namen hatte (War Nowak nicht ein tschechischer Name? Oder doch ein polnischer?), vielleicht brach das das Eis zwischen ihnen, vielleicht war da aber auch gar kein Eis, vielleicht waren sie sich auf den ersten Blick, das erste Wort rätselhaft vertraut. Später machten sie einen Spaziergang durch die nächtliche Stadt und küssten sich in dunklen Hauseingängen. Sie hatte nicht vorgehabt, die Nacht bei ihm und mit ihm zu verbringen, aber als es so weit war, konnten beide nichts dagegen tun.

Otto lebte mit ein paar anderen in einer alten, großen Wohnung mit viel Stuck unter den Decken, der seit Jahren nicht mehr hergerichtet worden war. Er hatte zwei Matratzen in einer Ecke liegen, aber sie brauchten nur eine. Sie blieben die ganze Woche zusammen und erzählten sich voneinander.

Danach trafen sie sich abwechselnd in Ostberlin und in Prag. Als die russischen Panzer rollten, war sie bei ihm, machte dieses Foto, das sie mir später zeigte. Nachdem die alte Ordnung wiederhergestellt war, gelang es ihm zu fliehen, und eines Abends stand er vor der Tür ihrer Wohngemeinschaft in Berlin. Sie konnte ihr Glück nicht fassen und wurde schwanger.

Mein Vater, Otto Simanek: wie er über den strammen Bauch meiner Mutter streicht und meine ersten Fußtritte zu erfühlen sucht; wie er rauchend vor dem Kreißsaal auf und ab geht, stundenlang; er hatte dabei sein wollen, aber die Ordensschwestern ließen ihn nicht, das sei ungehörig; wie er meine Mutter und mich aus dem Krankenhaus abholt und mich danach nächtelang durch die Gegend trägt, weil ich nicht aufhören will zu schreien, während meine Mutter, erschöpft vom Stillen, in den Kissen liegt; sein Gesicht über meiner Wiege; wie ich auf seinen Knien sitze: er hält meine Hände, wippt mit den Knien auf und ab; Hoppe-Hoppe-Reiter, immer abwechselnd, mal auf deutsch, dann wieder in seiner rätselhaften Muttersprache; wie er mit mir spazieren geht und mir die Unterschiede zwischen Automarken erklärt; wie er vor dem Kindergarten auf mich wartet, um mit mir heimlich Pommes frites essen zu gehen: »Aber sag der Mama nichts, das bleibt unser Geheimnis«; wie er mir die Wunde am Knie säubert, nachdem ich vom Roller gefallen bin; wie er mir das Fahrradfahren beibringt, zuerst mit Stützrädern, dann mit seiner rechten Hand unter dem Sattel; sein Jubel, als ich es allein schaffe; wie er mich zum ersten Schultag begleitet, an dem er das erste graue Haar an seiner Schläfe entdeckt; wie er sich mit anderen Vätern streitet, weil ich wiederum Streit mit deren Söhnen hatte: mein Vater gibt nicht nach, verteidigt mich wider besseres Wissen; wie er mit mir einen Drachen baut und ihn auf einem Feld steigen lässt; die gemeinsamen Urlaube an der Nordsee: Sandburgen und kleine Kanäle in den Prielen, unsere Füße, wie sie im Feuchten versinken; wie er mir bei den Hausaufgaben hilft, Vokabeln abfragt, mir die Mengenlehre zu erklären versucht; wie er Mamas Chef die Faust ins Gesicht rammt, weil der sie angefasst hat, Bludau, das fette Ungeheuer; sie verliert ihren Job, findet aber einen neuen; wie er mich mitnimmt zum Fußball, mich einführt in die Welt der Männer; wie wir uns zu streiten beginnen, als es darum geht, dass alle anderen viel länger abends unterwegs sein dürfen; unsere Diskussionen über die russischen und amerikanischen Raketen: er findet Letztere unabdingbar, um Moskau in die Knie zu zwingen, ich verzweifle fast bei dem Versuch, ihn davon zu überzeugen, dass diese perverse Logik durchbrochen werden muss; er sagt nicht: »Geh doch nach drüben«, denn er weiß, wie es da ist, und das wünscht er mir nicht, sagt er, und ich sage, er soll sich nicht so aufspielen; seine skeptischen Blicke wegen meiner Freunde und Freundinnen, die sich nicht benehmen können; die Vermehrung seiner grauen Haare; die Eifersucht meiner Mutter, weil sie findet, dass er zu gut aussieht, als dass er treu sein könnte; das Vater-Gewitter, das über mich hereinbricht, als ich betrunken nach Hause komme und mich neben das Klo erbreche: jeden Tropfen lässt er mich eigenhändig wegwischen; sein stummes Verständnis, als die Sache mit Carola den Bach runtergeht und ich plötzlich einen Jungen in gestreiften Hosen zu Hause anschleppe; wie er mir hilft, meine erste eigene Wohnung zu tapezieren: die Miete zahlt er, aber nur, solange ich ernsthaft studiere; als Walter vor der Tür steht und mit mir ein Restaurant eröffnen will, ist er skeptisch, aber am Eröffnungsabend tanzt er mit meiner Mutter bis in den frühen Morgen; wir stehen meiner Mutter bei, als sie schwer erkrankt und lange im Sterben liegt, weichen nicht von ihrem Bett, immer abwechselnd halten wir Wache; nach der Beerdigung verbringen wir viel Zeit miteinander, verstehen uns wortlos, weil wir die Einzigen sind, die wirklich wissen, was die Welt an ihr hatte; nach zwei Jahren ermuntere ich ihn, sich mit anderen Frauen zu treffen, aber er will davon nichts wissen; ich erzähle ihm von Evelyn, sie lernen sich kennen und verstehen sich auf Anhieb; er sagt nichts von Enkeln, aber ich weiß, dass er sich welche wünscht.

Ich wartete, bis das junge Paar gegangen war, und ging über die Straße. Ohne zu zögern betrat ich den Verkaufsraum. Er ließ mir ein wenig Zeit, mich umzusehen, sprang nicht gleich von seinem Stuhl auf. Ich betrachtete die unterschiedlichen Modelle, sah in die Autos hinein, studierte die DIN-A-4-Bögen mit den technischen Daten, den Angaben über die Sonderausstattungen und dem Preis. Ich öffnete Türen und schlug sie wieder zu, als wollte ich den Klang überprüfen. Bei dem Modell, welches das junge Paar sich vorhin angesehen hatte, blieb ich länger stehen und setzte mich schließlich hinein.

Über das Lenkrad hinweg sah ich ihn auf mich zukommen. Er trug einen dunklen Anzug und ein helles Hemd sowie eine rote Krawatte. Das graue Haar war sorgfältig frisiert. Er stützte eine Hand auf das Dach des Wagens und beugte sich ein wenig zu mir herunter.

»Sie haben Familie?«, fragte er. Seine Stimme war angenehm klar.

»Noch nicht«, sagte ich.

»Ideal für bis zu zwei Kinder. Danach könnte es knapp werden, wenn Sie noch etwas Gepäck in den Urlaub mitnehmen wollen.«

»Ich glaube nicht, dass wir mehr als zwei wollen.«

»Das kann man nie wissen, wenn sie erst mal da sind.«

»Sie sprechen aus Erfahrung?«

»Allerdings.«

»Der Wagen gefällt mir.«

»Wir können gern eine kleine Runde drehen.«

»Nicht nötig«, sagte ich. »Ich verschaffe mir nur einen kleinen Überblick.«

»Sehr gern. Wir haben zurzeit sehr günstige Finanzierungsmodelle.«

»Lassen Sie hören!«

»Warten Sie!«

Er kam um den Wagen herum und setzte sich auf den Beifahrersitz. Er reichte mir die Hand und nannte mir seinen Namen. Sein Händedruck war kräftig, aber nicht aufdringlich. Was man über seine ganze Erscheinung hätte sagen können. Ich hörte mir an, was er über Anzahlung, Laufzeit und Zinsen zu sagen hatte. Ich hatte das Gefühl, wir seien einfach zwei Männer, die sich über ein Auto unterhielten. Er war kein Schwätzer. Er fragte mich, was ich beruflich machte, und ich sagte, ich hätte bis vor kurzem ein Restaurant besessen, sei aber jetzt gerade dabei, mich zu verändern. Er fragte nach dem Namen des Restaurants, dachte einen Moment nach, konnte sich aber nicht daran erinnern, schon mal davon gehört zu haben.

»Und in welchem Bereich möchten Sie jetzt tätig werden, wenn ich mal fragen darf?«

»Ich sehe mich um«, sagte ich. »Ich habe ein bisschen was auf der hohen Kante. Es drängt nicht.«

»Beneidenswert.«

»Und Sie? Wollten Sie schon immer Autos verkaufen?«

Er sah mich ein paar Sekunden an. Überlegte, ob diese Frage nicht zu privat war.

»Sie werden lachen«, sagte er schließlich, »mir war schon als Kind klar, dass ich etwas mit Autos machen möchte. Und ich verkaufe gern. Ich hoffe, das merkt man.«

»Ganz bestimmt.«

»Das freut mich.«

Er klappte die Sonnenblende herunter und überprüfte in dem kleinen beleuchteten Schminkspiegel den Sitz seines Krawattenknotens. Weiter wollte er nicht gehen, mehr wollte er nicht über sich erzählen.

Ich sagte, ich werde es mir überlegen, und stieg aus. Wir schlugen die Türen beinahe gleichzeitig zu. Draußen dämmerte es.

»Ich würde mich freuen, Sie hier bald wieder begrüßen zu dürfen. Bringen Sie doch mal Ihre Frau mit.«

Ich verabschiedete mich, überquerte die Straße, setzte mich in meinen Wagen und sah noch ein paar Minuten zu ihm herüber. Er saß an seinem Schreibtisch und blätterte einen Prospekt durch.

Ich schüttelte den Kopf über mich selbst.

Evelyn wartete auf mich. Wir verbrachten den Abend zusammen. Sie erzählte mir, was es mit dem Mann auf dem Foto auf sich hatte. Es war wirklich eine scheußliche Geschichte.

Folgenden Menschen möchte ich danken:

Maria

Matthias Bischoff, Oliver Thomas Domzalski, Ines Pelzl, Moni Port, Lukas Rüger, Stephan Salchli, Frank Schulz, Christopher Wulff

F.G.

»Ehrlich, kunstvoll, anrührend und bedeutend: Dies ist Andrea Levys großes Werk.« *Guardian*

Andrea Levy
Eine englische Art von Glück
Roman
560 Seiten • geb. SU
€ 22,90 (D) • sFr 39,90
ISBN 978-3-8218-5772-5

Voller Optimismus kehrt der Jamaikaner Gilbert Joseph 1948 nach London zurück, der Stadt, in der er während des Krieges als Held galt. Dort muss er feststellen, dass er ohne die Uniform der Royal Air Force als Farbiger ein Mensch zweiter Klasse ist. Unterschlupf findet er bei Queenie, deren Mann Bernhard nicht aus dem Krieg gekommen ist und die Zimmer an Emigranten vermietet – allem Hass der Nachbarn zum Trotz. Aber Gilbert hat noch ein anderes Problem: seine Frau Hortense, die voller hochfliegender Träume und mit einem Koffer eleganter Kleider nach England gereist ist und jetzt vor seiner Tür steht – fassungslos über die Schäbigkeit des Zimmers, voller Verachtung für ihren Mann und entschlossen, dem Mutterland zu zeigen, was für eine hervorragende Lehrerin sie ist ...

»Andrea Levy ist in einem Atemzug mit Schriftstellern wie Hanif Kureishi, Meera Syal, Zadie Smith und Monica Ali zu nennen, die – jeder auf seine Art und Weise – die englische Mentalität neu definiert haben.« *Sunday Telegraph*

Kaiserstraße 66
60329 Frankfurt
Telefon: 069 / 25 60 03-0
Fax: 069 / 25 60 03-30
www.eichborn.de

Wir schicken Ihnen gern ein Verlagsverzeichnis.